LES INCROYABLES AVENTURES DES SŒURS SHERGILL

DU MÊME AUTEUR

Le Club des veuves qui aimaient la littérature érotique, Belfond, 2018

Vous pouvez consulter le site de l'auteure à l'adresse suivante :
www.ballijaswal.com

BALLI KAUR JASWAL

LES INCROYABLES AVENTURES DES SŒURS SHERGILL

Traduit de l'anglais (Singapour)
par Laura Vaz

belfond

Titre original :
THE UNLIKELY ADVENTURES OF THE SHERGILL SISTERS
publié par HarperCollins Publishers, Londres,
en accord avec Johnson & Alcock Ltd.

Retrouvez-nous sur www.belfond.fr
ou www.facebook.com/belfond

Éditions Belfond,
92, avenue de France, 75013 Paris.
Pour le Canada,
Interforum Canada, Inc.,
1055, bd René-Lévesque-Est,
Bureau 1100,
Montréal, Québec, H2L 4S5.

ISBN : 978-2-7144-8253-2
Dépôt légal : mars 2020

Belfond | un département **place des éditeurs**

place
des
éditeurs

Pour Asher

Prologue

Mes très chers enfants,

Si vous lisez cette lettre, c'est que je ne suis plus de ce monde. J'espère que nos derniers instants ensemble ont été paisibles et que j'ai eu le temps de vous dire à tous à quel point je vous aime. Si ce n'est pas le cas, je profite de cette lettre pour le faire. Vous avez rendu ma vie meilleure. Je suis extrêmement fière de vous et du chemin que vous avez parcouru jusqu'à présent. Quel privilège j'ai eu de vous voir grandir et de partager vos succès, vos échecs, vos joies et vos peines ! Vous accompagner jusqu'à l'âge adulte m'a permis de revivre ; grâce à vous, j'ai l'impression d'avoir vécu mille et une vies au cours de ma brève existence.

Bien sûr, certains points, notamment mon testament, restent encore à régler, mais il y a un temps pour tout. Les notaires s'occuperont de mon héritage et de la répartition de mes biens. Mais si vous voulez en savoir un peu plus sur cette question maintenant, reportez-vous au document ci-joint.

Surtout, faites attention à vous et prenez soin les uns des autres. Prenez le temps de vous retrouver en famille, et pas seulement pour les fêtes ou lors d'occasions spéciales. Si j'ai appris une chose au cours de ma vie, c'est que rien n'est plus important que de témoigner son amour à ses proches. Ne l'oubliez jamais.

Ces adieux, Sita Kaur Shergill les entendit de la bouche de la femme du lit d'à côté. Celle-ci dictait ces mots à son téléphone et, à plusieurs reprises, sa voix flancha et s'interrompit pour laisser place à une série de soupirs et reniflements. Quand la femme commença à parler des notaires, Sita baissa le volume de la télévision – que pouvait-elle bien léguer à ses enfants ? Malheureusement, Sita n'avait pas accès au « document ci-joint ». Elle connaissait les destinataires de la lettre, puisqu'elle les avait vus lors des visites qu'ils rendaient à leur mère : deux hommes d'âge mûr – des jumeaux ? – de corpulence très différente et une belle blonde qui répétait toujours les mêmes paroles réconfortantes – « On est là, maman, ne t'en fais pas ». Ils arrivaient rarement en même temps mais repartaient ensemble, en échangeant accolades et banalités au sujet de leurs places de parking ou de la piètre qualité du café de l'hôpital.

Sita prit sa télécommande pour appeler une infirmière et lui demander un stylo et une feuille. Il était très tôt et les visites n'étaient pas encore autorisées : le moment idéal pour penser à la mort. La douleur l'habitait et vibrait dans chacune de ses cellules. Malgré la morphine, elle ne la quittait jamais : dans les meilleurs jours, elle demeurait tapie patiemment dans un coin, mais quand Sita était au plus mal, la douleur l'étreignait et l'enveloppait tout entière. Aujourd'hui, elle avait assez de forces pour s'asseoir ; la lettre de sa voisine lui avait rendu sa motivation et – miracle – l'infirmière lui avait rapporté ce qu'elle réclamait en un clin d'œil.

Mes très chères filles, commença-t-elle. Non. S'était-elle jamais adressée à ses enfants en ces termes ? Elle ratura ce début pompeux et recommença. *À Rajni, Jezmeen et Shirina*. Voilà qui était mieux et donnait le ton. Autrefois, elle avait l'habitude de se poster au pied de l'escalier et de crier leurs trois noms d'un seul souffle, même quand elle n'avait besoin que de l'une d'entre elles ; elle trouvait toujours une occupation pour les deux autres le temps qu'elles descendent. Ce stratagème avait marché un temps, jusqu'à ce que Jezmeen se mette à lui répondre en criant : « De qui tu as vraiment besoin ? »

À Rajni, Jezmeen et Shirina.

À l'heure où vous lisez ces mots, je suis morte. Et tant mieux, parce que je n'en pouvais plus de cette triste vie – tout ce temps passé à travailler, à souffrir et à m'efforcer de prendre soin de moi pour je ne sais quelle raison. Profitez tant que vous le pouvez, parce que, une fois que le corps lâche, rien ne peut compenser cette perte.

Non, elle ne pouvait pas leur dire adieu comme ça. Son honnêteté était trop brutale, ses filles ne lui pardonneraient jamais. Après avoir reposé la feuille et le stylo sur la table, elle ferma les yeux. Comment voulait-elle qu'on se souvienne d'elle ? Épouse, mère, veuve, grand-mère ; elle avait été tout ça. Une chance pour ses filles que les obsèques sikhes ne s'embarrassent pas d'éloges funèbres ; elles n'auraient pas à se creuser la tête pour établir la liste de ses maigres réussites. Parfois, elle pensait savoir laquelle de ses filles conserverait le souvenir le moins tendre. Mais quand son état connaissait une légère amélioration, elle se montrait plus optimiste : ses filles seraient au moins toutes d'accord pour dire qu'elle avait fait de son mieux.

Elle appuya à nouveau sur la télécommande. L'infirmière – jeune femme filiforme avec des tatouages et le crâne rasé – ne fut pas aussi rapide cette fois. Elle n'était pas aussi aimable que sa collègue jamaïcaine, qui prenait parfois la main de Sita en lui parlant d'une voix rassurante, mais elle sourit quand sa patiente lui demanda :

« Quel âge avez-vous ?

— Vingt-sept ans. »

Ses cheveux étaient rasés en zigzag ; quel homme pouvait bien trouver ça attirant ?

« Êtes-vous déjà allée en Inde ?

— Jamais, non, répondit l'infirmière avec une pointe de regret qui ne fut pas pour déplaire à Sita.

— Si votre mère vous demandait de faire quelque chose pour elle, le feriez-vous, peu importe la nature de cette tâche ? »

L'infirmière fit glisser la table pour réajuster la couverture sur les pieds de Sita.

« Bien sûr que je le ferais. Vous avez besoin de quelque chose ? Parce que je dois…

— De quelle confession êtes-vous ?

— C'est un peu personnel comme question, non ? » répondit l'infirmière, sur la défensive.

Ce n'était pas pour rien que Sita préférait l'infirmière jamaïcaine : sa blouse laissait deviner la mince croix en or qu'elle portait en pendentif. « Seigneur », soupirait-elle à la fin de son service, tandis qu'elle étirait ses muscles douloureux.

« Pourriez-vous me donner ma feuille et mon stylo ? »

L'infirmière allait ouvrir le tiroir à côté du lit mais Sita pointa du doigt la table désormais hors d'atteinte en s'écriant :

« Pas là ! Ici ! Regardez, juste ici ! »

Même s'il était peu probable que l'infirmière subtilise la pochette à bijoux que Sita avait rangée entre un livre de prières et un chargeur de téléphone, on n'était jamais trop prudent. Après avoir remis la table dans sa position initiale, l'infirmière quitta la chambre – sans doute pour aller médire sur la vieille Mme Shergill auprès de ses collègues et espérer qu'elle rende bientôt l'âme. La semaine précédente, Rajni, folle de rage, avait fait irruption dans le bureau des infirmières pour leur dire le fond de sa pensée sur la façon dont elles traitaient sa mère ; elle l'avait défendue avec tant d'ardeur que Sita avait été partagée entre l'envie de la prendre dans ses bras et celle de la réprimander pour s'être donnée en spectacle.

« Je me fiche pas mal de savoir qu'elle a déjà une couverture ! Elle tremble de froid ; vous lui en apportez une autre, un point c'est tout ! » avait tempêté Rajni.

Désormais, la douleur gagnait du terrain et la journée s'annonçait mal. Elle verrait ses trois filles dans l'après-midi puisque Shirina avait pu avancer son vol, à la demande de Rajni. Il semblait que les jours qu'il lui restait se comptaient désormais sur les doigts de la main. Elle devait écrire cette lettre avant que ses forces l'abandonnent.

À Rajni, Jezmeen et Shirina :

Si vous vous souvenez bien, quand j'ai découvert que j'avais un cancer, je voulais entreprendre un pèlerinage en Inde pour honorer les principes des gurus. Avec l'aide des médecins, vous avez réussi à me convaincre que c'était une mauvaise idée à cause de mon état de santé déjà déclinant. Pourtant, je pense que ce voyage m'aurait fait beaucoup de bien, au moins sur le plan moral.

Voici une liste des endroits que j'aimerais que vous visitiez pour moi une fois que je ne serai plus de ce monde. Le voyage devrait durer une semaine et vous mènera sur les routes de Delhi, d'Amritsar et j'en passe. Ensemble, vous devrez effectuer un seva *pour venir en aide aux autres et pratiquer la modestie, vous baigner dans un* sarovar *pour laver et purifier votre âme, et marcher jusqu'aux sommets de la spiritualité pour rendre grâce au corps, notre enveloppe charnelle sur Terre. Je souhaiterais aussi que vous répandiez mes cendres en Inde.*

J'ai également inclus dans l'itinéraire détaillé à la page suivante quelques lieux que j'aimerais que vous visitiez parce que je n'aurai jamais la chance de le faire. Regardez le soleil se lever depuis la Porte de l'Inde, partagez un repas frugal… Je voudrais que vous goûtiez aux petits plaisirs que la vie vous offre. S'il vous plaît, faites-le pour moi. Vous m'aiderez ainsi à achever mon voyage sur Terre et entamerez par la même occasion un nouveau chapitre de votre propre vie.

Avec tout mon amour,
Votre mère, Sita Kaur Shergill

Alors qu'elle relisait la lettre, sa vision se troubla et la douleur redoubla d'intensité. Elle ferma les yeux, ses doigts agrippèrent les draps. Malheureusement, la dose légale de morphine que les infirmières étaient autorisées à lui administrer ne la soulageait pas beaucoup. Elle s'imagina alors tendre la lettre à ses filles, qui la rassureraient comme le faisait la fille de sa voisine de chambre. Les joues inondées de larmes, elles seraient enfin unies.

Elle reprit son stylo et commença à inscrire l'itinéraire au dos de la lettre. La douleur laissa place à la nostalgie : jamais ses souvenirs de l'Inde n'avaient été aussi nets. La semaine précédente, elle avait reçu la visite de Russ, un accompagnateur de fin de vie, qui lui avait confié que les souvenirs ressurgissaient souvent avec une grande clarté quand la mort approchait.

« C'est un peu comme si vous étiez dans un entre-deux : vous vous apprêtez à quitter un état pour entrer dans un autre », lui avait-il expliqué.

Avec ces paroles en tête, elle considéra ce qu'elle demandait à ses filles. Ce voyage ne serait pas optionnel, elle n'accepterait aucun refus. Elles retrouveraient leurs racines au moment où leur mère quitterait la vie terrestre ; cette idée était étrangement réconfortante. Une fois arrivée dans l'au-delà, qui sait combien de temps elle mettrait à s'adapter à son nouvel environnement ? Peut-être qu'elle se retrouverait au même endroit que Devinder. Tout ce temps perdu qu'ils allaient rattraper… Enfin, une fois qu'elle lui aurait passé un bon savon pour l'avoir quittée si tôt !

Les souvenirs des premières années de sa vie de famille la submergèrent, son cœur se serra. Tout lui revint : ses débuts dans le rôle d'épouse et de mère, le nouveau départ chaotique dans un pays étranger, puis – quand elle avait fini par prendre ses marques – la mort soudaine de son mari. Sa famille n'avait été au grand complet que pendant un court laps de temps. Elle ajouta à l'itinéraire quelques escales supplémentaires. Et dire que son dernier voyage en Inde remontait à plus de vingt ans… Quand Russ lui avait expliqué les différentes étapes du processus de deuil, il avait mentionné que certaines personnes éprouvaient parfois le désir de revenir en arrière ; pour sa part, elle était bien trop cartésienne, mais elle espérait de tout son cœur que ses filles trouveraient une Inde semblable à celle qu'elle avait connue.

Mais il y avait autre chose, un ultime aveu, qu'elle s'était décidée à faire juste après le départ de Russ. Encore faudrait-il trouver le bon moment… Elle ne pouvait pas se contenter de mettre ça par écrit, non, elle devrait demander à ses filles de venir tout près et le leur chuchoter. Dans un premier temps, bien sûr, elles ne la croiraient pas. Elle entendait déjà Rajni et Shirina : « Maman, arrête, tu veux bien ? », tandis que Jezmeen la presserait – « Tu nous fais marcher, c'est ça ? » – parce qu'elle ne prenait jamais rien au sérieux, même pas les dernières paroles de sa mère. Puis elles protesteraient, prétendraient qu'elle ne savait plus ce qu'elle racontait. D'ailleurs, c'était sans doute le plus gros point noir de la maladie : tout le monde pensait que son angoisse de la mort et son désir de s'accrocher à la vie dirigeaient le moindre de ses faits et gestes. De toute façon, à quoi bon ? Rien n'était plus inévitable que la mort. Pour balayer les protestations de ses filles, elle n'aurait qu'à leur demander de sortir la pochette à bijoux du tiroir. « Bien, maintenant jetez un coup d'œil à l'intérieur. Satisfaites ? Vous me prendrez peut-être plus au sérieux maintenant. »

1

Je préférerais que vous vous rendiez en Inde à une période où le temps est plus doux, mais je sais que Rajni ne pourra se libérer que pendant les grandes vacances. Surtout, ne traînez pas pour réserver billets d'avion et chambres d'hôtel – je n'ai pas mis les pieds en Inde depuis plus de vingt ans, mais je sais que les voyages planifiés à la dernière minute ont un coût.

Rajni n'était pas du genre à s'évanouir. Quand Anil lui annonça qu'il avait une petite amie, l'espace d'un instant, elle envisagea pourtant de faire semblant, mais son effet serait gâché par ses bras amortissant la chute au moment fatidique. Et personne ne prenait au sérieux une femme qui se mettait en scène de la sorte. Simuler un évanouissement, quelle idée ridicule !

À la place, elle effectua quelques calculs mentaux. Son fils de dix-huit ans sortait avec une femme de trente-six ans. Le résultat était sans appel : cette femme avait exactement le double de l'âge d'Anil et seulement sept ans de moins qu'elle-même. Ce seul chiffre avait de quoi lui retourner l'estomac. Et la forte odeur qui se dégageait des restes de poisson dans leurs assiettes n'aidait pas. Ce soir-là, elle avait fait cuire trois filets de saumon, parce qu'ils étaient riches en oméga-3, des acides gras qui pouvaient vous aider à vivre plus de cent ans. La petite amie d'Anil connaissait-elle tous les bienfaits nutritionnels des oméga-3 ? Certainement pas.

« Allez, maman, n'en fais pas tout un plat. »

En guise de réponse, elle secoua la tête. Non, non, non. Cette soirée était importante, c'était la dernière qu'ils passaient tous ensemble avant son départ pour l'Inde. Si Anil avait justement choisi ce moment pour faire sa grande annonce, passe encore. Le problème, c'était que la petite amie en question aurait dû être… plus jeune. Rajni s'était toujours imaginé que la petite amie de son fils l'appellerait « Mme Chadha » et que ses parents, d'abord un peu méfiants, seraient finalement charmés par les bonnes manières et les ongles parfaitement entretenus d'Anil.

« Papa, dis quelque chose… »

Le ton qu'avait pris Anil pour s'adresser à son père ne laissait aucun doute : ils avaient déjà discuté du sujet ensemble. Kabir posa sur elle un regard qui trahissait sa culpabilité.

« Tu étais au courant ? Depuis combien de temps ?

— Il m'en a parlé ce matin. Tu comprends, tu étais en train de faire ta valise, je ne voulais pas te déranger avec cette histoire… »

Ce matin. Il le lui avait donc caché une journée entière.

D'ordinaire, le regard noir qu'elle lançait en ce moment même à son mari était réservé aux élèves turbulents qui avaient le malheur d'être envoyés dans son bureau.

« Aurais-tu l'obligeance de nous dire ce que tu penses de cette nouvelle ? Ou bien est-ce trop te demander ?

— Comme tu peux l'imaginer, je suis un peu préoccupé, mais Anil est en âge de faire ses propres choix.

— Tu es "un peu préoccupé" ? C'est faible, tu ne trouves pas ? Moi, je suis un peu préoccupée quand je vois que la voisine a du mal à sortir les poubelles. Enfin, c'est de notre fils qu'il s'agit, Kabir ! Il vient à peine de sortir du lycée et nous annonce qu'il veut emménager avec une femme qui a deux fois son âge, et toi, tu es "un peu préoccupé" ?! »

D'ailleurs, où Anil avait-il bien pu rencontrer une femme de trente-six ans ? Une horrible pensée lui traversa alors l'esprit :

« Par pitié, dis-moi que ce n'était pas une de tes profs.

— Bien sûr que non ! »

Rajni laissa échapper un soupir de soulagement. Dieu merci, c'était déjà ça. Elle s'était toujours méfiée de Cass Finchley, qui avait tendance à danser de manière un peu trop suggestive au bord de la piste lors des bals de fin d'année qu'elle était chargée d'encadrer.

Kabir s'éclaircit la gorge.

« Anil, ta mère et moi ne voulons que le meilleur pour toi. Tu ne vas pas gâcher ton avenir pour un simple… flirt.

— Mais ce n'est pas un flirt ! Nous deux, c'est du sérieux.

— Tu es peut-être de cet avis maintenant, fiston, mais ça ne sera pas si simple. »

Avant, Rajni trouvait touchante la façon qu'avait Kabir d'appeler Anil « fiston ». Même s'il était un peu désuet, ce petit surnom lui réchauffait le cœur chaque fois qu'elle l'entendait. Mais maintenant, ce mot affectueux n'était plus qu'une coquille vide dénuée de sens.

« Aucun problème n'est insurmontable quand on s'aime ! rétorqua Anil.

— Aucun, vraiment ? répondit Rajni.

— Après tout, on vient du même milieu, on se comprend. Et tout le monde dit que c'est le plus important dans un couple, expliqua Anil en haussant les épaules.

— Mais vous n'êtes pas de la même génération ! C'est une adulte et toi, tu n'es encore qu'un enfant ! C'est comme si vous veniez de deux planètes différentes !

— Aucun problème n'est insurmontable », se contenta de répéter Anil.

À présent, la mine de son fils s'était renfrognée ; la ressemblance avec Kabir était si frappante qu'elle hésita à interrompre leur dispute pour aller chercher son appareil photo et capturer cet instant. On prenait, paraît-il, toujours plus de photos de son premier enfant que des suivants, mais Rajni, elle, n'avait qu'Anil. Elle l'avait donc photographié sous tous les angles à chaque période de son enfance sans craindre de rendre aucun frère ou sœur jaloux. Entre les portraits, les peintures aux doigts et les coups de crayon qui marquaient sa croissance, la maison tout entière était un sanctuaire où les parents rendaient gloire à leur fils.

Au fil des ans, les disputes familiales au sujet de l'avenir d'Anil revenaient au rythme des saisons. La dernière datait de l'été précédent, lorsque Anil avait décrété qu'il n'irait pas à l'université – tout ce qu'il voulait, c'était en finir le plus vite possible avec l'école.

« De toute façon, à notre époque, y a rien qu'on peut pas apprendre sur Internet », avait-il fini par déclarer.

Ces mots avaient tellement exaspéré Rajni, qui corrigeait son fils chaque fois qu'il oubliait le « ne » de la négation, qu'elle avait quitté la pièce sans rien dire. À son retour, Kabir avait promis de faire entendre raison à Anil. Après des mois de négociations acharnées, ils étaient enfin parvenus à un compromis : Anil s'inscrirait à l'université, mais prendrait une année sabbatique avant. Pendant cette période, il était convenu que le jeune homme se mettrait activement en quête d'un emploi (ses parents espéraient ainsi qu'il se rendrait compte qu'on ne trouvait pas du travail d'un simple claquement de doigts quand on n'avait aucun diplôme). Mais entre-temps, sa grand-mère était morte et lui avait laissé une petite somme d'argent : cette période d'épanouissement professionnel s'était alors transformée en vacances tous frais payés.

« Réfléchis un peu, Anil, reprit Kabir. À son âge, elle doit sûrement avoir envie de s'installer pour de bon.

— Pourquoi tu crois qu'on veut emménager ensemble ?

— Mais tu es conscient de ce que tout ça implique pour elle ? »

Anil raffermit sa prise sur le dossier de la chaise devant lui. Quand il avait annoncé la nouvelle, le repas avait vite été oublié et tout le monde s'était levé. Un nouvel effluve de poisson parvint aux narines de Rajni ; elle ramassa les assiettes à moitié finies et les emporta dans la cuisine.

« Je peux t'assurer que je sais très bien ce dont Davina a besoin », poursuivit Anil.

À ce moment-là, Rajni, qui était en train de vider les assiettes dans la poubelle, eut un flash. Son fils dans les draps d'une femme expérimentée. Elle chassa cette image déplaisante de son esprit et regarda à droite et à gauche dans l'espoir de fixer son attention sur quelque chose. Sur le bar, il y avait un dépliant que les témoins de Jéhovah lui avaient laissé la veille. Elle les trouvait insupportables mais n'arrivait jamais à leur claquer la porte au nez – quelque chose dans leur teint souffreteux et leurs chemises amidonnées la retenait. Pour se faire pardonner de ne pas vouloir être « sauvée », elle acceptait toujours une de leurs brochures, qui en général finissait à la poubelle en moins de deux jours. *LA SOUFFRANCE PRENDRA BIENTÔT FIN*, pouvait-on lire au-dessus d'une image de pré verdoyant. Quel réconfort devait provoquer une telle certitude ! L'espace d'un instant, elle oublia sa propre situation. Puis elle fut ramenée à la réalité.

« Une femme de cet âge recherche un homme avec qui passer le restant de ses jours, expliquait Kabir.

— Papa, arrête, ce n'est pas une *façade* ! »

Il voulait dire « passade » ; elle était trop perturbée pour corriger son fils sur le moment, mais elle se promit de lui apprendre plus tard à faire la distinction entre les deux mots.

« Écoute-moi, bon sang. Ce que je veux dire, c'est que Davina a probablement déjà de grands projets pour l'avenir. »

N'y tenant plus, elle fit irruption dans le salon et explosa :

« "Tic tac" ! Voilà ce qu'on dit à toutes les femmes de plus de trente ans sans enfants, qu'elles aient des envies de maternité ou non. "Tu devrais t'y mettre et vite, avant qu'il ne soit trop tard !" »

Personnellement, elle avait eu droit à une autre version du même refrain : « Mais enfin, fais-en un autre ! Pourquoi t'arrêter en si bon chemin ? Qu'est-ce que tu attends pour lui donner un petit frère ? » Comme si elle et Kabir n'avaient pas essayé encore et encore, jusqu'à ce que leur vie sexuelle devienne juste un devoir supplémentaire.

« Ta mère a raison, Anil, tu n'as pas idée des pressions sociales que l'on peut exercer sur soi et sur les autres.

— Franchement, les seuls qui font pression sur moi, c'est vous. Tout roule entre moi et Davina.

— Donc si elle t'annonce demain qu'elle veut un enfant, tu n'y verras pas d'inconvénient ? Parce que là, tu peux faire une croix sur tes voyages et tes sorties entre copains », lança Kabir.

Le visage d'Anil se décomposa – *Bien dit, il va y réfléchir à deux fois maintenant*. Cela faisait quelque temps qu'il préparait un séjour en Europe : ski dans les montagnes bulgares, excursions dans les îles grecques et Dieu sait quoi à Amsterdam.

« Pas grave. Je laisse tout tomber pour elle », dit-il doucement.

Un lourd silence emplit la pièce. Les doigts toujours fermement agrippés à la chaise, Anil se mordit la lèvre.

« Comment ça ? demanda Kabir.

— Je laisse tout tomber pour elle.

— Mais fiston, qu'est-ce que tu veux dire ?

— Papa, maman, écoutez. Ce n'est rien de grave. N'en faites pas toute une histoire, d'accord ? »

Les coins de la pièce devinrent flous, le sol tangua sous les pieds de Rajni, qui entendit Kabir acquiescer.

« Davina est enceinte. »

À ces mots, elle s'évanouit.

La cliente avait vu une vidéo selon laquelle un trait de *bronzer* pouvait amincir considérablement le visage.

« Je vous jure, un coup de pinceau et c'est comme si la fille avait perdu cinq kilos en un clin d'œil !

— Ces vidéos sont vraiment très utiles, répondit Jezmeen. Elles sont pleines de petites astuces. » Surtout pour quelqu'un comme elle, qui n'avait aucune expérience professionnelle dans le maquillage. Après avoir perdu son poste de présentatrice de l'émission « Disaster Tube », elle avait eu l'idée de ce travail grâce à l'un des maquilleurs du studio. C'était temporaire, se répétait-elle sans cesse. Tout reviendrait à la normale et elle trouverait bientôt un nouveau rôle. La dernière fois qu'elle avait regardé, sa vidéo avait enregistré 788 vues ; on était loin du buzz, mais Cameron, son agent, lui conseillait de rester prudente.

« Fais profil bas quelque temps. Attends qu'on soit passé à autre chose », lui avait-il intimé. Et elle y avait droit chaque fois qu'elle lui parlait. « Prends un peu de temps pour toi » – autrement dit : « Accepte le travail le moins humiliant que tu puisses trouver jusqu'à ce que les anonymes du royaume Internet décident de ton sort. »

« Alors vous allez me mettre du *bronzer* ? demanda Stella.

— J'ai une autre idée en tête », répondit Jezmeen en souriant. À commencer par lui trouver un fond de teint plus approprié, parce que Stella avait l'air de s'être endormie dans une cabine à UV.

Alors qu'elle lui passait une lingette démaquillante sur les joues, elle eut une sensation de déjà-vu : Rajni qui essayait tant bien que mal de la maquiller alors qu'elle se tortillait sur sa chaise et tendait le cou pour se voir dans le miroir. Puis elle-même faisant exactement la même chose à sa mère le jour du mariage de Shirina. L'artiste maquilleur avait choisi un fard à paupières violet foncé et insisté pour que sa mère ait en plus un gros trait de crayon noir sur les paupières, à l'effarement de cette dernière.

« Mais enfin, je ne peux pas aller au temple avec une tête pareille ! Les gens diront... »

Comme souvent, elle n'avait pas fini sa phrase. Être l'objet de bavardages était déjà bien assez grave comme ça.

« Jezmeen, donne-moi un mouchoir », lui avait-elle ordonné.

En aidant sa mère à se démaquiller, Jezmeen avait remarqué l'élasticité de ses joues, les rides sur ses paupières, et elle s'était juré de ne jamais vieillir.

Bzz bzz. Jezmeen s'excusa auprès de sa cliente et se pencha pour jeter un coup d'œil à son téléphone. C'était encore Rajni. *Qu'elle aille au diable*. Sans doute un énième message hystérique pour leur demander à toutes si elles s'étaient bien fait vacciner contre le tétanos ou quelque chose du même style.

« D'abord, je vais appliquer ce *primer*, dit-elle à Stella en lui montrant un flacon. Avec une base comme celle-ci, votre maquillage tiendra plus longtemps. »

Bzz bzz.

« Je suis vraiment désolée, s'excusa-t-elle en foudroyant son téléphone du regard.

— Oh, ne vous en faites pas ! Je sais ce que c'est d'avoir un petit copain accro. »

Elle aurait préféré que ce soit un petit copain accro – ou un petit copain tout court, à vrai dire. Stella n'aurait jamais pu imaginer le fiasco qu'avait été sa dernière histoire.

« Non, c'est juste ma sœur. On part en Inde jeudi, c'est sûrement pour me dire de penser à la crème solaire.

— Super ! Vous partez toutes les deux ?

— Non, notre petite sœur nous rejoint d'Australie.

— Vous en avez, de la chance ! »

Voilà ce qu'on lui répétait chaque fois qu'elle disait qu'elle avait deux sœurs. Quelle chance ! Les gens supposaient toujours qu'elles partageaient tout et qu'un lien indéfectible les unissait. Le sourire de Stella la dissuada de dire à quel point elle appréhendait ce voyage avec Rajni la pimbêche et Shirina la petite Miss Parfaite.

« C'est un pèlerinage en l'honneur de notre mère, qui nous a quittées en novembre dernier. On va disperser ses cendres là-bas.

— Quel beau geste... », dit Stella, visiblement émue.

Elle tendit la main pour prendre celle de Jezmeen. Super, maintenant elle s'imaginait sûrement trois filles dévouées, tout de blanc vêtues, gravir une montagne embrumée et se relayer pour porter l'urne funéraire. Si elle savait comme elle se trompait ! Les pèlerinages ne faisaient même pas partie du sikhisme – Jezmeen l'avait appris grâce à quelques recherches Google (elle avait d'ailleurs envoyé tous les liens à Rajni pour justifier son refus de suivre tout le programme). Mais leur mère s'était tournée vers la spiritualité quand les médicaments avaient cessé de faire effet. Trop faible pour effectuer une dernière fois certaines visites rituelles en divers lieux, elle avait chargé ses filles de les accomplir à sa place. Jezmeen avait bien vu que Sita avait ajouté quelques escales simplement pour leur faire passer du temps ensemble, chose qu'elles n'auraient jamais faite d'elles-mêmes. La spiritualité avait servi de prétexte pour les forcer à voyager toutes ensemble.

Cette fois, son téléphone sonna.

« Putain, mais c'est pas vrai, marmonna-t-elle.

— Décroche, ma chérie. C'est peut-être important.

— Merci, Stella, répondit Jezmeen avant de prendre l'appel. Écoute, Rajni, je suis au travail, là.

— Tu as eu mes messages ? Tu vas devoir te débrouiller pour aller à l'aéroport. Il s'est passé quelque chose hier soir et… disons que j'ai certains petits détails à régler avant de partir. Kabir me déposera directement.

— OK, c'est tout ?

— Euh, oui. Tu as prévu de partir à quelle heure ?

— Je serai à Heathrow deux heures avant le décollage, ne t'en fais pas.

— Tu es encore au travail ?

— Oui, et je dois y retourner, alors salut ! »

Rajni commença une phrase, mais Jezmeen raccrocha sans la laisser finir. Après avoir mis son téléphone en silencieux, elle se tourna vers Stella :

« Bon, comme votre peau présente plusieurs imperfections, je vais utiliser deux types de correcteurs différents.

— Il faudra que je les mélange ?

— Non, celui-ci est un anticernes et celui-là sert à masquer les petites imperfections du menton », expliqua-t-elle en lui montrant les deux flacons. Pendant que Stella les regardait attentivement, elle jeta un rapide coup d'œil à son téléphone. Quelque chose clochait. Qu'est-ce que ça pouvait bien faire à Rajni si elle était encore au travail ? Elles ne partaient pas avant jeudi.

« Je ferais mieux de l'écrire, commença Stella, qui fouillait désormais dans son sac. Sinon je risque de tout oublier.

— Tenez, lui dit Jezmeen en lui donnant un crayon et une fiche avec le dessin d'un visage. Vous n'avez qu'à écrire "Nude Secret 19" vers les yeux.

— Ma chérie, je ne sais pas si on vous l'a déjà dit, mais vous êtes vraiment très serviable.

— Merci, sourit Jezmeen, surprise.

— Vous avez une carte de visite ? Vous faites des séances privées ? Vous savez, ma fille cherche un bon maquilleur pour son mariage. Ce n'est pas avant le printemps prochain, mais il faut vraiment s'y prendre tôt si on veut avoir quelqu'un de qualifié. »

Le sourire de Jezmeen se crispa. Travailler au rayon maquillage jusqu'au printemps prochain. Cette simple éventualité lui retourna l'estomac. Mais non, ça n'arriverait pas. C'était temporaire, le temps que l'affaire retombe. Les gens finiraient par passer à autre chose. D'après Cameron, ce n'était même pas vraiment elle, le problème.

« Non, mais tu sais, les rôles pour les actrices indiennes ne courent déjà pas les rues et puis les réalisateurs ne peuvent pas se permettre le moindre scandale, surtout avec un nouveau visage. Tu n'as pas vraiment toutes les chances de ton côté. »

Ce qu'il se gardait bien de dire, c'était que le cinéma actuel avait déjà sa Polly Mishra. Il savait que les fréquentes comparaisons avec cette actrice, qui faisait de l'ombre à Jezmeen depuis ses débuts, l'horripilaient.

Elle profita du fait que Stella était toujours en train de prendre des notes pour consulter son téléphone. Trois appels en absence de Rajni au cours des deux dernières minutes et un message :

Tu te souviens qu'on prend l'avion ce soir, hein ?

Jezmeen s'immobilisa. Son téléphone lui tomba presque des mains.

Bien sûr que je m'en souviens. Je pars direct après le travail.

Comment avait-elle pu oublier ? Elles devaient partir jeudi, pas mardi. Elle se souvenait vaguement d'avoir eu une conversation avec Rajni à propos d'un vol moins cher le jeudi.

« Mais ça nous ferait décoller à deux heures du matin. Remarque, je pense que ça irait », avait dit Rajni. Sa façon de le dire avait sérieusement agacé Jezmeen, qui lui avait alors rétorqué :

« Non mais on n'a pas tous la chance d'avoir des vacances scolaires, figure-toi. »

Rajni avait donc bien réservé des billets pour le mardi.

Jezmeen s'était-elle juste imaginé avoir eu le dernier mot ? Il lui arrivait parfois d'avoir de longues conversations imaginaires avec Rajni – c'était toujours plus facile que de se disputer pour de vrai. Dans ces conversations imaginaires, c'était toujours elle qui l'emportait ; sa sœur finissait par s'excuser, voire la supplier de lui pardonner. Bon, elles partaient donc aujourd'hui. L'avion décollait ce soir ! Il fallait qu'elle appelle son manager pour lui dire qu'elle avait une urgence familiale et qu'elle ne viendrait pas travailler le lendemain.

« Quel est le nom de ce *primer* ? demanda Stella.

— C'est juste "*primer*". »

Merde, merde, merde. Elle ne savait même plus où elle avait mis sa valise.

« Mince alors », marmonna Stella quand la pointe de son stylo fit un trou dans sa feuille.

C'était le cas de le dire, *mince alors*.

À l'aéroport de Melbourne, un couple d'Indiens âgés faisait ses adieux à sa famille. Shirina les regarda s'avancer vers la porte d'embarquement comme un essaim d'abeilles.

« Tu crois qu'ils rentrent chez eux ? Ou qu'ils partent juste en voyage ? demanda Shirina.

— Quelle importance ? » répondit Sehaj en haussant les épaules.

Il était concentré sur son téléphone, où défilaient des séries de nombres et des courbes. « C'est pour le boulot », marmonnerait-il si elle avait le malheur de lui demander ce qui accaparait son attention.

« On dirait qu'ils partent juste en voyage. Tu en penses quoi ? insista Shirina.

— J'en sais rien, moi.

— J'essaie de faire la conversation, c'est tout. »

Sehaj leva enfin le nez de son téléphone et le rangea. D'un geste tendre, il repoussa les cheveux de Shirina derrière son oreille et déposa un baiser sur sa tempe.

« Excuse-moi. »

Elle se laissa aller contre son torse. Enfin un petit moment d'intimité. Au milieu de l'aéroport bondé et quelques minutes seulement avant son départ. Les jours précédents avaient été remplis de silences pesants. Elle ferma les yeux. La chemise de Sehaj sentait l'eau de Cologne et l'adoucissant que sa mère lui avait conseillé. Le linge propre embaumait sa vie de femme mariée ; cette odeur était la première chose qui l'avait frappée quand elle avait emménagé dans la maison familiale, trois ans plus tôt. Sehaj lui caressa les cheveux. Surtout ne pas pleurer. Alors qu'elle s'arrachait à son étreinte, elle sentit quelque chose lui rouler sur le pied.

« Aïe ! » cria-t-elle. Une valise. Sa propriétaire ne se rendit compte de rien et fila droit vers la porte d'embarquement.

« Si tu veux mon avis, je pense qu'ils vivent ici et qu'ils partent en vacances, dit Sehaj à propos du vieux couple. La famille a l'air bien trop heureuse pour que ce soient des adieux.

— Et tous leurs enfants et petits-enfants les accompagnent à l'aéroport ? Bizarre, non ?

— Peut-être qu'ils partent longtemps ? Si ça se trouve, ils ont une résidence secondaire et ils s'y rendent chaque année pendant plusieurs mois. »

C'était la période idéale pour quitter Melbourne : ces jours-ci, de gros nuages noirs venaient déverser des torrents de pluie sur la ville. Au Royaume-Uni, personne ne se serait imaginé qu'il pouvait faire un temps pareil en Australie. Même elle avait refusé de le croire avant son mariage et son emménagement ici. Désormais, quand un présentateur télé annonçait des vagues de chaleur en Europe, elle se demandait comment c'était possible, alors que sous ses yeux s'étendait un paysage détrempé fouetté par le vent.

« Et eux, lui dit Sehaj avec un geste en direction de deux jeunes hommes, tu penses qu'ils sont frères ou meilleurs amis ?

— Meilleurs amis », répondit-elle, ravie qu'ils rejouent à ce jeu. Pendant leur lune de miel, une tempête de neige s'était abattue sur Istanbul (encore une ville où on avait du mal à croire que l'hiver – et encore moins des tempêtes de neige – puisse exister). Ils s'étaient retrouvés bloqués à l'aéroport et avaient passé le temps en inventant des vies aux inconnus. C'était moins de deux ans et demi plus tôt, mais elle ressentait le besoin de rappeler cette parenthèse d'insouciance à Sehaj.

« Tu te souviens, quand on avait fini par embarquer, on était assis juste derrière le couple d'espions hollywoodiens.

— Ceux qui avaient des têtes d'acteurs et qui ont passé le voyage collés l'un à l'autre ? » répondit immédiatement Sehaj.

Ils s'étaient bécotés non-stop pendant toute la durée du vol – des jeunes mariés, avaient conclu Shirina et Sehaj. Leurs démonstrations d'affection étaient telles que n'importe quels autres jeunes mariés auraient fait pâle figure à côté d'eux. Et puis, juste avant l'atterrissage, ils avaient cessé leurs caresses pour chacun prendre place sur un siège vide au bout de rangées différentes et ils étaient descendus de l'avion séparément. Ébahis, Shirina et Sehaj les avaient regardés faire la queue à deux postes de douane différents, puis quitter l'aéroport chacun de leur côté sans jamais se dire au revoir.

« Des espions, je n'en démordrai pas », dit Sehaj, grand amateur de films d'espionnage.

Elle jeta un coup d'œil à sa montre. Bientôt l'heure. Les destinations et les horaires de départ défilaient sur l'écran géant. Berlin, Jakarta, Pretoria, Chicago : elle aurait pu se rendre n'importe où. L'horizon infini de possibilités lui procura un frisson et lui rappela ces moments passés devant son ordinateur, à faire défiler les profils de célibataires, chaque homme lui ouvrant une fenêtre sur un avenir différent.

Soudain, Sehaj se tendit, il semblait sur le point de dire quelque chose. L'estomac de Shirina se noua.

« Bon, je ferais mieux d'y aller, commença-t-elle. J'ai dit à Jezmeen que je ferais un peu de shopping au duty free pour elle. »

C'était un mensonge éhonté – à quand remontait sa dernière conversation avec Jezmeen ? Si sa sœur avait eu besoin de quelque chose, elle se serait débrouillée seule.

« D'accord. »

Ils se levèrent et Sehaj, l'air préoccupé, prit son sac. Le couple d'Indiens n'était plus dans leur champ de vision, mais leurs proches étaient toujours attroupés aux abords de la porte d'embarquement. Sehaj dut leur demander plusieurs fois de se décaler, car ils étaient trop absorbés par leur conversation pour prêter attention au monde extérieur. Shirina lui prit la main, mais il se dégagea pour se frayer un passage dans la foule.

« Pardon, pardon », murmura-t-elle sans grande conviction – après tout, ces étrangers venaient de ruiner un ultime moment agréable avec Sehaj – en les bousculant elle aussi.

Une fois à l'écart, elle prit son mari dans ses bras dans l'espoir de dissiper son énervement. Il était toujours tendu.

« Je suis désolée, Sej. »

Comment faisaient tous ces couples mariés qui passaient leur temps à se disputer ? Une seule dispute était déjà trop lourde pour ses épaules. S'excuser lui faisait du bien. Même si elle n'avait rien fait de mal, elle se sentait responsable de la situation.

Il sortit alors une carte de sa poche. Elle reconnut le papier – première qualité, couleur crème – et l'écriture de la mère de Sehaj. Sur la carte, un nom et une adresse. Elle le dévisagea.

« Si tu ne le fais pas, ne reviens pas », dit-il en lui donnant la carte. Avant qu'elle ait eu le temps de répondre, il avait déjà disparu dans la foule.

2

Premier jour : arrivée à Delhi

Soyez patientes. L'Inde va vous changer de Londres. À peine descendues de l'avion, vous étoufferez à cause de la pollution et de la foule. Vous vous êtes toujours moquées de moi en disant que je parlais trop fort et que j'étais comme une tornade qui emporte tout sur son passage ; à votre arrivée, essayez donc d'imaginer ce que j'ai pu ressentir, à l'inverse, en débarquant au Royaume-Uni, où chaque chose est à sa place, où les maisons sont alignées en rangées régulières et où les trains partent toujours à l'heure. J'espère que vous comprendrez le mal que j'ai eu à m'habituer à ce calme.

La migraine de Rajni revenait progressivement. L'hôtel boutique flambant neuf où elles séjournaient dans le quartier de Karol Bagh et son restaurant en terrasse se tenaient à l'écart du chaos dans lequel elles avaient plongé dès leur arrivée à Delhi – le tohu-bohu des porteurs de bagages, la conduite inconsciente du chauffeur de taxi, les filles vêtues de t-shirts troués trois fois trop grands, leur bébé en écharpe, s'efforçant d'éviter pousse-pousse et nids-de-poule. Quel soulagement d'arriver au King's Paradise Hotel en un seul morceau… Mais un rapide coup d'œil au hall d'entrée avait suffi pour comprendre que les photos attrayantes du site de réservation n'étaient que des simulations idéalisées de ce à quoi l'hôtel ressemblerait bientôt. Les chaussures des portiers laissaient des empreintes sur la fine couche de plâtre qui recouvrait le sol et des bruits de travaux résonnaient à l'étage ; le propriétaire effectuait simplement quelques finitions, leur avait expliqué le personnel – comme si leur petit air contrit pouvait suffire à faire oublier à Rajni la forte odeur de vernis. En revanche, ils avaient promis que le café de l'hôtel était « totalement fini ».

À peine assise, Jezmeen commença à se moquer de la carte. Elle pointa du doigt une liste généreuse de boissons estivales : « smoothie glacé vanille-mangue surplombé de crème fouettée et de fruits de saison ».

« C'est juste un *lassi* à la mangue un peu amélioré, non ? Et celui-là, écoute : “lait doré glacé saupoudré de cannelle et de copeaux de coco”. Autrement dit, un *haldi doodh* basique avec glaçons et nappage.

— Ça ne m'a pas l'air mauvais », commenta Rajni.

Et dire qu'elle s'était plainte de la hausse des températures la semaine précédente, quand il avait fait 27 °C à Londres. Ici, on frisait les 40 °C ; la chaleur étouffante semblait vouloir lui arracher des excuses. Si le but de leur mère avait été de leur faire apprécier le Royaume-Uni à sa juste valeur, c'était réussi.

Jezmeen continua de lire la carte :

« Le King's Paradise Hotel Café se situe au carrefour des traditions orientales et du confort occidental. » Elle leva les yeux au ciel. « En résumé, c'est pour ceux qui veulent se vanter d'être allés en Inde sans avoir vraiment mangé indien et sans s'être immergés dans la culture locale.

— Tu pourrais arrêter ? demanda Rajni, déjà bien assez agacée par la mauvaise surprise de la publicité mensongère. Si j'avais choisi un hôtel trois étoiles plus “authentique”, avec traversées de singes en plein milieu du hall d'entrée, toi et Shirina n'auriez pas fini de râler. »

Elle avait ajouté « et Shirina » pour faire bonne mesure. Elles savaient aussi bien l'une que l'autre que Shirina ne se plaignait jamais de rien.

Jezmeen ignora sa remarque et reprit de plus belle :

« Nos singes sont très bien dressés et ne défèquent pas dans le hall d'entrée. Ils ont leurs propres sanitaires en céramique issue du commerce équitable, réalisés par des artisans locaux, et ils s'essuient eux-mêmes avec des mouchoirs en coton organique cousus main par des nonnes himalayennes aveugles.

— Tais-toi donc ! » répondit Rajni, qui ne put cependant réprimer un sourire. Pendant toute la durée du vol, elle s'était repassé en boucle toute la conversation avec Anil et ce qui avait suivi : sa panique quand il l'avait vue s'effondrer, son absence de culpabilité une fois qu'elle avait repris ses esprits.

« Tu exagères tout ! » lui avait-il lancé avant de quitter la maison. Ce reproche lui était si familier qu'elle s'était demandé si, en s'évanouissant, elle n'avait pas remonté le temps jusqu'à l'une de ses nombreuses disputes avec sa propre mère. Elle et Kabir avaient passé toute la journée du lendemain à se ronger les sangs à propos de l'avenir de leur fils. Anil avait fini par rentrer, vingt minutes avant leur départ pour l'aéroport, et leur avait dit :

« Rien ne pourra jamais nous séparer, au cas où vous en douteriez. »

L'espace d'un instant, elle avait cru qu'il parlait de leur famille. Elle en aurait presque pleuré de soulagement. Jusqu'à ce qu'elle le voie faire ses valises dans sa chambre.

À nouveau, l'angoisse monta en elle. Son fils, bientôt père de famille. Aux côtés d'une femme de trente-six ans. Elle mit la main sur sa poitrine et inspira un grand coup.

« Tout va bien ? s'enquit Jezmeen.

— Oui, oui. »

Heureusement qu'il y avait ce voyage. Kabir aurait un peu de temps pour ramener leur fils à la raison ; elle-même avait épuisé toutes ses cartes – s'évanouir et crier – sans succès. Elle regarda le ciel brumeux au-dessus des palissades de la terrasse de l'hôtel. Au loin retentissait une cacophonie de coups de klaxon. Une odeur de caoutchouc brûlé flottait dans l'air. C'était ça, Delhi. À prendre ou à laisser. Certes, elle se serait bien passée du vacarme ambiant, mais de toute façon elle ne comptait pas s'aventurer en ville, surtout pas après son dernier voyage ici avec sa mère. *Je n'ai pas mis les pieds en Inde depuis plus de vingt ans, mais je sais que les voyages planifiés à la dernière minute ont un coût.* Le ton de cette phrase était plein de reproches. Il avait fallu plusieurs années à Sita pour combler le trou que ce voyage avait creusé dans ses finances – et encore plus de temps pour pardonner à Rajni.

Un jeune couple d'Européens nageait dans la piscine. Quand les bras pâles de la jeune femme fendaient l'eau, on pouvait voir les arabesques dorées de son *mehndi*. Une carte postale de vacances idylliques.

Rajni sortit de son sac les photocopies de l'itinéraire. Elle avait tapé la lettre de leur mère à l'ordinateur et l'avait aussi imprimée pour Shirina et Jezmeen. Peut-être était-ce un peu exagéré – à voir l'expression de Jezmeen, c'était clairement le cas – mais elle avait classé les activités en trois couleurs différentes : spiritualité, tourisme et sentimentalité.

« Ta plastifieuse était en panne ? » demanda Jezmeen d'un ton sec en faisant claquer les feuilles.

C'était le cas, mais Rajni se garda bien de le mentionner.

« Je me suis dit qu'on pourrait regarder ça ensemble.

— On n'attend pas que Shirina ait fini sa sieste ? Elle pourrait avoir de bonnes idées.

— C'est maman qui a établi l'itinéraire. Il n'y a rien d'autre à ajouter.

— Je ne vois pas pourquoi on ne pourrait pas le modifier un peu. »

Rajni dévisagea sa sœur. Non, elles ne pouvaient pas « le modifier un peu ». La fâcheuse tendance de Jezmeen à réinterpréter les volontés de leur mère avait bien failli leur coûter cher récemment – avait-elle déjà oublié ? Non. Jezmeen ne baissa pas les yeux. Elle essayait encore d'avoir le dernier mot.

« Écoute, Jesmeen, je pense que tu oublies le plus important…

— Tu pourrais arrêter de m'appeler comme ça ? C'est Jezmeen, avec un "z". J'ai fait mon changement de prénom il y a deux ans, il n'y a plus que toi qui m'appelles comme ça.

— D'accord, je vais essayer », répondit Rajni. En réalité, elle ne comptait pas vraiment faire d'effort ; elle adorait « Jesmeen ». En tant qu'aînée, elle avait eu le privilège de choisir ce prénom. Deux ans plus tôt, en pleine crise de la trentaine, Jezmeen avait envoyé un mail à tous ses proches pour annoncer qu'elle faisait une demande de changement de prénom. Habituée aux déclarations théâtrales de sa sœur, Rajni n'y avait pas vraiment prêté attention, et elle avait été surprise en découvrant que celle-ci l'avait vraiment fait. Qu'est-ce qu'une seule petite lettre pouvait bien changer ? Elle n'avait pas besoin de poser la question à Jezmeen, qui lui répondrait à grand renfort de roulements d'yeux, de grimaces et autres moues destinés à lui faire comprendre que, justement, elle ne pouvait pas comprendre.

Rajni posa un doigt sur la première étape de l'itinéraire, *Temple d'or d'Amritsar*, et dit :

« Maman a voulu qu'on fasse ce pèlerinage en son honneur. On va suivre son itinéraire à la lettre.

— J'ai bien compris, mais ce que je veux dire, c'est que rien ne nous empêche de quitter un lieu un peu plus tôt que prévu ou d'y rester un peu plus longtemps.

— Ce n'est pas un voyage de loisir. »

Jezmeen fit glisser ses lunettes de soleil sur son nez et tourna la tête. Rajni ne voyait plus que son profil – sa pommette anguleuse et son grain de beauté juste au-dessus de la bouche. La dernière fois qu'elle avait étudié le visage de sa sœur de la sorte, c'était pendant les funérailles de leur mère. À l'époque, le bleu qui ornait la joue de Jezmeen commençait tout juste à se résorber. Désormais, il avait disparu.

« On va passer de bons moments toutes ensemble », ajouta-t-elle.

Elle ne pouvait pas voir la réaction que son ton faussement enjoué avait suscité chez Jezmeen, et ce n'était sans doute pas plus mal. Il fallait qu'elles prennent le temps de parler des derniers instants de leur mère. Qu'elles aient une discussion apaisée maintenant qu'elles avaient pris un peu de recul. Kabir lui avait bien dit qu'elle était naïve de croire que la réconciliation serait si simple, mais tout était question d'atmosphère. La tranquillité des berges du Temple d'or d'Amritsar serait bien plus propice à cette discussion que les banquettes d'une sandwicherie londonienne – et puis, maintenant que Shirina avait emménagé en Australie, ce n'était pas comme si elles avaient souvent l'occasion de se retrouver toutes les trois. Rajni voulait qu'elles s'expliquent et tournent la page une fois pour toutes.

« Tu sais que les pèlerinages ne sont pas une obligation dans la religion sikhe ? demanda Jezmeen.

— Je sais, oui », répondit-elle avec calme. Pas question de laisser Jezmeen lui taper sur les nerfs. Des trois sœurs, c'était sans doute elle qui savait le mieux à quel point les rituels étaient inutiles. Quand leur père était mort, l'adolescente qu'elle était avait vu leur mère se perdre dans d'innombrables rituels censés influer positivement sur le sort de la famille. À cette époque, chance et destin étaient synonymes pour Sita ; la mort de son mari était un coup de malchance, mais cette tragédie s'inscrivait dans un dessein plus large qui méritait bien qu'on fasse quelques efforts.

Un serveur – un jeune homme aux cheveux coiffés en pics et dont le badge indiquait « Tarun » – s'approcha de leur table. Il regarda avec insistance le décolleté de Jezmeen.

« Je vais prendre un smoothie avocat, citron vert et coriandre, s'il vous plaît, dit Rajni, alors que Jezmeen levait la tête et souriait au garçon.

— Je suis vraiment désolé, madame, mais cette boisson n'est actuellement pas disponible.

— D'accord… Dans ce cas, je prendrai… Oh, celui-ci a l'air bon ! Le daiquiri à la pêche et aux fraises.

— Madame, nous n'avons pas de fraises en ce moment, répondit Tarun d'un air gêné.

— Ce n'est pas grave », minauda Jezmeen. Franchement, elle était obligée d'en faire autant ? Rajni passa la carte en revue, puis montra la photo du smoothie glacé vanille-mangue surplombé de crème fouettée et de fruits de saison dont s'était moquée Jezmeen.

« Je vais prendre ça. Jezmeen, tu en veux un aussi ?

— Non merci, je voudrais juste une tasse de chai.

— Du chai, nous en avons, répondit Tarun tout sourire. Donc, un chai et un smoothie vanille-mangue. »

Il s'éloigna avant que Rajni ait pu lui demander quels étaient les « fruits de saison ».

Elle essaya de ramener la conversation sur leur itinéraire :

« Demain matin, nous partons tôt pour assister au seva au temple Bangla Sahib. »

Pas de réponse. Sourcils froncés, Jezmeen fixait l'écran de son téléphone. Quelques instants plus tard, elle sembla se détendre un peu et leva la tête, ne jetant plus que quelques regards furtifs à son appareil.

« Tu as du réseau ? demanda Rajni. Le mien ne marche toujours pas. »

Les employés du kiosque téléphonique de l'aéroport lui avaient assuré que l'activation de son téléphone prendrait moins de dix minutes. Pourtant, deux heures plus tard, toujours rien.

« C'est le wifi de l'hôtel. Du coup, on fait quoi demain ?

— On participe à la préparation et au service du *langar*. »

C'était le premier point sur la liste de leur mère, mais ç'aurait été surprenant que Jezmeen l'ait lue.

« Donc, en résumé, maman nous envoie en Inde pour faire la vaisselle et la cuisine pour tout le monde. Je suis sûre qu'elle s'est réjouie d'inclure cette tâche dans son itinéraire – mais oui, quelle bonne idée, nous faire faire les bonniches pour nous transformer en fifilles bien élevées.

— Il y a aussi des hommes à la cantine, lui rappela Rajni.

— Mais quand ils rentrent chez eux, ils mettent les pieds sous la table, non ? »

L'image de Kabir et Anil confortablement installés dans leurs fauteuils devant un match de football tandis qu'elle s'affairait – parfois même sans avoir eu le temps d'ôter ses habits de travail – s'imposa à l'esprit de Rajni.

« Hmm », répondit-elle, comme à son habitude quand elle savait qu'elle avait tort mais refusait de l'admettre.

Bzz bzz. Elle consulta son téléphone :

BIENVENUE EN INDE, MME RAJNI SHERGILL CHADHA. VOUS AVEZ SOUSCRIT À UNE OFFRE DE 2 MB DE DONNÉES MOBILES + APPELS ILLIMITÉS EN INDE. APPELEZ CE NUMÉRO POUR CONFIRMER VOTRE IDENTITÉ.

« Enfin ! »

Après avoir entré sa date de naissance et son code PIN, elle appela un opérateur qui lui posa une dernière question pour confirmer son identité :

« Le nom de votre père, s'il vous plaît ? »

Avant ce voyage, et depuis plusieurs années, elle n'avait plus prononcé le nom de son père. Désormais, c'était une tout autre histoire. Demande de visa, officiers des douanes, opérateur de téléphone mobile : tout le monde cherchait à le lui arracher, et peu importait que celui-ci soit mort plusieurs décennies auparavant.

« Devinder Singh Shergill. »

Après une série de clics, son interlocuteur lui annonça qu'elle bénéficiait désormais de la couverture mobile à laquelle elle avait souscrit.

« Quand ton téléphone et celui de Shirina marcheront, vous devriez télécharger FindMe, c'est une application très utile qui nous empêchera de nous perdre. Je l'ai déjà utilisée lors de voyages scolaires », dit-elle à Jezmeen.

Seul désavantage, l'application en question semblait consommer beaucoup de données mobiles. Mais ce n'était qu'un détail par rapport au nombre d'élèves que Rajni aurait pu perdre dans des villes inconnues.

Jezmeen se mordilla le bout d'un ongle avant de lâcher d'un air exaspéré :

« Pourquoi on aurait besoin de ça ? De toute façon, on va passer tout notre temps ensemble.

— C'est grand, l'Inde. Grand et imprévisible. Il n'y a rien de plus facile que de s'y perdre.

— Ce ne serait pas justement pour cette raison que les gens viennent ici ? demanda Jezmeen en désignant le couple d'Européens qui flottait désormais au centre de la piscine, les yeux rivés au ciel. Pour se perdre et mieux se retrouver ? »

Oh, tu veux faire ta forte tête. Voilà l'avertissement que leur lançait autrefois leur mère quand l'une d'entre elles insistait pour obtenir un couvre-feu tardif ou rouspétait pour un rien, ce qui était la spécialité de Jezmeen. Rajni se retenait de dire la même chose à Anil lorsqu'il refusait de se plier à sa volonté.

Jezmeen fit signe à quelqu'un au loin.

« Et voilà notre Belle au bois dormant ! »

Vêtue d'un cafetan turquoise scintillant et de sandales blanches en corde, Shirina s'avança sur la terrasse. Les femmes tournèrent la tête sur son passage. C'était ça, la différence entre ses deux sœurs, songea Rajni. Tandis que Jezmeen attirait le regard des hommes et que ses jambes effilées attisaient leur désir, Shirina, elle, captivait l'attention des femmes, qui admiraient cette poupée grandeur nature – la chevelure soyeuse qui tombait sur ses épaules, le bracelet assorti au sac à main, etc.

Et cette bague ! Rajni ne pouvait pas en détourner les yeux, comme si c'était la première fois qu'elle la voyait. Le diamant de Shirina avait-il grossi depuis la dernière fois ? L'alliance en or blanc ne passait pas non plus inaperçue, mais le diamant qui ornait la bague de fiançailles semblait tout droit sorti d'un site de fouilles archéologiques. *C'est d'un kitsch*, s'était-elle dit en le découvrant, même si elle en connaissait le nombre de carats. Bien sûr, elle ne tenait pas cette information de Shirina ; elle avait tapé « énorme diamant bague » sur Internet et avait écumé des pages et des pages de photos jusqu'à en trouver une qui corresponde plus ou moins. Si la bague avait vraiment coûté trois mois de son salaire, Sehaj devait bien gagner sa vie – mais ça, elle le savait déjà. L'héritier de l'une des plus grosses entreprises familiales d'Australie n'allait pas lésiner sur les moyens pour faire sa demande.

« Alors, tu as rattrapé tout ton sommeil ? demanda Jezmeen.

— Pas encore tout à fait. »

Alors que Shirina s'installait à leur table, Rajni remarqua ses cernes.

« Sympa, l'hôtel, Raj, dit Shirina en jetant un coup d'œil aux alentours. C'est plutôt calme.

— Ravie de savoir que quelqu'un apprécie mes efforts, répondit Rajni en lançant un regard en coin à Jezmeen.

— J'aime bien ta robe », dit Jezmeen. Mais Rajni ne put s'empêcher de remarquer qu'elle aussi examinait Shirina ; le cafetan ne dissimulait pas ses épaules affaissées.

« Merci. Malheureusement, je crois bien que je vais avoir du mal à me remettre du *jetlag*, alors ne faites pas attention à moi si jamais je m'éclipse pour piquer un somme.

— Du moment que tu es debout aux aurores demain matin pour aller servir au temple, pas de problème, l'informa Jezmeen.

— Si tôt que ça ?

— Elle exagère, intervint Rajni. On se lèvera quand on se lèvera.

— OK.

— Enfin, pas après neuf heures, ajouta-t-elle. Alors, Shirina, comment ça va ? Ça fait un moment que tu n'as rien posté sur Facebook.

— Ce n'est plus trop mon truc », répondit-elle avec un haussement d'épaules.

En tant que proviseur, Rajni n'était pas non plus une grande fan des réseaux sociaux, mais elle s'en servait pour garder contact avec ses amis de longue date. Récemment, elle s'était rendu compte que Shirina avait complètement arrêté de poster des photos ou de publier de nouveaux statuts. La dernière activité sur son mur était un message de condoléances envoyé par un ancien camarade de classe au lendemain des funérailles de leur mère.

« Et ton travail, ça va ?

— Oui, j'étais vraiment très occupée ces derniers temps, dit Shirina, évasive. Je suis contente de faire une pause.

— Je vois. » Voilà qui expliquait les cernes. Elle attendit que Shirina développe un peu, mais à la place celle-ci se pencha vers Jezmeen en fixant sa poitrine.

« C'est un nouveau tatouage que je vois là ? »

Avec un sourire, Jezmeen hocha la tête et tira un peu sur le haut de son débardeur pour découvrir un « z » noir fait de petites fleurs et de tiges entrelacées. Rajni tomba des nues.

« J'y pensais depuis que ma demande de changement de prénom a été acceptée, mais je ne savais pas trop où le faire.

— C'est-à-dire ? Dans quel salon ou sur quelle partie du corps ? demanda Shirina.

— Sur quelle partie du corps. Je ne voulais pas d'un endroit trop visible comme l'avant-bras. J'ai pensé à l'intérieur de la cuisse, mais bon, je voulais quand même qu'il se voie un peu.

— Aïe, ça doit faire mal sur la cuisse, commenta Shirina.

— Je suis contente de l'avoir fait là », poursuivit Jezmeen, qui n'avait toujours pas remis son débardeur en place. Même si elle savait très bien qu'elle aurait l'air vieux jeu, Rajni ne put s'empêcher de remarquer :

« Tu devrais faire un peu attention, Jezmeen.

— Oh ! ne t'en fais pas, tous les instruments étaient stérilisés et puis je connais bien le tatoueur, c'est lui qui m'a fait mes deux premiers tatouages.

— Ce n'est pas ce que je voulais dire, tu devrais faire attention à..., dit-elle en faisant un geste de la main pour désigner la tenue de sa sœur.

— Attends, tu ne crois quand même pas que je n'ai emporté que des minishorts et des hauts de bikini ? demanda Jezmeen, amusée. On est à Delhi. Pour raison religieuse, en plus. J'ai pris d'autres habits.

— J'espère bien. »

Shirina regarda la carte.

« Hmm, ça m'a l'air rafraîchissant, tout ça ! dit-elle en faisant signe au serveur, qui accourut.

— Re-bonjour, Tarun », le salua Jezmeen avec un sourire chaleureux. Son tatouage n'était absolument pas couvert et, comme pour énerver Rajni, Jezmeen se pencha légèrement en avant, accentuant davantage son décolleté.

« Je vais prendre le jus détox menthe, pomme verte et carotte, s'il vous plaît.

— Je suis vraiment désolé, madame, mais nous n'avons pas de carottes en ce moment.

— Eh bien, un jus de pomme fera l'affaire.

— Encore une fois, je suis vraiment désolé, mais nous n'avons actuellement aucun fruit », lui dit Tarun, visiblement mal à l'aise.

Le smoothie de Rajni serait donc préparé avec… ?

« Vous avez quoi, au juste ? demanda Rajni d'un ton sec en lui tendant la carte. Allez-y, montrez-moi. »

Tarun hocha la tête nerveusement, son visage se tendit, comme si elle l'avait mis au défi de faire apparaître toutes les boissons indisponibles. Son air concentré lui rappela Anil et elle eut un pincement au cœur. Depuis combien de temps ne l'avait-elle pas vu aussi vulnérable ? L'entrée de son fils dans l'adolescence avait marqué un tournant : être fort et indépendant était désormais tout ce qui comptait pour lui. Après avoir accepté à contrecœur de laisser Anil prendre une année sabbatique pour travailler, elle n'avait pas pu s'empêcher de lui rappeler que ses sweats à capuche et baggys ne l'aideraient pas à impressionner d'éventuels employeurs.

« S'ils ne m'exceptent pas tel que je suis, tu peux être sûre que je n'excepterai pas de travailler pour eux !

— Accepter ! l'avait corrigé Rajni, avant de quitter la pièce.

— C'est ce que j'ai dit ! » avait grommelé Anil.

Tarun la ramena à la réalité :

« Je ne sais vraiment pas quoi vous dire, madame.

— Ce n'est pas grave, Tarun. Vous n'y êtes pour rien », le consola Jezmeen.

Tarun s'excusa encore et s'éloigna en vitesse.

« Sérieusement, Rajni, tu étais vraiment obligée de lui parler comme ça ?

— Désolée, mais quand on me présente une carte, il ne me paraît pas exagéré de pouvoir commander tout ce qui y figure.

— Il fait de son mieux. On est en Inde. Revois tes attentes à la baisse. Tu ne peux pas arriver avec tes gros sabots et te comporter comme une colonisatrice. Personne ne laissera passer ça.

— Donc tu penses pouvoir te fondre dans la masse ? J'ai hâte de voir ça, tiens, surtout si tu te promènes partout habillée et maquillée comme ça, à offrir ton tatouage aux yeux du monde. »

Elle était à bout. Elle n'avait même pas réussi à s'entendre avec Jezmeen le temps d'une journée.

« Je n'ai pas besoin qu'une deuxième mère vienne me faire chier ! »

Mère. Ce mot, elle le prononçait comme une insulte. Adolescente, Jezmeen avait passé son temps à crier.

Shirina avait toujours été douée pour rester à l'écart de ces disputes. Depuis quelques minutes, son attention était tournée vers le couple qui s'aspergeait joyeusement dans la piscine. Elle choisit ce moment pour changer de sujet :

« Et si on parlait de demain ?

— Mais oui, faisons ça ! » répondit Jezmeen. Elle prit l'itinéraire des mains de Shirina et le lut attentivement. Rajni, elle, le connaissait déjà par cœur.

« J'espérais vraiment pouvoir faire un petit détour, mais je suppose que c'est peine perdue.

— On peut savoir où tu comptais aller ? soupira Rajni.

— Il y a ce festival de musique à Goa et ensuite je pensais faire un crochet par Bombay, histoire de retrouver un environnement urbain après toutes ces escales dans des lieux sacrés. Les vols pour le Sud ne sont pas chers du tout ! »

Je vais en Bulgarie skier sur la montagne Vitocha puis passer quelques jours à Sofia. Anil et Jezmeen se ressemblaient sur beaucoup de points. Par exemple, ils avaient la même capacité à parler avec familiarité et assurance de lieux où ils n'avaient jamais mis les pieds.

Anil avait dit « Je laisse tout tomber pour elle » avec le même aplomb. Un frisson parcourut Rajni. « Mais quel idiot ! n'avait-elle cessé de répéter à Kabir. Quel crétin fini ! »

Ils avaient tout fait pour assurer un bel avenir à leur fils. *Au moins, il aura plus de chances de réussir que les enfants issus de grandes fratries*, s'étaient-ils répété durant toutes ces années pour se consoler de ne pas avoir d'autres enfants. Ils avaient pu concentrer toute leur attention et toutes leurs ressources sur Anil. Et même si elle ne comprenait pas toujours son fils – pourquoi tenait-il tant à faire croire qu'il venait de « la rue » alors qu'il avait grandi dans une belle maison victorienne dans le nord de Londres ? –, jamais elle n'aurait imaginé qu'il s'écarterait autant de la voie royale qui s'offrait à lui.

« Changement de plan pour moi aussi, j'en ai bien peur, dit Shirina en tapotant la dernière étape de l'itinéraire – le trek jusqu'à Hemkund Sahib, où se trouvait le lac Lokpal dans lequel elles étaient censées disperser les cendres de leur mère. Je comptais vous le dire par mail, mais c'est mieux de le faire de vive voix.

— Nous dire quoi ? demanda Rajni.

— J'ai un imprévu. Comme je n'ai pas encore rencontré la famille de Sehaj – celle du Pendjab –, j'ai accepté de passer leur dire bonjour à la fin du mois de juillet. »

Rajni resta sans voix. Shirina était-elle vraiment en train de leur dire qu'elle manquerait le point culminant du pèlerinage ? Sans compter que ce trek serait la partie la plus difficile de leur voyage. Elle n'avait pas envoyé à ses sœurs toutes ces pages Internet qui expliquaient comment prévenir le mal aigu des montagnes pour que Shirina leur fasse faux bond à la dernière minute.

« Je suis vraiment désolée…

— Tu as conscience que c'est ce qui compte le plus dans ce voyage ? Tout ce temps, j'ai gardé les cendres de maman et je les ai apportées pour qu'on observe ses dernières volontés. La famille de Sehaj ne peut pas attendre quelques jours de plus ?

— Pas vraiment, non, ils sont très nombreux et viennent des quatre coins du pays spécialement pour moi. De quoi j'aurais l'air si je repousse ou si j'annule au dernier moment ? »

Elle osait demander ça ? Les trois sœurs avaient commencé à planifier ce voyage à la mort de leur mère, en novembre. C'était le moment de demander à Shirina de revoir l'ordre de ses priorités – Rajni avait déjà laissé passer une occasion en or quand Shirina était retournée en hâte en Australie, juste après les funérailles. Mais Shirina baissa les yeux, comme si elle s'attendait à être réprimandée.

Rajni jeta un coup d'œil à Jezmeen. On ne pouvait pas dire qu'elles s'accordaient sur beaucoup de points, mais le mariage de leur sœur avec Sehaj avait le mérite de les mettre d'accord. Elles en parlaient peu entre elles, mais il était certain que Shirina avait laissé son rôle d'épouse l'engloutir. Pendant sa première année de mariage, elle répondait aux messages de Rajni en parlant systématiquement de Sehaj et de sa famille. Jezmeen avait aussi raconté que toutes les photos où elle portait des habits courts ou faisait la fête avec un cocktail ou une bouteille de bière à la main avaient disparu des réseaux sociaux.

Ce changement de comportement avait surpris Rajni : Shirina avait toujours été plutôt accommodante, mais de là à l'imaginer se couler dans le moule conservateur de la parfaite petite épouse indienne… À l'université, elle s'était montrée pleine d'ambition et avait effectué des stages d'été dans des entreprises de communication pour lesquelles elle espérait travailler plus tard. Une fois diplômée, elle avait décroché un bon poste et commencé à bien gagner sa vie. Bien sûr, même à leur époque, beaucoup de femmes – et pas seulement celles qui aspiraient à devenir rapidement mères au foyer – choisissaient le confort du mariage arrangé. La fortune de Sehaj semblait avoir emporté l'assentiment de Shirina.

« Il a dû faire un chèque à six chiffres pour lui payer cette bague. » C'était ce qu'elle avait écrit à Jezmeen après l'annonce des fiançailles de Shirina.

« Tu déconnes ??! » lui avait répondu sa sœur.

Rajni espérait désormais que Jezmeen partagerait une fois de plus son effarement. Mais non, elle avait encore le nez collé à son téléphone. Rajni était à deux doigts de le lui arracher pour le jeter dans la piscine.

« Et voilà, mesdames », annonça Tarun en leur présentant un plateau sur lequel trônaient deux boissons qui n'avaient rien à voir avec les photos de la carte. Shirina le remercia et enleva l'itinéraire de la table. Rajni prit son verre et but une gorgée. Ce n'était rien de plus qu'un lassi à la mangue trop sucré. Il aurait pu lui servir du sirop pur qu'elle n'aurait pas vu la différence. Le bruit saccadé d'une perceuse dans le hall d'entrée jouait avec ses nerfs.

« Vous désirez autre chose ? » hasarda Tarun.

Oh que oui ! J'aimerais que ce voyage soit déjà fini, s'il vous plaît. Être mère et épouse lui donnait déjà assez de travail, elle n'avait pas besoin en plus des complications liées à son rôle de fille et de sœur. *Faites que cette semaine passe en un clin d'œil.* Tarun ne pourrait pas satisfaire ses demandes, mais qu'y avait-il de surprenant à ça ?

3

Deuxième jour : gurdwara de Bangla Sahib

Si les médecins m'avaient laissée visiter un seul lieu sur Terre, j'aurais choisi ce sanctuaire dédié au huitième des gurus, Har Krishan. Un prince rajput, dont le domaine s'étendait sur ces terres, l'avait invité à y séjourner. Pendant son séjour, une épidémie de variole et de choléra s'est répandue sur Delhi. Au lieu de rester à l'abri du pavillon confortable de son hôte, il est parti apporter de la nourriture et des médicaments à ceux qui en avaient besoin.
Le matin, vous irez aider en cuisine et servirez au gurdwara *de Bangla Sahib. Pensez à l'histoire du temple et à ce qu'il représente encore aujourd'hui – un foyer et un lieu de guérison. Ce sanctuaire incarne l'altruisme, le sacrifice et l'abnégation. Si seulement j'avais pu m'y rendre ! Je sais que j'en serais ressortie meilleure.*

Le lendemain, un *ping !* tira Jezmeen de son sommeil. Elle s'empara de son téléphone, manquant par la même occasion de renverser la lampe de chevet. Elle avait programmé une alerte Google sur son propre nom pour se tenir au courant de ce qui se racontait. Jusqu'à présent, personne n'avait fait le lien entre la présentatrice de « Disaster Tube » et la vidéo de sécurité du restaurant Feng Shui à Soho sur laquelle on voyait une femme péter les plombs et provoquer des dégâts dont on ne l'aurait pas crue capable. Elle continuait de plaider la légitime défense, mais la vidéo ne montrait pas vraiment l'ampleur de l'attaque qu'elle avait subie.

L'alerte de ce matin ressemblait à celle qu'elle avait reçue la veille au bord de la piscine – un internaute parlait d'une vidéo vue sur « Disaster Tube » et critiquait l'introduction de Jezmeen. « Shergill, ferme-la ! J'ai jamais vu quelqu'un d'aussi énervant. » La veille, il y avait eu aussi un article sur un site d'actualité people – « Ces people qui auraient pu être jumeaux ». Comme d'habitude, elle était comparée à Polly Mishra, mais cette fois l'auteur la décrivait comme « une présentatrice TV fun et fabuleuse » tandis que Polly avait juste droit à la simple étiquette d'« actrice ». Était-ce une pique déguisée à l'encontre de Polly ? Elle l'espérait.

J'ai jamais vu quelqu'un d'aussi énervant. Elle avait appris à ignorer les commentaires d'anonymes en ligne, mais elle ne put s'empêcher de cliquer sur le profil de ce type et de lire ses autres interventions. « Et on est censé croire que ce mec réussit à faire ça sans aucun stéroïde ? LOL mais bien sûr », sous la vidéo d'un bodybuilder lancé dans une séance de musculation impressionnante avec des objets qui se trouvaient chez lui. Un troll en série, rien de plus. Au moins, il n'était pas de ceux qui faisaient circuler une énième pétition pour voir Jezmeen et Polly Mishra lutter nues. Ça arrivait de temps à autre. Quelques semaines plus tôt, un homme l'avait abordée à la sortie d'une station de métro :

« J'espère que vous ne m'en voudrez pas, mais vous ressemblez beaucoup à Polly Mishra.

— Oui, on me le dit souvent », avait-elle répondu avec un sourire poli.

Regard profond, pommettes saillantes, cheveux mi-longs ondulés et lâchés ; voilà à quoi tenait la ressemblance – et encore, Jezmeen avait des reflets caramel.

« Oh, je suis content de ne pas vous avoir offensée ! Un jour, j'ai rencontré Polly Mishra et je lui ai dit qu'elle vous ressemblait, ça l'a mise dans une rogne pas possible. »

Quelle connasse. Jezmeen se leva de son lit avec un peu plus d'entrain que prévu, la tête lui tourna et les contours de la pièce disparurent un instant. Elle s'agrippa à la table de chevet pour ne pas perdre l'équilibre. La situation lui rappela sa période hypocondriaque, quand la moindre anomalie annonçait une mort certaine. Qui aurait pu le lui reprocher ? La mort de son père avait été si stupide et soudaine – il avait fait une chute dans la douche, s'était cogné la tête puis avait continué sa journée comme si de rien n'était. S'il s'était rendu chez un médecin et avait passé un scanner, il aurait su que l'impact avait causé la formation d'un caillot qui le tuerait quelques jours plus tard, lorsqu'il se rendrait à sa voiture en sortant du travail. Elle faisait donc très attention lorsqu'elle marchait sur des surfaces glissantes. Mais comment pouvait-elle combattre les gènes infectieux hérités de sa mère ? Quand elle avait su que celle-ci souffrait d'un cancer, elle avait pris plusieurs rendez-vous pour des mammographies – rendez-vous qu'elle avait dû annuler car on lui avait dit qu'elle abusait de la Sécurité sociale.

Après sa douche, elle s'habilla et descendit dans le hall de l'hôtel. Ses deux sœurs n'étaient pas encore là. Elle s'aventura dehors, dans la brume de Delhi. L'air était saturé de vacarme et d'agitation et la chaleur estivale pénétrait jusqu'au plus profond de sa moelle. Le concert de klaxons était incessant, l'air plein de poussière. Mais la ville pouvait aussi vous avaler – disparaître, quelle possibilité alléchante. Si sa carrière stagnait ou si jamais son contrat n'était pas renouvelé, elle avait envisagé de déménager en Inde, où l'anonymat dont elle jouirait alors lui donnerait une chance de repartir de zéro. Mais c'était quoi, repartir de zéro ? Pendant des années, elle avait passé audition sur audition, enchaîné les petits rôles dans des publicités ou fait de la figuration dans *EastEnders*. Sa seule vraie chance, on la lui avait donnée neuf mois plus tôt et elle avait tout gâché en un seul instant d'égarement ; il lui faudrait peut-être attendre dix ans avant qu'une telle opportunité se représente.

Le labyrinthe étourdissant de magasins, ruelles encombrées de véhicules et stands de thé du marché de Karol Bagh n'était qu'à deux pas. Le King's Paradise Hotel se trouvait au bout d'une allée de service, à côté d'une rangée de petits magasins miteux cachés derrière un amas de câbles téléphoniques et d'échafaudages en bambou. Un chien errant maigre comme un clou profitait de l'ombre d'un van. Sur un des murs de la ruelle, des images décrépites de déesses hindoues étaient surmontées d'un panneau qui disait « Respectez-les ». Ces divinités dissuadaient-elles vraiment les hommes d'uriner contre les murs ? À en juger par l'odeur âcre qui planait dans l'air, non.

Un employé aux cheveux plaqués en arrière s'approcha de Jezmeen pour lui demander si elle avait besoin d'un taxi.

« Pas tout de suite », répondit-elle en jetant un coup d'œil derrière elle. Rajni sortit de l'ascenseur, vêtue d'un pantalon en lin beige et d'un chemisier en soie fluide assorti au foulard noué lâchement autour de son cou et qui servirait à lui couvrir la tête plus tard.

« Et Shirina ? » demanda-t-elle en essayant désespérément de lisser les plis de son *kameez* en coton. Où Rajni – qui plus est en vacances – trouvait-elle la patience de repasser tous ses vêtements ?

« Elle dormait encore quand j'ai appelé sa chambre.

— Sûrement à cause du décalage horaire. »

La chaleur implacable la brûlait à travers ses habits. Elles retournèrent dans le hall de l'hôtel et s'enfoncèrent dans des poufs. Une odeur de désinfectant flottait dans l'air.

À la réception, une femme vêtue d'un blazer rouge réveillait un client au téléphone.

« Tu as bien dormi ? demanda Rajni.

— Pendant quelques heures, oui. Et toi ?

— Je n'arrive jamais à fermer l'œil à l'hôtel. »

La luminosité de la télévision accrochée au mur était agressive. Une matinale d'informations. Chose pourtant difficile à croire quand on voyait la toute petite place réservée à la présentatrice sur l'écran ; un ruban publicitaire défilait en bas et des colonnes fluo présentant les cours de la Bourse en direct mangeaient l'écran. C'était comme observer une machine à sous.

« Hier soir, j'ai regardé une de ces émissions de variétés que maman aimait tant, dit-elle.

— Je me souviens qu'elle les regardait avec papa, répondit Rajni. Papa fredonnait et elle lui demandait de se taire parce qu'il gâchait la chanson.

— Je crois que je m'en souviens aussi », dit Jezmeen en souriant. Parfois, elle avait du mal à savoir si les scènes de sa plus tendre enfance étaient de vrais souvenirs ou de simples constructions modelées d'après les récits de Rajni. Mais cette fois-ci, elle entendait encore son père chanter faux. Elle n'avait que cinq ans quand il était mort. Il lui arrivait d'être jalouse de sa grande sœur, qui avait partagé tant d'années de plus avec lui. Elle aurait aimé pouvoir dire des choses comme « Je l'ai bien fait rire ce jour-là » ou « Mon père disait souvent que… ». Un lien plus fort l'aurait aidée à se sentir moins perdue, surtout maintenant, depuis que sa mère aussi avait disparu.

« Je fais la même chose quand je regarde ces émissions, dit Rajni.

— Tu chantonnes les paroles ?

— Non, je dis à Kabir de se taire. »

Quelle surprise…

« Et Anil regarde avec vous ?

— Il le faisait quand il était petit. Maintenant, il met ses écouteurs et regarde je ne sais quoi sur son iPad. »

C'était du Anil tout craché – être happé par un monde qui dépassait celui du salon de ses parents. Depuis l'entrée de son neveu dans l'adolescence, Jezmeen avait vu trois émotions seulement passer sur son visage : la contrariété, l'ennui et la fascination (cette dernière n'était toutefois provoquée que par son téléphone). Il n'était devenu temporairement plus intéressant à ses yeux que lorsqu'il était un jour venu rôder au rayon parfum du centre commercial. Excitée à l'idée d'apprendre s'il avait une petite amie (et par l'éventualité de torturer Rajni avec cette information), elle avait attendu qu'il parte pour aller questionner l'employée qui l'avait renseigné. « Il cherchait quelque chose de mature », avait dit sa collègue en soupirant, avec un regard désespéré aux produits de la gamme Sugar n'Spice destinée aux adolescentes. Jezmeen aussi avait été déçue. Elle s'était fait des idées. Anil avait dû acheter un cadeau d'anniversaire pour sa mère.

« On ne devrait pas appeler Shirina ? demanda Jezmeen. Si ça se trouve, elle s'est rendormie.

— Attendons encore dix minutes, dit Rajni, avant de jeter un coup d'œil vers les ascenseurs. Tu ne trouves pas bizarre qu'elle ne nous ait parlé de sa visite à sa belle-famille qu'hier ?

— Je ne sais pas. Elle a peut-être mélangé les dates, surtout qu'elle a l'air d'avoir été très occupée. »

De toute évidence peu convaincue par cette explication – Jezmeen elle-même ne l'était qu'à moitié –, Rajni fronça les sourcils. Comme tant d'autres femmes de la connaissance de Jezmeen, Shirina avait tout l'air d'être une grande perdante au jeu du mariage. Avec ce genre de femmes, aucun rendez-vous n'était sûr et on n'était pas à l'abri de les voir arriver à un dîner avec leur compagnon alors qu'elles devaient venir seules.

« Je me fais des idées ou bien elle a vraiment l'air… différente ? demanda Rajni.

— Elle a pris du poids, non ? » répondit-elle d'un ton enjoué alors que l'état de sa sœur l'inquiétait réellement. *Tu devrais avoir honte*, la gronda une petite voix dans sa tête.

« Je faisais plus allusion à ses cernes. On dirait qu'elle est épuisée. » La façon dont Rajni prononça ces mots laissait aussi paraître une pointe de contentement. Décidément, elles ne pouvaient pas s'en empêcher ! Depuis toujours, elles avaient eu affaire à une Shirina parfaite. Quel mal y avait-il à se réjouir un peu d'une (ou même deux) ombre au tableau ?

« Je m'en veux, finit par dire Jezmeen. Peut-être que quelque chose ne va pas. »

Toutes ces années passées à satisfaire les attentes de ses parents devaient avoir laissé des séquelles. Peut-être que Shirina était devenue accro aux médicaments ou avait rejoint une secte. Ne plus être la cause perdue de la famille, voilà qui n'aurait pas déplu à Jezmeen.

« La première année de mariage, j'ai aussi un peu grossi, confessa Rajni. Au moins, ça lui fait du bien de se remplumer un peu. Tu as vu comme elle était maigre pour son mariage ? Elle ne se nourrissait plus que de salades et de bouillons… »

Rajni n'avait pas tort. Shirina avait toujours fait une fixation sur son poids.

« Quelques jours avant l'arrivée de la famille de Sehaj pour le mariage, j'ai aidé maman à décorer la maison. On a passé des heures à installer toutes les guirlandes lumineuses qu'elle avait achetées et on a fini par commander des pizzas. Shirina en a mangé une part et puis elle est partie à la salle de gym pendant deux heures », se souvint Jezmeen. À l'époque, elle avait admiré – et même envié – la discipline de Shirina. Lors de l'audition qu'elle avait passée le lendemain, Jezmeen avait dû rentrer le ventre pour cacher les dégâts causés par les six parts qu'elle avait englouties. Elle n'avait pas décroché le rôle.

« Elle nous le dirait si elle était enceinte, non ? demanda Rajni.

— On ne peut pas dire qu'elle s'étende sur sa vie privée ces derniers temps », lui rappela Jezmeen. Shirina ne leur avait pas raconté qu'elle avait cherché un bon parti sur Internet, ni même mentionné les six mois qu'elle avait passés à envoyer des messages à Sehaj – jusqu'à sa venue à Londres, où il l'avait demandée en mariage lors du deuxième rencard. À partir de là, tout s'était précipité et personne n'avait rien trouvé à redire parce que Shirina avait vraiment décroché le gros lot : il était beau, riche et venait d'une bonne famille. Et puis elle avait dit « oui » et était partie en Australie. Le moins que l'on puisse dire, c'est qu'elle n'avait pas fait d'efforts pour rester proche de sa famille.

« Quand même, je ne pense pas qu'elle nous cacherait ça, dit Rajni.

— Peut-être, mais nous ne sommes sûrement pas en haut de sa liste de personnes à tenir informées. » *L'avons-nous même jamais été ?* Aussi loin que Jezmeen s'en souvienne, Shirina s'était toujours montrée très secrète. En comparaison, elle avait l'impression d'étaler sa vie aux yeux de tous chaque fois qu'elle exprimait ses sentiments.

« J'aurais aimé que les choses soient différentes, soupira Rajni.

— C'est sa vie, ce sont ses affaires », répondit-elle avec nonchalance.

Pourtant, elle avait été blessée à l'annonce des fiançailles de Shirina. Pourquoi sa sœur ne lui avait-elle même pas confié qu'elle fréquentait quelqu'un ?

« C'est vraiment dommage de ne pas communiquer. J'aimerais qu'on puisse se parler de tout. »

Rajni la fixait avec insistance. *Oh non, n'essaie même pas.* Pas question d'évoquer leur mère maintenant, alors qu'elles parlaient juste des kilos en trop de Shirina. D'ailleurs, elle était bien décidée à ne pas parler du tout des derniers instants de leur mère avec quiconque, et encore moins avec Rajni.

« Elle a sûrement pris quelques kilos à cause de la pression du mariage, voilà tout », reprit Jezmeen. Elle se tourna délibérément vers l'écran de télévision et le fixa avec attention. Les graphiques aux couleurs criardes lui donnèrent immédiatement mal à la tête, mais au moins Rajni n'engagerait plus la conversation. Le visage fermé de la présentatrice contrastait avec les couleurs éclatantes de son sari et le ruban qui annonçait les fiançailles de deux stars de Bollywood.

Quand Shirina finit par les rejoindre à huit heures trente, ses cernes avaient disparu. Le gloss rose et la pointe de rouge à lèvres qu'elle avait appliqués illuminaient son visage. Elle était la seule des trois à porter un *salwar-kameez* traditionnel et à avoir relevé ses cheveux en chignon. Mais ses kilos en trop se voyaient toujours. Ses joues désormais rebondies la rendaient encore plus jolie, au grand dam de Jezmeen.

Le gurdwara Bangla Sahib n'était pas très loin, mais il y avait déjà des embouteillages quand elles quittèrent l'hôtel. Leur taxi avançait centimètre par centimètre sur le grand boulevard surplombé par le métro aérien Karol Bagh. Le conducteur avait baissé sa fenêtre, les faisant ainsi profiter de tous les bruits de moteurs et de klaxons. Des piétons zigzaguaient au milieu du trafic et s'élançaient chaque fois que les voitures s'arrêtaient. La chaleur vibrait au-dessus des stands métalliques des vendeurs ambulants. Un effluve de *pakoras* en train de frire mit l'eau à la bouche de Shirina.

Sur le tableau de bord, une rangée de petites figurines à l'effigie de divinités hindoues formait comme un sanctuaire de fortune. Il rappelait à Shirina le taxi qu'elle avait pris une fois, à Melbourne, pour rentrer chez elle après une soirée arrosée. La seule différence, c'était que les divinités avaient été empruntées à diverses religions. Et qu'un gros Pokémon en plastique trônait au milieu du tout. Ce soir-là, quelques verres de vin en trop l'avaient rendue bavarde.

« Vous pensez qu'ils unissent leurs forces pour vous protéger ?

— Oui, c'est ça, avait répondu le chauffeur en rigolant. Plus il y a de religions, plus il y a de pouvoir.

— Vous êtes de quelle confession ?

— Je suis musulman. Je viens de Somalie. Et vous ?

— Moi, je suis sikh. Et je viens du Royaume-Uni, avec des origines indiennes. »

Elle avait pointé du doigt l'image du Guru Nanak qui se trouvait entre un bouddha miniature et un petit rouleau arabe.

« Lui, je le connais bien. Ma mère m'a toujours dit de voir Dieu comme mon père, mais je crois qu'elle a tort, avait-elle laissé échapper. Mon père est mort quand j'avais deux ans. »

Cet aveu avait été suivi d'un silence.

« Pardon », avait-elle marmonné.

Puis le chauffeur avait attendu de s'arrêter à un feu rouge pour se retourner, la regarder avec des yeux emplis de tendresse et lui dire :

« Ne vous excusez pas. Dans cette voiture, vous avez toutes les bénédictions du monde. »

À présent, toute l'attention de Shirina était concentrée sur la tentaculaire Delhi. Les magasins s'alignaient comme des briques mal empilées, tous surmontés d'écriteaux en majuscules : ENGLISH LANGUAGE INSTITUTE ; ALIYAH BEAUTY SCHOOL ; ICCS TECH SOLUTIONS. Sous les rails du métro se trouvaient des commerces plus petits : un barbier disposait ses outils sur un petit tabouret en bois et cherchait à attirer son premier client parmi une petite troupe d'hommes, deux enfants en bas âge vêtus de simples t-shirts et aux jambes noires de suie aidaient leur mère à trier un tas de bouteilles en plastique.

Les piles de détritus – bancs cassés des stands de thé, brouette rouillée pleine à craquer de déchets, etc. – qui débordaient sur la route en redessinaient les contours. À cause des innombrables nids-de-poule, la voiture brinquebalait et les trois sœurs se cognaient les unes aux autres sur la banquette arrière. À plusieurs reprises, Shirina surprit le regard du chauffeur dans le rétroviseur. Elle finit par comprendre qu'il se rinçait l'œil en regardant leurs poitrines.

« Plus discret, tu meurs, marmonna Jezmeen, qui ajusta pourtant sa position de façon à être dans sa ligne de mire.

— Tu sais quoi dire pour les rembarrer ? demanda Rajni à Shirina. "Tu aimerais qu'on fasse ça à ta sœur ? Et à ta mère ?" »

À ces mots, le chauffeur détourna les yeux et se concentra sur la route.

« Tu vois, ça marche !

— Donc en gros, on est censées invoquer une femme qui, d'une façon ou d'une autre, leur appartient, c'est ça ? » objecta Jezmeen.

Shirina pensait la même chose mais se garda bien de le dire ; ce genre de discussions n'avait pas lieu d'être ici. C'était une remarque qu'aurait pu faire Lauren, sa collègue de bureau. Les yeux du chauffeur rencontrèrent ceux de Shirina. Elle ajusta son *dupatta* pour couvrir sa poitrine. Comme ça, elle n'avait plus besoin de rien dire.

Quand la voiture arriva aux abords du gurdwara, fidèles et touristes étaient déjà au rendez-vous. Un homme haranguait la foule et poussait un caddie rempli de bouteilles d'eau, ses muscles saillaient sous la peau moite de ses maigres mollets. Les trois sœurs empruntèrent une passerelle en marbre et s'éloignèrent ainsi de la foule et des voitures. Avec ses étages, sa façade blanche et ses dômes couleur caramel, le temple ressemblait à un gâteau de mariage. Juste à côté, les eaux du sarovar ondoyaient doucement et renvoyaient des éclats de soleil.

Après avoir laissé leurs chaussures et reçu au guichet la plaque métallique qui leur servirait à les récupérer, elles retournèrent à l'entrée du gurdwara et se lavèrent les pieds dans un petit bassin. Elles montèrent ensuite l'escalier recouvert de moquette pour se retrouver au milieu de la foule dans la salle de prière. Ventilateurs et lustres étaient suspendus au plafond, tandis que le sol était recouvert d'une moquette rouge toute douce. Au centre de la pièce se trouvait un treillis doré magnifique qui formait des motifs élaborés et aussi délicats que des broderies. Juste à côté, trois hommes assis en tailleur jouaient du tabla et chantaient des chants sacrés. Le *Guru Granth Sahib* était ouvert sur un présentoir doré, le texte encadré d'épaisses guirlandes de fleurs. Shirina se trouva une petite place pour s'incliner, toucher le sol de son front et déposer une pièce dans la boîte posée devant le livre sacré.

En se relevant, elle se sentit gênée par son corps. Ses kilos supplémentaires la déséquilibraient ; après quelques pas maladroits, elle retrouva une position normale. Un coup d'œil à Jezmeen et Rajni la rassura : ses sœurs, qui s'inclinaient jusqu'au sol puis faisaient leur don, n'avaient rien remarqué. Elle essayait de le cacher du mieux qu'elle pouvait, mais au cas où on l'interrogerait là-dessus, elle aurait une réponse toute trouvée : *Oh, quelques kilos d'hiver, rien de plus. Je vais faire un régime.* Ponctués d'un petit rire et d'un air gêné, ces mots suffiraient à leur faire changer de sujet, du moins elle l'espérait. L'autre jour, elle avait rouvert son album de mariage ; grossière erreur ! Après ça, impossible de se regarder dans un miroir. Ses joues rebondies et ses épaules charnues l'emplissaient de tristesse.

Elle avait voulu plonger dans ses photos et revivre le jour de son mariage. Après avoir trouvé une place assise à côté de ses sœurs, elle ferma les yeux et des images de son grand jour lui revinrent en mémoire. Ses pieds tatoués au henné visibles sous son *lehenga* qui lui donnaient l'impression de flotter quand elle s'était approchée de l'autel ; le tour accompli avec Sehaj autour du livre sacré sous le regard approbateur de l'assistance. Derrière le dupatta alourdi par de nombreux joyaux, elle avait été heureuse de voir la multitude des invités de son époux – cousins, oncles, neveux, tantes, grands-parents ; personne ne manquait à l'appel. Tous avaient fait un long voyage pour assister au mariage de l'aîné de la famille. Quand elle avait fait son apparition dans cette tenue fabuleuse, elle avait eu l'impression d'avoir mérité sa place dans cette famille. Elle n'avait pas pu s'empêcher de la comparer à la sienne, dont les rangs étaient bien dégarnis – quelques cousins éloignés, sa mère et ses deux sœurs, qui passaient leur temps à se chamailler.

« Ta famille s'entend bien ? avait-elle demandé à Sehaj lors de leur première conversation téléphonique, peu après leur prise de contact sur un site de mariages arrangés sikhs.

— On ne se dispute pas beaucoup.

— Quel effet ça fait de ne jamais se disputer ? » lui avait-elle demandé. Il avait cru qu'elle plaisantait, puis lui avait expliqué qu'il s'était toujours très bien entendu avec sa mère :

« Mon père est mort quand j'avais seize ans. Ça m'a encore plus rapproché d'elle. »

C'est à ce moment précis qu'elle avait décidé d'apprendre à le connaître. *Surtout ne pas se faire de faux espoirs.* Combien de fois avait-elle entendu parler de ces hommes rencontrés sur ce type de sites qui ne ressemblaient en rien à leur photo ou à leur description ? Lors de sa deuxième conversation téléphonique avec Sehaj, elle lui avait demandé s'il accepterait de l'appeler en visio et elle avait été soulagée de constater que sa photo n'avait été ni retouchée ni prise des années auparavant – il avait juste un tout petit peu moins de cheveux. Comme elle ne voulait pas passer pour une fille désespérée, elle avait attendu que ce soit lui qui propose une rencontre en chair et en os. Après quelques mois de conversations téléphoniques, il s'était décidé à venir à Londres. Une nouvelle fois, elle avait été soulagée : le gentleman qu'elle avait eu au téléphone était bien réel. Il lui avait tenu la porte, embrassé la joue après leur premier rendez-vous et lui avait dit qu'il était impatient de la revoir.

Un jour, elle avait fait preuve d'audace en lui demandant pourquoi il était encore célibataire. Il était sans doute le plus beau parti du site et son profil avait été créé plus d'un an avant la première connexion de Shirina.

« Il y a bien eu quelques femmes, avait-il dit en haussant les épaules. Mais aucune d'entre elles n'était emballée par l'idée de vivre avec ma mère et ce n'est pas une chose sur laquelle je suis prêt à transiger. Elle est tout ce que j'ai et je serai toujours là pour elle – si je ne le suis pas, qui le sera ? »

Son explication l'avait attendrie. Elle n'avait rencontré sa belle-mère qu'à l'occasion de leur mariage ; celle-ci avait pressé ses joues avant de lui dire : « Désormais, tu es ma fille. »

Shirina rouvrit les yeux. La salle était pleine d'inconnus ; une profonde déception accompagna son retour au présent. Elle baissa les yeux sur ses mains et remarqua que son alliance semblait désormais trop serrée sur son doigt boudiné. La chaleur faisait enfler ses doigts. Elle essaya de l'enlever, eut un peu de mal à lui faire passer l'articulation et finit par réussir. Elle s'empressa de la remettre en place. Près de l'autel, les hommes frappaient toujours rapidement la toile tendue des tablas. Chaque coup se répercutait sur les murs de la pièce.

Elle n'arrivait pas à chasser le souvenir qui lui était revenu dans le taxi ; dans sa tête ne résonnaient désormais plus que le son des tambours et ce souvenir vivace. Elle aurait aimé ses pieds glacés dans l'espoir d'apaiser un peu sa respiration et pressé les mains contre ses talons anguleux et ses voûtes plantaires jusqu'à en avoir mal. Un miracle pouvait encore naître de tous ces efforts et pensées positives, se disait-elle. Mais aucun miracle ne s'était produit.

savoir prier, mais il était trop tard pour apprendre – c'était comme recontacter un vieil ami juste pour lui demander un service. Et puis, qu'aurait-elle mis dans sa prière ? Elle portait l'entière responsabilité des erreurs commises cette nuit-là – c'était elle qui avait trop bu, elle qui avait du mal à tenir debout une fois arrivée devant la maison, tant et si bien que le chauffeur, inquiet, avait serré son frein à main pour l'accompagner.

« Tout va bien, allez, un pied devant l'autre », lui avait-il dit tandis qu'il se tenait derrière elle, les mains prêtes à agripper ses hanches pour la rattraper en cas de chute. Il lui avait pris son sac pour trouver ses clés. Elle se souvenait s'être appuyée sur lui, la tête contre sa poitrine, à deux doigts de s'endormir.

« Hey, lui avait dit le chauffeur avec un petit rire nerveux, ne vous endormez pas. »

Et puis la porte s'était ouverte.

« Shirina, chuchota Jezmeen, est-ce que ces types sont en train de nous mater ? » Shirina suivit le regard de sa sœur : un groupe de jeunes hommes assis en tailleur leur souriait. « On est d'accord, c'est nous qu'ils regardent ?

— Ils te regardent, toi », répondit-elle. C'était vrai, et Jezmeen le savait bien. Shirina ajusta son dupatta de façon à cacher son visage.

« Tu crois qu'on pourrait me prendre pour Polly Mishra ici ? Ou est-ce que c'est juste un truc que font les gens au Royaume-Uni parce que les femmes indiennes à la télévision ne courent pas les rues ?

— On ne peut pas nier la ressemblance.

— C'est bien le problème, soupira Jezmeen. On ne peut pas être deux à réussir. Elle a eu plus de chance que moi, sa carrière a carrément décollé avec *The Boathouse.* »

Le succès de Polly était sans doute dû à un peu de chance, mais Shirina avait regardé plusieurs épisodes de *The Boathouse* et l'avait trouvée excellente.

Comme elle savait à quel point Jezmeen s'inquiétait de sa rivale, elle se garda bien de partager son avis. Un jour, elle avait lu quelque part qu'un blogueur surnommait Jezmeen « la Polly Mishra des pauvres ».

« Tu crois que si je leur dis que je suis Polly, ils n'y verront que du feu ?

— Je crois que ce n'est ni le lieu ni le moment de te faire passer pour quelqu'un d'autre, répondit Rajni.

— Ah bon ? Alors vas-y, éclaire-moi, quels sont le lieu et le moment pour ça ?

— C'est un lieu de culte, rétorqua Rajni.

— Et alors ?

— On n'est pas là pour ça !

— Ce n'est pas non plus comme si on était venues prier. J'ai passé les dix dernières minutes à revoir ma liste d'invités pour ma soirée de Noël.

— Mais enfin, on est en plein mois de juillet ! » s'indigna Rajni.

L'un des hommes chuchota quelque chose aux autres et esquissa un sourire. Puis il sortit son téléphone et le braqua sur Jezmeen. *Flash !*

« Alors là, il est gonflé quand même, commenta Jezmeen avant de se lever et de se diriger droit sur lui.

— Mon Dieu… » laissa échapper Shirina. Elle jeta un coup d'œil au *granthi*, qui lisait toujours sereinement un passage du livre sacré. On avait envie de se laisser porter par sa voix. Si seulement elle avait su prier, elle aurait pu faire quelque chose pour sauver la situation.

Rajni grommela quelque chose à propos de comportement inacceptable dans un temple et se leva pour suivre sa sœur. Les yeux de l'un des joueurs de tabla rencontrèrent ceux de Shirina, qui lui fit un petit sourire d'excuse. En guise de réponse, il ferma les yeux, inclina la tête vers le plafond et donna une série de coups mélodieux. Elle se leva à la suite de ses sœurs.

Tout sourire, Jezmeen arriva à proximité du petit groupe.

« Salut, les gars ! Comme vous m'avez prise en photo, je me suis dit que vous aimeriez me voir de plus près. »

Ils échangèrent un regard, deux d'entre eux semblèrent soudain tout penauds. Ils étaient moins âgés que ce que Shirina avait d'abord cru. L'un des garçons arborait une barbe naissante sur sa mâchoire anguleuse tandis qu'un autre portait un t-shirt *Star Wars*.

« Alors ? Ne faites pas vos timides ! » leur dit Jezmeen en prenant la pose.

Shirina tira doucement sur la manche de sa sœur.

« Jezmeen, tu te fais remarquer, là.

— Alors c'est bien toi, Jezmeen Shergill ! » s'exclama le jeune homme au t-shirt *Star Wars*.

Son accent british surprit Shirina. Jezmeen ne répondit rien, mais le jeune homme la fixait toujours, le sourire aux lèvres. Ses amis cachaient le leur derrière leurs mains. Les coups de tabla résonnaient comme des battements de cœur.

« Oui, c'est moi, répondit Jezmeen. Et alors ? Ce n'est pas parce que je passe à la télé que tu as le droit de…

— Je suis l'un de tes plus grands fans ! »

Du coin de l'œil, Shirina vit le garçon à la barbe naissante sortir son téléphone de sa poche. Il surprit son regard et arrêta son geste.

« Vraiment ? » s'enquit Jezmeen.

Le sourire narquois du garçon mit Shirina mal à l'aise.

« On peut prendre une photo avec toi ?

— Ce n'est pas Polly Mishra, s'interposa Rajni.

— Ils sont au courant, Rajni ! Ils connaissent mon nom. Alors comme ça, vous êtes fans de l'émission ? Allez, on va prendre un petit selfie et… »

Les garçons commencèrent à ricaner en se donnant des coups de coude.

« Allez, fais-le », chuchota le fan de *Star Wars* au jeune à la pilosité naissante. Soudain, ce dernier lâcha un soupir dramatique :

« Ô, Jezmeen Shergill ! Je mourais d'envie de te rencontrer ! »

Puis il ouvrit et ferma la bouche comme un poisson, loucha et agita les mains. Les deux autres explosèrent de rire.

À quoi ça rime ? Shirina les regarda sans comprendre, oubliant l'espace d'un instant où ils se trouvaient et la gêne qu'ils causaient. Les garçons se levèrent et quittèrent la salle au pas de course. Jezmeen était livide.

« Ça va ? » demanda Shirina, toujours perplexe. Elle posa la main sur l'épaule de Jezmeen mais celle-ci eut un mouvement de recul. Elle lui tourna le dos, sortit son téléphone de son sac et se mit à taper un message à toute vitesse.

« Je me demande où sont leurs parents, dit Rajni, qui fixait les garçons au loin. J'aimerais leur en toucher un mot.

— Laisse tomber, OK ? répliqua Jezmeen sans lever le nez de son téléphone.

— De toute évidence, ils sont en vacances avec leurs familles. On peut imaginer que leurs parents les ont emmenés ici pour atteindre un certain niveau de spiritualité et pas pour qu'ils restent assis à ne rien faire, mais bon…

— Je t'ai dit de laisser tomber ! s'écria Jezmeen en la fusillant du regard. C'est pas vrai, murmura-t-elle. Cent mille… »

Une nouvelle fois, Shirina ne comprit pas ; Rajni avait l'air tout aussi perplexe.

Un silence tendu s'installa. Deux femmes passèrent à côté d'elles et leur jetèrent un regard curieux. Shirina était bien consciente de l'étrange tableau qu'elles devaient former – trois sœurs et une dispute susceptible d'éclater d'un moment à l'autre.

« Et si on allait aider à la préparation du langar ? suggéra Shirina avec enthousiasme pour apaiser la situation.

— Allez-y, je vous rejoins dans un moment », répondit Jezmeen. Shirina et Rajni la regardèrent s'éloigner et se frayer un chemin entre les gens qui entraient dans la salle de prière.

« Tu penses que l'une d'entre nous devrait la suivre ? demanda Shirina.

— Du Jezmeen tout craché », se contenta de répondre Rajni en secouant la tête. Elle n'eut pas besoin d'en dire plus pour que Shirina comprenne. Jezmeen était dans sa bulle : essayer de comprendre ses moments de crise, c'était comme arriver en retard à une fête, au milieu d'invités qui avaient déjà tous sympathisé. Ces dernières années, alors que la solitude de Shirina n'avait cessé de grandir, Jezmeen, elle, avait enchaîné les auditions dans l'espoir de se faire remarquer. Parfois, elle oubliait que le silence radio n'avait pas toujours été de mise entre elles, mais toutes les conversations adultes qu'elles avaient eues tournaient autour de Jezmeen et de sa petite personne : ce qu'elle faisait, où elle allait, ce qu'elle voulait. Les répercussions que cela pouvait avoir sur les autres n'avaient jamais vraiment effleuré l'esprit de l'intéressée. Et dire qu'enfants, elles se parlaient et jouaient ensemble jusqu'à une heure si tardive que leur mère avait plus ou moins fini par arrêter de leur imposer une heure de coucher. À quand remontait leur dernier fou rire partagé ? « Bon, ça suffit toutes les deux ! Au lit maintenant ! » leur criait autrefois Rajni, plus autoritaire et menaçante que leur mère, depuis le rez-de-chaussée. Elles faisaient semblant d'obéir et se mettaient à chuchoter, jusqu'à ce que leurs voix s'amplifient de nouveau et que Rajni monte pour leur ordonner de se taire.

On ne pouvait pas dire que le pèlerinage commençait bien. D'après leur mère, le matin donnait le ton de la journée – pour cette raison, elle effectuait tous ses rituels avant le lever du soleil. Si elle avait été présente aujourd'hui, elle n'aurait pas été contente de la tournure que prenait la situation. Le matin n'était pas encore terminé qu'elles n'étaient déjà plus que deux.

Dans la salle du langar régnait la même animation que dans les rues de Delhi, à la différence près que cette agitation était étonnamment bien organisée. Assis en ligne sur le sol, les gens mangeaient au-dessus de plateaux métalliques. Des serveurs arpentaient les allées, distribuaient des *rotis* et remplissaient des assiettes de *daal. Bien sûr, vous savez déjà que le sikhisme préconise de nourrir sans exception tous ceux qui viennent au gurdwara*, avait écrit leur mère dans sa lettre après avoir expliqué l'importance de ce temple. *Aucune contrepartie n'est exigée ; pas besoin de prier, ni d'offrir ses services ou son argent. C'est vraiment un excellent système, qui nous a d'ailleurs beaucoup aidées après la mort de votre père.*

Shirina avait découvert la dimension caritative du sikhisme à l'époque où leur mère rapportait à manger après le service du matin, quand leurs placards étaient vides.

« Tout va bien, les filles », disait-elle devant son assiette, sur un ton pourtant peu convaincant. Shirina, elle, regardait son roti tout fin et son daal coupé à l'eau en songeant qu'elles ne pouvaient pas vivre indéfiniment de charité.

Shirina et Rajni pénétrèrent dans la grande cuisine, où tout le monde s'activait. Contre un mur, de jeunes hommes enturbannés remuaient doucement le contenu d'énormes marmites à l'aide d'ustensiles qui avaient la taille et la forme d'une rame. Dans un coin, des vieilles femmes travaillaient de la pâte à pain. On préparait la prochaine tournée de nourriture, et de jeunes enfants jouaient des coudes pour aider avec les assiettes.

Rajni s'avança vers le coin des légumes, où, après quelques bonjours et sourires échangés, on lui tendit un couteau, une planche à découper et un bac rempli de carottes. Shirina considéra les options qui s'offraient à elle : d'un côté, il y avait celles qui s'occupaient des rotis, mais ces femmes étaient des expertes – d'un simple mouvement de poignet, elles arrivaient à aplatir la pâte en ronds parfaits. Sans compter qu'elles étaient en pleine conversation ; elle ne voulait pas s'imposer. Elle passait encore en revue ses possibilités quand quelqu'un posa les mains sur ses épaules. Elle se retourna sur une petite femme âgée.

« Tu cherches quelque chose à faire ? Tu pourrais me remplacer un instant pour travailler la pâte ? Jeune comme tu es, je suis sûre que tu ferais du meilleur boulot que chacune d'entre nous ! »

La femme leva les mains et lui montra ses doigts tordus par l'arthrite. Le cœur de Shirina se serra ; lui revinrent en tête l'image de sa mère, les mains serrées sur sa lettre, le son de sa voix chevrotante alors qu'elle lisait à ses filles ce qu'elle avait écrit. Le deuil la submergeait par vagues – chaque fois qu'elle pensait aller mieux, un détail faisait tout remonter à la surface.

Aucune présentation ne fut nécessaire : les femmes s'écartèrent pour lui faire une place. Elle enfonça sa paume dans la pâte, puis pétrit jusqu'à la rendre molle et douce. Ensuite, elle entreprit de faire une nouvelle pâte avec de l'eau et de la farine, dans un bol métallique. Ses doigts collaient. Autour d'elle, bruits de pots cassés et cris fusaient. Les bavardages de ses camarades se mélangeaient à l'agitation ambiante. Dans un premier temps, elle eut du mal à se concentrer, mais ses gestes devinrent réguliers et le bruit diminua.

C'était dans ce même type de calme que sa belle-mère avait ouvert la porte d'entrée de l'appartement et l'avait trouvée avachie sur le chauffeur de taxi. En s'excusant, il avait expliqué qu'il voulait s'assurer que sa cliente arrive saine et sauve, mais la belle-mère était restée droite comme un I, les bras croisés sur la poitrine. Elle avait remercié le chauffeur, avant de tirer Shirina à l'intérieur et de lui ordonner de monter.

Le lendemain, Shirina était descendue prendre son petit déjeuner avec un mal de tête carabiné. Sehaj lui avait adressé un petit sourire, mais sa belle-mère ne lui avait même pas accordé un regard. Incertaine, Shirina était restée immobile sur sa chaise. Dans sa famille, on résolvait les conflits en se criant dessus jusqu'à se casser la voix, mais ici, personne ne pipait mot. Voilà donc ce qu'avait voulu dire Sehaj par « On ne se dispute pas beaucoup ». Elle avait ouvert la bouche pour s'excuser, mais aucun son n'était sorti. Elle avait eu peur d'aggraver la situation. La seule chose que sa belle-mère avait daigné dire, c'était qu'elle retournait se coucher. Par la suite, elle ne lui avait pas adressé la parole de tout le week-end, pour finir par l'informer qu'elle avait un rendez-vous médical le vendredi suivant, où Shirina devrait la conduire. Shirina avait été si soulagée qu'elle lui reparle qu'elle avait annulé une réunion et posé une demi-journée de congé pour l'occasion ; il n'était pas question d'être en retard pour venir chercher sa belle-mère et, comme ça, elle la ramènerait aussi à la maison.

Dans un dépliant d'un site consacré au sikhisme que Rajni avait lu la veille au soir, un passage expliquait que la simplicité des gestes effectués pour le service générait souvent un état méditatif. Être en communion avec soi-même et les autres aidait à se concentrer pleinement sur l'instant présent.

Pour ce qui était de la simplicité, on n'aurait pas pu faire mieux. Rajni découpa des carottes jusqu'à ce que le tas de légumes menace de tomber de la planche, puis les fit glisser dans un saladier qu'elle apporta à ceux qui cuisinaient un curry végétarien dans une marmite aussi grosse qu'une baignoire.

Elle répéta ces actions une douzaine de fois avant qu'une légère douleur dans l'épaule interrompe sa méditation. Et puis la douleur dont elle avait désormais l'habitude vint battre derrière ses yeux. La nuit précédente, décalage horaire et crise d'angoisse – devenir grand-mère à quarante-trois ans ?! – l'avaient empêchée de trouver le sommeil. Elle jeta un coup d'œil aux femmes avec qui Shirina préparait le pain. Dupatta bien en place derrière les oreilles, dos courbé au-dessus du plan de travail ; *elles* avaient l'âge d'être grands-mères. Elle se redressa et regarda l'heure. À Londres, Kabir n'allait pas tarder à s'endormir sur le ventre, une jambe étalée sur le côté vide du lit.

À cause de la chaleur qui s'élevait des marmites bouillonnantes, des gouttes de transpiration perlaient sur son front. Combien d'heures de travail fallait-il pour se sentir plus proche de Dieu ? Elle était là depuis une heure à peine et pourtant elle avait déjà besoin d'une pause. D'un signe de tête, elle salua les femmes qui s'affairaient à ses côtés, jeta un coup d'œil à Shirina, toujours occupée à la même tâche, et à Jezmeen, qui lavait de la vaisselle, de la mousse jusqu'aux coudes, et elle se dirigea vers la porte.

Elle s'était attendue à éprouver du soulagement en quittant la cuisine, mais la salle du langar était pleine à craquer. Elle se fraya un chemin parmi la foule, évitant soigneusement les tasses de thé posées par terre. Parvenue en bas de l'escalier, elle fut accueillie par un ciel bleu sans l'ombre d'un nuage. Avec son joli sol carrelé et ses tapis marron, la partie extérieure du gurdwara était un espace ouvert extrêmement accueillant. Elle marcha jusqu'au sarovar, le grand bassin qui se trouvait à l'entrée du temple. Les petites ondes provoquées par les fidèles qui s'y baignaient en troublaient la surface. Elle passa une mèche de cheveux derrière son oreille et, malgré les mouvements de l'eau, elle vit dans son reflet à quel point elle ressemblait à sa mère – son menton bien dessiné, ses sourcils foncés. Même quand elle souriait, elle avait un air grave et contrarié ; du moins c'était l'impression qu'en avaient ses élèves.

Dans un coin du bassin, une femme plongea ses pieds dans l'onde, mouillant ainsi le bas de son salwar. Au milieu, un vieil homme vêtu d'un simple *dhoti* noué autour de la taille se pencha pour prendre de l'eau et la verser sur sa tête. Elle ruissela sur sa nuque et ses épaules ; il inclina la tête vers le ciel et arbora un sourire béat. De gros poissons orange nageaient çà et là en laissant des traînées de petites bulles sur leur passage. Avec une grâce surprenante, l'homme plia les hanches pour reprendre de l'eau dans ses mains. Cette fois, il les approcha de ses lèvres et y but.

Rajni tressaillit malgré elle ; il était en train de boire l'eau dans laquelle d'autres se baignaient – et, selon toute probabilité, urinaient. Elle n'était pas dupe : il y avait de fortes chances pour que le large sourire du petit garçon qui barbotait non loin de là soit lié à un soulagement qui n'avait rien de spirituel.

Pour elle, le bain était vraiment superflu, même si les origines de son prénom y étaient étrangement liées. Sa mère n'avait cessé de lui raconter cette histoire : Bibi Rajni, une femme qu'on avait mariée à un lépreux, était dévouée corps et âme à son mari et le transportait où il voulait dans une petite charrette. Un après-midi, elle le laissa près du sarovar du Temple d'or d'Amritsar ; il s'y baigna et fut miraculeusement guéri. « Souviens-toi d'où vient ton prénom » était l'un des conseils que sa mère lui avait le plus donnés. Résultat : elle avait passé toute son enfance à essayer de faire des parallèles étranges entre son existence et celle de Bibi Rajni (peut-être que son origine indienne était comparable à une maladie incurable et dans ce cas, pour que les filles du bus arrêtent d'appeler sa rue « le coin des Pakis », elle devait juste aller à la piscine du coin ?).

Rajni et ses sœurs devaient se baigner dans les eaux sacrées du Temple d'or. C'était l'un des passages obligés indiqués par leur mère, qui l'avait accompagné d'une citation obscure sur Dieu et son nectar d'immortalité, sans préciser le rapport entre le nectar et l'eau ni pourquoi elle tenait à ce qu'elles s'y baignent. De toute façon, leur mère n'avait jamais compris les métaphores. Quand ses premiers symptômes étaient apparus, elle avait voulu avoir la preuve tangible de la présence de Dieu à ses côtés, comme si elle connaissait déjà l'issue fatale qui serait la sienne. Pour l'aider, Rajni avait imprimé des images des dix gurus et les avait accrochées dans toute la maison, la transformant ainsi en un sanctuaire particulier où résonnaient des *kirtans* tristes chantés en chœur et où abondaient encens, graines et plateaux de fruits. Cette nouvelle organisation lui avait rappelé les jours qui avaient suivi la mort de son père, quand sa mère avait cherché à protéger le foyer à grand renfort de superstitions et de rituels.

À l'hôpital aussi, tout avait été fait pour que sa mère se sente plus à l'aise à l'approche de la mort. Après son dernier voyage en Inde, Rajni s'était déjà donné pour mission de faire tout ce que sa mère désirait, et elle avait alors redoublé d'efforts, car la priver de tout espoir aurait été trop cruel. Elle avait même commencé à se sentir coupable d'avoir refusé les rituels religieux et les remèdes à base de plantes que sa mère lui avait conseillés des années auparavant pour soigner ses problèmes d'infertilité.

« Puisque je te dis que ça a marché pour moi ! Après onze ans à croire que je ne pourrais jamais plus concevoir, hop ! Jezmeen est arrivée et Shirina a suivi, trois ans plus tard. »

Comme sa mère n'en démordait pas, Rajni avait dû lui avouer qu'elle et Kabir avaient arrêté d'essayer – et arrêté les relations sexuelles tout court, d'ailleurs. La dernière chose que sa mère avait dite à ce sujet avait été :

« Bon. Au moins, tu as un fils. Tu n'auras pas à t'inquiéter comme moi qui n'ai eu que trois filles. »

C'était toujours ça de pris.

Rajni baissa les yeux sur l'eau et fit un pas en avant. Le contact de ses pieds nus avec les petites flaques laissées par les autres pèlerins en sortant l'apaisa. L'eau fraîche protégeait ses pieds des carreaux chauffés par le soleil. Elle fit un nouveau pas, puis un autre. L'eau boueuse léchait désormais ses orteils. Les silhouettes fantomatiques des poissons firent demi-tour et s'éloignèrent en vitesse. Le vieil homme qui avait bu l'eau arpentait maintenant le bassin en levant les genoux comme un soldat. Elle resta longtemps sur le bord, mais la chaleur la poussait peu à peu en avant, jusqu'à ce que ses pieds se retrouvent complètement immergés. Là, elle ferma les yeux. Des points lumineux clignotèrent devant ses paupières puis disparurent. Elle entendait le vacarme de la circulation au loin, les klaxons qui hurlaient sans répit. Le cri perçant d'un enfant rompit le calme intérieur de Rajni avant qu'elle ait pu s'y enfoncer. Elle soupira et rouvrit les yeux.

Elle n'avait aucune envie d'être ici, et encore moins maintenant, avec tout ce qui se passait à la maison. L'Inde n'était pas faite pour elle et ce constat n'était pas uniquement dû à ses souvenirs désagréables : son corps tout entier faisait une réaction allergique à ce pays. La pollution commençait à lui brûler la gorge, les trajets en voiture cahoteux lui avaient retourné l'estomac et, même si elle évitait soigneusement toute nourriture douteuse, l'indigestion n'était jamais loin. Jezmeen et Shirina ne comprenaient pas son aversion pour l'Inde ; quand elles avaient atteint l'âge de raison, l'Angleterre était submergée par une vague de fierté multiculturelle. D'un coup, avoir des origines étrangères était devenu « cool ». Alors que Rajni attendait à côté de la radio que sa chanson préférée de « Top of the Pops » passe, le doigt prêt à appuyer sur le bouton « enregistrer », Jezmeen, elle, écoutait des remix de chansons hindoues à fond sur son enceinte. À quinze ans, Rajni passait ses samedis après-midi à danser comme une folle dans des boîtes de nuit qui ouvraient leurs portes en journée pour tous les enfants de parents asiatiques interdits de sortie le soir. À vingt-cinq ans, Shirina, quant à elle, postait fièrement sa photo sur un site matrimonial sikh. Rajni avait fait de son mieux pour montrer l'exemple à ses sœurs et leur apprendre à être « plus anglaises », mais non, elles avaient préféré retourner à leurs racines indiennes, prouvant du même coup à leur mère que sa crise identitaire était vraiment futile.

Derrière le rapport compliqué que Rajni entretenait avec ce pays se cachaient aussi d'autres raisons, des raisons qu'elle ne pouvait pas expliquer à ses sœurs. Lors de la préparation du voyage, Jezmeen s'était demandé à voix haute pourquoi elles n'étaient jamais allées en Inde dans leur enfance.

« Maman n'avait pas les moyens, avait répondu Rajni. Comment veux-tu qu'une mère célibataire avec trois enfants puisse se le permettre ? »

Le prix des billets d'avion avait toujours été la bonne excuse, ses sœurs n'avaient plus posé de questions. « Je ne pourrai plus jamais y remettre les pieds », avait pleuré leur mère un après-midi. Rajni, alors âgée de seize ans, n'avait pas pu s'empêcher de se sentir coupable. Encore aujourd'hui, elle avait le sentiment que c'était sa faute si sa mère avait été bannie de la famille. Son reflet se déformait à la surface de l'eau. Son menton se distendait et se dédoublait, ses joues devenaient élastiques. Elle sortit de l'eau, et la vue de ses orteils tout flétris lui rappela les pieds de sa mère qui dépassaient sous la couverture à l'hôpital. Une grande tristesse l'envahit tout à coup. Elle entendait encore les profondes respirations sifflantes qui lui avaient serré le cœur.

« Pourquoi elle n'a pas de chaussettes ? » avait-elle demandé, agacée, aux infirmières, qui avaient fini par retrouver les chaussettes en question au pied du lit. Elle les avait chassées de la chambre et avait enfilé elle-même les chaussettes sur les pieds de sa mère. Elle avait délicatement massé

4

Il est très important d'avoir un cœur, une âme et un esprit purs. Pendant ce voyage, ne prenez rien qui pourrait altérer votre lucidité. Merci d'essayer de ne pas boire d'alcool quand vous serez en Inde. Habillez-vous avec pudeur et respectez la culture du pays qui vous accueille. Je connais un très bon tailleur sur le marché de Karol Bagh – Madhuri Fashions. Rendez-lui visite si vous voulez porter quelque chose de pratique mais aussi de bon goût.

Cette partie de la lettre était clairement destinée à Jezmeen. Celle-ci avait remarqué le mot « essayer » et se félicita d'avoir attendu d'être de retour dans sa chambre d'hôtel après le service du matin pour se servir un verre. Elle ouvrit le minibar et inspecta son contenu. La petite bouteille de Grey Goose tenait dans sa main, donc elle ne péchait qu'un tout petit peu. Elle l'ouvrit et but une gorgée ; la situation de crise l'autorisait bien à boire si tôt.

Ne tape pas ton nom sur Google. La petite voix qu'elle entendait était celle de Cameron – il venait juste de lui envoyer un mail pour qu'elle l'appelle d'urgence.

« *Trop tard. J'ai vu* », lui avait-elle répondu après l'incident avec les adolescents.

Elle était fichue. La vidéo faisait le buzz et on l'avait reconnue. Internet riait à gorge déployée de l'ironie de la situation – Jezmeen Shergill, la présentatrice d'une émission qui s'amusait de vidéos embarrassantes, avait été filmée en train de faire quelque chose de très embarrassant.

Cameron l'avait prévenue : tout pouvait arriver très vite. Mais Jezmeen ne s'était pas préparée à ce que ça dégénère. En quelques heures à peine, son nom avait été cité partout sur les blogs et dans des commentaires haineux – tout particulièrement sur le forum de protection de la nature du *National Geographic*. Et puis il y avait la vidéo. Avant, la première information donnée par Google sur elle, c'était PRÉSENTATRICE TV (histoire de ne pas la confondre avec Jezmeen Shergill, la dentiste pédiatrique qui exerçait à Birmingham). Maintenant, c'était LA PRÉSENTATRICE TV JEZMEEN SHERGILL TUE BRUTALEMENT UN ANIMAL EN VOIE DE DISPARITION.

Bien sûr, elle avait rafraîchi la page du moteur de recherche toutes les trente secondes alors qu'elle était censée observer le seva et que Rajni la regardait d'un air désapprobateur. Assise dans sa chambre d'hôtel, elle voyait désormais sa célébrité grossir avec le nombre de résultats qui s'affichaient sur Google. Un nouveau mail de Cameron apparut : « *JE NE RIGOLE PAS, NE TE GOOGLE PAS.* » Facile à dire pour lui, dont le nom ne donnait que trois résultats. Parmi eux, son profil LinkedIn, doté d'une photo vieille d'au moins dix ans (quand il avait des cheveux), pouvait suggérer un début de carrière dans l'immobilier ou les assurances.

« C'est pas vrai », dit-elle à voix haute. On avait modifié sa page Wikipédia, qui auparavant ne consistait qu'en un unique paragraphe détaillant brièvement ses maigres réussites professionnelles. Un récit on ne peut plus objectif de l'incident figurait désormais à la rubrique « Le scandale de l'arowana » :

Le 7 juillet 2018, une dispute a éclaté entre Shergill et la personne avec laquelle elle dînait au restaurant Feng Shui, dans le sud de Londres.

Le restaurant est pourvu d'un aquarium de plus de trois mètres de long, qui abrite un arowana albinos (une espèce de poisson extrêmement rare ; un spécimen coûte pas moins de 35 000 £). L'arowana est un animal très craintif, qui peut se blesser lui-même en cas de provocation ou d'agression. Malgré les nombreux avertissements des propriétaires du restaurant et leurs demandes répétées pour qu'ils s'éloignent, Shergill et son compagnon ont continué de se disputer à côté de l'aquarium. D'après les témoins, Shergill aurait causé une grande détresse au poisson en tapant sur la vitre après que l'un des propriétaires avait tenté de l'éloigner. Le poisson a alors sauté hors de l'eau et s'est retrouvé sur le sol, où Shergill lui a asséné plusieurs coups.

Et c'était ça, la version la plus objective possible ? Il manquait des détails importants. Pour commencer, « la personne » qui l'accompagnait était son petit ami, Mark. Quand il l'avait invitée à dîner au Feng Shui, Jezmeen avait cru qu'il allait faire sa demande, sans envisager une seule seconde qu'il voulait rompre.

« C'est juste que tu n'as pas l'air bien dans ta peau, lui avait-il dit.

— Ma mère vient de mourir… Ça fait beaucoup à gérer », avait-elle protesté. Et encore, c'était un euphémisme : elle n'arrivait pas à expliquer les sentiments que provoquait la disparition de sa mère. Depuis toujours, la mort la terrifiait. Elle avait le fol espoir de pouvoir remonter le temps. À la mort de son père, elle avait trouvé un peu de réconfort dans l'idée qu'il était seulement parti se cacher un moment, puis sa mère lui avait demandé d'arrêter de se mentir. Elle ne réalisait toujours pas que Sita était morte, mais elle n'avait plus l'âge de prétendre que celle-ci allait bientôt sortir de sa cachette, alors l'alcool l'aidait beaucoup.

Mark avait secoué la tête.

« Ça fait un moment que c'est comme ça », avait-il soupiré en montrant la bouteille de vin posée du côté de Jezmeen.

Et puis on avait « tenté de l'éloigner ». Vraiment ? Quelle blague. Il aurait été plus exact de dire qu'on lui avait attrapé les épaules par surprise, qu'elle s'était débattue – simple légitime défense – et avait accidentellement tapé l'aquarium au passage. Et puis comment prendre au sérieux le restaurateur qui expliquait que ce poisson – un pauvre vieux machin tout boursouflé – présentait une « grande vulnérabilité émotionnelle » ? C'était vraiment l'expression qu'il avait utilisée. Elle n'en avait appris un peu plus sur l'arowana en voie de disparition et sa grande sensibilité qu'après l'incident. Si cette histoire faisait tant couler d'encre, c'était aussi parce que même si on savait que l'arowana était capable d'abréger lui-même ses souffrances en sautant hors de son aquarium, jamais personne n'avait réussi à capturer cet instant. Quand elle avait commencé à se disputer avec le restaurateur, les gens autour avaient sorti leurs téléphones pour filmer ce qu'ils pensaient être un simple caprice de star. La mort du poisson donnait une tout autre ampleur à ces images.

Commençant à sentir les effets de la vodka sur son estomac vide, elle se laissa tomber sur le lit. Après avoir constaté que la vidéo faisait le buzz, elle était retournée au langar et avait lavé de vieilles assiettes sales, ce qui lui avait totalement coupé l'appétit. À l'autre bout de la chambre, le miroir lui renvoyait une image peu flatteuse, mais familière. Si elle cliquait sur « Images », elle tomberait sur quelques portraits réussis, mais ils seraient noyés dans un flot d'images tirées des vidéos : avec ce scandale, elle pouvait dire *bye bye* à l'anonymat relatif qu'elle connaissait il y a peu. Elle n'avait commencé la télé que trop récemment pour se bâtir une bonne réputation sur laquelle se rabattre – adieu, la carrière prometteuse dans le show-biz, dorénavant elle resterait pour toujours la Tueuse de poisson.

En bas de sa page Wikipédia figuraient certains des rôles qu'elle avait joués. Avant de devenir la présentatrice de « Disaster Tube », elle avait été serveuse dans *EastEnders* – pendant trois épisodes – et réceptionniste dans un téléfilm inspiré d'un vrai scandale qui avait secoué la sphère bancaire londonienne. Plusieurs rôles manquaient et, pour grossir un peu sa filmographie, elle envisagea de les ajouter elle-même. Après tout, elle avait fait de la figuration sur plusieurs plateaux et même aidé à la réalisation d'un film de fin d'études en noir et blanc ! Bon, elle pouvait s'estimer heureuse que certaines de ses apparitions manquent à l'appel, comme son rôle dans un court-métrage diffusé dans un parc d'attractions taïwanais, juste avant que les visiteurs montent à bord d'un manège qui réinterprétait les *Mille et Une Nuits* de manière particulièrement raciste. *Plus jamais ça*, s'était juré Jezmeen après s'être dandinée devant la caméra en costume de danseuse orientale et avoir supplié les visiteurs de venir la sauver des griffes du roi moustachu auquel on l'avait promise. Et puis il y avait tous ces seconds rôles qui auraient pu lui ouvrir des portes si elle les avait décrochés. Mais non, elle n'avait été que la deuxième en lice pour le rôle de Barista numéro 2 dans une comédie romantique avec Hugh Grant et on avait jugé sa voix trop rauque pour lui donner un rôle dans une pub pour couches adultes (Jezmeen avait d'abord cru que le réalisateur la complimentait quand il lui avait dit « Jusqu'à présent, "ultra-absorbant" n'a jamais été un mot sexy »). Qui lirait cette page Wikipédia et saurait qu'elle avait été à deux doigts d'acquérir une vraie réputation avant cet incident avec le poisson ? Personne ne lui laisserait de seconde chance.

Il fallait qu'elle se trouve une distraction, sinon le minibar tout entier risquait d'y passer avant la fin de la journée. Elle regarda sa valise grande ouverte. Pour ne pas rater son vol, elle avait pris ce qui lui tombait sous la main ; la plupart de ces vêtements n'étaient pas adaptés en Inde. La seule tenue à peu près convenable était celle qu'elle portait à cet instant : un haut en coton assez long que sa mère lui avait acheté sur un marché et qui sentait la naphtaline, et un jean simple, sans aucun trou à la mode dedans. *Habillez-vous avec pudeur*. Même morte, sa mère trouvait le moyen de critiquer ses tenues légères. Voilà pourquoi elle avait envoyé paître Rajni et ses remarques la veille – pas besoin d'en remettre une couche. Elle n'aurait jamais admis que sa mère et sa sœur avaient raison, mais elle avait vraiment besoin d'habits plus adaptés que les crop tops et les shorts en jean troués qui garnissaient sa valise.

Jezmeen décrocha le combiné et composa le numéro de la chambre de Rajni – sans succès. Elle appela la réception :

« Bonjour, dites-moi, comment faut-il faire pour appeler une autre chambre ?

— Il faut composer le numéro de la chambre, tout simplement, lui répondit le réceptionniste avec un ton méprisant.

— C'est ce que j'ai fait mais… Laissez tomber, merci. »

Elle raccrocha et – miracle – réussit à joindre Shirina.

« Allô ?

— C'est moi ! Tu es partante pour une séance de shopping ?

— Pourquoi pas. Et Rajni ?

— Je n'ai pas réussi à l'avoir. Je vais toquer à sa porte. »

Elles raccrochèrent. Jezmeen jeta un rapide coup d'œil dans le miroir et se passa la main dans les cheveux. Avec toute cette poussière dans l'air, à quoi bon les brosser ? La chambre de Rajni était au même étage mais à l'autre bout du couloir. Elle frappa un coup. Rien. Elle frappa à nouveau.

« Oui ? entendit-elle derrière la porte.

— Raj, c'est Jezmeen, ouvre-moi. »

La porte s'entrouvrit et Jezmeen ne distingua qu'un œil rouge.

« Je faisais la sieste, dit Rajni d'une voix rauque.

— Je vais faire un peu de shopping avec Shirina, tu viens ?

— Euh… Non merci, je vais rester ici.

— Allez, Rajni ! Profite un peu de ce voyage pour découvrir l'Inde. Tu n'es pas obligée de ne faire que ce que dit la lettre de maman, lui reprocha Jazmeen avant de faire une pause. Si on y réfléchit bien, c'est même une super façon de lui rendre hommage : elle adorait marchander et n'a jamais compris pourquoi j'achetais tout dans ces grands magasins alors qu'on trouvait toutes sortes d'imitations sur les marchés aux puces qu'elle fréquentait. »

Elle avait dit ça pour rigoler, mais Rajni resta inflexible :

« Je crois que je couve quelque chose. »

Jezmeen poussa un soupir. Elle essayait bien de se montrer compatissante – après tout, pendant sa période hypocondriaque, elle-même s'était précipitée aux urgences à cause de douleurs thoraciques qui n'étaient rien d'autre que des remontées acides dues à la sauce salsa. Mais l'aversion de Rajni pour l'Inde était… ridicule. Une fois lancés les préparatifs du voyage, Rajni s'était mise à les bombarder de mails contenant des articles de mise en garde : l'un d'entre eux commençait par « Pensez bien à emporter du désinfectant pour les mains – qui sait si les marques locales sont de bonne qualité ! » ; un autre, sous l'objet « VOUS AVEZ VU ÇA ? », les redirigeait vers un article de journal décrivant l'effondrement d'un pont dans un village du Nord. L'Inde de Rajni était un pays de catastrophes.

« Comme tu voudras. Remets-toi bien ! »

Rajni renifla, marmonna un merci et referma la porte. Ne sachant pas quoi faire, Jezmeen resta plantée là. Devait-elle partir ? Elle décida d'insister et toqua une nouvelle fois. Rajni ouvrit grand la porte. À voir ses yeux rouges et gonflés, il était clair qu'elle avait pleuré.

« Oh ! Raj, excuse-moi, bafouilla Jezmeen. Je ne pensais pas… »

Vlam.

Rajni lui avait claqué la porte au nez. Jezmeen était secouée. Elle ne l'avait jamais vue pleurer, même pas pendant les funérailles de leur mère, même si ses yeux rougis disaient clairement qu'elle avait pleuré seule avant la cérémonie. Est-ce que Rajni aussi revoyait parfois sa mère se pencher sur son lit pour attraper sa pochette à bijoux ? Certaines nuits, Jezmeen se réveillait en sursaut parce qu'elle revivait la même scène en rêve. Il y avait chaque fois une légère variation : parfois, le rose pâle des rideaux d'hôpital se transformait en jaune criard, d'autres fois, la commode était un peu plus éloignée, Sita avait donc un peu plus de mal à l'atteindre et finissait par abandonner. Même quand Jezmeen savait qu'elle était dans un rêve, elle n'arrivait jamais à se réveiller avant la mort de leur mère. La même fin se répétait à l'infini. Jezmeen toqua à nouveau.

« Raj ? » *Tu peux me parler si tu veux*, s'apprêtait-elle à dire, mais était-ce vraiment le cas ? Elle ignorait comment parler de la mort de leur mère, mais elle était presque sûre du tour que prendrait la conversation – une énième dispute.

Pour marchander, il fallait être sûr de soi, savoir dès le départ qu'on avait une marge de manœuvre et être prêt à s'en aller les mains vides parce que l'orgueil comptait plus que l'achat de l'article en question. C'est pour ces raisons que Shirina s'efforçait de ne pas avoir de coup de cœur pour tel ou tel vêtement – pas question de se donner en spectacle comme Jezmeen à cet instant.

« Vous ne croyez quand même pas que je vais dépenser autant pour une pauvre paire de *chappal* ? Non mais vous avez vu la qualité ? Regardez, là, les fils ressortent », disait Jezmeen en agitant une sandale devant le vendeur. Une rangée de strass courait sur les lanières en plastique jusqu'à un faux joyau.

« Faites-les-moi à moitié prix et on pourra discuter.

— Vous rigolez ? » s'écria le vendeur.

Shirina se rendit vite compte que sa sœur avait sous-estimé le vendeur. Il remonta ses manches, comme si énumérer toutes les qualités des chaussures nécessitait autant d'huile de coude que leur fabrication. Jezmeen ne se laissa pas démonter. La dispute battait son plein quand soudain, alors que les sandales changeaient vigoureusement de mains, un faux joyau se détacha et tomba à leurs pieds dans la poussière.

« Laissez tomber », déclara alors Jezmeen d'un air triomphant en faisant mine de s'essuyer les mains, comme pour effacer toute saleté laissée par les sandales. Elle prit Shirina par le bras et l'entraîna plus loin. Shirina avait l'impression d'être redevenue enfant, à cette exception près que Jezmeen l'avait toujours laissée à la traîne autrefois. Comme elle préférait éviter de se perdre ici, elle agrippa la main de sa sœur. Le marché grouillait d'activité et certains hommes se déplaçaient en meute : chaque fois que leurs yeux rencontraient les siens, elle s'empressait de les détourner. Un chien errant aux côtes apparentes et à la fourrure dégarnie traînait entre deux mobylettes garées sur le bas-côté. La rangée de magasins semblait s'étendre à perte de vue, jusqu'à une intersection au loin où les voitures bouchonnaient, heure de pointe oblige. À mesure que Jezmeen et Shirina avançaient, les pavés se faisaient plus ou moins gros sous leurs pieds, disparaissaient complètement, puis réapparaissaient quelques mètres plus loin.

« Ces chaussures étaient super moches, tu n'es pas d'accord ? demanda Jezmeen.

— Pourquoi perdre tout ce temps à marchander alors ?

— Oh, c'était juste pour m'échauffer un peu. Regarde autour de toi : il y a tant de choses à acheter ! »

Entre les mètres de sari en brocart et les murs entiers recouverts de bracelets scintillants bariolés, ce marché exubérant avait de quoi faire tourner la tête. Un jour, Shirina avait vu un sari cousu à partir d'une multitude de petits carrés de toutes les couleurs. Aucune nuance ne manquait. En plus d'être magnifique et novateur, l'habit était aussi fonctionnel, comme l'avait expliqué le designer : on pouvait porter ce sari pour se rendre chez le tailleur, s'en servir comme d'un nuancier et lui montrer exactement la couleur désirée pour la commande.

« J'ai vraiment besoin d'une paire de sandales pas chères, dit Jezmeen. Ce n'est pas grave si elles sont un peu tape-à-l'œil, mais je dois bien avouer que celles-ci étaient franchement hideuses. J'ai besoin de quelque chose à mettre au temple. »

Shirina sourit. Elle se souvenait très bien des chaussures qu'elles portaient au temple quand elles étaient jeunes : jamais de belles chaussures chères, au cas où elles seraient « perdues » par mégarde ou volées dans le réduit de l'entrée. Mais il fallait quand même que ce soient des chaussures présentables – par exemple, de vieilles Converse n'allaient pas vraiment avec la tenue pendjabie.

« C'est du cuir italien, dit Shirina d'une voix aiguë pour imiter Sharanjeet Kaur, leur amie d'enfance.

— Du fait sur mesure, avec une semelle intégrée spéciale, poursuivit Jezmeen avec la même voix.

— Fabriquées par notre cordonnier attitré ! »

Elles éclatèrent de rire, comme autrefois, quand elles se cachaient sous les couvertures, guettant les pas de leur sœur. Elles avaient fini par s'éloigner parce que Jezmeen leur attirait trop d'ennuis. La première fois que Shirina avait mentionné ses sœurs devant Sehaj, elle s'attendait à ce qu'il lui pose des questions, mais le sujet n'avait pas eu l'air de l'intéresser plus que ça. Il était fils unique et elle lui enviait cette expérience. Avoir une sœur, ça voulait dire la suivre dans tous ses coups fourrés et être perçue non pas en tant qu'individu mais en tant que moitié d'un duo inséparable – du moins jusqu'à ce qu'elle arrête de suivre Jezmeen partout.

« Je me demande bien ce qu'est devenue Sharanjeet, dit Jezmeen. Plus snob qu'elle, tu meurs. Elle a épousé ce type plein aux as et hop, madame balance le nom de son designer à ton mariage et se vante de ses vacances sur la Riviera pour nous en mettre plein la vue. Et ce cirque qu'elle a fait après la cérémonie parce qu'elle n'a pas retrouvé ses chaussures tout de suite, elle nous a presque accusées de les lui avoir volées ! Comme si elle n'avait pas été simple réceptionniste d'hôtel juste avant…

— Je ne pense pas qu'elle soit venue au mariage pour moi, dit Shirina. C'était juste pour se faire bien voir de la famille de Sehaj. »

La présence de Sharanjeet à tous les événements entourant le mariage avait été une surprise. Celle-ci n'avait plus donné aucune nouvelle après s'être mise en ménage, et elle n'avait tout fait pour renouer le contact que lorsqu'elle avait eu vent du nom du fiancé de Shirina.

« Vous êtes restées en contact depuis ?

— Je sais juste qu'elle a appelé sa fille Chanel. »

Jezmeen leva les yeux au ciel.

« Ah oui, je me souviens des photos sur son compte Instagram. Mais je crois qu'elle m'a bloquée, je n'ai pas vu de nouvelles publications depuis un bon moment.

— De toute façon, je ne crois pas que tu loupes grand-chose », dit Shirina, comme si elle non plus ne voyait plus rien de la vie de Sharanjeet. Elle ne voulait pas que Jezmeen sache que, même si elle ne postait plus rien, elle continuait de se connecter pour suivre des gens comme Sharanjeet, des gens qui faisaient étalage de chaque seconde de leur petite vie de privilégiés. Le compte Instagram de Sharanjeet se résumait à des clichés de sacs de créateurs et des photos d'elle prises en « pleine introspection » sur des plages méditerranéennes au sable blanc. Dans l'avalanche de commentaires, ses amis et autres followers laissaient poindre leur jalousie et leur admiration. Personne ne semblait remettre ce mode de vie en question et Shirina se sentait d'autant plus mesquine. Bien sûr, Sharanjeet aussi devait se disputer avec son mari de temps à autre ou passer un après-midi entier à attendre que le plombier vienne réparer la fuite du robinet qui la rendait folle – mais aucune trace de cet aspect de sa vie sur ses photos parfaites.

« Tu sais qui d'autre vient juste d'avoir un enfant ? dit Jezmeen tandis qu'elles suivaient le mouvement de la foule. La fille de Tante Roopi. Elle m'a ajoutée sur Facebook il n'y a pas longtemps.

— Tante Roopi, notre ancienne voisine ?

— Eh oui ! On était restées chez elle un été, mais tu étais sûrement trop petite pour t'en souvenir. Tu adorais son chat, tu voulais à tout prix le ramener à la maison. »

Shirina se rappelait vaguement le chat et une odeur de *chana masala* mijotant dans une cuisine bien plus grande que la leur. Elle se souvenait de plusieurs visites chez Tante Roopi, mais pas d'avoir passé des vacances chez elle.

« Pourquoi on est allées là-bas ?

— Parce que maman et Rajni étaient parties en Inde, juste après la mort de papa. Elles y sont restées environ un mois, si ma mémoire est bonne. »

D'autres images commençaient à lui revenir : les concours de chatouilles avec Jezmeen et le chat ; la queue du chat qui frôlait leurs chevilles tandis qu'elles s'efforçaient de rester impassibles. Un jour, Shirina devait avoir quatre ou cinq ans, Tante Roopi les avait accueillies pour le déjeuner, puis les avait laissées regarder les dessins animés pendant qu'elle faisait le ménage dans toute la maison. Elle était passée avec l'aspirateur devant le poste de télévision et leur avait bloqué la vue, et elle avait ouvert les rideaux pour regarder de l'autre côté de la rue :

« Votre mère n'est toujours pas rentrée. Vous n'avez qu'à rester dîner. »

Mais leur mère avait passé la journée à la maison ; Tante Roopi avait dit ça juste pour leur faire plaisir. Quand Shirina et Jezmeen avaient fini par rentrer, elles avaient trouvé leur mère allongée sur son lit, dans la même position que lorsqu'elles l'avaient quittée. Rajni leur avait passé un savon car elles l'avaient dérangée. Elle avait aussi dit à Jezmeen :

« Dorénavant, j'espère que tu te comporteras un peu mieux. »

Jezmeen devait sûrement se souvenir de la même chose car elle dit :

« Rajni était tellement sévère quand on était petites. »

Elle l'était avec toi, oui. Après ce jour-là, Shirina avait mis un point d'honneur à éviter les ennuis – même si cela impliquait de ne plus passer de temps avec Jezmeen.

« Elle essayait juste d'être là pour maman, dit Shirina. En l'absence de papa, elle avait sans doute l'impression de devoir l'aider à nous élever.

— C'est vrai que beaucoup de choses ont changé après sa mort, répondit Jezmeen. Mais Rajni n'a pas toujours été comme ça. Tu ne peux pas le savoir, mais on s'amusait bien avec elle avant. Elle avait tout un tas de fards à paupières pailletés et de rouges à lèvres de couleurs vives – le genre de trucs que maman devait lui interdire de porter, parce qu'elle les gardait dans une cachette secrète. De temps en temps, elle me maquillait et on dansait comme des folles dans sa chambre. Je devais avoir quatre ans à l'époque. »

Shirina n'en revenait pas, elle n'avait jamais connu Rajni comme ça.

« Qu'est-ce qui a changé ? »

Jezmeen haussa les épaules.

« Je ne sais pas, la mort de papa, j'imagine. Après ça, elle passait son temps à se disputer avec maman. Et puis il y a eu la visite du grand frère de papa qui n'a rien arrangé. Elles sont allées en Inde l'été qui a suivi la mort de papa. À leur retour, Rajni n'a rien raconté. Et puis elle est devenue l'adjudant-chef Rajni que tu connais bien et pour qui rien n'était plus important que de suivre les règles. Depuis, je fais de la résistance. »

Il y avait de la fierté dans la voix de Jezmeen, mais cette dernière phrase fit naître un autre sentiment chez Shirina : tous ses souvenirs d'enfance étaient empoisonnés par les cris de ses sœurs. Leurs disputes avaient toujours été d'une violence et d'une intensité telles que, chaque fois, Shirina avait eu l'impression que la maison allait s'effondrer. Jamais elle ne s'était disputée de la sorte avec Rajni ou sa mère, et encore aujourd'hui, elle évitait soigneusement de saisir les perches que lui tendait sa belle-mère ; dire oui à tous était plus facile que de se battre constamment. Vouloir toujours avoir le dernier mot aurait transformé sa vie en enfer. Elle se souvint d'une photo Instagram postée par Sharanjeet au Noël précédent – vin chaud, piles de cadeaux entourés de ruban doré au coin du feu. *Baby, it's cold outside, but my love knows just how to keep me warm*, lisait-on sous le cliché, suivi d'une litanie de hashtags : #hiver #cheminée #vinchaud #bientôtnoël #amour #famille #kdos #tiffanys #meilleurmariaumonde #pourriegâtée #maisjelemérite.

Cette description, elle l'avait lue et relue. Grâce aux filtres soigneusement choisis pour la photo, elle entendait presque le bois craquer doucement dans la cheminée. Le monde de Sharanjeet l'avait tellement captivée qu'elle avait à peine entendu que sa belle-mère s'adressait à elle. « Regarde-moi quand je te parle ! » avait crié celle-ci en lui arrachant son portable des mains. L'incident lui avait fait froid dans le dos. Plus tard, elle en avait parlé à Sehaj. Il avait froncé les sourcils et s'était contenté d'un « Je lui parlerai ».

« Ah, nous y voilà ! Madhuri Fashions », dit Jezmeen en hochant la tête devant les coupures de magazines collées aux murs au-dessus d'une machine à coudre. Un homme plutôt âgé était voûté sur la machine. Sur le bout de son nez étaient posées des petites lunettes à monture dorée. *Il vaudrait mieux pour lui que les négociations ne soient pas trop âpres*, se dit Shirina.

« Je vais faire un tour ici », dit-elle en désignant la librairie voisine.

Des livres s'entassaient dans tous les coins et recoins ; en retirer un d'une pile se révéla presque impossible. Un titre lui tapa dans l'œil et elle réussit à l'attraper du bout des ongles.

« Très bon choix, commenta le libraire.

— Vous l'avez lu ? »

Avec un titre pareil – *Monsieur Tombe-à-Pic* – imprimé en lettres roses calligraphiées avec élégance, elle en doutait.

« Je les ai tous lus. »

Mais bien sûr. La librairie contenait plus de livres qu'une seule personne pourrait jamais en lire en une seule vie. Sans compter que certains titres – probablement déposés par des touristes – étaient en allemand et en langues nordiques. Mais son envie de bien faire était tout à son honneur. Comme il sentait sans doute qu'elle ne le croyait pas, il pointa plusieurs livres du doigt et en résuma brièvement l'intrigue :

« Un homme très méchant lance un business tout sauf réglo. Les chefs de la mafia se retournent contre lui et il devient quelqu'un de bien. Dans celui-là, une famille emménage dans une nouvelle maison quand le père perd son travail. Mais ils se rendent compte qu'elle est hantée. Dans celui-ci, un scientifique pilote une mission de recherche dans un pays reculé et passe trente ans à essayer de savoir ce qui est arrivé à son grand amour. »

D'abord impressionnée, elle se rendit compte qu'elle n'avait aucun moyen de savoir s'il disait la vérité.

« OK, OK », dit-elle en lui faisant signe qu'elle le croyait.

« Si vous achetez un livre, je vous calcule votre thème numérologique ! Quel jour êtes-vous née ?

— Le 10 mai 1990. »

Il répéta cette date et entra plusieurs chiffres sur une calculatrice, puis déclara :

« Vous suivez le chemin de vie numéro 7. Ce chiffre porte bonheur.

— Oh », répondit laconiquement Shirina. Elle attendit qu'il développe un peu, mais il retourna à ses étagères.

« Et qu'est-ce que ça veut dire ? » demanda-t-elle. Elle n'avait jamais fait calculer son thème numérologique auparavant – comme les horoscopes, ils servaient à satisfaire tout le monde d'une façon ou d'une autre. Mais les horoscopes l'intriguaient parfois ; quoi de plus excitant que de se reconnaître totalement dedans ?

« Si vous voulez en savoir plus, il faut payer. »

Elle faillit éclater de rire, mais plongea tout de même la main dans son sac. Il avait vraiment de la chance que Jezmeen ne soit pas là. Après avoir empoché son argent, l'homme retourna derrière le comptoir, ouvrit un ordinateur gris et fin relié à un tas de câbles emmêlés sur le sol qui disparaissaient derrière un drap cloué à une poutre. Les yeux rivés sur l'écran, il patienta puis s'en alla dans l'arrière-boutique. Il revint quelques instants plus tard avec une feuille imprimée dans les mains.

« Voilà tout ce qu'il y a à savoir sur le chiffre 7. »

Génial. Elle venait de gaspiller son argent pour une recherche Google. Le visage du libraire ne trahissait rien. L'encre n'étant pas encore sèche, il posa la feuille à plat sur les deux mains de Shirina. Certains mots lui sautèrent immédiatement aux yeux. « Compassion », « responsabilité » et cette phrase :

« Le 7 est associé à des personnes capables de tout sacrifier pour leur famille. Vous êtes quelqu'un de calme et avez le don d'apaiser les conflits. »

Voilà pourquoi elle ne lisait son horoscope qu'une fois de temps en temps dans *Cosmo* ou dans le journal. Si elle l'avait fait régulièrement, elle aurait cessé de croire en leur pertinence. Rien ne venait donc gâcher le plaisir qu'elle ressentait à la lecture d'une description qui lui correspondait à 100 %. Juste avant de quitter Melbourne, elle avait cherché son horoscope en ligne – un seul, pas plus ; cela n'aurait rimé à rien de choisir le meilleur parmi une sélection plus large.

« Vous vous trouvez au carrefour de votre vie et la décision que vous prendrez est entièrement vôtre. En ces temps troublés, prenez bien soin de vos proches. »

Ces quelques mots lui avaient tellement parlé qu'elle les avait sentis vibrer en elle.

Dans la boutique adjacente, Jezmeen attendait patiemment, les bras tendus, tandis qu'une femme grisonnante prenait ses mensurations.

« Je me fais faire un chemisier, dit-elle à Shirina quand celle-ci entra.

— Il sera prêt avant qu'on parte ? »

Elles ne restaient qu'une journée de plus à Delhi.

« Oui, je pense que c'est pour ça que maman a mentionné cette boutique. Elle aimait bien quand tout était fait rapidement. Attends… »

La femme était en train de mesurer sa clavicule, mais sur la photo, le décolleté du chemisier ne remontait pas aussi haut.

« Je veux qu'il soit exactement comme sur la photo, dit Jezmeen en plaçant les mains à l'endroit où le décolleté devait se trouver. Et sans manches, s'il vous plaît. Il fait bien trop chaud. »

La femme regarda son mari, qui se leva de son tabouret.

« Mes excuses, madame, mais nous ne pouvons pas faire plus bas.

— Comment ça ?

— Un décolleté plus plongeant serait indécent. Si vous vous promenez habillée comme ça dans Delhi, vous aurez des ennuis. Il faut aussi que vous gardiez les manches.

— Des ennuis, tu parles, murmura Jezmeen à Shirina. Une haie d'érections, oui. Une catastrophe d'une ampleur sans précédent. »

Mais Shirina n'était pas contre un décolleté décent. Son chemisier était boutonné jusqu'au cou et ses manches la couvraient jusqu'aux poignets. Quelques mois plus tôt, avant de déménager en Australie, elle avait fait don de la plupart de ses débardeurs à l'Armée du Salut parce qu'ils déplaisaient à sa belle-mère. De toute façon, avec le temps changeant de Melbourne, elle n'en avait plus vraiment l'usage.

« Vous le voulez toujours, ce chemisier, ou on annule ? s'impatienta la couturière.

— Et si je n'avais pas l'intention de porter ce chemisier en Inde, vous le feriez comme je le demande ? Je rentre à Londres. »

La femme secoua la tête d'un air entendu et son mari se dirigea vers un petit meuble. Il en sortit un classeur muni de pochettes plastiques transparentes remplies d'images découpées. Shirina passa la main sur sa poche, soulagée de sentir son thème numérologique. Au milieu de tout ce désordre, elle aurait eu vite fait de le perdre.

« Regardez ce que j'ai fait », dit l'homme. Il rougit de fierté en tendant son dossier à Jezmeen. De quoi était-il plus fier :

de son travail à proprement parler ou de sa minutieuse lubie d'archivage ? Du côté gauche se trouvait une photo découpée dans un magazine, sur laquelle figurait généralement une Occidentale. En regard, à droite, la version « décente » de la même tenue. Les décolletés étaient rehaussés, les jupes descendaient en dessous du genou, la coupe des robes était si lâche qu'elles avaient l'air immenses et pendaient comme des sacs à patates.

« Nous cherchons la décence, déclara la femme avec un hochement de tête approbateur. Si nous nous en tenions aux coupes des habits portés par ces femmes, les gens se plaindraient.

— Moi, je ne me plaindrai pas, dit Jezmeen. Tout ce que je demande, c'est la copie conforme de ce chemisier.

— Et vous le porterez avec quoi ? Un jean ?

— Oui.

— Alors l'ourlet doit être plus bas. Pour bien couvrir cette zone, répondit la femme en montrant son bas-ventre.

— Vous savez, je pourrais aller dans n'importe quelle autre boutique. Si je suis venue ici, c'est seulement parce que ma… » Jezmeen s'interrompit pour s'adresser à Shirina : « C'est maman qui m'a recommandé cet endroit. Elle savait qu'ils essaieraient de couvrir chaque centimètre carré de ma peau.

— Tu crois ?

— J'en suis sûre. C'est sa dernière tentative, répondit Jezmeen avec un sourire – mais Shirina vit passer une ombre dans son regard. Elle a dû imaginer ce stratagème pour me pousser à "prendre mes responsabilités". »

Shirina ignorait ce que leur mère avait dit exactement, mais à l'évidence cela tracassait Jezmeen.

« Vous ne pouvez vraiment pas me faire une copie ? Promis, je ne le dirai à personne si c'est ça qui vous inquiète. »

Pour toute réponse, le couple secoua la tête.

« Très bien, dans ce cas, rendez-moi mon acompte. »

Ils échangèrent un bref regard et répondirent d'une seule voix :

« Les acomptes ne sont pas remboursables. »

Shirina s'éloigna au moment où la dispute reprenait de plus belle. Elle inspecta une nouvelle fois les stands aux alentours, déçue de devoir rentrer à l'hôtel les mains vides. Mais rien ne lui plaisait suffisamment pour que le marchandage en vaille la chandelle. Dans son dos, Jezmeen accusait les tailleurs d'escroquerie. Shirina retourna au stand de chaussures hideuses. Après tout, elle aussi avait besoin d'une paire de sandales.

« Deux cents roupies ? » proposa-t-elle au vendeur en partant du dernier prix proposé par Jezmeen.

Il fit non de la tête et profita du fait qu'elle était une nouvelle cliente pour lui en demander le triple.

Elle se souvint de son amie Lauren qui l'encourageait à ne pas se laisser faire. « Tu dois te défendre », avait-elle dit quand sa belle-mère lui avait interdit de sortir boire un coup après l'incident avec le chauffeur de taxi.

« *Beti*, c'est pour ton bien », avait dit sa belle-mère. Et Shirina, après un week-end entier à être ignorée, n'avait rien trouvé à redire.

Le lundi, de retour au travail, elle avait raconté toute l'histoire à Lauren. Elle avait voulu partager sa honte avec quelqu'un – « On était tellement bourrées, vendredi ! Non mais tu te rends compte de ce que j'ai fait ? » Mais au lieu d'en rire, Lauren avait eu l'air de trouver ce comportement inquiétant.

« Non mais c'est bon, elle me reparle, l'avait rassurée Shirina.

— Elle s'est excusée pour sa réaction disproportionnée ? Et ton mari, il a montré qu'il avait le courage de lui dire de ne pas mettre son nez dans ses affaires, ou il s'est encore laissé faire ? »

La remarque l'avait surprise. Au bureau, Lauren était la seule à la défendre quand un collègue blaguait sur le fait qu'elle vivait avec son mari chez sa belle-mère.

« Viens boire un coup cette semaine, avait repris Lauren. Elle ne peut pas t'interdire de t'amuser.

— J'ai d'autres choses de prévues », s'était-elle excusée. Et puis, les semaines suivantes, elle avait trouvé d'autres excuses. Un jour, Lauren l'avait coincée dans l'espace détente et lui avait demandé à voix basse si tout allait bien à la maison.

« Tout va bien, avait-elle répondu sans réussir à la convaincre.

— Dis à ta belle-mère que tu es une adulte. Ta vie sociale est en train d'en pâtir. On sort juste entre amis au pub. C'est l'Australie ici, bon sang, dis-le-lui. »

Mais cela ne dérangeait pas Shirina de rentrer chez elle le soir et de rester assise à côté de Sehaj, pour qui elle devait jouer le jeu de sa mère :

« C'est une conservatrice, tu ne la feras pas changer. »

La conversation que Sehaj avait eue avec sa mère au sujet du respect de leur vie privée n'avait donc pas abouti à grand-chose. Ce n'était rien, tout allait bien, elle se sentait à l'aise dans son rôle d'épouse et de belle-fille.

Alors que Jezmeen était encore en train de batailler ferme dans sa boutique, Shirina quitta le stand avec ses nouvelles chaussures à la main – quelle importance si elle avait payé trois fois le prix qu'elle en voulait au départ ?

5

Chaque soir, mangez ensemble. Je n'arrive pas à me souvenir de la dernière fois où je vous ai vues autour de la même table. Ne pensez pas que vous aurez toujours le temps de le faire plus tard. Parlez-vous. Ne vous disputez pas à la moindre occasion.

Les currys arrivèrent en premier dans des petits bols métalliques fumants. Le serveur les déposa sur la table avec délicatesse et annonça le nom de chaque plat : poisson au curry, agneau *tikka*, *baingan bharta*. Rajni essaya de faire abstraction de l'huile qui luisait sur chaque plat. Ce restaurant, qui figurait dans la sélection du Zagat[1], ne correspondait sûrement pas à ce que leur mère avait en tête quand elle leur avait demandé de manger ensemble tous les soirs. Elle avait probablement imaginé une table rustique dans une petite cantine locale. Mais Rajni, bien décidée à éviter l'intoxication alimentaire, se sentait rassurée par les commentaires et notes positives laissés par des touristes occidentaux sur Internet.

« Vous pensez qu'on a vu trop large ? » demanda-t-elle quand le serveur retourna en cuisine. On ne leur avait pas

1. Guide gastronomique et touristique. *(Toutes les notes sont de la traductrice.)*

encore servi le riz pilaf et les naans, et quelques desserts lui faisaient déjà de l'œil sur la carte. *Parlez-vous*. Shirina ouvrit la bouche, mais seul un bâillement en sortit.

« Excusez-moi », murmura-t-elle.

Jezmeen était encore absorbée par son téléphone, mais Rajni se sentait trop fatiguée pour la rappeler à l'ordre. Dans le taxi, elle avait jeté un coup d'œil par-dessus l'épaule de sa sœur, curieuse de ce qui pouvait bien accaparer son attention. Mais Jezmeen l'avait vue faire et avait vite caché l'écran.

« Je pense qu'on a assez de nourriture », dit Shirina. Elle se servit deux grosses cuillerées d'agneau tikka et Rajni lança un regard discret à Jezmeen. *Tu as vu tout ce qu'elle prend ?* Mais sa sœur ne leva pas les yeux.

À la table voisine, une femme à la manucure parfaite se montrait très exigeante avec sa commande :

« Je ne peux pas manger de produits laitiers. Même pas une seule goutte. Je pense qu'on veut tous éviter cette catastrophe.

— Pareil pour moi, dit l'homme assis en face d'elle. C'est quelque chose qui vient sur le tard, non ? Avant, je pouvais manger n'importe quel type de nourriture, même de la *street food*, mais la semaine dernière, un kebab a bien failli me tuer. »

Rajni commençait à perdre l'appétit. Pourquoi tout le monde se sentait obligé de parler en détail de ses intolérances alimentaires ? Ce n'était qu'une affaire de secondes avant que les mots « paléo » et « sans gluten » soient prononcés.

« De mon temps, on mangeait de tout et personne ne s'en plaignait, avait dit Sita un jour, en voyant leur voisine arracher un cookie aux noix de pécan des mains de son fils.

— Je crois qu'il est allergique aux noix, maman, avait remarqué Rajni.

— S'il avait grandi dans mon village en Inde, je peux te dire qu'il serait content d'avoir ce cookie et qu'il oublierait vite son allergie ! »

Face à cette dénonciation rhétorique du confort de vie à l'anglaise, Rajni n'avait rien répondu. Une fois son cancer diagnostiqué, sa mère avait gardé la même logique :

« Avant, personne n'avait de cancer, mais maintenant c'est une autre histoire. »

Sita était convaincue que son déménagement en Angleterre avait altéré sa constitution.

Avec un soupir, Jezmeen jeta son téléphone dans son sac.

« C'est terminé.

— Quoi donc ? demanda Shirina, avant de goûter à l'agneau. Hummm, c'est délicieux !

— Ma carrière. Terminée.

— On devrait peut-être attendre les naans, non ? dit Rajni.

— Tu t'en fiches, c'est ça ? répliqua Jezmeen, l'air blessé. Je viens juste d'annoncer que ma carrière était terminée. »

Mais avait-elle vraiment commencé un jour ? Mieux valait ne pas le dire tout haut, mais Rajni voyait dans les yeux de Shirina qu'elle pensait la même chose. Jezmeen s'était toujours plainte de la médiocrité de sa carrière.

« Ce n'est pas un milieu facile, dit Rajni pour la consoler.

— Bon, mieux vaut que je vous le dise tout de suite, vous finirez bien par l'apprendre de toute façon », soupira Jezmeen.

Elle reprit son téléphone et lança une vidéo. Des images en noir et blanc provenant d'une caméra de surveillance d'un restaurant. Sûrement l'une des vidéos que Jezmeen montrait dans son émission. Rajni regarda d'un seul œil ; le serveur arrivait avec une assiette de riz pilaf et un plat de naans dorés et croustillants. Bien sûr qu'elles avaient vu trop large.

Shirina laissa échapper un hoquet de stupeur.

« Mon Dieu, quelle horreur ! Qu'est-ce qui ne tourne pas rond chez eux ? » Puis elle secoua la tête et Rajni regarda la vidéo : une femme était en train de frapper… Quoi, au juste ? Un gros poisson ?

Puis elle se souvint des garçons du temple. L'un d'entre eux avait tiré la langue et imité un poisson. Elle se rapprocha de l'écran et plissa les yeux :

« Mais… Ne me dis pas que c'est toi ! »

Jezmeen hocha tristement la tête.

« Eh si… C'est la première vidéo qui est sortie. Mais la nuit dernière, je ne sais quel groupe de défense des animaux a mis la main sur une vidéo de meilleure qualité. Depuis, elle fait le buzz. Je n'ai pas fait exprès de taper l'aquarium. C'était dans le feu de l'action, je n'étais pas en possession de tous mes moyens. La vidéo ne montre pas tout. »

Si elle avait tout montré, on aurait sûrement vu qu'une sacrée quantité d'alcool était impliquée. Rajni se demanda si Anil avait vu la vidéo et consulta son propre portable. Pas d'appels en absence ni de nouveaux messages. Il ne l'avait donc sûrement pas vue.

« Les producteurs sont au courant ? » demanda Shirina.

Jezmeen fit oui de la tête.

« Mon contrat arrivait à son terme de toute façon – ils avaient déjà décidé de ne pas le reconduire. »

« À un moment, il faut bien être réaliste. » C'était ce que Sita avait dit en évoquant Jezmeen : il fallait qu'elle accepte qu'elle ne deviendrait jamais célèbre.

« Ne lui dis pas ça, s'il te plaît », avait répondu Rajni, qui partageait pourtant cet avis. Jezmeen aurait été anéantie si elle avait su. Non pas qu'elle n'ait pas de talent, c'était juste qu'on ne voulait pas d'elle. Polly Mishra, voilà une actrice que les gens voulaient voir. Pendant un week-end de l'hiver, elle avait regardé à la suite tous les épisodes d'une saison de *The Boathouse* avec Kabir et Anil. Au départ, ils avaient voulu prendre leur temps, mais le suspense installé à la fin du premier épisode les avait poussés à en lancer un deuxième, puis un autre encore, puis, l'heure du dîner venue, ils avaient commandé des pizzas pour manger devant la télé. À présent, elle regrettait ce petit plaisir en famille. Quand l'air s'était rafraîchi, ils s'étaient collés les uns aux autres en échangeant toutes leurs théories sur les épisodes suivants. Elle n'arrivait pas à se souvenir d'autres moments aussi complices avec son fils.

« Ils le justifient à cause de ce scandale, expliqua Jezmeen à Shirina. Mais je pense qu'ils voulaient déjà quelqu'un de plus "*mainstream*" avant. Une personne blanche pour attirer un plus grand public. »

Shirina hocha la tête avec compassion. Pourtant, « Disaster Tube » et ses vidéos stupides n'avaient vraiment pas besoin d'une plus grande audience.

« C'était de la légitime défense, reprit Jezmeen. Il aurait pu me mordre ! Ou même être venimeux !

— Je ne crois pas que les arowanas soient venimeux, répondit Shirina. Ils sont très sensibles, c'est tout. J'ai lu un article sur les animaux capables d'émotions complexes et intenses dans le *National Geographic*, et figure-toi que ce poisson ressent la détresse !

— Merci, je me sens encore plus coupable maintenant, grogna Jezmeen.

— Désolée.

— En plus du *bad buzz*, il faut aussi que je paie des dommages et intérêts au restaurant.

— Tu leur dois combien ? demanda Rajni.

— Trente-cinq mille livres.

— Pardon ?

— Oui, ces poissons ne sont pas donnés, dit Shirina. L'un des clients de Sehaj en a acheté un dans une ferme aquacole de Singapour pour un quart de million de dollars.

— Ce sont de beaux poissons exotiques ? demanda Rajni en prenant un naan. Ils portent chance ?

— De toute évidence, non, rétorqua Jezmeen. Tout ce qu'ils savent faire, c'est sauter hors du bocal, ressentir des émotions profondes et se suicider si quelqu'un frappe à leur porte. »

Rajni hésita. Jezmeen n'aurait pas dû dire ça et elle le savait – elle se mordait la lèvre comme si elle voulait ravaler ses mots. Elles échangèrent un regard, puis tournèrent la tête vers Shirina, qui avait arrêté de mâcher et tendait le bras pour attraper son verre d'eau. Elles pensaient toutes à la même chose. Tout ça parce que leur mère avait voulu qu'elles parlent ! *Tu peux être fière de toi*, pensa Rajni.

Un bruit de grattement réveilla Rajni au beau milieu de la nuit. Il y avait quelqu'un dans sa chambre. Elle bondit hors du lit et s'enroula dans le drap.

« Non mais c'est une blague ! » couina-t-elle.

Bon, ce n'était sans doute pas la meilleure façon de chasser un violeur potentiel. Elle jeta un coup d'œil à sa valise pour évaluer rapidement les objets précieux en sa possession. Heureusement, son passeport était dans le coffre-fort, mais l'urne était bien en évidence. Puis elle se rappela qu'elle n'avait de valeur qu'à ses yeux – quel voleur pourrait bien convoiter les cendres d'une vieille dame ? Elle fit un pas vers l'entrée de la chambre et crut entendre un bruit juste derrière la porte, plus fort qu'avant. Le bruit de quelque chose qui se déchirait. Elle fit volte-face juste à temps pour voir les rideaux tomber de leur tringle.

« Putain de merde », dit-elle en sursautant, les poings serrés. Le drap tomba à ses pieds. Elle mit quelques instants à se détendre et comprendre ce qui venait de se passer : le rideau, retenu à sa tringle par une bande de Velcro, s'était progressivement détaché pendant la nuit. Rajni le ramassa et le posa sur la table. On avait vu meilleure qualité. L'hôtel aurait été fait de carton que ça ne l'aurait pas étonnée – elle aurait pu faire s'écrouler tout le bâtiment en s'appuyant sur un mur.

Sachant qu'elle n'arriverait pas à se rendormir, elle prit son téléphone sur la commode et entama un chat avec Kabir – il était vingt et une heures en Angleterre, il était sûrement avachi dans le canapé devant la télé.

Comment ça va ?

Bien. Alors, ce premier jour de pèlerinage ?

Que pouvait-elle bien lui dire ? Qu'elle n'avait pas réussi à passer une journée à honorer sa mère sans repenser à ses terribles derniers instants ? Qu'elle avait été tentée de sauter le repas du soir pour éviter de parler à ses sœurs parce que ça lui demandait trop d'énergie ? Son intuition s'était d'ailleurs avérée. Elle aurait mieux fait d'appeler le room service – ses plats auraient sans doute été livrés par un jeune Tarun terrifié. Quoique, manger seule n'aurait pas été mieux : elle aurait passé son temps à ressasser tous les non-dits entre elle et sa mère. Son précédent séjour en Inde lui revenait sans cesse à l'esprit.

Je ne sais pas trop comment je pourrais décrire tout ça.

Aussitôt envoyé, le message lui parut trop positif : comme si débiter des carottes dans la cuisine d'un temple lui avait ouvert tout un monde spirituel. Elle s'apprêtait à rectifier le tir quand Kabir écrivit :

J'ai eu une petite conversation avec Anil aujourd'hui.

Ni une ni deux, elle l'appela. Mais sa voix, déformée par la distance et par une mauvaise connexion, s'étirait en millions de syllabes.

« Aaaaaaaaaallllllôôôôôôôôôôô ? »

On aurait dit un robot en train de rendre l'âme.

« Allô ? Kabir ?

— AAAAAAAALLLLÔÔÔÔÔÔÔÔÔÔÔ ? »

Rajni éloigna le téléphone de son oreille et attendit que la connexion se stabilise. Elle avait déjà appelé Shirina en Australie grâce à cette application ; parfois, l'écho avait été si fort qu'elle s'était agacée d'entendre sa propre voix l'interrompre.

Silence à l'autre bout de la ligne.

« Kabir, tu m'entends ? »

Après un léger grésillement, la voix de son mari résonna :

« Oui.

— Alors, qu'a dit Anil ? »

Le soupir de Kabir sonna comme un rugissement. Comme Rajni en avait déjà fait l'expérience quand elle avait appelé Shirina pour l'informer de la maladie de leur mère, les appels longue distance ne laissaient pas de place à la subtilité. Il fallait parler vite pour éviter que ses paroles soient déformées.

« Je n'ai pas vraiment eu le temps de lui parler, il est juste passé récupérer d'autres affaires. Il reste chez Davina jusqu'à ce qu'ils trouvent un endroit où emménager à deux. De toute façon, qu'est-ce que tu veux qu'il dise ou fasse de plus, Rajni ?

— Tu as dit que tu t'en occupais.

— Mais on ne peut rien faire pour changer les choses.

— Kabir, tu ne peux pas me dire que tu règles le problème pour ensuite faire marche arrière !

— Ça voulait dire que j'allais essayer de convaincre Anil de poursuivre ses études, pas d'abandonner son enfant. »

Était-ce un trémolo dans la voix de Kabir ou bien la connexion faisait-elle encore des siennes ? Dans tous les cas, le mot « enfant » lui fit un pincement au cœur : l'enfant, c'était Anil. Il n'était pas censé en avoir un lui-même.

« C'est bien son enfant, au moins ?

— Je lui ai posé la question. Il en est sûr. Il est avec Davina depuis près de trois mois et elle est enceinte de six semaines – après tout, elle n'allait pas coucher avec un homme, tomber enceinte et puis se mettre en quête du premier gamin venu avec presque rien en poche.

— C'est ce qu'elle dit ! On est censés la croire sur parole ?

— Anil a l'air de lui faire vraiment confiance.

— Tu lui as demandé ? S'il en était sûr à 100 % ?

— Non. Je ne voulais pas le chiffonner.

— *Tu ne voulais pas le chiffonner ?* cria Rajni, malgré l'heure indue et les murs fins comme du papier. Notre fils est à deux doigts de gâcher sa vie et tout ce qui compte pour toi, c'est de ne surtout pas le blesser ?

— Je ne crois pas que remettre en question sa paternité soit une bonne solution. Partons du principe qu'il est le père. »

Rajni resta muette, il poursuivit :

« Écoute, Rajni, je sais que ce n'est pas facile à accepter, mais il a besoin de nous. Il ne sait pas comment élever un enfant. Tu te souviens de tout le mal qu'on a eu, nous ? En y repensant, on avait seulement quelques années de plus que lui aujourd'hui.

— Nous avions la vingtaine et nous avions chacun un travail. Et puis nous, nous étions mariés et, surtout, nous avions le même âge, merde ! le corrigea Rajni, qui commençait à voir rouge. Donc… Donc, pour toi, c'est bon ? Tu vas le laisser faire ?

— Ça va être très dur. Mais ils ont pris leur décision et vu comme les choses se présentent…

— Il y a toujours l'argent ! » répondit Rajni.

Elle ferma les yeux. Elle avait peine à croire qu'elle en arrivait là.

« De l'argent pour quoi faire ?

— Eh bien, pour… Oh ! Kabir, tu le sais très bien. »

Cette fois, ce fut au tour de Kabir de rester silencieux. En arrière-fond, le léger bourdonnement de la ville, un bruit monotone et apaisant, lui faisait regretter Londres.

« Quel est le vrai problème, Rajni ? »

Elle détestait l'entendre poser cette question. En général, il y avait recours au beau milieu d'une dispute, qui, la plupart du temps, concernait Anil. Elle détestait cette question car la réponse était toujours celle qu'elle avait sur le bout de la langue à présent mais qu'elle se refusait à prononcer. *Qu'est-ce que les gens vont penser ?* Elle avait passé la journée à penser à sa mère, pas question qu'elle se transforme en elle.

« Laisse tomber. Changeons de sujet, répondit-elle avec un soupir.

— Bonne idée. Qu'est-ce qu'il se passe avec Jezmeen ? J'ai entendu dire qu'une vidéo d'elle en train de torturer une espèce menacée faisait fureur sur le web.

— Elle a cogné un poisson.

— Pour de vrai ? Ce n'est pas juste un coup de pub pour son émission ?

— Non, c'est tout ce qu'il y a de plus réel. Elle doit de l'argent au restaurant. Comment es-tu au courant ?

— Anil m'a dit qu'on ne parlait que de ça sur les réseaux sociaux. Il m'a appelé à la minute où il l'a su.

— Ah, très bien, répondit Rajni, au bord des larmes. Moi, je n'ai eu aucune nouvelle de lui.

— Et ça t'étonne ?

— Ce n'est pas juste. Je m'inquiète pour lui.

— Pourquoi tu dis ça comme si je ne me faisais pas aussi du souci pour lui ?

— Parce que tu es prêt à le laisser ruiner son avenir, Kabir ! Tu es trop permissif, tu l'as toujours été et regarde où ça l'a mené !

— Bon, écoute, Anil a pris sa décision, point final.

— Non, pas point final. Si on lui offrait de l'argent, peut-être qu'elle accepterait de se débarrasser de l'enfant et de sortir de la vie d'Anil. Il pourrait repartir de zéro.

— Tu es mieux placée que quiconque pour savoir ce que signifie de vivre avec ça sur la conscience. »

Ces mots lui firent l'effet d'un uppercut. Elle manqua de lâcher le téléphone. La connexion flancha une nouvelle fois et brouilla les excuses de Kabir. En entendant le petit grésillement qui parasitait sa voix, elle en eut assez et raccrocha.

6

Troisième jour : lever du soleil à la Porte de l'Inde

Arrivées à ce stade, vous en avez sans doute marre que je vous fasse vous lever aux aurores, mais il faut savoir profiter du lever du soleil. Et quel meilleur endroit pour le contempler à Delhi que la Porte de l'Inde ? Au moins une fois dans votre vie, faites-le pour moi : faites face au soleil et regardez le jour se lever. Pensez à tous les jours qu'il vous reste et à la façon dont vous choisirez de les passer.

Il y avait un bout de papier plié par terre, entre la porte et la salle de bains. Encore tout endormie, Jezmeen n'eut pas la force de se lever pour le ramasser.

« Qu'est-ce que c'est ? » marmonna-t-elle avant de rouspéter contre son haleine matinale. Elle laissa tomber sa tête sur l'oreiller, roula sur le côté pour vérifier l'heure sur son téléphone. Le contenu et les auteurs de la note n'étaient pas difficiles à deviner. Elle se rappelait vaguement avoir été réveillée par des coups frappés à sa porte ce matin – elle avait cru rêver –, avoir ouvert et inventé une histoire d'intoxication alimentaire crédible : « Je n'arrête pas de vomir », ce qui n'était d'ailleurs pas un mensonge. Avec un sourire confiant, elle avait assuré à ses sœurs qu'elle les rejoindrait plus tard. Maintenant, elle se rendait compte que les effluves d'alcool qui émanaient d'elle avaient dû suffire à les faire décamper. Elle aurait mis sa main à couper que le message laissé par terre la sermonnait et disait qu'elle jouait très mal la sobriété.

Une bouteille de vin vide était couchée sur le meuble télé et menaçait de tomber d'un moment à l'autre. Au moins, ici, le peu d'argent qu'il restait sur son compte bancaire fondait moins vite qu'à Londres. Elle n'avait même pas l'impression d'avoir fait des excès la veille, même si elle avait appelé plusieurs fois le room service. Elle avait bien repéré un magasin de vins et spiritueux en rentrant du marché, mais il n'inspirait pas confiance : quand elle s'était approchée, les hommes alignés devant l'entrée l'avaient dévisagée et elle avait fait demi-tour.

Des années plus tôt, elle avait lu un article sur un politicien indien qui encourageait les hommes à battre les femmes qui allaient boire dans les bars. En guise de protestation, des femmes de tout le pays avaient envoyé des sous-vêtements roses à son bureau et inondé sa boîte mail de photos de lingerie rose. Encore aujourd'hui, on ne pouvait pas taper le nom de cet homme sur Google sans qu'apparaissent des centaines de photos de strings en dentelle rose. Elle avait repensé à ça en buvant à la bouteille et en cherchant des photos d'elle sur la Toile. Ça expliquait sans doute ses rêves bizarres peuplés d'arowanas en petite culotte rose.

Jezmeen se redressa et attendit que son mal de tête se calme avant de bouger. Elle ne se rappelait pas avoir descendu la bouteille entière, mais le brouillard qui engluait ses pensées parlait de lui-même. Atteindre la porte ne fut pas chose facile, mais elle y parvint et lut la note :

Nous sommes à la Porte de l'Inde. Rejoins-nous si tu te sens mieux – Rajni et Shirina.

Ce n'était pas aussi horrible que ce qu'elle avait imaginé, mais elle percevait le jugement de Rajni dans son écriture sèche.

Midi approchait. Le lever du soleil était passé, mais elle pourrait se rattraper – après tout, il se levait tous les jours. Elle pouvait même aller à la Porte de l'Inde maintenant, ça reviendrait au même. Rien ne justifiait de suivre à la lettre les indications de sa mère.

Jezmeen prit une longue douche qui lui fit beaucoup de bien, la vapeur aidant à déboucher son nez. Se remettre vite d'une gueule de bois était un don inestimable qui lui permettait de picoler à volonté de temps à autre sans se réveiller trop difficilement le lendemain – même si, cette fois-ci, il était un peu tard. Un jour, Mark lui avait dit avec un sourire – son beau sourire caractéristique :

« C'est ce que certains appellent l'"alcoolisme fonctionnel". »

Il avait commencé par la taquiner chaque fois qu'elle se resservait un verre, avant de se mettre à lui jeter des regards insistants. Jezmeen savait bien qu'elle forçait un peu sur l'alcool depuis la mort de sa mère, mais chacun avait sa façon de faire son deuil. Après s'être habillée, elle sortit de l'hôtel et se faufila dans une foule de passants, pousse-pousse, animaux errants, cireurs de chaussures et étudiants. On klaxonna derrière elle. Un type la dépassa en scooter et se pencha vers elle pour lui glisser comme une insulte un « T'es sexy, toi » à l'oreille.

« Va te faire foutre ! » cria Jezmeen, mais sa réponse se perdit dans le vacarme de la rue. Tant bien que mal, elle parvint à traverser le marché de Karol Bagh, en gardant la tête en l'air comme pour ne pas couler. Elle ne quittait pas des yeux l'énorme pont, au bout de la rue, sur lequel passait le métro qui survolait la ville, véritable fourmilière. Mais où étaient les femmes ? Ce n'était pas la première fois qu'elle remarquait que Delhi était une ville d'hommes ; c'était encore plus flagrant maintenant qu'elle marchait seule dans la rue. Dans les boutiques de tissus, des hommes déroulaient d'interminables rouleaux de sari. Les bijoutiers qui montraient des boucles d'oreilles minutieusement travaillées entre leurs mains calleuses étaient encore des hommes. De même que toutes les personnes agglutinées autour d'un stand de chai à la sortie d'un bâtiment universitaire, livres collés contre la poitrine. Quand ils passaient à côté d'elle, ils faisaient exprès de la bousculer ou lui murmuraient quelque chose à l'oreille – tantôt des paroles de chansons hindies, tantôt des grossièretés. Les rares femmes qu'elle croisa affichaient la même expression fermée qu'elle arborait elle-même sans s'en rendre compte. Parvenir en haut du pont ne fut pas une mince affaire. De là, elle entendait encore les bruits de moteur et les crissements de pneus. Elle avait une vue imprenable sur la gigantesque statue de Hanuman, le dieu-singe, qui surplombait l'axe routier, les mains paisiblement jointes sur la poitrine et la queue recourbée au-dessus de la tête. Elle n'arrivait plus à détourner les yeux. Ce n'était pas tant la portée spirituelle de la statue qui la captivait, mais bien ses dimensions. À côté, les immeubles et les arbres avaient l'air minuscules. Combien de temps avait-il fallu pour la construire ? Avait-on fait exprès de l'ériger au-dessus de la ville et de son trafic infernal ? Elle avait l'impression que la statue était là pour rappeler à chacun à quel point il était petit et insignifiant. Pour sa part, elle avait déjà reçu le message cinq sur cinq en traversant le marché. Sous les néons de la station de métro, la cohue était un peu plus ordonnée. La station Central Secretariat n'était qu'à quelques arrêts, avec une correspondance. Sur le sol carrelé, une flèche rose à demi effacée indiquait l'emplacement de la rame réservée aux femmes. Elle la suivit et se retrouva au milieu d'un grand groupe de femmes. Depuis qu'elle avait atterri en Inde, c'était la première fois qu'elle en voyait autant. Deux femmes habillées d'un long *kurti* qui tombait sur un jean étaient en pleine conversation :

« Enfin, c'est égoïste, tu ne trouves pas ?

— Pas si elle n'avait pas dit d'accord avant, mais les entreprises font souvent ça.

— Elle n'a pas signé de contrat ou de truc du genre ?

— Si, mais ils disent qu'il est nul parce qu'elle l'a signé après… »

Jezmeen observa les femmes qui attendaient seules, elles aussi : beaucoup consultaient leur téléphone et souriaient quand elles recevaient un message. Une femme d'âge mûr en sari traînait un caddie derrière elle. Des sacs plastique en dépassaient. Quand le métro arriva, elle hissa son caddie dedans en lançant un regard las à celles qui se pressaient tout autour.

Quel soulagement d'être enfin dans la rame après cette petite marche depuis l'hôtel ! Elle repensa à leur premier jour en Inde, quand Rajni l'avait mise en garde contre ses vêtements trop courts. Les hommes étaient incapables de se contrôler, alors la solution, c'était de parquer les femmes ?

Le métro arriva à la station suivante et ses portes s'ouvrirent. Des jeunes femmes – sûrement étudiantes – montèrent à bord et l'ambiance changea dans la rame. Les autres levèrent le nez, se décalèrent et, pour certaines, augmentèrent le volume de leur téléphone. La plupart des nouvelles arrivantes portaient des t-shirts assortis. Avec tout ce monde, Jezmeen eut du mal à lire ce qui était écrit dessus, mais d'après ce qu'elle put entendre, elles se rendaient aussi à la Porte de l'Inde pour un événement.

Le train freina d'un coup sec et une jeune femme vêtue d'un t-shirt violet moulant écrasa le pied de Jezmeen. Elle se retourna pour s'excuser, puis fixa Jezmeen comme si elle le reconnaissait. Elle murmura quelque chose à l'oreille d'une de ses amies, qui se mit aussi à la fixer. Une sensation de malaise monta en Jezmeen : et si elles avaient vu la vidéo ? Elle entendait encore les moqueries des garçons du temple. Pour faire profil bas, elle sortit ses lunettes de soleil de son sac et les mit sur son nez.

Quand le métro arriva à la Porte de l'Inde, les filles aux t-shirts assortis descendirent et, tandis que la foule se faisait moins dense, Jezmeen réussit à lire le message qu'elles arboraient : « MARCHE POUR LES DROITS DES FEMMES ». Elles avaient aussi des pancartes : « MON CORPS, MON CHOIX », « À BAS LA CULTURE DU VIOL ».

La femme au t-shirt violet s'approcha d'elle et, avec un sourire, lui demanda :

« Êtes-vous… Polly Mishra ? »

Jezmeen hocha la tête avant de se rendre compte qu'elle s'était trompée de nom.

« Je le savais ! s'exclama la jeune fille, folle de joie, en attrapant le bras de son amie. Je te l'avais dit ! C'est vraiment Polly Mishra !

— Ça alors ! Qui vous a fait venir ?

— Hein ? répondit Jezmeen.

— C'est Sunayana ? Elle nous fait tout le temps des surprises de ce genre. L'année dernière, elle a réussi à convaincre Priyanka Chopra de faire un peu de pub pour notre Marche des Salopes sur Twitter. »

Jezmeen secoua la tête. Elle voulait leur dire qu'il y avait erreur sur la personne, qu'elle n'était pas Polly Mishra. Mais elle hésita, attirée par la possibilité alléchante d'être quelqu'un d'autre le temps d'une journée. (Que faisait la vraie Polly Mishra à ce moment précis ? Dans tous les cas, sa vie était sans doute plus facile que la sienne ces temps-ci.) Avant que Jezmeen ait pu dire quoi que ce soit, la jeune fille en violet émit une sorte de ululement qui attira les autres manifestantes.

« Écoutez ça, les filles, lança-t-elle en passant le bras sous celui de Jezmeen. Polly Mishra est là pour marcher avec nous ! »

La foule acclama la nouvelle. Jezmeen s'assura que ses lunettes étaient bien en place. Pour mener à bien son imposture, elle allait jouer la timide ; sans cela, elle attirerait trop l'attention et quelqu'un finirait par se rendre compte de la supercherie. Elle se laissa porter par la foule jusqu'à la sortie de la station. La fille au t-shirt violet s'appelait Sneha.

« Je suis l'une des organisatrices. Elle, c'est Anjuli, dit-elle en désignant celle qui se trouvait à ses côtés. Elle était au lycée avec la victime.

— La victime ? répéta Jezmeen.

— Vous n'avez pas suivi les infos ? » répondit Sneha, perplexe.

Bien sûr que si, pensa Jezmeen, honteuse. Elle avait suivi toute l'actualité liée à son propre nom, qui défrayait la chronique, guettant chaque nouveau gros titre, chaque blog ou tweet qui la mentionnait et faisait d'elle une figure majeure du monde virtuel.

« Non. Mais j'ai presque peur de demander. »

Pour attirer une foule pareille, ça devait sûrement être un viol collectif ou un autre fait divers horrible.

« Une jeune femme de vingt ans a subi une agression d'une violence inouïe la semaine dernière dans un bazar, expliqua Anjuli. Elle était dans une cabine d'essayage et un homme est entré de force. Le frère du type et un autre commerçant l'ont maintenue au sol… » Les grands yeux d'Anjuli brillaient de rage, sa voix s'étouffa sur les derniers mots.

Les larmes montèrent aux yeux de Jezmeen. Après l'affaire du viol collectif dans un bus de Delhi, qui avait fait les gros titres dans le monde entier, elle s'était tenue au courant, suivant les manifestations et la vague de féminisme qui prenait l'Inde d'assaut – marches d'étudiants, veillées, sit-in. *Ça suffit* ; voilà ce qui se dégageait de ces grands rassemblements de soutien aux victimes et de colère face à l'absence de justice. Mais plusieurs articles avaient mis Jezmeen dans une telle rage qu'elle avait perdu espoir et arrêté de suivre ces affaires. Les avocats des violeurs avaient avancé que la simple présence de la jeune femme en dehors de son domicile la nuit avait poussé leurs clients à l'acte. Un groupe très médiatisé avait insisté sur le fait que tous les hommes n'étaient pas des violeurs et que parler de « culture du viol » était vraiment exagéré. Mais le nombre de viols avait continué d'augmenter. Que ce soit parce que les femmes portaient plus souvent plainte ou parce qu'il y en avait plus importait peu : ce qui comptait, c'était que ça se produisait encore.

Elle fut prise de panique quand elle repensa à son excursion de la veille sur le marché avec Shirina.

« Je suis avec vous, dit Jezmeen. Je suis là pour vous soutenir. »

Anjuli hocha la tête et lui prit la main. Elles descendirent un escalier et se retrouvèrent plongées dans la chaleur poussiéreuse. Le soleil lui fit plisser les yeux. Les femmes avancèrent vers la Porte de l'Inde. La grande arche s'élevait triomphalement contre le bleu chauffé à blanc du ciel dégagé. Les touristes se déplaçaient en petits groupes – d'un côté les retraités occidentaux, chaussettes hautes et appareils photo autour du cou, de l'autre, les couples d'Indiens souriants munis de perches à selfie. Des vendeurs ambulants allaient d'un groupe à l'autre avec leurs ballons, leurs hélicoptères télécommandés bas de gamme et leurs produits à bulles.

« Je suppose que vous êtes venue en Inde pour faire de la promo ? demanda Anjuli tandis que leur groupe s'acheminait vers l'arche dans la chaleur extrême.

— Pas vraiment, je prends des vacances.

— Seule ?

— En famille.

— Vous restez combien de temps ?

— Je quitte Delhi demain matin, après on va à Amritsar. Pour visiter le Temple d'or.

— Vous allez voir, c'est divin, lui dit Anjuli en souriant. Après avoir visité un endroit pareil, on se demande pourquoi le monde entier ne pourrait pas être un sanctuaire. Pourquoi ne pourrions-nous pas installer la paix partout, et pas seulement dans des lieux spécifiques ? »

En arrivant au milieu de la place, les femmes se rassemblèrent. Jezmeen ignorait où et comment la manifestation débuterait, mais quand ce serait le cas, elle le saurait. Les touristes et badauds comprirent que quelque chose se préparait et, par curiosité – peut-être aussi par peur –, s'écartèrent pour leur laisser la place. Elle avait bien l'intention de rester en retrait, mais Anjuli lui attrapa la main avec une force surprenante et l'attira au milieu du cercle. Un sac en toile noir reposait à leurs pieds. Anjuli en sortit une sorte de tabouret en bois qu'elle déplia et sur lequel elle monta. Ainsi perchée, elle gagna en confiance ; Jezmeen vit ses épaules se redresser et ses yeux s'animer d'une lueur. Sneha lui tendit un mégaphone et là, la manifestation commença.

« QU'A-T-ELLE FAIT ? ELLE FAISAIT DU SHOPPING SUR LE MARCHÉ DE JANPATH, C'EST TOUT. »

Jezmeen étudia la foule – les autres femmes étaient captivées. Elles hochaient la tête en écoutant les statistiques de plaintes pour harcèlement sexuel et pour viol. Anjuli cita plusieurs incidents du même type et revint en arrière, jusqu'à évoquer le viol collectif de 2012 à l'origine de la vague de manifestations :

« ET ENCORE, CE NE SONT LÀ QUE LES AFFAIRES MÉDIATISÉES, LES AGRESSIONS QUI ONT DONNÉ LIEU À UN DÉPÔT DE PLAINTE. QUI SAIT COMBIEN IL Y EN A D'AUTRES ? QUAND CELA CESSERA-T-IL ENFIN ? »

Menée par Sneha, qui levait le poing, l'assemblée se mit à scander : « Quand cela cessera-t-il enfin ? » Jezmeen fit de même, sa voix se mêlant à la multitude. Une seule et même voix s'élevait à présent avec force. Elle regarda les passants, s'attendant à les voir rejoindre leur groupe, mais non. Autour d'elles, l'Inde continuait sa journée. Les voitures circulaient, les vendeurs appâtaient le client, les touristes se tenaient à distance, certains prenaient des photos de la manifestation, d'autres restaient sur leurs gardes.

Vint le tour de Sneha. Elle monta sur le tabouret et rappela quelques chiffres : il y avait 875 femmes pour 1 000 hommes dans la région de l'Haryana. Dans l'assemblée, quelqu'un agita une pancarte sur laquelle on pouvait lire « NON AU FŒTICIDE DE FILLES ». Des crimes d'honneur avaient toujours lieu à la campagne – deux femmes levèrent bien haut leur bannière « IL N'Y A PAS D'HONNEUR À TUER ». La manifestation semblait s'attaquer à toutes les atteintes aux droits des femmes en Inde – et il y avait de quoi faire. La tâche était vaste, aussi vaste que le pays. Une des pancartes souleva le cœur de Jezmeen : elle montrait les visages tuméfiés de deux femmes adultères qu'un conseil de village avait condamnées à être battues. À côté de ces clichés, des images de visages de déesses eux aussi en sang et le slogan « RESPECT POUR TOUTES ».

« Et aujourd'hui, nous avons le soutien d'une star internationale. Polly Mishra, de la série anglaise *The Boathouse*, est là pour dire stop aux violences faites aux femmes. »

Tous les visages se tournèrent vers Jezmeen. Sneha lui fit signe de monter sur l'estrade de fortune. La foule s'écarta pour la laisser passer. Son cœur se mit soudain à battre la chamade. Pourtant, elle n'était pas du genre à stresser ou à avoir le trac avant une audition ; d'habitude, son frisson d'appréhension disparaissait quand elle pensait au petit verre qui l'attendait après. *Comporte-toi correctement et tout ira bien*. Mais maintenant, elle était nerveuse. Ça faisait une éternité qu'elle n'avait pas pris la parole en public sans jouer un rôle.

Le silence se fit quand elle prit le mégaphone. Quoi dire ? Sneha avait déjà rappelé les statistiques et, de toute façon, toutes connaissaient le problème, c'était de leur quotidien qu'il était question. Le harcèlement de rue, les regards jetés dans le miroir avant de sortir pour s'assurer que leur tenue n'était pas provocante, les appels aux proches pour les prévenir de leurs allées et venues, la peur au ventre en montant à bord d'un bus de nuit : tout ça, elles connaissaient.

« Vos quotidiens sont bien plus parlants que mes mots le seront jamais, commença Jezmeen. Une journée passée en dehors de chez vous est bien plus éprouvante que tout ce que je peux vivre à Londres en une année entière. »

Elle secoua la tête. Les mots ne sortaient pas comme elle le voulait. Ils donnaient l'impression qu'elle leur reprochait de ne pas vivre au bon endroit. La foule commençait à s'agiter. Au loin, on entendait les coups de klaxon énervés et les cris des vendeurs ambulants.

« Quand cela cessera-t-il enfin ? Combien de temps allons-nous encore encaisser ? Faut-il continuer à crier alors que la vie a repris son cours pour le reste de l'Inde ? Que sont nos cris pour ceux qui font comme si de rien n'était ? »

Elle fit un grand geste englobant. Là, elle avait leur attention. Un frisson électrique parcourut la foule. Celles qui portaient des pancartes tendirent les bras vers le haut au maximum. Anjuli sourit et acquiesça.

« Nous, nous parlons des injustices, mais chacune d'entre nous les connaît déjà, non ? poursuivit Jezmeen, dans son élan. Dites-leur à eux ! »

Les têtes se retournèrent dans la foule : les femmes qui se trouvaient en périphérie s'étaient rapprochées et étaient désormais au premier rang.

« Dites-leur ! » cria quelqu'un. L'injonction fut reprise et scandée ; les manifestantes se tournèrent pour faire face aux spectateurs. Mal à l'aise, les touristes rangèrent leurs appareils photo et les petits groupes de badauds se dispersèrent. Seules quelques personnes ne bougèrent pas d'un poil : des hommes, qui ressemblaient à ceux auxquels Jezmeen avait déjà eu affaire en Inde. Ils avaient pris place de part et d'autre du rassemblement et se distinguaient par leur immobilité maintenant que les touristes recommençaient à s'agiter. Elle ne les avait pas remarqués en arrivant sur la place. Cela n'avait pas l'air d'être une contre-manifestation organisée, mais ils regardaient les femmes qui leur faisaient face avec la même crainte dans les yeux.

D'abord, deux hommes se rejoignirent et les pointèrent du doigt, bientôt ralliés par quelques autres qui se mirent à huer et crier leurs critiques. Torse bombé, ils avancèrent vers le rassemblement, d'un pas lent et hésitant. Ils étaient en minorité et ils le savaient.

« Dites-leur ! » La jeune femme qui tenait la pancarte avec les déesses la leva bien haut. Les images captèrent l'attention des hommes, les firent marcher plus vite et crier plus fort. Jezmeen prit peur quand d'autres hommes arrivèrent de plusieurs directions. L'un d'entre eux montrait la pancarte d'un doigt rageur.

Elle ne comprenait pas ce qu'ils disaient ; ils criaient tous en même temps, n'ayant pas eu l'occasion de se préparer. Plus tard, elle se rendrait compte qu'elle avait eu tort de penser ça : bien sûr qu'ils avaient eu du temps. Les femmes manifestaient depuis des années, que ce soit à la Porte de l'Inde, sur Internet, autour des tables familiales ou sur les campus universitaires. La réaction de ces hommes, leur expression de rage pure, qui surpassait encore l'intensité des regards enflammés des femmes, était le résultat d'années et d'années de préparation.

« Écoutez, tout le monde ! » cria Jezmeen. Elle voulait calmer le jeu, mais d'un coup la foule s'anima, l'emportant dans son flot. Elle trébucha sur la jambe d'une femme, quelqu'un attrapa son chemisier, le tissu se déchira. Plusieurs hommes chargèrent en criant – des officiers de police. Le groupe d'hommes enragés ne s'enfuit pas : ils continuèrent à crier et à pointer les femmes d'un doigt accusateur. Les femmes criaient aussi. Sous les yeux effarés de Jezmeen, un policier leva la main et frappa l'une de celles qui criaient avec le plus de vigueur. Anjuli.

Les policiers rompirent les rangs des manifestantes. Soudain, Jezmeen fut encerclée.

« Attendez, je suis une citoyenne brit… »

Trop tard. Les policiers fondirent sur elle et l'emmenèrent.

Oh mon Dieu, oh mon Dieu.

Quelqu'un chuchotait ces mots en boucle. L'épaule de Jezmeen la lançait depuis que les policiers avaient violemment tiré sur ses bras pour la menotter alors qu'elle n'opposait aucune résistance. Ses genoux tremblaient et la conduite cahoteuse du fourgon de police lui donnait la nausée. Elles étaient beaucoup trop nombreuses à l'arrière du fourgon. Jezmeen sentait les souffles chauds des autres femmes tout autour d'elle. Les fenêtres obstruées par des barreaux et des câbles l'empêchaient de se faire une idée de l'endroit où on les emmenait. Étaient-elles loin de la Porte de l'Inde ? Malgré le soleil éclatant, elle ne voyait ni n'entendait plus rien, comme si une chape de plomb s'était abattue sur la ville.

Oh mon Dieu, oh mon Dieu.

Si elle avait su qui répétait ce mantra, elle aurait essayé de la rassurer. *Tu exerçais ta liberté d'expression, tu n'as rien fait de mal. La police est intervenue pour que le conflit ne dégénère pas. Les hommes ont sûrement été arrêtés aussi.* En réalité, elle n'en savait rien, mais était trop terrifiée pour envisager le contraire.

Une fille laissa échapper un grand sanglot épuisé quand le fourgon s'immobilisa enfin. Toutes les têtes se tournèrent.

La peur s'était installée dans le fourgon, aggravée par le fait de ne pas savoir où elles étaient. Elles restèrent encore un long moment dans l'obscurité du fourgon avant qu'un officier ouvre la porte et leur aboie de sortir. Jezmeen eut du mal à atteindre la porte, puis à s'accroupir et à descendre sans s'aider de ses mains. Ses genoux faillirent flancher quand elle se trouva sur la terre ferme. Un officier cria quelque chose et la porte du commissariat s'ouvrit lentement.

On fit mettre les femmes en file indienne, puis elles durent s'enregistrer dans le bâtiment en briques blanches situé derrière les remparts en béton – le commissariat de Tilak Marg. Devant l'entrée, des officiers de police en uniforme kaki patrouillaient, un fusil nonchalamment calé contre la poitrine.

Oh mon Dieu, oh mon Dieu.

Mais qui disait ça ? Elle comprenait tout à fait : c'était comme si quelqu'un avait mis sa journée en pause quand elle s'était adressée à la foule une heure plus tôt pour lancer le cauchemar dans lequel elle était désormais plongée. Les manifestantes avaient-elles envisagé que les choses pourraient dégénérer à ce point ?

Dans le bâtiment, tout alla très vite. Une par une, les femmes déclinèrent leur identité devant un officier qui les inscrivit dans un carnet. On leur demanda de laisser leurs effets personnels – sacs à main, portables, bijoux – dans des sacs en plastique qu'on fit circuler le long de la file. Avant de devoir se séparer de son téléphone, Jezmeen remonta la file.

« Je peux appeler mon consulat ? Je suis une citoyenne britannique. »

Même sa voix semblait étrangère ici. L'officier, aux sourcils et à la moustache fournis, leva les yeux :

« Votre nom ?

— Jezmeen Shergill. » Sa voix ne laissa rien paraître de l'angoisse qu'elle ressentait pourtant. Derrière elle, une vague de chuchotements agita les femmes, le pot aux roses était découvert : elle n'était pas Polly Mishra.

« Taisez-vous ! leur lança l'officier. Vous avez un passeport ?

— Pas sur moi, je l'ai laissé à l'hôtel. Mais j'en ai une photo sur mon téléphone. »

Le poste radio posé sur le bureau grésilla et crachota quelques ordres. L'officier prit son talkie-walkie et marmonna quelque chose dedans.

« Est-ce que je peux regarder sur mon téléphone rien qu'un instant ? Pour retrouver la photo. »

L'officier acquiesça et se remit à parler dans son talkie-walkie. Elle déverrouilla son téléphone et s'empressa de taper un SMS tout en majuscules à Rajni :

RAJ JE ME SUIS FAIT ARRÊTER. JE NE RIGOLE PAS AIDE-MOI STP. COMMISSARIAT DE TILAK MARG. APPELLE LE CONSULAT.

Elle envoya le message et regarda l'officier. Il lui fit signe de se décaler et appela la suivante. Elle retrouva une photo de son passeport dans un mail qu'elle s'était envoyé à elle-même quand elle avait fait sa demande pour un visa indien, et le montra à l'officier, qui l'étudia scrupuleusement, puis lui demanda de placer ses effets personnels dans le sac en plastique. Il appela un autre officier, qui pria Jezmeen de le suivre.

Elle obtempéra. Dans le couloir, ses jambes vacillèrent. Ce n'est que lorsque l'officier lui demanda d'accélérer qu'elle se rendit compte qu'elle marchait au ralenti, par peur de ce qui l'attendait. *Oh mon Dieu, oh mon Dieu.* L'officier la fit entrer dans une petite cellule dotée d'un banc en bois. Six femmes étaient déjà là – celles qui l'avaient précédée dans la file. D'autres les rejoindraient bientôt. Comment allaient-elles toutes tenir là-dedans ?

« Si vous voulez aller aux toilettes, il faut appeler une officière pour qu'elle vous accompagne », lui dit l'officier qui avait sans doute remarqué qu'elle piétinait. Mais elle n'avait pas d'envie pressante ; elle essayait juste d'empêcher ses jambes de lâcher sous le coup de la peur.

« Est-ce que vous savez combien de temps… »

Avant la fin de sa question, il lui tourna le dos et s'en alla.

Oh mon Dieu, oh mon Dieu.

Depuis le début, cette voix, c'était la sienne.

Une fois entrée dans le café climatisé, Shirina ne voulut plus jamais en sortir. Elle était un peu gênée d'avoir été aussi affectée par la chaleur. Le matin même, le soleil lui avait martelé le visage, la sueur avait coulé le long de sa tête, faisant légèrement friser ses cheveux en bas de la nuque. C'était elle qui avait suggéré d'aller au centre commercial le plus proche après leur matinée à observer le soleil depuis la Porte de l'Inde. Elles n'avaient même pas réussi à tenir jusque-là : elles avaient fait stopper leur taxi devant le premier café chic dans le quartier de Khan Market.

« Je vais prendre la boisson la plus glacée qu'ils servent, dit Rajni, les yeux sur la carte. Je serais même prête à payer pour un grand gobelet rempli de glaçons à passer sur mon front. »

Shirina commanda un granité aux fruits et se dirigea vers deux fauteuils confortables près de la vitrine pour s'enfoncer dans l'un d'entre eux. Elle était tellement soulagée de s'asseoir qu'elle ne savait pas si elle se relèverait un jour. Elle ferma les yeux et vit des points lumineux danser sous ses paupières.

À la Porte de l'Inde, elles avaient tranquillement marché parmi les quelques lève-tôt présents pour trouver le meilleur point de vue d'où contempler le lever du soleil. Elles avaient chassé les jeunes qui essayaient de leur vendre leur camelote et le marchand de glaces qui récitait la liste des parfums disponibles dans son petit chariot bancal. Derrière lui se tenait l'immense monument aux morts en grès où étaient gravés les noms des soldats tombés lors de la Première Guerre mondiale. Une forme de solennité imprégnait l'air, alors que la ville dormait encore à poings fermés. Leur mère avait eu raison : vu d'ici, le lever du soleil – ses nuances de rose et d'orange en perpétuel mouvement, les ombres que créaient des cerfs-volants sur fond de lumière changeante et le soleil brillant de mille feux émergeant malgré la torpeur de la ville – était à couper le souffle. Shirina s'était imaginé que cette étape du voyage serait la plus facile. Pourtant, alors qu'elle regardait le jour se lever, elle ne put s'empêcher de repenser aux derniers instants de sa mère. Avait-elle écrit la lettre en sachant qu'elle mourrait avant le prochain lever de soleil ?

La machine à café ronflait derrière le comptoir le plus proche. Il n'y avait rien de bizarre à se sentir épuisée à cause de la chaleur ; d'une certaine façon, c'était même mieux comme ça – Shirina avait une bonne excuse pour rentrer à l'hôtel, dans sa chambre climatisée, se coucher sous les draps frais et ne plus rien faire de la journée.

Rajni la rejoignit et posa son café frappé. Des gouttes de condensation qui perlaient sur le gobelet en plastique coulèrent sur la table. Elle but une gorgée, soupira de bonheur et ferma les yeux. Elle avait l'air totalement apaisée, mais ce qu'elle dit ensuite dissipa cette impression :

« Je me demande bien ce que fout Jezmeen. »

Shirina ne doutait pas que sa sœur ait trouvé de quoi s'occuper de son côté. Elle ne voulait pas reparler de sa désertion du matin. Tout le long du trajet en taxi, Rajni avait fulminé – « Mais qu'est-ce qui ne va pas chez elle ? » « N'en parlons plus », répondit Shirina. L'attitude de Jezmeen l'avait énervée elle aussi, mais pour d'autres raisons. « Elle devrait vraiment avoir plus de jugeote. Boire autant, quel manque de respect », avait-elle dit à Rajni. Mais la chaleur avait considérablement fait fondre sa colère.

Les yeux injectés de sang de Jezmeen et le relent de vin dans son haleine lui avaient fait penser au spectacle auquel avait assisté sa belle-mère en la trouvant affalée sur le chauffeur de taxi. Elle en voulait à Jezmeen, qui répétait la même erreur à l'infini. Est-ce qu'il ne suffisait pas d'une fois ? Pour Shirina, c'était bien assez.

Un tapotement sur la vitre la tira de ses pensées : un homme recouvert de poussière et vêtu d'un pantalon tout effiloché et d'une chemise où il manquait des boutons se tenait devant elle. Elle croisa son regard – deux yeux gris prêts à déborder de larmes – et détourna la tête. La barista courut dehors et le chassa. Shirina le vit boitiller jusqu'à un autre magasin, où un vigile impassible lui refusa l'entrée. Il trouverait sûrement de l'aide – dans un temple, par exemple – s'il persévérait.

« Tu crois qu'on finit par leur interdire l'entrée au gurdwara s'ils y viennent tous les jours ? demanda-t-elle.

— Je ne crois pas que ça fonctionne comme ça, répondit Rajni, qui regardait le même homme. Je n'ai pas vu beaucoup de mendiants au temple, alors que les rues en sont pleines. »

L'intérieur et l'extérieur. La frontière entre le temple et le reste du monde – et ce qui était permis dans ces deux espaces – était devenue encore plus nette. La veille, encore un peu perdue à cause du décalage horaire et de la fatigue, Shirina n'avait pas remarqué à quel point les gens étaient plus aimables et gentils dans l'enceinte du temple, comme si la proximité avec Dieu les emplissait de bienveillance. Les visiteurs se mettaient en ligne et attendaient patiemment leur tour pour avoir de la nourriture. Tous se saluaient d'un signe de tête respectueux. La fracture entre le temple et le chaos de Delhi était clairement apparue le matin même, à la Porte de l'Inde. Les hommes rôdaient en groupes et lançaient des « salut » comme des menaces. De peur qu'on les vole, Shirina et Rajni avaient gardé leurs sacs bien près du corps.

Shirina sirota sa boisson fraîche et observa les clients bien nantis du café qui répétaient leur commande pour couvrir le bruit de l'émulsionneur de lait. Un couple de jeunes mariés était installé à la table voisine. Elle savait qu'ils venaient de sauter le pas car les avant-bras de la jeune femme étaient presque entièrement recouverts de bracelets rouges scintillants. Elle se demanda comment elle parvenait à marcher dans les rues de Delhi sur des talons pareils, avant de réaliser qu'elle ne se rendait sûrement jamais nulle part à pied. Sur le parking du café, à quelques pas de l'endroit où s'était tenu le mendiant peu avant, s'alignaient de grosses voitures de luxe.

Le couple, qui avait dû surprendre son regard, la fixait désormais. Gênée, elle se détourna. Ce n'était pas la première fois qu'on la surprenait ainsi ; il lui arrivait souvent d'observer des couples avec une pointe de jalousie en se demandant ce qu'ils avaient de plus qu'elle et Sehaj. Peut-être que c'était le côté mariage arrangé qui posait problème, même s'ils avaient pris le temps de se connaître mieux *via* Internet avant de fixer la date du mariage. Elle ne savait pas très bien comment se comporter avec spontanéité. *Est-ce là ce que font tous les couples ?* se demandait-elle à longueur de journée. Avec le temps, elle était même devenue accro aux rediffusions de sitcoms américaines qui mettaient en scène des beaux-parents un peu trop présents. Les petites disputes à l'écran et les remarques désobligeantes à propos des maigres talents culinaires de la belle-fille la rassuraient. Ces derniers mois, chaque fois que sa belle-mère lui avait lancé une pique, elle s'était contentée de sourire au son des rires enregistrés qu'elle entendait dans sa tête.

Elle but une nouvelle gorgée. Le froid mordant du granité lui fit tourner la tête.

« Tiens, une jeune mariée, dit Rajni en faisant un signe de tête vers la jeune femme. Je n'ai jamais porté mes bracelets.

— Pourquoi ?

— Ils ne vont pas vraiment avec un blazer et une jupe fourreau. »

Les bracelets n'allaient pas vraiment non plus avec le jean slim et le débardeur noir moulant que portait la jeune femme, mais ici, les gens ne prenaient pas ça pour une faute de goût. *Ici, les gens comprennent*, pensa Shirina avec soulagement. Quel bonheur ça devait être de ne pas avoir à expliquer sa culture.

« J'ai porté les miens durant les vingt et un jours requis », dit-elle.

Chaque fois qu'on l'avait regardée de travers dans le métro ou au supermarché à cause de tous ses bracelets qui juraient avec ses habits du quotidien, elle avait souhaité que tout le monde sache qu'elle les portait pour une bonne raison.

Rajni eut l'air surprise :

« Vraiment ? »

Rajni ne lui demanda pas pourquoi, mais la question semblait flotter dans l'air entre elles. Comme quand elle avait annoncé à ses sœurs qu'elle avait arrangé son mariage *via* un site matrimonial. *Pourquoi ?* La question les avait démangées. Comment aurait-elle pu leur expliquer qu'elle voulait prendre un nouveau départ – et redonner un sens au mot « famille » – sans les insulter ? Jamais elle n'aurait cru trouver si rapidement, mais une fois son profil créé, elle s'était aperçue qu'elle avait désormais mille et une occasions de devenir quelqu'un d'autre. Londres, Bangkok, Nairobi, Wellington : son futur mari pouvait venir de n'importe où, elle pouvait cliquer sur n'importe lequel de ces hommes et cette possibilité l'excitait. C'était elle qui tenait les clés de son destin. La vue des bracelets sur ses bras lui avait procuré la même excitation.

« J'étais triste de devoir les enlever, dit-elle. J'aurais pu les porter encore longtemps.

— Maman n'était pas ravie de voir que je ne les portais pas, se souvint Rajni. En plus, mon mehndi s'est effacé très rapidement, ça lui a aussi déplu, c'est censé être de mauvais augure. »

Shirina avait lu cette superstition sur le forum du site de mariages arrangés. Si le mehndi s'effaçait rapidement, ça signifiait qu'on allait avoir une belle-mère cruelle. Mais les jeunes mariées s'en moquaient un peu et postaient des photos de leurs mains où on devinait encore le henné, dans une rubrique du forum appelée *Citron, sucre et eau !* – les ingrédients d'une mixture dont les femmes s'enduisaient les mains pour garder leur mehndi plus longtemps. *C'est vrai – sa mère ne supporte pas ma cuisine*, avait écrit l'une d'entre elles pour accompagner sa photo.

« Le mien est resté foncé très longtemps, dit-elle avec une pointe de fierté – elle n'avait même pas eu besoin de la mixture au citron.

— Tu te rends compte de la quantité de dictons et de superstitions qui sont censés déterminer ton avenir de femme mariée ? Je me rappelle avoir hésité avant de rentrer chez moi pour la première fois parce que j'avais oublié quel pied il fallait passer en premier pour avoir un avenir heureux en ménage. J'ai d'abord avancé le pied droit, mais la moitié des invités a crié parce que ce n'était pas le bon. J'ai changé de pied, mais là, c'est l'autre moitié de la pièce qui a crié parce que je me trompais.

— Qu'est-ce qu'il se passe si on se trompe ?

— Qui sait ? répondit Rajni avec un haussement d'épaules. C'est juste une superstition, ça ne veut rien dire. Le bonheur d'un couple ne dépend pas de choses aussi arbitraires. Enfin, tu sais tout ça, toi. C'est du travail. »

Depuis qu'elle s'était fiancée avec Sehaj, Rajni aimait bien lui donner des conseils sur son couple. Elles avaient enfin un point commun et, quand Jezmeen n'était pas là, elles pouvaient parler librement de leurs maris sans avoir l'impression de la mettre à l'écart. Parfois, Rajni lui envoyait des articles par mail : *10 choses que tous les couples mariés devraient se dire*, *Les secrets d'un ménage heureux – conseils de trois couples mariés depuis plus de cinquante ans*. Elle les parcourait en vitesse, puis laissait passer assez de temps pour faire croire qu'elle avait lu avec attention et répondait enfin : « C'est super ! » ou « J'ai adoré celui-ci, c'est tellement vrai ! »

« Crois-moi, continua Rajni, quand tu seras mariée depuis aussi longtemps que moi, tu comprendras. Tu te souviens de cet article sur ce qu'un couple peut faire pour raviver la flamme ?

— Oui. Mais je crois que j'ai arrêté de lire après la partie sur l'échangisme.

— C'était dans l'article ?

— Tu ne lis pas les articles avant de me les envoyer ?

— Si, je lis le début. Dans les premières suggestions, il y avait "Ne vous parlez pas pendant quarante-huit heures". Faire vœu de silence pour apprendre à s'apprécier sans avoir besoin de parler.

— Ça a marché pour toi ?

— Oh non, j'ai entendu tous les autres bruits – la respiration de Kabir, les notifications de son téléphone. Ça m'a rendue dingue. Je crois que je n'ai tenu que quatre heures avant de lui dire que j'en avais assez. »

Shirina eut un sourire forcé. Le silence était un élément à part entière de son mariage. *Quatre heures ? Ce n'est rien par rapport à quatre jours.*

« Bon, je suis soulagée de voir que tu ne me suggérais pas l'échangisme !

— Oh, ne crache pas trop vite dessus », répondit Rajni.

Elle n'en croyait pas ses oreilles. Rajni l'enseignante et Kabir le comptable, un couple d'échangistes ? Elle faillit éclater de rire mais le regard offensé que Rajni lui lançait par-dessus son gobelet la retint.

« Excuse-moi. J'ai entendu parler de soirées de ce genre dans la communauté indienne de Londres, c'est juste que je ne pensais pas…

— Qu'elles existaient vraiment ? Moi non plus. Jusqu'à ce que je reçoive une invitation.

— Non, vraiment ? De qui ? Quand ça ? » répondit Shirina qui ne put contenir sa surprise. À la table voisine, le jeune couple leur lança un regard désobligeant. Elle se baissa pour ne plus les voir.

« Une amie. Meenakshi – elle était là à mon mariage, tu te rappelles ? Enfin non, tu étais trop jeune. Eh bien, nous sommes toujours très proches. Sa petite dernière est née seulement deux semaines après Anil. On les emmenait tout le temps jouer ensemble, dit Rajni, pensive. J'ai toujours cru que ces deux-là finiraient ensemble.

— Qui te dit que ce ne sera pas le cas ?

— On verra bien, fit Rajni avant de s'éclaircir la voix et de boire une gorgée. Enfin bref, c'est Meenakshi qui m'a parlé de ces grandes maisons que louent ensemble des familles pendjabies chaque été. Ça n'a l'air de rien comme ça, mais le soir, quand les enfants vont au lit, il est convenu que les adultes changent de partenaire. »

Quelle organisation ! Y avait-il un planning établi ? Ou est-ce qu'ils passaient d'une personne à l'autre comme dans un jeu de chaises musicales ?

« Tu n'as jamais été tentée ? Juste pour voir ? demanda-t-elle.

— Je ne vois pas comment j'aurais pu coucher avec tous ces gens et retourner avec mon mari comme si de rien n'était, expliqua Rajni. Tu imagines le malaise après ? En plus, comment tu es censée te comporter le lendemain, à la lumière du jour, face aux mêmes personnes ?

— Je vois ce que tu veux dire.

— Mais Meenakshi m'a assuré que ça avait donné un vrai coup de fouet à sa vie sexuelle. Elle m'a raconté des histoires… plutôt farfelues, dit Rajni en souriant. J'avoue que ça m'a rendue curieuse, parce que pour moi, c'est devenu… plus calme.

— Mais c'est normal, non ? demanda Shirina, qui prit garde d'avoir l'air détaché.

— Il paraît qu'on peut estimer qu'un couple n'a plus de vie sexuelle s'il a moins de cinq rapports par an, répondit Rajni. On est quand même encore au-dessus de ce seuil. »

Six ? Dix ? Rajni ne donnerait pas de précisions, mais Shirina l'imaginait chercher le chiffre minimum sur le site d'un thérapeute et tout faire pour le dépasser.

« Un mariage sans sexe. C'est comme devenir de simples colocataires », dit Shirina, incrédule. *Ce n'est pas quelque chose qui m'arriverait à moi.*

« On peut très bien s'en passer pendant un temps, dit Rajni. Tu viens juste de te marier, alors ça te paraît sans doute impossible, mais tu verras, le temps passe. Et puis nous avons essayé d'avoir un autre enfant pendant des années, ça n'a rien arrangé, c'est devenu une tâche domestique comme une autre.

— Qu'a pensé Kabir de cette invitation ?

— Ça ne lui disait rien qui vaille. Pareil pour moi. Meenakshi n'en a plus jamais reparlé. Elle était sans doute un peu gênée, elle devait penser que j'allais accepter. Mais devine qui a ramené le sujet sur le tapis, tu ne vas pas en croire tes oreilles !

— Qui ça ?

— Maman.

— Mais bien sûr, railla Shirina. Tu me fais marcher.

— Si seulement ! Je te le jure. Maman m'a conseillé de l'envisager.

— Mais comment est-ce qu'elle aurait été au courant de ce genre de choses ?

— C'est aussi ce que je me suis demandé au début. Elle ne connaissait pas tous les détails, mais quelqu'un lui avait parlé de soirées organisées dans l'est de Londres où des gens mariés venaient remettre un peu de piment dans leur vie de couple.

— Elle ignorait ce qu'ils faisaient vraiment ?

— Je crois, oui. Parfois, je me demande même si elle ne s'imaginait pas des cercles de prière pour que la flamme renaisse de ses cendres. »

Shirina rit en s'imaginant la scène. Rajni prit un air pensif :

« Nous nous sommes disputées à ce sujet.

— Toi et Kabir ?

— Moi et maman. Le simple fait qu'elle laisse entendre qu'on avait besoin d'aide m'a énervée. Je lui ai dit qu'on ne couchait plus ensemble juste pour qu'elle arrête de me demander quand elle aurait un autre petit-enfant ! Un petit-fils, plus précisément. Maman avait la recette d'une espèce de potion immonde à base de fenugrec, de dattes fraîches et je ne sais quelles autres herbes. Elle ne jurait que par ça. Elle prétendait même qu'avec ça j'avais plus de chances d'avoir un garçon. De toute évidence, ça n'a pas marché pour elle.

— C'est vrai ? Comment s'est finie la dispute ? Maman n'en a plus jamais reparlé ?

— Elle a mis du temps à l'accepter. Pour penser à autre chose, j'ai décidé de me concentrer sur ma carrière. Quand j'ai décidé de briguer le poste de proviseur, elle m'a dit : "Ta famille n'est pas encore au complet. Dépêche-toi ou Anil aura trop d'années d'écart avec le dernier." Comme si je ne savais pas ce que c'était d'être adulte et d'avoir une petite sœur à l'école primaire. »

Rajni rougit, comme si elle revivait la dispute. C'était bizarre de la voir si énervée contre leur mère. D'habitude, c'était Jezmeen qui tenait ce rôle. Shirina se souvenait des disputes incessantes entre Jezmeen et leur mère : sa sœur lui tenait toujours tête, que ce soit à propos du couvre-feu, des cours auxquels elle s'inscrivait à l'école ou de l'argent qu'elle était prête à dépenser en cosmétiques. Dans ses souvenirs, Shirina se tenait alors à la périphérie, à l'écart du conflit, dans un coin de la pièce, occupée à quelque chose pour ne pas se retrouver dans la ligne de tir. Elle s'était toujours sentie coupable d'exister ; ses parents voulaient un garçon et elle avait été leur dernière chance. Sa mère lui avait dit elle-même : « On n'avait pas *besoin* d'une autre fille, mais Dieu en a décidé autrement. » Sa voix était teintée par le chagrin qu'avait engendré la volonté divine.

« Comment vous avez fait pour que ça aille mieux entre vous, avec Kabir ?

— Tout est plus ou moins rentré dans l'ordre quand on a cessé de s'acharner. Le médecin nous a dit qu'il n'y aurait pas d'autre enfant, ça nous a enlevé un poids.

— Maman n'a jamais vraiment parlé de sexe avec moi », dit Shirina.

À croire que lorsqu'elle avait atteint l'adolescence, il ne restait plus assez d'énergie à leur mère, comme si tous les conseils possibles avaient déjà été donnés à ses aînées, dans l'espoir que quelques-uns finiraient un jour par lui parvenir. D'une certaine manière, ça avait fonctionné : jamais elle n'avait contesté le couvre-feu ou les règles d'habillement et de comportement, elle n'avait eu qu'à suivre l'exemple de Rajni et prendre le contrepied de Jezmeen. La seule fois où sa mère avait fait allusion au sexe, c'était pour lui dire de faire des enfants le plus vite possible. Des fils, avait-elle précisé.

« C'était la première fois qu'elle me parlait librement, dit Rajni. Ça m'a surprise, mais je n'ai pas eu envie de poursuivre cette conversation, surtout quand elle a commencé avec ses "Attise le désir de ton mari, sinon tu le perdras". La vie de couple ne repose pas non plus seulement sur nos épaules, si ? J'ai déjà un travail et un fils à élever, et voilà qu'il faudrait en plus que je sois une experte au lit sinon mon mari va me quitter ! C'est tellement vieux jeu. »

Shirina sentit monter en elle le vieux réflexe qui la poussait à défendre les valeurs de leur mère. C'était le même sentiment qu'elle éprouvait chaque fois qu'elle discutait de sa vie personnelle avec sa collègue Lauren. Un jour, Shirina lui avait dit :

« Ma belle-mère pense que je devrais laisser pousser mes cheveux.

— Mais toi, tu as envie de les laisser pousser ? lui avait demandé Lauren, l'air circonspect.

— Oui, oui, bien sûr », avait-elle répondu, sans pour autant la convaincre. Pendant ce genre de conversations, Lauren prenait toujours un ton exaspéré et condescendant. Quand elle avait donné sa démission, Shirina n'avait pas prévenu sa collègue, qui ne fut au courant que lorsque la rumeur commença à circuler.

« C'est elle qui te force à démissionner ? » avait-elle demandé d'un air inquiet, en lui sautant dessus dans l'espace détente. Shirina n'avait pas eu envie d'en entendre plus ni qu'on vienne la sauver. Elle avait rédigé sa lettre de démission elle-même et ne devait aucune explication à personne. Aucune des Lauren de ce monde n'aurait pu comprendre sa décision.

« Tu penses que maman aurait eu une vie plus facile avec des fils ? demanda Shirina. Tu penses qu'elle aurait été plus heureuse ? »

La question sembla peiner Rajni, qui détourna la tête pour regarder dehors sans répondre.

Un silence s'installa, que seul vint rompre le bruit d'un moulin à café. Shirina se demanda si elle devait parler un peu de son mariage en échange des confessions de Rajni, mais qu'y avait-il à dire ? Avec Sehaj, ils n'avaient rien fait depuis un moment, mais la situation était compliquée. Et puis elle n'avait pas besoin de parler de sa vie de couple avec qui que ce soit, pas même avec ses sœurs. Surtout pas avec ses sœurs.

Rajni semblait sur le point de reprendre la parole, mais quelque chose la fit sursauter. Elle posa son gobelet sur la table, farfouilla dans son sac et en sortit son portable. Après quelques secondes, elle laissa échapper un petit cri et tourna l'écran vers Shirina. Sans lui laisser le temps de lire, elle dit :

« C'est Jezmeen. Elle a été arrêtée. »

7

Veillez les unes sur les autres à Delhi. La ville est très animée et les femmes doivent faire encore plus attention. Gardez toujours un œil sur vos affaires et, surtout, n'attirez pas l'attention.

Quand Rajni et Shirina arrivèrent, le commissariat était en pleine ébullition. Avant de les conduire dans la salle d'attente, on leur fit passer plusieurs points de contrôle et des femmes les fouillèrent derrière un rideau pour respecter leur intimité. On était en pleine journée, mais, dans la pièce sans fenêtre, les néons clignotaient au plafond. L'air était poisseux et le sol crasseux sous les pas de Rajni.

Elle appela le consulat du Royaume-Uni une nouvelle fois. Elle connaissait le menu principal presque par cœur : *Pour connaître les horaires d'ouverture, tapez 1. Pour toute question relative à votre visa, tapez 2. Pour écouter des conseils et avertissements aux voyageurs, tapez 3.* Il n'y avait pas de numéro pour faire sortir un proche d'une prison indienne. À nouveau, elle tapa 4 pour une « assistance d'urgence », mais la ligne fut coupée au bout d'une minute.

« Je vais la tuer », marmonna Rajni en jetant son portable dans son sac. Shirina lui serra le poignet comme pour lui dire *Mais non*. La rage de Rajni dépassait l'entendement.

Elle ne connaissait pas encore le motif de l'arrestation, mais elle était sûre que cela aurait pu être évité et que Jezmeen l'avait fait exprès. Pour saboter le voyage. Depuis le départ, c'était sa mission. Elle se moquait du pèlerinage, de rendre hommage à leur mère – pourquoi en aurait-il été autrement ? Tout ce qui l'intéressait, c'était régler ses comptes et se focaliser sur sa petite personne. Rajni se voyait déjà en train d'en découdre avec elle au milieu du hall du commissariat : *Tu crois que ça me plaît d'être ici ? Tu ne penses pas que je préférerais être chez moi pour régler mes problèmes de famille au lieu de me chamailler avec toi en arpentant le nord de l'Inde ?*

Dans la salle d'attente, un officier était penché sur un bureau, les boutons de son uniforme à deux doigts de sauter. Il parcourait ses dossiers sans entrain et appela quelques noms. Comme personne ne répondait, il referma le dossier, prit son mug vide et quitta la pièce.

« Super, dit Rajni. On va devoir attendre la fin de la pause-café.

— On va peut-être attendre un bout de temps », répondit Shirina. De plus en plus de gens arrivaient et s'entassaient dans la petite pièce. Existait-il un seul endroit en Inde qui ne soit pas plein à craquer ? À côté, le hall du gurdwara avait l'air spacieux et la route qu'elles avaient empruntée le matin même était un vrai boulevard. Rajni se demanda à quoi devait ressembler la cellule de Jezmeen et un frisson la parcourut quand elle l'imagina dans une minuscule pièce mal éclairée et remplie d'inconnus. Sa seule référence en la matière, c'étaient les documentaires qu'elle avait vus à la télé au Royaume-Uni, qui racontaient l'histoire de touristes britanniques naïfs pris dans des affaires sordides et qui finissaient emprisonnés dans des conditions inhumaines au Cambodge ou au Nigeria. Elle ne pensait pas être aussi courageuse que les familles de ces malheureux, qui faisaient des allers-retours incessants pour leur rendre visite et assister à toutes les audiences du procès. Ces pensées la poussèrent à rappeler le consulat. Alors que la voix enregistrée récitait les options disponibles, l'officier revint avec une tasse de thé et un nouvel entrain. Il prit une autre pile de dossiers et appela de nouveaux noms. Il n'y avait pas beaucoup de parents dans la salle. Seul un homme grisonnant qui portait un costume repassé et des chaussures en cuir chics s'avança vers le bureau. L'officier lui parla d'un air sérieux, puis lui donna quelques formulaires à remplir. Rajni poussa un grognement. Des formulaires, encore des formulaires. D'ici à leur retour chez elles, elles devraient en remplir un nombre incalculable.

« Jezmeen Shergill ? appela l'officier.

— Oui ! cria Rajni en sautant de sa chaise comme si elle venait de gagner au loto. On est là pour Jezmeen Shergill. Elle va bien ? Où est-elle ? »

L'officier lisait attentivement le dossier.

« Vous êtes ses plus proches parents ?

— Je suis sa sœur. On est en vacances ici, on vient du Royaume-Uni », expliqua Rajni.

Sa communication avec le consulat fut de nouveau interrompue. Répéter leur nationalité aiderait peut-être à débloquer la situation.

« Écoutez, nous sommes des citoyennes britanniques. »

Ce constat n'eut pas l'air d'impressionner le policier, mais il prit tout de même quelques notes. Puis il but une longue gorgée de thé pour faire son petit effet.

« Tu crois que…, chuchota Rajni à Shirina. Tu crois qu'il attend un… tu sais ? »

Perplexe, Shirina ne comprenait pas où voulait en venir Rajni.

« Tu penses qu'il espère tirer combien ? réessaya Rajni. De l'argent, je veux dire. Un pot-de-vin. »

L'officier leur jeta un regard en coin.

« Il nous entend, tu sais, Rajni.

— Oui, c'est vrai. Et merde.

— Et puis je ne pense pas que ça marche comme ça, chuchota Shirina. À mon avis, l'argent ne va pas nous sortir de ce mauvais pas. On doit juste… se débrouiller.

— D'accord, mais il doit bien y avoir un prix moyen, non ?

— Comme pour les cours de la Bourse, tu veux dire ? Et comment je serais censée le connaître ? »

Elles étaient mal parties. Rajni n'avait même pas tant de liquide que ça dans son sac. Elle devrait la jouer fine pour mener les négociations puis courir jusqu'au distributeur le plus proche, ce qui n'allait pas arranger leurs affaires. Dans les films, les billets passaient juste d'une main à l'autre sans accroc. Ou bien est-ce qu'elle confondait tout et qu'on ne donnait de l'argent qu'au voiturier pour qu'il ne bousille pas le véhicule ?

« Vous pouvez me dire de quoi on l'accuse ? demanda Rajni au policier. S'il vous plaît ? »

Il plissa les yeux sur le dossier. Elle ne savait pas s'il l'avait écoutée ou non. Elle était sur le point de répéter sa question quand on lui tapota sur l'épaule. Elle se retourna et se retrouva face à l'homme grisonnant.

« Mieux vaut ne pas trop poser de questions. Sinon vous allez les énerver, lui dit-il doucement.

— Mais… On ne sait pas du tout ce qu'il se passe, on est ici en vacances et… »

Rajni sentit les larmes lui monter aux yeux. *Maman va me tuer.* Une petite voix lui répétait ça chaque fois que Jezmeen s'attirait des ennuis. À cet instant précis, elle voyait sa mère agiter la tête, les bras croisés : « Pourquoi tu ne l'as pas surveillée ?! »

« Laissez-moi faire », dit l'homme.

Il se pencha vers l'officier. Quelle différence cela pouvait-il bien faire si c'était elle ou lui qui demandait ? Mais sous les yeux incrédules de Rajni, le policier sembla s'adoucir un peu. Il y avait deux explications possibles : l'homme était respecté car c'était un homme, ou bien car c'était un homme avec de belles chaussures en cuir. Ils parlaient si bas qu'elle ne réussit pas à tout comprendre, mais à un moment donné, elle vit un semblant de sourire apparaître sur les lèvres du policier. L'homme se tourna vers elle. Les pattes-d'oie au coin de ses yeux lui rappelaient celles de Kabir.

« Il semblerait que votre sœur ait été arrêtée avec le groupe dans lequel se trouvait aussi ma fille. Celui des manifestantes à la Porte de l'Inde.

— Les manifestantes ? » demanda Shirina. Elle échangea un regard incrédule avec Rajni – c'était sûrement une erreur. « Quel genre de manifestation ?

— Un rassemblement pour les droits des femmes. Ça a tourné au vinaigre et la police a raflé toutes celles qui lui sont tombées sous la main.

— Tourné au vinaigre, c'est-à-dire ? demanda Rajni.

— Je n'en sais pas plus, répondit l'homme, puis il baissa la voix : Rien de bien sérieux à mon avis, juste une petite bagarre. La police a utilisé des techniques d'intimidation pour que les filles ne recommencent pas à manifester de sitôt.

— Et ça marche ?

— À vous de me le dire : c'est la troisième fois cette année que je viens chercher Parvana au commissariat.

— Oh », répondit Rajni, qui ne savait pas quoi dire d'autre. Elle hésitait entre compatir à cause de ce que sa fille lui faisait vivre ou le secouer parce qu'il était beaucoup trop calme.

L'officier tendit un porte-bloc avec plusieurs formulaires. « Asseyez-vous, lui dit l'homme en tapotant le banc sur lequel il venait de s'asseoir. Au fait, je m'appelle Hari. »

Les deux sœurs lui serrèrent la main et se présentèrent à leur tour.

« Elle va s'en tirer, hein ? demanda Rajni. Elle ne va pas rester ici ?

— Elle vous a dit quoi au téléphone ?

— Elle a juste envoyé un SMS qui disait où elle était.

— Malheureusement, elles n'en savent pas beaucoup plus. Il faut attendre, c'est tout. »

Elle leva la tête et regarda la porte en se demandant comment c'était, derrière. Une rangée de cellules avec des barreaux et Jezmeen écrasée au milieu de toutes les femmes arrêtées avec elle ?

« Elle va s'en sortir, dit Shirina comme si elle avait lu dans ses pensées. De nous trois, Jezmeen est sûrement la plus à même de survivre dans une situation pareille. »

Shirina semblait aussi avoir besoin de réconfort. Elle avait l'air épuisée et, en chemin, elle avait demandé au chauffeur de s'arrêter pour vomir. Quand le taxi s'était rangé sur le bas-côté, la nausée était passée.

« Ça doit être quelque chose que j'ai mangé », avait-elle dit d'une petite voix.

À présent, son front luisait de transpiration et ses yeux étaient rouges. L'absence totale de ventilation dans la salle et l'air rance imbibé de sueur ne devait pas aider. Rajni était certaine de se rappeler ce commissariat – l'odeur, le bruit, la peur. Elle se souvenait des néons qui clignotaient, des officiers aux yeux perçants et de cette terrible impression d'être au mauvais endroit. Bien sûr, il y avait très peu de chances pour que ce soit le même poste de police que celui où elle s'était trouvée des années plus tôt. C'était loin d'être le seul commissariat de Delhi. Mais la peur montait, elle se sentait prise au piège et elle aurait donné n'importe quoi pour rentrer chez elle – la même situation qu'elle avait vécue adolescente. Pour penser à autre chose, elle s'appliqua à remplir les formulaires aussi vite que possible. À côté d'elle, Hari retira ses lunettes, se pinça l'arête du nez et ferma les yeux.

« Ça va ? lui demanda-t-elle sans cesser d'écrire.

— C'est juste que je me demande quand tout ça va enfin s'arrêter. Ma fille va à l'université. Elle s'emballe tellement sur certains sujets qu'elle se retrouve dans des situations dangereuses.

— C'est la même chose pour ma sœur, sauf qu'elle est plus âgée et qu'elle devrait avoir un peu plus de jugeote.

— Quel âge a-t-elle ?

— Trente-deux ans, répondit-elle en posant son stylo. Normalement je ne devrais plus avoir à venir payer sa caution pour la faire sortir de cellule.

— Donc ça ne leur passe pas ? demanda Hari, un petit sourire aux lèvres.

— À vous de me le dire cette fois ! Mon fils entre à l'université cette année. »

Oui, dans une dimension parallèle, Anil suivait exactement le chemin que sa mère avait tracé pour lui. Mais une seule catastrophe à la fois. Ainsi, pour les besoins de cette conversation, Rajni allait faire comme si elle n'allait pas être grand-mère dans quelques mois à peine.

« Je n'arrive pas à croire que vous ayez déjà fait ça plusieurs fois, dit-elle à Hari.

— La dernière fois, je me suis juré que c'était la dernière. J'ai dit à Parvana qu'elle devrait se débrouiller à l'avenir. Mais quand elle m'a appelé…, soupira-t-il. Vous savez, il existe des postes de police réservés aux femmes, mais ce n'est pas le cas de celui-ci. Même si j'étais énervé, je ne pouvais pas la laisser ici. »

Rajni jeta un coup d'œil aux alentours. Le bruit des claviers, la sonnerie des téléphones, le vieux ventilateur grinçant posé en hauteur comme un trophée de chasse.

« Je n'aurais pas pu non plus, admit-elle. Mais je suis tellement en colère que je pourrais coller une droite à Jezmeen. » Shirina lui lança un regard noir qui lui fit immédiatement regretter ces mots. Elle avait déjà frappé Jezmeen une fois, à l'hôpital, juste avant la mort de leur mère. Rajni agita ses doigts, repensa à la sensation d'engourdissement qu'elle avait senti après avoir frappé sa sœur et se demanda si elle n'avait pas simplement frappé par instinct.

« Vous avez essayé d'appeler le consulat ? demanda Hari.

— Personne ne m'a répondu.

— C'est donc que beaucoup d'Anglais doivent semer la zizanie en Inde aujourd'hui.

— Que voulez-vous, on cherche toujours la bagarre, plaisanta Rajni.

— Ah bon ? Pourtant ce n'est pas mon impression. À part quand c'est jour de match.

— Merci. Vous êtes là à me rassurer alors que votre fille est dans la même situation que ma sœur.

— Ce n'est pas tous les jours que quelqu'un se trouve dans la même situation. Quand Parvana était plus jeune et qu'elle s'attirait des ennuis, ma femme refusait d'adresser la parole aux autres parents dans le bureau du proviseur. Elle me répétait qu'on n'était pas comme eux.

— Je connais bien ce genre de situations. »

Elle se rappela son indignation à la vue du bleu sur la joue de Jezmeen pendant les funérailles de leur mère – *quelle est l'ordure qui a fait ça à ma petite sœur ?* Puis elle s'était souvenue que c'était elle.

Une nouvelle vague d'inquiétude la submergea.

« Mais alors… Si ce poste n'est pas réservé aux femmes…

— Non, il n'y a pas d'hommes avec elles dans les cellules, la coupa Hari.

— Mais les officiers ? » *Tu sais ce qui aurait pu t'arriver ?* lui avait crié sa mère. Comment avait-elle pu être naïve à ce point, entrer dans un commissariat au beau milieu de la nuit avec ses cheveux crêpés et son visage maquillé de jeune adolescente et penser qu'elle serait en sécurité ? La seule autre option – encore plus dangereuse – était de continuer à marcher dans la rue. Ce qui lui avait fait le plus de mal, c'était la colère noire de sa mère. Quand elle avait fini par rentrer à la maison, tremblante, celle-ci n'avait eu aucun mot de réconfort, juste de la colère. C'était pour cela que Rajni s'était mise à lui crier dessus. En quelques secondes à peine, tout avait changé.

« Vous pouvez imaginer tous les scénarios possibles, dit doucement Hari. Mais à quoi bon se ronger les sangs ? Elle va sortir dans quelques heures, tout ce qu'il y a à faire, c'est espérer qu'ils ne changent pas d'avis d'ici là. »

Rajni le fixait sans parvenir à calmer son inquiétude.

« Respirez, lui dit Hari. Je sors fumer une cigarette, puis j'essaierai d'en savoir un peu plus. »

Elle déglutit avec difficulté et hocha la tête. Ferma les yeux et s'efforça d'imaginer un paysage paisible. Elle avait déjà participé à un séminaire sur la gestion de l'anxiété, mais s'était vite rendu compte qu'elle passait plus de temps à calculer combien de temps elle pourrait méditer qu'à méditer vraiment. À la pleine conscience, elle avait ajouté des exercices de développement personnel pour devenir une meilleure personne ; mais elle avait rapidement été submergée par ces exercices, d'où un regain d'anxiété.

Rajni ouvrit les yeux. Shirina avait elle aussi les yeux clos et respirait fort. Mais elle n'avait pas du tout l'air de méditer.

« Tu vas bien ?

— Encore des crampes d'estomac, c'est tout », répondit Shirina sans ouvrir les yeux. Un film de transpiration recouvrait son visage, ses joues étaient rouges. Rajni lança un regard au ventilateur, beaucoup trop loin d'elles.

« Un peu d'air frais ne te ferait pas de mal », dit-elle. Elle s'en voulait d'avoir traîné Shirina ici, mais elle avait eu peur de venir seule au poste de police.

« Non, ça va aller », assura Shirina. Elle rouvrit les yeux et adressa un sourire forcé à Rajni, qui se demanda une nouvelle fois ce que cachait sa sœur. Même sans tenir compte du décalage horaire et de cette intoxication alimentaire, elle avait l'air perturbée depuis qu'elle était arrivée en Inde. *Ne me dis pas que je dois aussi m'inquiéter pour toi ?* Elle ne se sentait pas capable d'affronter les problèmes d'une autre sœur, du moins pas à cet instant précis. Elle s'en inquiéterait plus tard.

Sans Hari, Rajni se sentit encore plus vulnérable. Visiteurs, officiers : le commissariat était rempli d'hommes. Les quelques femmes présentes faisaient profil bas, comme Rajni et Shirina. L'officier ne s'était montré communicatif qu'avec Hari.

« Tu penses que je devrais annuler nos billets de train pour demain ? Et la réservation d'hôtel à Amritsar ? demanda-t-elle. Ou est-ce qu'on annule carrément tout le reste du voyage et on rentre directement en Angleterre à la sortie de Jezmeen ? Pourquoi on est là ? Qu'est-ce qu'on fout ici ? »

Elle était complètement hystérique. L'officier derrière son bureau lui jeta un regard mauvais avant de se replonger dans ses dossiers. Shirina avait l'air mal à l'aise. *Respire…*

Rajni referma les yeux, sa mère lui apparut immédiatement. Impossible de ne pas penser à elle à cet instant, dans cet endroit. Elle voyait Sita assise sur son lit d'hôpital, les traits crispés, submergée par une nouvelle vague de douleur. Rajni essaya de chasser cette image – *pense à quelque chose d'apaisant* – mais sa mère ne partait pas. Elle avait l'air plus jeune et avait un peu moins de cheveux blancs. Dans cette scène imaginaire, Rajni essaya de regarder par la fenêtre – peut-être y avait-il un paysage végétal paisible dehors – mais sa mère s'interposa. Même quand elle essaya d'imaginer une pièce vide aux murs nus, la version plus jeune de sa mère était là. Elle faisait sa valise, s'apprêtait à partir en Inde pour assagir sa fille aînée. Ni boîtes de nuit, ni cigarettes, ni mauvaises fréquentations. Trois semaines pour lui inculquer sa culture et la forcer à passer du temps avec sa famille. Sa mère était persuadée que Rajni reviendrait à Londres grandie et sage.

« Raj », appela Shirina en lui donnant un petit coup de coude.

Rajni ouvrit les yeux. Jezmeen se tenait devant la porte, juste à côté du bureau, comme si elle avait réussi à la faire apparaître par sa force mentale. Elle ne les vit pas et prit les formulaires que l'officier lui donnait, ne relevant la tête que juste avant d'apposer sa signature : alors ses yeux rencontrèrent ceux de Rajni, qui s'était levée de son banc. Jezmeen s'avança et Rajni sentit un engourdissement familier dans sa main, elle pressa le bras contre son flanc pour dissiper cette sensation. Elle aurait tout à fait pu la frapper une nouvelle fois. *Mais qu'est-ce qui t'est passé par la tête ?* avait crié sa mère tant d'années auparavant, ce qui avait poussé la jeune Rajni, encore tremblante de peur, à avouer l'irréparable.

8

Quatrième jour : de Delhi à Amritsar

Vous quitterez la capitale de l'Inde pour vous rendre dans le Pendjab, la région de nos ancêtres. Regardez par la fenêtre, contemplez les paysages. Écoutez les gens parler autour de vous, observez la joie sur leur visage quand ils rejoindront en hâte leurs proches sur le quai. Faire un long voyage pour quelqu'un est l'ultime preuve d'amour et de foi.

Le trajet de Delhi à Amritsar était supposé commencer et se terminer avec de la nourriture. Leur mère leur avait toujours parlé des trajets en train jusqu'au Pendjab ainsi, et, même si Jezmeen n'y était jamais allée, les histoires de sa mère avaient fini par s'intégrer à ses propres souvenirs embrumés. Dans sa tête, elle avait des images de quantités gargantuesques de pakoras et de samosas, de gobelets en carton remplis de thé brûlant et de douceurs indiennes coupées en carrés.

Alors que le train quittait la gare et accélérait, elle regarda par la fenêtre. Le soleil brillait avec force, sa silhouette vibrait derrière la fumée du train. Des mères pressaient leurs enfants pour qu'ils avancent le long des rails. Des montagnes de détritus scintillaient à proximité d'un amas de maisons carrées qui ressemblaient à des constructions de Lego assemblées au hasard. Le train prit encore de la vitesse et les paysages s'ouvrirent peu à peu. Au-delà de la banlieue de Delhi, la végétation se fit plus dense, les maisons devinrent plus rares. Jezmeen fixa une maison orange vif surmontée d'une antenne satellite. Plus que tout au monde, elle aurait aimé rester inerte et passer la journée à ne rien faire plutôt que de foncer droit vers l'histoire de sa famille.

Quel soulagement de sortir de Delhi. Elle accueillait même le mouvement du train avec bonheur ; elle avait bel et bien quitté sa cellule – qu'elle n'avait d'ailleurs occupée que très brièvement. Elle avait à peine fermé l'œil de la nuit et s'était repassé son arrestation en boucle, toujours sous le choc. Tôt le matin, elle avait voulu prendre une douche, mais la seule vue de la petite cabine lui avait rappelé la cellule pleine à craquer et elle était retournée se coucher.

Son ventre gargouilla. Elle n'avait pas pris de petit déjeuner car elles avaient dû quitter l'hôtel avant qu'il soit servi pour ne pas rater leur train – elle se serait bien arrêtée en chemin pour acheter quelques appétissants *panipuris* mais le regard noir de Rajni l'en avait dissuadée. Désormais, sa sœur regardait droit devant elle. Elle ne lui avait pas adressé la parole depuis sa libération. Pas un mot. *Tu ne veux pas savoir si je vais bien ?* avait-elle envie de lui demander. Dans la cellule, elle s'était apitoyée sur son sort, alors qu'elle avait eu la chance d'échapper à un interrogatoire. Même sans les femmes qu'on avait emmenées pour les interroger, la cellule restait surchargée ; la police avait fini par s'en rendre compte et laissé partir toutes celles qui n'avaient pas participé à l'organisation du rassemblement. À sa surprise, Jezmeen avait été l'une des premières à sortir. Son passeport britannique avait sans doute joué un rôle. Et puis, comme certaines femmes avaient continué de la prendre pour Polly

Mishra et de l'appeler comme ça devant les policiers, elle les avait intrigués. Celles qui connaissaient sa véritable identité s'étaient contentées de l'ignorer, trop préoccupées par leur propre situation de toute façon.

Le silence de Rajni les avait suivies jusqu'à l'hôtel, où Jezmeen avait tenté de s'expliquer :

« Je n'ai pas…

— Je ne veux pas savoir. Finissons-en vite avec ce voyage, comme ça chacune pourra retourner à sa petite vie », l'avait coupée Rajni, les poings serrés et collés le long du corps, sa colère prête à éclater.

Les bandes de vert luxuriant devenaient de plus en plus longues. La brise du matin agitait les herbes folles, et Jezmeen distinguait le soleil au-dessus d'une petite colline boisée au loin. Un autre train croisa le leur et fit trembler les fenêtres ; elle eut le temps d'apercevoir les voyageurs de troisième classe pressés contre les simples barrières qui les séparaient du vide. Qu'était-il advenu des femmes arrêtées en même temps qu'elle ? Qui pourrait le lui dire ? Et même si elle le savait, que pourrait-elle bien faire pour les aider ? Son estomac vide émit une nouvelle plainte.

« Est-ce que tu sais si elle nous a pris des billets avec repas inclus ? chuchota-t-elle à l'oreille de Shirina, pour ne pas que Rajni l'entende.

— Je suppose, puisque le trajet dure huit heures. »

Debout sur le siège devant Shirina, une enfant aux cils très longs les observait.

« Elle est à croquer ! » dit Jezmeen en lui souriant. L'enfant lui sourit à son tour et Jezmeen lui fit coucou des deux mains. Ravie, la petite applaudit puis se baissa pour se cacher et réapparut juste après pour attirer l'attention de Shirina.

« Coucou, toi », lui dit Rajni qui était assise à côté de la fenêtre. Mais la petite l'ignora et lança un « *Didi* » – sœurette – à Shirina en tendant les bras. Elle était sans doute attirée par sa tunique dont le rose éclatant se reflétait sur ses joues.

« On dirait qu'elle t'aime bien », fit remarquer Jezmeen.

Shirina leva brièvement le nez de son livre, fit quelques grimaces et se replongea dans sa lecture. *Pas bête*, pensa Jezmeen. La fillette avait beau être très mignonne, les huit prochaines heures ne seraient pas une partie de plaisir si elle restait collée à elles. Comme Shirina l'ignorait, la petite jeta son dévolu sur un autre passager.

Jezmeen sentit soudain une odeur de friture de *bhajis* aux oignons qui lui mit l'eau à la bouche. Elle tendit le cou, s'attendant à voir arriver un chariot de nourriture dans l'allée, mais non, l'odeur venait des sièges devant elle. Plusieurs générations d'une même famille voyageaient à bord de ce wagon et certains venaient de déballer leurs encas. Une fiasque de thé circula. Quelqu'un rompit un samosa en deux et une odeur de pommes de terre épicées parvint aux narines de Jezmeen.

Un souvenir l'assaillit : elle, enfant, assise sur un tabouret dans la cuisine avec sa mère qui s'affairait autour d'elle. Les graines de moutarde qui sautaient et éclataient dans l'huile frémissante et la marmite qui sifflait sur la cuisinière. Même l'expression de sa mère – bien loin de la sérénité affichée par les femmes au foyer indiennes dans les séries télé – lui revint : des yeux peinés, le visage crispé par l'inquiétude. Jezmeen venait juste de lui demander de les emmener, elle et Shirina, faire du shopping. « Il nous faut de nouvelles chaussettes », avait-elle dit en montrant l'élastique détendu de celles qu'elle portait. « Elles sont encore en bon état », avait répondu leur mère sans daigner regarder les pieds de sa fille. Jezmeen examina les occupants des sièges des rangées de devant. Les hommes, qui parlaient fort et se levaient pour s'invectiver les uns les autres, ne passaient pas inaperçus. Les femmes, qui conversaient et s'occupaient de leurs enfants, étaient régulièrement interrompues par les éclats de rire et les cris des maris et frères.

Quand le repas finit par être servi, Jezmeen fut déçue. Ses deux beignets de pomme de terre trop cuits et sa briquette de lassi faisaient pâle figure à côté du festin fait maison que la famille nombreuse dégustait devant elle, pourtant elle l'avala en un clin d'œil.

Shirina n'avait toujours pas touché à son plateau, qui avait l'air de la dégoûter. La petite du siège de devant revenait à la charge et lui tendait une paire d'oreilles de lapin en peluche.

« Tu comptes manger ça ? » demanda Jezmeen. Shirina secoua la tête et poussa son plateau vers sa sœur, qui le dévora avec gratitude.

Devant, un homme racontait une blague. Jezmeen n'entendit pas le début mais la chute ne récolta que quelques rires timides.

« Oh allez, vous n'avez pas compris ? s'indigna-t-il.

— Si, si. C'est juste qu'elle est nulle, c'est tout », répondit une femme.

Sa remarque remporta un plus grand succès que ladite blague. L'homme lui sourit.

« Ma chérie, quand nous nous sommes fiancés, mes blagues te faisaient rire. »

Quelques membres de la famille s'amusèrent de cette réponse.

« Calmez-vous, nous sommes dans un lieu public, protesta un autre, qui ne semblait pas avoir beaucoup de tolérance pour les éclats en public.

— C'est peut-être ça, la différence entre le mariage et les fiançailles, commença une autre femme. Une fois le mariage prononcé, on a droit aux mêmes blagues en boucle et elles cessent d'être drôles.

— Heureusement qu'on va au village alors ! Je pourrai toujours t'échanger contre une autre femme là-bas. »

Les femmes, visiblement agacées, poussèrent des soupirs et roulèrent les yeux, mais elles ne répondirent pas et reprirent leur conversation.

« *Didi ?* » implora la petite fille en agitant ses oreilles de lapin. Shirina marqua sa page, ferma son livre et tira sur une oreille de lapin. La petite éclata de rire et attira son jouet tout contre elle.

Jezmeen tourna la tête vers Rajni, qui regardait défiler les vastes champs et rizières. Le train traversa un lac qui se détachait au milieu de ces étendues de vert et de jaune. Si seulement elle était venue en Inde enfant. Elle aurait pu passer des étés entiers à voyager avec des membres éloignés de sa famille, à écouter des histoires en mangeant des pakoras dans le train qui la ramenait à ses racines. Tandis que le wagon tremblait sur les rails du pont, les éclats de rire de la famille amplifiaient le silence de ses propres sœurs. La petite fille rigola, forcée par sa mère à se rasseoir correctement :

« Mais enfin, tu vas tomber, ma puce. Arrête d'embêter les autres passagers. » Entre les sièges, la mère lança un regard d'excuse à Shirina.

Jezmeen ne supportait plus ce silence. Dans cette famille, ce n'était pas comme ça qu'on réglait les conflits. Les yeux fermés, Rajni inspirait à fond puis soufflait, comme un ballon de baudruche qu'on dégonfle. Jezmeen allongea le bras par-dessus Shirina pour lui donner un grand coup dans l'épaule.

« AÏE ! Non mais ça va pas ?

— J'ai deux trois trucs à te dire. »

Shirina s'enfonça au fond de son siège.

« Désolée, je suis occupée, dit Rajni.

— À quoi ? Tu es assise dans un train.

— Je m'entraîne à respirer en pleine conscience. Ou du moins je m'entraînais, jusqu'à ce que tu m'interrompes. Maintenant je dois reprendre depuis le début.

— Si tu n'arrives pas à respirer et à parler en même temps, c'est que tu as vraiment un problème.

— Ne remets pas ça sur le tapis, plusieurs études ont prouvé tous les bienfaits de la – AÏE ! ARRÊTE ÇA TOUT DE SUITE !

— Shirina, prends ma place. J'ai des choses à régler avec Rajni.

— Non, ne bouge pas, ordonna Rajni en agrippant le poignet de Shirina comme pour l'empêcher de s'envoler subitement. Excuse-moi, Jezmeen, mais je ne suis pas encore prête à te parler. » Elle referma les yeux et recommença à respirer profondément. Ses traits tirés indiquaient clairement qu'elle n'avait pas chassé ses pensées négatives. Jezmeen attendit l'expiration suivante, puis dit :

« Ce n'était pas ma faute.

— Bien sûr, répondit Rajni en roulant les yeux.

— Je me suis retrouvée dans cette manifestation par hasard. Je marchais dans Karol Bagh et j'ai pris le métro pour vous rejoindre à la Porte de l'Inde et…

— Je te rappelle que tu aurais déjà dû être avec nous à la Porte de l'Inde.

— Je sais, mais c'est un autre sujet. » Et elle ne comptait pas s'étendre. Elle n'avait pas besoin qu'on lui dise qu'elle abusait parfois un peu de l'alcool – elle le savait, c'était déjà ça, non ? Elle allait faire des efforts pour lutter contre ses mauvaises habitudes. Quand le bon moment viendrait et quand les conditions seraient propices. Voyager en Inde était déjà bien assez stressant sans ajouter le défi de rester sobre.

« Si nous sommes venues ici pour nous retrouver… », commença Jezmeen, sans trop savoir elle-même où elle voulait en venir. Rajni devait savoir à quel point son arrestation l'avait effrayée. Même si elle n'avait pas l'air très préoccupée, elle n'avait pas fermé l'œil de la nuit et son estomac se retournait rien qu'à l'idée de la cellule où on l'avait enfermée.

Mais ça ne signifiait pas qu'elle avait eu tort de participer à la manifestation pour les droits des femmes.

« Nous sommes venues ici pour honorer la mémoire de maman et rendre service aux autres, dit Rajni.

— Et selon toi, manifester pour faire avancer les droits des femmes, ce n'est pas rendre service aux autres ? Tu savais que dans certains villages il arrive que plusieurs frères partagent la même femme, parce qu'elles sont moins nombreuses à cause des fœticides commis contre les filles ? »

Shirina regarda sa sœur d'un air effaré.

« C'est vrai. Vous vous rendez compte, dans les régions les plus pauvres, les hommes sont six fois plus nombreux ! C'est révoltant. »

L'agacement de Rajni devenait de plus en plus évident.

« Tu tiens vraiment à attirer des ennuis, hein ? Depuis le début de ce voyage, tu n'as pas arrêté d'essayer de le saboter.

— N'importe quoi !

— C'est la vérité. Tu te montres difficile depuis le premier jour, Shirina est d'accord avec moi. »

Jezmeen regarda cette dernière.

« C'est vrai, ça ? »

Pas de réponse. Shirina se tortilla sur son siège.

« Alors ?

— Tu aurais pu éviter de boire autant si tu savais que tu aurais du mal à te lever le lendemain, c'est tout. C'est ce que j'ai dit à Rajni quand on allait au temple. Mais je n'ai jamais dit que tu étais "difficile", répondit Shirina sur la défensive.

— De toute façon, il n'y a que les plus de soixante-dix ans pour qualifier quelqu'un de "difficile" », fit remarquer Jezmeen. Rajni laissa glisser et ce fut tout à son honneur.

« Je ne comprends pas pourquoi tu m'accuses de saboter le voyage : Shirina ne fera pas la dernière partie avec nous, mais ça ne compte pas ? Pendant qu'on suera sang et eau pour grimper au sommet d'une montagne et qu'on dormira sur des tapis de paille, elle sera en train de manger de bons petits plats et de crouler sous les cadeaux de mariage de sa belle-famille. Je parie même qu'elle aura le wifi ! Ce n'est pas juste.

— Je suis désolée que tu le prennes comme ça », répondit Shirina.

Jezmeen poussa un grognement. Pour une fois, elle aurait aimé que Shirina n'évite pas la confrontation. C'était frustrant. Du coin de l'œil, elle vit la petite fille pointer le bout de son nez derrière le siège.

« Oui, ma chérie, oh oui ! gazouilla Rajni. Qu'est-ce que tu as là ? Hein ? » La petite agitait un nouvel objet : un Tupperware jaune rempli d'autocollants Peppa Pig.

« Je peux regarder ? » demanda Rajni. L'enfant sourit puis tourna la tête vers Shirina et agita sa boîte devant elle.

Shirina l'ignora. Elle se concentra sur son livre jusqu'à ce que l'enfant perde patience et se rassoie sur son siège. *Bizarre*… La petite fille semblait vraiment la perturber. Elle en était toujours à la première page de son livre. Soudain, celle-ci se tourna vers Jezmeen :

« Je n'ai jamais dit que tu sabotais le voyage, mais j'ai été très déçue de te voir saoule quand nous sommes venues te chercher dans ta chambre hier. » Elle pinça les lèvres. Jezmeen la regarda, bouche bée. Elle ne reconnaissait plus sa sœur. Même Rajni avait l'air surprise.

« Tu peux me dire ce qu'il y a de difficile à se limiter à un ou deux verres ? Hein ? Tout le monde y arrive. Les gens normaux savent se contrôler. Ils savent se tenir, eux.

— Shirina…, commença Rajni.

— Toi, n'essaie plus de me mêler à vos histoires quand tu cherches quelqu'un pour appuyer tes opinions. Je n'entrerai plus dans ton jeu.

— D'accord, d'accord, répondit Rajni.

— Et ne venez pas me faire la leçon sur le sens de la famille. Je refuse d'entendre ça de mes deux grandes sœurs qui en sont venues aux mains alors que maman était en train de mourir. Vous vous rendez compte que la dernière chose qu'elle ait vue de son vivant, c'est deux de ses filles en train de se disputer, comme d'habitude ? Peut-être qu'elle est morte ce soir-là parce qu'à vous voir incapables de passer outre vos différends, elle s'est dit que plus rien n'en valait la peine ! Et même après sa mort, rien n'a changé. »

Jezmeen n'en croyait pas ses oreilles et Rajni non plus. Si c'était vraiment ce que pensait Shirina, depuis combien de temps gardait-elle cette colère enfouie ?

Le wagon était-il devenu plus calme depuis que leur discussion avait commencé ? On aurait dit que toute la famille devant avait cessé de parler. Une tension à couper au couteau flottait dans l'air. Jezmeen s'enfonça dans son siège, de peur que quelqu'un ait sorti son portable pour filmer la scène. La dernière chose dont elle avait besoin était une autre vidéo YouTube – *Jezmeen Shergill se dispute avec ses sœurs à bord d'un train en Inde !*

La petite fit une nouvelle apparition, mais sa mère l'attrapa tout de suite et la rassit à sa place en lui chuchotant : « Laisse-les tranquilles. » L'enfant se mit à sangloter : « *Didi !* » Jezmeen fut surprise de sentir des larmes couler sur ses propres joues.

Quand le train arriva au terminus, Shirina bondit, prête à descendre. Elles avaient passé le reste du voyage à n'échanger que quelques mots rapides, préférant se distraire chacune de son côté. Elle avait donc lu son livre, sans vraiment parvenir à se concentrer, et avait fini par s'endormir dessus. Son sommeil avait été agité par des rêves où elle voyait sa mère assise dans son lit, l'oreille tendue pour entendre ses deux filles aînées se disputer à l'extérieur de sa chambre. Puis elle sortait de son lit, allait les implorer d'arrêter et les menaçait d'ouvrir sa pochette à bijoux. Mais

Rajni et Jezmeen l'ignoraient. Jamais Shirina n'avait dit à quiconque qu'elle en voulait à ses sœurs pour ce qui s'était passé à la mort de leur mère. Même Sehaj ne connaissait pas tous les détails – tout ce qu'il savait, c'est que, après son voyage à Londres, elle avait redoublé d'efforts pour fonder une famille avec lui. À la lecture du test de grossesse négatif quelques semaines plus tard, elle avait ressenti une profonde déception. Une tristesse et un vide monstre l'avaient submergée. La mort de sa mère étant encore récente, Sehaj n'avait pas été surpris de la voir pleurer à chaudes larmes. Il l'avait rassurée en lui disant que ça ne marchait pas toujours du premier coup, qu'ils étaient jeunes et avaient encore le temps. Mais elle s'était sentie abandonnée et avait souhaité pouvoir se confier à quelqu'un qui comprendrait. Ironie du sort, trop contrariée par ce qui s'était passé à l'hôpital, elle s'était interdit de parler à Rajni, la seule personne à pouvoir comprendre ce qu'elle avait ressenti.

Rajni se leva de son siège et compta leurs bagages : « On en a six au total, ils sont tous là ? » Elle mit un point d'honneur à l'ignorer. Rajni se renfrogna et prit ses bagages. Les trois sœurs se hâtèrent dans l'allée et dépassèrent la famille – tous avaient somnolé après leur festin, mais ils étaient à nouveau alertes.

À la sortie du train, des porteurs les accostèrent en leur proposant de s'occuper de leurs bagages et en demandant où elles allaient. Shirina n'en avait aucune idée : seule Rajni connaissait tous les détails. Elle ignora les sollicitations et avança tête baissée sur le quai ensoleillé, en suivant le mouvement de la foule jusqu'au hall de la gare. Elle dut prendre garde à ne pas heurter les mendiants qui dormaient dans le passage. Elle rencontra le regard d'une femme assise sur un carton, son corps frêle enveloppé dans un sari tout effiloché. Elle fit attention à ne pas marcher sur les doigts de la main quémandeuse ouverte sur le sol. Puis, comme les autres voyageurs, elle parvint à éviter d'écraser une personne sans jamais poser les yeux sur elle.

Elles engagèrent le premier conducteur de pousse-pousse qui les aborda, et il empila leurs bagages à l'arrière comme des pièces de puzzle. Préférant que ses sœurs ne la voient pas de nouveau peiner à se hisser sur le siège – gravir les trois marches pentues du train s'était révélé bien plus ardu que prévu –, elle monta la première. Rajni était de toute façon bien trop occupée à compter et recompter les bagages d'un air entendu – « Six, nous en avons bien six ».

Une fois tout le monde assis, le pousse-pousse démarra en vrombissant. Une odeur de caoutchouc brûlé lui monta aux narines. Jezmeen se mit à tousser et Rajni se cramponna à la barre latérale de l'engin, mais le chauffeur fit volte-face et lui ordonna de la lâcher. Elle enleva sa main juste à temps pour éviter le camion qui les frôla à toute vitesse.

Au nord, le climat était censé être plus doux, mais Shirina ne sentait aucune différence entre Amritsar et Delhi. Le pic de chaleur de la journée était passé, pourtant l'humidité l'étouffait. La seule différence entre les deux villes était qu'ici, les bâtiments n'étaient pas collés les uns aux autres et qu'on voyait les champs verts au loin. Le pousse-pousse emprunta une route plus large ; soudain, ils furent entourés de camions et de bus. La clameur de la ville accablait tous ses sens. Elle se protégea les yeux de la poussière et des saletés. Au feu de signalisation, elle retira sa main un instant et vit un homme occupé à réparer un câble téléphonique, perché en haut d'une grande échelle en bambou qui semblait sur le point de plier sous la force du vent. Elle se cacha à nouveau les yeux.

Les routes se transformèrent en chemins plus étroits. À chaque virage, le véhicule tanguait et vacillait dangereusement – que se passerait-il si elles avaient un accident ici ? Si les cordes qui retenaient leurs bagages cédaient, toutes leurs affaires se retrouveraient dans la crasse, à côté des crottes de chien. Les aiderait-on ? Probablement pas. Voitures, pousse-pousse, camions et mobylettes continueraient sur leur lancée et écraseraient toutes leurs possessions. Mentalement, elle fit l'inventaire de ce qui se trouvait dans ses bagages ; rien ne lui manquerait. Finalement, peu importait si elle perdait ses sacs, le voyage en serait plus facile.

Bien sûr, la pochette contenant son passeport était dans sa poche. Elle vérifiait régulièrement que les secousses ne l'avaient pas fait tomber. À ses yeux, la carte que renfermait aussi la pochette, celle que lui avait donnée Sehaj à l'aéroport, était encore plus précieuse.

Le pousse-pousse tourna dans une rue commerçante où la circulation était encore plus intense. Un jeune homme juché sur un vélo rouillé déboula à toute vitesse devant eux, arrachant une flopée de jurons à leur chauffeur. Au bout de la rue, il se gara devant le Holy City Palace et elles descendirent. Les sourcils froncés, Rajni s'empressa de vérifier que tous leurs bagages étaient bien là.

Une infinité de Shirina, Rajni et Jezmeen se refléta dans les deux grands miroirs dorés qui encadraient le hall de l'hôtel. Derrière le comptoir d'accueil, une magnifique photo montrait le Temple d'or la nuit, avec son reflet dans les eaux sacrées du bassin. Un vieil homme en turban les accueillit d'un signe de tête. Rajni lui tendit la réservation imprimée et il les pria de s'asseoir.

Aussi incroyable que cela puisse paraître après une journée entière assise, Shirina fut soulagée. Rajni prit un journal, le lut avec attention et Jezmeen ouvrit un magazine à côté d'elle.

« Oh ! Regardez comme elle est belle ! dit-elle en montrant une robe vert clair très cintrée. Vous imaginez la tête du tailleur si on demandait la même ?

— Surtout par ici », dit Shirina. La plupart des femmes qu'elle avait vues dans le coin portaient un salwar-kameez, par respect pour la ville sacrée.

« Madame », appela le réceptionniste, sans trop savoir à qui s'adresser. Rajni s'avança. Si leurs maris étaient là, les choses seraient plus faciles, pensa Shirina. Dans le train, les contrôleurs s'étaient adressés aux hommes pour vérifier les tickets de toute la famille. D'un coup, Sehaj lui manqua cruellement. Elle le revit à l'aéroport, quand il avait posé la main en bas de son dos. Ce geste l'avait fait se sentir en sécurité.

« Ils veulent voir nos passeports, les informa Rajni.

— Montrez-moi le tampon, s'il vous plaît, demanda le réceptionniste.

— Le tampon ? répéta Jezmeen.

— Oui, celui qui a été apposé à votre arrivée en Inde. Nous avons besoin de le voir.

— Oh, fit Jezmeen en tournant rapidement les pages de son passeport. Franchement, je ne me souviens pas si quelqu'un l'a fait.

— Normalement, si, répondit Shirina, qui avait déjà repéré son tampon avec la date d'arrivée.

— Si vous n'en avez pas, il y a un problème. C'est une question de sécurité nationale, précisa l'homme en les regardant tour à tour. Le Pakistan n'est pas très loin. On ne veut pas que des clandestins viennent causer des problèmes. »

Shirina trouva que l'homme la fixait avec un peu trop d'insistance. Elle aurait voulu lui dire qu'elle n'était pas venue pour causer des problèmes – elle espérait même résoudre les siens grâce à ce voyage – mais elle aurait sans doute paru encore plus suspecte.

« Trouvé ! s'exclama Jezmeen en sautant sur ses pieds. Il s'est un peu effacé, mais il est bien là », expliqua-t-elle au réceptionniste, qui reporta sa méfiance sur elle au grand bonheur de Shirina. Avant ce moment, sans s'en apercevoir, elle avait été extrêmement tendue ; chaque question, doute ou suspicion portant sur le motif de sa présence en Inde lui donnait l'impression de subir un interrogatoire. Pourtant, ça ne regardait qu'elle. Sehaj lui avait répondu la même chose quand elle lui avait dit qu'elle ne savait pas si elle pourrait mentir si ostensiblement à ses sœurs alors qu'elles passeraient tout leur temps ensemble.

« Elles sont curieuses, tu sais. Elles sauront tout de suite que je cache quelque chose », avait-elle dit. À son grand soulagement, ses sœurs n'avaient encore rien remarqué.

« Je vais en avoir pour un petit moment, leur dit le réceptionniste, qui tapait désormais frénétiquement sur son clavier. On va vous montrer vos chambres et vous pourrez récupérer vos passeports plus tard.

— Non, c'est bon, on va attendre, répondit Rajni, les sourcils froncés.

— Ça peut prendre une heure.

— Une heure ? Pourquoi si longtemps ?

— Madame, ai-je vraiment besoin de vous expliquer la situation de la frontière indo-pakistanaise ? Faut-il que je vous explique ce qu'est la partition ? Amritsar se trouve à la frontière entre les deux pays depuis qu'on a partagé le Pendjab entre l'Inde et le Pakistan, dit-il avec fierté, comme s'il avait veillé au bon déroulement des opérations lui-même.

— Inutile de nous donner une leçon d'histoire, nos parents nous ont tout dit de la partition quand nous étions jeunes », répondit Rajni.

Ah bon ? Alors ce devait être leur père qui leur avait raconté quand Shirina était trop petite pour s'en souvenir. Tout ce qu'elle savait de la partition, elle l'avait appris dans des films hindis où deux amoureux étaient séparés par la frontière, par des lois cruelles et par leurs familles qui refusaient leur amour et vivaient dans des quartiers ravagés par la violence. Ces films la faisaient toujours pleurer.

« Alors vous comprenez pourquoi nous devons examiner ces documents avec la plus grande vigilance. Nous faisons la même chose avec tous nos clients, aucun risque n'est permis.

— Mais nous avons des passeports britanniques, vous voyez bien que nous n'avons pas franchi la frontière illégalement, insista Rajni.

— Laisse tomber, lui dit Jezmeen. Qu'est-ce que ça peut bien faire s'ils gardent nos passeports un petit moment ? Ils vont nous les rendre, tu sais. »

Rajni, mal à l'aise, se tourna à nouveau vers le réceptionniste, qui n'en démordit pas.

« La sécurité intérieure avant tout, madame. C'est ici que tout se joue. » À sa façon de parler, on se serait cru en 1947, comme si la guerre faisait encore rage.

« Très bien », concéda Rajni.

Un bagagiste chargea leurs bagages sur un chariot qu'il poussa jusqu'à l'ascenseur de service et il leur indiqua celui qu'elles pouvaient prendre. Là, les haut-parleurs passaient une ballade instrumentale de Kenny G qui jurait complètement avec le décor et les airs de palace du hall ainsi qu'avec l'intransigeance de la réception. Leurs trois chambres, côte à côte, leur avaient été assignées comme si l'hôtel savait dans quel ordre elles étaient nées : Rajni avait la 301, Jezmeen la 302 et Shirina la 303.

À peine entrée dans sa chambre, Shirina s'écroula sur son lit. Quel enfer, cette fatigue ! Et le pire, c'est qu'elle devait faire comme si elle était fatiguée à cause du voyage. Elle consulta l'heure sur son téléphone. Sehaj devait finir de dîner – peut-être qu'il regardait déjà la télévision. Elle ne lui avait pas vraiment parlé depuis son arrivée en Inde : ils s'étaient envoyé quelques messages banals qui montraient qu'ils étaient encore en vie. Mais aujourd'hui, elle avait besoin d'entendre sa voix. Elle entra le mot de passe wifi et composa le numéro de Sehaj sur l'application qui permettait de passer des appels longue distance. Il décrocha presque immédiatement :

« Shirina ? dit-il d'un ton inquiet qui la fit fondre. Tout va bien ? »

Mais bien sûr qu'il t'aime. Cette petite voix la surprit. Elle ne s'était pas rendu compte qu'elle en doutait.

« Ça va, dit-elle, au bord des larmes.

— Je t'entends mal, ma chérie, parle plus fort.

— Ça va, répéta-t-elle plus fort, ce qui la rendit plus convaincante. On vient juste d'arriver à Amritsar.

— Comment c'est ?

— Je n'ai pas encore eu le temps de voir grand-chose ; on a fait un trajet périlleux en pousse-pousse et on vient juste d'arriver dans nos chambres. » Elle sourit en se rappelant le chauffeur de taxi qui les avait pris à son bord à l'aéroport d'Istanbul pour les emmener jusqu'à l'hôtel, et qui leur avait parlé en turc en montrant du doigt tous les monuments qu'ils dépassaient. Elle revoyait le soleil scintiller sur le Bosphore ; à l'époque, tout avait semblé possible. L'aura mystérieuse de la ville l'attirait et, après un certain temps, elle avait même cru comprendre le chauffeur ; son phrasé rythmé ressemblait un peu à l'hindi et elle reconnaissait parfois des mots empruntés à sa langue – *subah*, *kitap*. Le souvenir de leur lune de miel adoucit Shirina, et elle sentit que Sehaj y pensait aussi. Elle voulait lui dire comment elle se sentait vraiment :

« J'ai peur. »

Mais il parla au même moment :

« C'est la folie au boulot en ce moment.

— Oh. » Les larmes lui montèrent à nouveau aux yeux. Elle l'écouta lui parler d'un client qui se montrait tout sauf raisonnable et des heures supplémentaires qu'il passait au bureau à éplucher des contrats. Son entreprise gagnait des parts de marché en Europe, mais la réglementation de certains pays lui donnait beaucoup de fil à retordre. Elle ne l'écouta que d'une oreille, repensant à la mélodie de Kenny G entendue dans l'ascenseur.

« … et c'est à moi de réparer toutes leurs erreurs. Je n'échangerais ma place pour rien au monde, mais crois-moi, j'attends le prochain long week-end avec impatience.

— Il n'est pas avant des mois, murmura Shirina.

— Je sais bien », soupira Sehaj.

Redemande-moi si tout va bien. Demande-moi comment s'est passé le trajet en train. Elle voulait lui parler de la petite fille qui l'avait appelée « sœurette », et qu'elle avait ignorée.

« J'ai peur, Sehaj. »

Cette fois, il l'entendit et le silence à l'autre bout de la ligne n'était pas dû à une mauvaise connexion.

« Shirina…

— Arrête, le coupa-t-elle. Je ne veux pas l'entendre.

— Je ne dis pas que tu dois le faire. »

Elle mourait d'envie de jeter son téléphone à l'autre bout de la pièce. Rien ne l'énervait plus que quand il lui disait que c'était sa décision à elle alors que ce n'était pas le cas, du moins pas totalement. Elle n'aurait pas pu éprouver de regrets ou de remords si c'était elle qui avait mis ce plan au point.

« Et si je ne vais pas jusqu'au bout ? demanda-t-elle. Je ne pourrais vraiment pas revenir ?

— Nous devrons en discuter, répondit Sehaj après une pause.

— "Nous", c'est-à-dire ? Toi et moi ?

— Oui. Et ma mère aussi. »

Elle poussa un grognement.

« Tu peux me dire en quoi ça la concerne, Sehaj ?

— Tu as épousé ma famille. On en a déjà parlé. Les décisions sont prises en famille et si des sacrifices doivent être faits, ils le seront. C'est comme ça qu'une famille fonctionne. »

Elle ne pouvait pas le lui reprocher – au début de leur relation, elle s'était montrée très admirative de cette famille qui organisait de grands rassemblements et des vacances en commun. Une famille qui fonctionnait.

« Elle n'a pas son mot à dire sur toutes nos histoires, insista-t-elle.

— C'est ma mère.

— Et moi, je suis ta femme.

— Shirina, soupira-t-il, la bouche trop proche de l'appareil. Tu compliques tout.

— Donc je peux refuser ? » demanda-t-elle, encouragée par la voix radoucie de Sehaj. Il ne voulait pas se battre, juste en finir avec ce problème. Avec sa belle-mère qui rôdait toujours dans les parages, ils ne pouvaient pas vraiment en discuter chez eux ; cet appel était une occasion en or de profiter d'un peu d'intimité.

« Ce n'est pas comme si je devais choisir la couleur de nos rideaux. Cette décision n'est pas à…, commença-t-elle avant de s'interrompre en entendant des bruits de fond à l'autre bout du fil.

— Attends. » La voix de Sehaj s'éloigna, puis Shirina ne l'entendit plus ; quand on parlait du loup… Sa belle-mère venait d'entrer dans la pièce. Mais comment faisait-elle pour réussir son coup chaque fois ? Quelques secondes plus tard, Sehaj reprit le téléphone :

« Désolé. » Elle entendit immédiatement son changement de ton. C'était la voix sérieuse qu'il prenait au travail, toute trace de tendresse avait disparu. Dans sa chambre vide et silencieuse, encouragée par la distance, Shirina ferma les yeux et demanda :

« Elle est toujours là ? »

Il y eut une pause. À cause de la connexion longue distance ou parce que Sehaj était surpris par son ton dur ? Encore enhardie, elle rouvrit les yeux.

« Elle est juste venue prendre quelque chose, dit Sehaj.

— Elle a monté l'escalier ? Toute seule ? Eh bien, c'est qu'elle doit être en forme », répondit-elle. *Arrête, tu vas trop loin*, lui dit une petite voix qu'elle ignora.

Grand silence. Elle repensa au jour où elle avait donné sa démission : elle avait expliqué qu'elle devait rester chez elle pour s'occuper de sa belle-mère qui ne pouvait plus grimper l'escalier à la suite de son opération à la hanche. « Elle est toute seule et sa convalescence peut être longue. » Sa réticence avait dû s'entendre car sa supérieure l'avait invitée à prendre un café dans l'après-midi : « Vous avez tellement de potentiel… Vous ne pouvez pas plutôt prendre un congé ? Ou trouver une autre solution avec votre mari ? Si elle ne peut pas marcher, vous pouvez faire installer un monte-escalier. »

Désormais, les monte-escaliers étaient la seule image qui lui venait à l'esprit quand elle pensait aux différences entre les valeurs occidentales et orientales. Les belles-filles indiennes devaient prendre soin de leur famille. Elles devaient faire des sacrifices et savaient comment maintenir la paix dans un foyer. Les Occidentales, elles, faisaient installer des monte-escaliers.

« Shirina », dit Sehaj. Puis rien. S'ensuivirent d'autres bruits de fond et des voix étouffées. Elle entendit une porte s'ouvrir puis se refermer. Il changeait de pièce pour fuir sa mère et retrouver son intimité.

« Ma chérie, reprit-il d'une voix à nouveau tendre, je sais que tu es contrariée, crois-moi, je le sais. »

C'était tout ce dont elle avait besoin, du moins c'est ce qu'elle pensa à ce moment-là. Être comprise. Elle songea à la petite fille qui voulait jouer avec elle dans le train et qui n'avait pas quitté ses pensées depuis. Ses « *Didi* » et ses cris de déception résonnaient encore. Pendant que Rajni et Jezmeen se disputaient, elle avait lu et relu la même ligne jusqu'à ce que les mots perdent totalement leur sens.

Rajni était bien décidée à remettre la main sur ce journal. Elle l'avait laissé dans le hall car le réceptionniste guettait ses moindres faits et gestes. Une pub avait attiré son attention, mais le bagagiste les avait entraînées vers leurs chambres avant qu'elle ait pu noter l'information dont elle avait besoin – discrètement bien sûr, inutile que Jezmeen et Shirina sachent qu'elle voulait engager un détective privé. Comment aurait-elle pu leur expliquer ?

Elle sortit de sa chambre et se glissa dans l'ascenseur avec la furtivité d'un voleur. Personne dans le hall, hormis le réceptionniste, qui lui annonça : « J'en ai encore pour quelques minutes. » Ravie de l'excuse qu'il lui donnait, Rajni fit mine d'être contrariée et répondit : « Bon, je préfère attendre ici, si ça ne vous dérange pas. » Il se concentra sur l'ordinateur tandis qu'elle allait s'asseoir et attrapait le journal. La publicité était bien là, dans un coin :

ENQUÊTE PRÉNUPTIALE

Avant de sauter le pas, prenez vos précautions !

Vous allez bientôt vous marier mais sentez que votre futur époux ou épouse vous cache quelque chose ? Nos détectives privés spécialisés peuvent vous aider à lever le voile ! Ils mèneront une enquête financière et morale complète et en toute discrétion. Vous ne serez pas déçu ! Grâce à notre réseau de professionnels spécialisés dans les enquêtes prénuptiales implanté dans le monde entier, nous pouvons enquêter pour vous en Inde mais aussi à l'étranger à des prix très avantageux. Appelez-nous pour une consultation gratuite !*

En dessous et en tout petit, à côté de l'astérisque, figurait la liste des zones étrangères où les détectives pouvaient enquêter. Londres, Toronto, Californie. Elle jeta un rapide coup d'œil vers le bureau d'accueil, puis déchira la pub le plus doucement possible, comme si la moindre incartade pouvait lui valoir d'être expulsée de la ville sainte.

Le bout de papier en poche, elle se dirigea vers l'ascenseur.

« Madame », appela le réceptionniste quand elle le dépassa. Le cœur de Rajni bondit dans sa poitrine. Elle se comportait de manière ridicule : déchirer une pub dans un journal n'était quand même pas un acte de vandalisme. Mais après la visite au poste de la veille, elle préférait éviter de prendre des risques. La seule pensée de s'attirer des ennuis la faisait transpirer à grosses gouttes.

« Oui ? répondit-elle d'un air détaché.

— Votre passeport.

— Je peux aussi prendre les autres si vous voulez », répondit-elle dans un élan de générosité parce qu'elle se sentait mal d'avoir abîmé le journal.

Après un instant de réflexion, il lui tendit les trois passeports.

Elle retourna dans sa chambre, où elle relut la pub. Que pourraient faire les détectives ? Que voulait-elle qu'ils découvrent ? Elle ne le savait pas exactement, mais ça valait le coup de fouiner un peu. Au vu de sa dernière conversation avec Kabir, il ne se méfiait pas de Davina. L'idéal, se dit-elle en composant le numéro de l'agence, serait que Davina soit déjà mariée. Il ne s'agissait pas de détruire Anil et elle ne souhaitait pas que les détectives découvrent que Davina souffrait d'une IST ou avait un casier judiciaire chargé – ou pire encore, un mari dangereux emprisonné pour un crime violent qui pourrait vouloir s'en prendre à Anil. D'un autre côté, quelle satisfaction ce serait de lui tendre un dossier incriminant avec un « Je te l'avais dit ! ».

« BIENVENUE CHEZ LES DÉTECTIVES BHARAT ! » cria une voix enregistrée. Elle éloigna le téléphone pour écouter les options qu'on lui donnait : « TAPEZ 0 POUR PARLER À L'UN DE NOS SPÉCIALISTES. » Elle pressa la touche et attendit au son d'un grand classique hindi – une chanson d'amour qui lui disait vaguement quelque chose.

« Bonjour et bienvenue chez les détectives Bharat ! Comment puis-je vous aider ? »

Rajni fut agréablement surprise d'entendre la voix d'un jeune homme. Pour une raison qui lui échappait, elle s'était imaginé une vieille femme autoritaire assise à un bureau encombré de papiers sur lequel un ventilateur soufflait de la poussière dans toute la pièce. Quant au réseau international de détectives, elle s'était imaginé une petite communauté d'épouses et de belles-sœurs indiennes installées dans des villes multiculturelles qui faisaient ça pour arrondir leurs fins de mois, rien de plus.

« Bonjour. J'envisage de faire appel à vos services pour mener des recherches sur une femme.

— Pas de problème, madame. Puis-je connaître votre nom ?

— Je m'appelle… » Elle hésita. Si le détective avait des relations à Londres, était-il possible qu'il laisse échapper quelque chose devant l'un de ses amis, qui lui-même irait répéter tous ses secrets de famille ? Un faux nom, donc.

« Meera. Je m'appelle Meera.

— Je voulais dire votre vrai nom.

— Comment est-ce que…

— La quasi-totalité des femmes qui appellent donnent ce nom. »

Quelle idiote, elle aurait dû choisir quelque chose de moins courant ou de plus réaliste, comme… Rajni. Elle s'était grillée toute seule.

« Je m'appelle Rajni, dit-elle un peu honteusement. Désolée.

— Aucun problème. Si vous voulez que ça marche, il faut vraiment être honnête avec moi, d'accord ?

— Et vous, comment vous vous appelez ?

— Nikhil Ahuja. Je dirige cette entreprise avec mon frère. » S'ensuivit une avalanche d'informations sur l'histoire de l'entreprise – créée en 2003, pour répondre au nombre croissant de jeunes Indiens expatriés effrayés par les histoires sordides arrivées à leurs amis. Le genre de mariages qui avaient fait la fortune des sites matrimoniaux indiens. D'ailleurs, Shirina avait-elle demandé une enquête sur Sehaj ? Mais pourquoi l'aurait-elle fait ? Rien chez lui ne pouvait éveiller la méfiance – Shirina n'aurait pas pu trouver mieux si elle avait tapé « homme indien idéal » sur une machine et fait imprimer un prototype en 3D.

« Récemment, nous avons étendu nos services à l'Asie du Sud-Est et sommes présents en Malaisie, à Singapour et en Thaïlande, continua Nikhil.

— Très bien, fit Rajni, un peu étourdie par l'enthousiasme de son interlocuteur. Et vous vous occupez, euh... d'affaires où le client a juste des suspicions sur quelqu'un, mais rien de concret ? » Le terme « suspicions » était un peu faible pour caractériser les sentiments de Rajni à l'égard d'une femme de trente-six ans qui jetait son dévolu sur un jeune homme deux fois plus jeune et lui faisait un enfant. Mais elle préféra l'employer par souci de concision.

« Bien sûr, répondit Nikhil, avec le même enthousiasme qui la mettait mal à l'aise. Tenez, je vais vous donner un exemple d'une de nos affaires récentes – un franc succès, d'ailleurs très médiatisé. Un jeune médecin installé à Singapour accepte un mariage arrangé avec une femme issue de la communauté sikhe. Les deux s'apprécient et décident de se fiancer. Mais la mère de la jeune femme a quelques doutes sur le jeune homme. Rien de très concret, mais bon, comment un médecin riche et beau peut-il être encore célibataire ? Tout le monde dit à la mère d'arrêter de s'inquiéter pour rien, elle est beaucoup trop méfiante. Et c'est là que l'inimaginable se produit ! »

Il avait un certain don pour la mise en scène.

« En fait, la mère essayait de détourner l'attention de sa propre fille, qui avait un petit ami en Nouvelle-Zélande, où elle faisait ses études. Des photos commençaient à refaire surface. Le petit ami n'a pas apprécié de se faire jeter pour un mariage arrangé après cinq ans de relation.

Pendant les fiançailles, il a appelé plusieurs fois pour parler aux parents. Les parents du médecin ont tout découvert – l'autre avait réussi à les contacter *via* Facebook, je crois – et sa mère a envisagé de tout annuler.

— En résumé, puisque le mariage menaçait de tomber à l'eau, la mère de la fiancée a voulu couvrir ses arrières en faisant courir la rumeur que tout était la faute du fiancé ?

— Exactement. Alors que c'est la fiancée qui n'était pas toute blanche dans cette histoire ! »

Pas toute blanche. Alors que tout ce que cette jeune femme avait fait, c'était choisir un petit ami en dehors de sa communauté. Les airs moralisateurs que se donnait Nikhil la gênaient un peu. Quand il posa la question suivante, elle hésita et envisagea de raccrocher, persuadée qu'il savait ce qu'elle cachait :

« Pouvez-vous me résumer la situation qui vous préoccupe ?

— Euh, oui… Alors mon fils sort avec… enfin, il est sur le point d'épouser cette femme », commença-t-elle. Si elle omettait certains détails, c'était parce qu'elle craignait que Nikhil ne se montre pas aussi compréhensif s'il savait que Davina était enceinte. Pire encore, elle craignait qu'il la juge mauvaise mère – question qu'elle se posait elle-même en continu depuis qu'elle avait repris connaissance après son petit malaise.

« Je vois. Et vous avez des doutes ? Une petite voix vous dit que quelque chose cloche ?

— Oui, répondit-elle laconiquement. Elle est un peu plus âgée que lui.

— D'accord, quel âge a-t-elle ? »

Incapable de donner la réponse exacte à voix haute, elle décida d'arrondir un peu les angles en ajoutant quelques années de rien du tout à son fils – qu'est-ce que ça pouvait bien changer, après tout ?

« Elle a la trentaine et mon fils, la vingtaine. Ce qui m'inquiète un peu, c'est qu'elle a l'air d'avoir beaucoup d'influence sur lui. Avant, il avait des projets professionnels, mais maintenant, il arrête tout à cause de cette femme.

— Se pourrait-il qu'elle soit enceinte ? »

Et flûte.

« Oui. C'est possible.

— C'est possible ou bien elle l'est ?

— Elle… elle l'est. À cause de ça, ils précipitent un peu les choses. Je me demande si elle ne l'a pas manipulé pour tomber enceinte.

— Vous savez, les circonstances d'une grossesse sont difficiles à déterminer, répondit Nikhil après un moment. Il est certain d'être le père ? »

Anil se comportait toujours comme un garçon en pleine crise d'adolescence et ponctuait toutes ses phrases de « euh » et « genre ». Comment pouvait-il être certain de quoi que ce soit ?

« Il l'est, mais je pense qu'elle le fait tourner en bourrique. »

Nouveau silence. Puis il récapitula les informations à voix basse en tapant sur un clavier.

« J'aimerais aussi savoir… d'autres choses sur elle, reprit Rajni. Son passé. Des choses qu'elle aurait pu cacher, vous voyez.

— Bien sûr. Une femme comme ça, vous pouvez parier qu'on peut en apprendre beaucoup sur elle en posant les bonnes questions aux bonnes personnes. »

À nouveau, une sensation de malaise monta en elle, mais elle la réprima. *Ce n'est pas juste*. Elle essaya de ne pas penser à sa propre mère et à la famille qui l'avait abandonnée à cause des rumeurs qui circulaient sur elle.

Nikhil fit le point : il allait discuter de l'affaire avec ses contacts au Royaume-Uni et mènerait une enquête complète sur Davina. Rien d'illégal, lui assura-t-il avec un petit rire qui sous-entendait qu'il avait déjà employé d'autres méthodes.

« Si l'enquête de fond ne donne rien – pas de dettes, pas de mariage secret, etc. –, je demanderai à quelqu'un de la suivre pendant une semaine. Cette étape nous révèle souvent beaucoup de choses.

— Très bien.

— Madame Rajni, puis-je vous poser une dernière question ? »

Et voilà, il allait lui demander d'être parfaitement honnête avec lui. *Y a-t-il autre chose que je devrais savoir ?*

« Oui ? couina-t-elle.

— Par quel moyen préférez-vous régler l'acompte ? » demanda-t-il d'un ton enjôleur.

Le mail de Cameron laissait présager de bonnes nouvelles : « *J'ai des rôles ~~parfaits~~ pour toi.* » Cameron avait été si pressé de partager la nouvelle qu'il avait barré le mot « parfaits » au lieu de le souligner.

« Jezmeen ! s'exclama-t-il en décrochant. Comment vas-tu ? Alors, l'Inde, comment c'est ? »

Vaste question. Elle aurait eu du mal à résumer son expérience.

« C'est incroyable, on se croirait dans une pub ! » Ou dans la liste de mises en garde du consulat, qu'elle prendrait désormais plus au sérieux.

« Il y a une vingtaine d'années, j'ai voyagé sac au dos dans l'Uttar Pradesh, tu sais, dit Cameron avec fierté.

— Ah bon ? »

Ce n'était pas la première fois que Jezmeen en entendait parler, mais Cameron avait l'air de croire que cela leur faisait un point commun. Il savait tout ce qu'il y avait à savoir sur l'Inde parce qu'il avait séjourné dans un motel miteux infesté de punaises en haut d'une montagne et parce qu'un curry louche l'avait rendu malade.

« Eh oui ! Je me suis vraiment éloigné des sentiers battus. Quel pays incroyable ! Et les gens ! Si gentils et chaleureux envers les touristes ! »

C'est souvent ce que disaient les hommes qui partaient sac au dos ou qui sillonnaient l'Inde à vélo. Quel endroit merveilleux, vraiment. Ils parvenaient à s'en sortir seuls et à avancer grâce à la gentillesse des inconnus qui leur ouvraient leur porte pour partager un repas ou leur offrir un toit pour la nuit. Mais pour les femmes qui voyageaient seules, l'Inde était une tout autre histoire. Même avec ses sœurs à ses côtés, elle se sentait vulnérable.

« Et si tu me parlais un peu de ces rôles ? »

Cameron inspira un bon coup.

« Deux belles possibilités s'offrent à toi. La première, c'est une nouvelle série télé appelée *The Disgraced*.

— J'aime bien le titre », dit Jezmeen. Immédiatement, un personnage de femme forte – qui ressemblait un peu à celui de Polly dans *The Boathouse* – debout devant les eaux noires de la Tamise et sous un éclairage mystérieux – s'imposa à son esprit.

« Ça parle de quoi ?

— Une jeune femme anglaise aux origines indiennes et à l'avenir prometteur s'inscrit sur un site de rencontres et se radicalise petit à petit au contact de son amant, qui est en fait un fondamentaliste et recruteur pour un réseau terroriste international.

— Très intéressant », commenta Jezmeen. L'histoire avait l'air prometteuse, mais elle ne voulait pas s'emballer trop vite et espérait que le personnage serait complexe et bien écrit, pas l'un de ces clichés en mode « mon fondamentalisme a toujours fait partie de moi, comme un gène caché, mais vient juste de se réveiller ! ».

« Je savais bien que ça titillerait ton intérêt ! Avant d'aller plus loin, il faut que je te dise : tu ne seras pas auditionnée pour le rôle principal.

— Oh, répondit Jezmeen sans cacher sa déception. Pour quel rôle alors ?

— Un rôle secondaire.

— Sa sœur ? demanda Jezmeen, terrifiée à l'idée de devoir jouer la mère du personnage principal.

— Non, plutôt une épouse.

— Ah, bon ça va. La femme d'un autre personnage, donc ?

— Oui.

— Vas-y, parle-moi un peu d'elle. »

Quelqu'un frappa à la porte. Elle se leva, coinça le téléphone au creux de son épaule, ouvrit la porte et crut mal entendre la réponse que Cameron lui fit au même moment :

« C'est la femme de Terroriste numéro 7.

— QUOI ? hurla Jezmeen face au groom qui portait un grand plateau d'argent.

— Vous avez commandé un room service, madame, expliqua le groom, confus.

— Tu veux que j'incarne une FEMME DE TERRORISTE ? »

Le groom eut l'air paniqué.

« Excusez-moi », dit Jezmeen en lui ouvrant la porte pour qu'il puisse poser son plateau. Le repas était plus élaboré que ce qu'elle pensait avoir commandé ; l'odeur du *paneer masala* et du riz lui donna l'eau à la bouche. Mais elle n'en avait pas encore fini avec Cameron. *Concentre-toi.*

« Laisse-moi deviner, ce personnage ne dit pas un mot de toute la série.

— En effet », admit Cameron.

Le groom installait à présent son repas sur la table et sortait les couverts.

« Et elle porte un hijab ou une burqa tout le long, c'est ça ? Son rôle se résume à ça, non ?

— La question du costume n'a pas encore été évoquée, mais…

— Ça suffit, Cameron, répondit Jezmeen, exaspérée. Je sais déjà à quoi se résume le rôle de Terroriste numéro 5 : un barbu bronzé énervé qui passe son temps à aboyer des ordres dans un arabe incompréhensible et à menacer l'Occident en agitant sa mitraillette géante.

— 7. Terroriste numéro 7, la corrigea Cameron.

— En plus ! Quoi, je suis si mauvaise que je ne pouvais même pas jouer Femme du Terroriste numéro 1 ? »

Une fois encore, le groom ne savait plus où se mettre. Il jetait des regards nerveux à la porte comme s'il avait peur qu'elle le prenne en otage. Jezmeen traversa la pièce et tenta un sourire rassurant en lui faisant signe qu'elle allait chercher son pourboire, mais il recula et – son imagination lui jouait-elle des tours ? – se rapprocha du couteau à beurre.

« Tu serais partante si c'était la femme d'un terroriste plus haut placé ? demanda Cameron.

— C'est un rôle à texte ? répondit Jezmeen, qui commençait à trouver la conversation absurde.

— Elle aura sûrement quelques lignes. »

Jezmeen imagina Cameron assis à son bureau londonien, en train de suer à grosses gouttes et d'écrire un mail aux producteurs d'une main.

Le groom attendait près de la porte. Jezmeen laissa Cameron patienter un instant pendant qu'elle fouillait dans son sac puis tendait quelques billets au garçon, qui s'en alla après un signe de remerciement.

« Alors c'est non ? dit Cameron quand elle reprit le téléphone. Tu es consciente que tes options s'amoindrissent ?

— Je ne pense pas que je vais faire un grand retour avec le rôle de Femme du Terroriste numéro 6, Cameron. Excuse-moi, mais non, on va continuer à chercher.

— Numéro 7 », rappela Cameron.

Jezmeen eut une furieuse envie de le frapper.

« Tu as parlé de plusieurs rôles. Quelles sont mes autres options ? »

Cameron sembla hésiter ; jouer les Mme Ben Laden était donc sa meilleure option.

« Il y a un film qui sera tourné en Inde. C'est une sorte de *road movie* en train.

— Vraiment ? Dis-m'en plus ! » demanda-t-elle, surprise. Finalement, peut-être que Cameron avait gardé le meilleur pour la fin.

« Une famille part en voyage dans le nord de l'Inde pour renouer avec le fils disparu. C'est un *road trip* basique avec un retournement de situation. »

Jezmeen sourit. Elle voyait déjà les articles de presse : *C'est drôle, car j'ai moi-même fait un voyage du même genre – à la fois spirituel et physique – avec mes sœurs. Et je peux vous dire que j'en ai vécu, des retournements de situation inattendus, ha ha ha.*

« C'est un film hybride à la croisée de plusieurs genres. Un film très surprenant, susceptible de plaire à un public plutôt restreint, mais il peut toucher un public plus large s'il est bien exécuté.

— C'est quoi, le rôle ?

— Shruti. La fille aînée du couple. Elle n'est pas mariée et commence à inquiéter ses parents. Elle ne le sait pas, mais ils l'emmènent au village pour rencontrer un prétendant.

— D'accord, ça m'a l'air pas mal.

— Elle n'apparaît pas longtemps. Mais son personnage est vraiment mémorable, tu vois le genre ? Elle a un vrai impact sur le spectateur, un personnage qu'on n'oublie pas. »

Il y avait encore cette hésitation dans sa voix.

« Qu'est-ce qui lui arrive ? demanda-t-elle avec un peu d'appréhension, parce qu'elle s'était déjà attachée à Shruti.

— Eh bien… elle attrape une sorte de virus.

— OK… Une héroïne tragique, donc.

— D'une certaine manière, oui.

— Cameron…

— C'est un rôle très physique.

— Ça veut dire quoi, ça ? Elle saute de toit en toit alors qu'elle est malade ?

— C'est une morte-vivante.

— QUOI ?

— Elle attrape un virus qui la tue, mais pas vraiment, enfin c'est…

— C'est un zombie ? Tu veux me faire jouer dans un film de zombies pendjabi ?

— Oui, fit Cameron d'une petite voix.

— Elle meurt au bout de combien de temps ?

— Environ dix minutes après le début du film.

— Tu es sérieux, Cameron ?

— Mais la scène de sa mort est vraiment très physique ! Les zombies, tu sais comment c'est… Spasmes, convulsions et tout le tralala. Pense à la palette d'émotions qu'il y a à jouer ! Ça pourrait t'ouvrir des portes.

— Pour quoi ? Un autre *road movie* d'horreur indien ?

— Écoute, ce n'est pas moi qui écris les scripts, je ne suis qu'un simple messager, ne t'en prends pas à moi !

— Alors à qui je dois m'en prendre ? Qui a écrit ce film ? »

Le nom qu'il donna lui était totalement inconnu. Elle soupira.

« Il n'y a pas vraiment de quoi s'enthousiasmer.

— On a déjà parlé de tout ça, Jezmeen. De l'absence de rôles pour toi et de ta réputation actuelle.

— Oui, je sais bien… Mais le scénario me déçoit aussi. On se débarrasse de la fille célibataire en dix minutes à peine dans cette espèce de… allez, on va dire film bollywoodien sauce zombies de trois heures. Un peu comme la version longue du clip de *Thriller*. Ils ne peuvent pas garder Shruti un peu plus longtemps, histoire de la faire danser ?

— Hmm, fit Cameron, à court d'arguments, comme s'il réfléchissait au sexisme et à ses ramifications dans l'industrie du cinéma, alors qu'il était sans doute en train de chercher sur Google “Comment calmer une actrice énervée”.

— Tu n'as pas d'autre proposition ?

— Pour le moment, c'est tout ce qu'il y a. Je suis désolé, Jezmeen… Je me bats vraiment pour toi, mais…

— Je sais. »

Le ton suppliant de Cameron lui fit ressentir une pointe de culpabilité. Elle repensa à Rajni au commissariat, entourée d'hommes et morte d'angoisse. Elle s'en voulait de lui avoir fait vivre ça.

« Bon, je vais y réfléchir, d'accord ?

— Vraiment ? s'enquit Cameron, plein d'espoir.

— Donne-moi un jour ou deux et envoie-moi toutes les infos. »

Depuis la scène du restaurant, elle savait qu'elle ne pouvait pas se permettre de faire la difficile, mais ces propositions la décourageaient. C'était ça ou le rayon maquillage. Cela valait-il la peine d'enchaîner les petits rôles en attendant de percer ? Elle aurait bientôt du mal à payer son loyer et, pour s'en sortir temporairement, elle ne pouvait compter que sur la petite somme que sa mère lui avait laissée après la vente de leur maison.

Après avoir raccroché, elle engloutit son dîner rapidement, jusqu'à saucer son assiette. Elle n'avait pas remarqué à quel point elle était affamée avant de se mettre à manger. Immédiatement après, elle eut la nausée. La pièce tout entière sentait les épices. Elle appela le room service pour qu'on vienne chercher le plateau et le groom lui répondit promptement, comme terrifié à l'idée qu'elle s'en prenne à sa famille s'il n'obtempérait pas. Soudain, elle pensa qu'elle n'avait pas encore récupéré son passeport. Après le passage au poste de police la veille, elle se sentait nue sans pièce d'identité sur elle – elle avait essayé de la jouer détendue, mais elle s'était sentie mal quand le réceptionniste avait réclamé leurs passeports. Elle avait retenu un *Vous serez prié de me le rendre*, qui l'avait pourtant démangée, parce que c'était exactement le genre de choses un peu hautaines que Rajni aurait pu dire.

Elle appela la réception et demanda :

« Est-ce que je peux récupérer mon passeport ?

— Nous venons de confier vos trois passeports à Mme Chadha.

— Merci. »

Elle raccrocha et soupira. Sans doute ferait-elle mieux d'aller frapper chez Rajni, surtout qu'il fallait qu'elle essaie d'arranger les choses. Elle voulait faire des efforts – vraiment –, mais cette étape du pèlerinage lui demanderait beaucoup plus de force et de patience. Amritsar étant une ville sainte, l'alcool ne coulait pas à flots et elle n'avait pas particulièrement envie de s'aventurer dans les quartiers les plus éloignés en quête d'une bouteille de bière.

Elle alla frapper à la porte de Rajni :

« C'est moi, je voulais juste récupérer mon passeport. »

La porte s'entrouvrit.

« Je peux entrer ? »

Sans répondre ni refermer, Rajni retourna défaire ses bagages en lui tournant le dos. Dans les valises alignées contre le mur, les vêtements étaient triés par catégorie, grâce à des pochettes identiques à celles qu'elle avait achetées pour Jezmeen et Shirina des années plutôt, lors d'une vente au rabais. « Grâce à ça, vous ne perdrez plus vos soutiens-gorge ! » avait-elle dit en riant, comme si c'était la pire chose qui pouvait arriver au cours d'un voyage. Vu son organisation méticuleuse et son planning réglé à la seconde près qui ne laissait pas de place à l'erreur, ça l'était probablement.

Les passeports étaient posés sur la table de nuit.

« Raj, je suis vraiment désolée. »

Rajni balaya ses excuses d'un geste de la main, comme pour dire « Trop tard, pas assez ».

« Écoute, je ne me sens vraiment pas bien. Je sais que, dans le train, j'ai minimisé ce qui m'est arrivé, mais je t'assure que j'étais vraiment terrifiée. J'ignorais ce qu'on allait me faire là-dedans. »

Elle hésita un instant, il lui était difficile de parler de ce qui aurait pu arriver.

« Rajni, je n'ai jamais eu aussi peur de ma vie – j'en tremblais même. Chaque fois qu'un garde passait devant la cellule, je retenais mon souffle jusqu'à ce qu'il soit parti, parce que j'étais terrifiée à l'idée qu'il fasse quelque chose. Pour eux, nous étions déjà des émeutières et je n'ai aucune idée de ce que la police peut légalement faire ici. Tu aurais vu les hommes à la Porte de l'Inde, ils étaient prêts à nous sauter à la gorge pour nous réduire en miettes ; qu'est-ce qui empêchait les policiers de faire la même chose puisqu'ils nous avaient toutes dans une petite cage ? dit Jezmeen d'une voix chevrotante.

— Et tu ne t'es pas demandé à quel point j'étais inquiète ? demanda Rajni en sortant sa trousse de toilette. Mais non, tu n'as pas pensé à moi et Shirina. Tu ne penses qu'à toi quand tu fais n'importe quoi.

— Je te l'ai déjà dit, je ne cherchais pas les ennuis. C'est arrivé, c'est tout.

— Entre toi et Anil, dit Rajni en secouant la tête, il n'y en a pas un pour rattraper l'autre.

— Que vient faire Anil dans cette histoire ?

— Rien, s'empressa de répondre Rajni en détournant les yeux. C'est juste qu'il peut parfois se montrer très égoïste.

— Il est encore jeune, ça lui passera.

— C'est quoi ton excuse alors ?

— Je ne suis pas égo… »

Jezmeen ne termina pas sa phrase. Rajni serrait les dents, à deux doigts d'exploser – à quoi bon envenimer les choses ?

« J'étais vraiment, vraiment très contente de vous voir. Et je vous suis infiniment reconnaissante », dit-elle.

Le regard de Rajni s'adoucit.

« Bien », répondit-elle doucement.

Elle arrêta de défaire ses valises et se leva. Ses genoux qui craquaient lui arrachèrent une grimace.

« Aïe, dit Jezmeen.

— Ça ne fait pas mal, mais j'ai horreur de ce bruit.

— Ça me le fait aussi parfois, surtout quand je passe ma journée assise.

— Tu verras, ça ne va pas en s'arrangeant. Tout ce temps passé à essayer de vaincre mon propre corps, à faire des étirements, manger des graines de lin, m'obliger à dormir au moins huit heures par nuit... Tout ça pour quoi ? »

Ce discours ressemblait étrangement à celui de leur mère, qui avait été forcée de constater que des années de nourriture équilibrée et de marche quotidienne ne lui avaient servi à rien.

« Quand maman a su qu'elle avait un cancer, elle s'est mise à dire qu'au moins elle pouvait compter sur la prière, se rappela Jezmeen.

— Je ne sais pas d'où elle sortait cette idée.

— Tu as déjà essayé ?

— Quoi ? La prière ? »

Jezmeen hocha la tête.

« Non, répondit Rajni.

— Même pas après... Après l'histoire de la pochette à bijoux ? Tu n'as pas voulu... je ne sais pas... voir où tu en étais avec Dieu ?

— Toi oui ?

— Non », répondit Jezmeen sur-le-champ. De quoi aurait-elle eu l'air si elle avouait maintenant qu'en quittant la chambre de leur mère comme une furie, avec un besoin désespéré d'un petit remontant, elle s'était rendue dans la chapelle de l'hôpital pour chercher des réponses ? Elle était restée longtemps à frissonner dans le calme et les courants d'air glacés qui s'infiltraient par les fissures des vitraux.

« Bon sang, j'aimerais tellement qu'elle soit ici avec nous », murmura Jezmeen.

Sa sœur vint poser les mains sur ses épaules et la fit s'asseoir sur le lit.

« Je sais.

— J'ai l'impression d'être sans attaches maintenant qu'elle est partie. Nos deux parents sont morts, ça fait de nous des orphelines, tu y as pensé, toi ?

— Je sais, répéta Rajni.

— Et nous sommes les prochaines sur la liste.

— Quoi ?

— Eh bien, on était des enfants, on devait survivre à la génération de nos parents. Maintenant, c'est à nous de mourir et d'autres nous survivront.

— Mais il nous reste encore du temps ! dit Rajni en lui frottant le dos. Ça n'arrivera pas avant des décennies !

— C'est facile à dire pour toi… Tu ne partiras pas sans laisser quelque chose derrière toi. Tu t'es bâti une belle vie, tu as une carrière, une maison, une famille. Moi, j'en suis toujours au même point qu'il y a dix ans. Rien n'a changé. »

Jezmeen laissa échapper un sanglot. Son avenir était déjà clair : une succession sans fin de petits rôles minables, comme celui de cette femme qui apparaît deux secondes à l'écran avant de mourir dans d'atroces souffrances et se transforme en zombie sans que les spectateurs sachent son nom.

« Chut, ça va aller, la rassura Rajni en la serrant dans ses bras.

— Mais non. Même maman pensait que j'allais rater ma vie.

— Elle se faisait juste du souci pour toi, c'est tout. »

Jezmeen secoua la tête.

« Tu sais ce qu'elle m'a dit quand elle a su qu'elle était en phase terminale et qu'il ne lui restait plus beaucoup de temps à vivre ? “Comment je peux mourir alors que tu ne t'es même pas encore installée ?” Au début, j'ai cru qu'elle voulait parler du mariage, mais c'était plus que ça. Elle a dit que je ne savais pas m'engager. “Il faut que tu te *poses*, Jezmeen”, elle n'arrêtait pas de me le répéter. Je me suis sentie encore plus mal par rapport à ma carrière et tout le reste.

— C'était quand ?

— Quelques semaines avant d'écrire la lettre. »

Jezmeen ferma les yeux et un souvenir lui revint en mémoire : sa mère qui haussait le ton. Elle s'était arrêtée à l'hôpital en rentrant d'une audition pour un petit rôle à texte dans une série dramatique de la BBC.

« Ça s'est plutôt bien passé, avait-elle dit, pleine d'espoir. Je devrais avoir une réponse dans les jours qui viennent.

— Mais combien tu comptes encore en faire avant d'ouvrir les yeux, Jezmeen ? » avait répondu Sita avec impatience. Cette question l'avait prise de court. Certes, sa mère n'avait jamais été particulièrement enthousiaste à l'idée qu'elle se lance dans une carrière d'actrice, mais cette soudaine pique révélait qu'elle mourait d'envie de lui dire ça depuis longtemps. La tirade qui avait suivi sur la nécessité de se poser et d'être plus responsable avait éprouvé Jezmeen et à la fin de la semaine, sans nouvelles des producteurs, elle s'était consolée en buvant une bouteille de vin entière avant l'arrivée de Mark pour le dîner.

Quelques semaines plus tard, quand leur mère leur avait parlé du pèlerinage, Jezmeen avait été la première à lui prendre la main. *Ne pars pas*, lui disait-elle, même si elle savait depuis longtemps que la fin était proche. Les doigts de sa mère étaient glacés, sa circulation sanguine s'était ralentie ; le choc provoqué par cette main désormais étrangère l'avait fait reculer. Effrayée devant ce corps qui se détériorait à toute vitesse, elle avait mis plusieurs secondes avant de comprendre ce que leur mère leur demandait.

« Bon, toi et moi, on fait la paix ? demanda Rajni. Plus de disputes. Tu as vu dans quel état s'est mise Shirina à cause de nous dans le train. On doit arrêter. »

Jezmeen ravala un sanglot et hocha la tête, soulagée. Déjà avant leur départ, elle avait su qu'une conversation avec ses sœurs sur la mort de leur mère était inévitable. Mais pour la première fois, elle ne la redoutait plus tant que ça.

9

Cinquième jour : le Temple d'or, Amritsar

À ce stade du voyage, j'espère que vous vous sentez plus proches les unes des autres. Se rendre au Temple d'or, c'est l'occasion d'embrasser l'harmonie de l'humanité. Entrez-y le cœur ouvert et laissez le passé à la porte. Il faut aussi que vous vous baigniez dans le sarovar pour vous décharger de tous vos fardeaux. En vous lavant, rappelez-vous que l'action de purification ne se limite pas à l'eau qui ôte les saletés ; vos pensées et vos actions deviendront aussi plus simples et plus réfléchies.

Cette partie du voyage était centrée sur la purification, c'est ce que leur mère avait écrit. Au petit matin, Shirina envisagea donc d'appeler Sehaj pour s'excuser. Elle avait fait toute une histoire pour rien au téléphone la nuit dernière, c'était ridicule. Dans la douche, elle ferma les yeux et sentit l'eau couler sur son corps – les courbes de ses seins, ses cuisses, son ventre arrondi. Le parfum floral du gel douche de l'hôtel emplit ses narines et une sensation de propre l'envahit tandis que l'eau coulait et que la mousse s'évacuait lentement.

À l'approche de son excursion dans le « village de sa belle-famille » – l'histoire qu'elle avait inventée et à laquelle elle se tenait, même s'il se pouvait que ses sœurs se demandent qui étaient ces personnes et pourquoi elles n'en avaient jamais entendu parler –, Shirina ressentait un mélange d'appréhension et de soulagement. Elle aurait aimé trouver un moyen de satisfaire tout le monde, mais elle avait imaginé tous les scénarios possibles, en vain. Tout reposait sur ses épaules. Ce n'était pas non plus facile pour Sehaj ; sa mère était inflexible et Shirina savait combien elle pouvait se montrer impossible quand elle avait décidé quelque chose. Si Shirina réussissait à faire ça pour le bien-être de la famille, les tensions disparaîtraient de la maison.

À chaque fois qu'une vague de panique la submergeait, elle s'efforçait de penser à l'avenir : son retour à Melbourne, Sehaj, un nouveau départ. Elle prendrait même de bonnes résolutions et perdrait ses quelques kilos superflus. Un nouvel avenir dans lequel elle serait plus proche de sa belle-mère, dans lequel elle entretiendrait avec elle un lien aussi fort que celui qu'elle avait toujours souhaité avoir avec sa propre mère, était à portée de main. *Bientôt, bientôt.* Elle sortit de la douche et appliqua une lotion au lilas sur sa peau. Ça sentait bon le printemps. Bientôt, plus rien ne la tiendrait à l'écart de sa nouvelle famille.

À en croire Google Maps, il suffisait de marcher tout droit depuis leur hôtel pour rejoindre le Temple d'or. Dans la pratique, cela se révéla un peu plus difficile : elles durent longer la route étroite en file indienne en évitant pousse-pousse, nids-de-poule et chiens errants. Il était encore très tôt et plusieurs commerçants remontaient tout juste leur rideau de fer. Jamais Shirina n'avait vu autant de produits dérivés sikhs : les t-shirts avec des slogans du type « GUERRIER SIKH » et des images de gurus qui ressemblaient à de vraies rock stars s'alignaient le long des devantures. Sur un stand spécialisé en *karas*, ces bracelets argentés portés par les sikhs, une mère montrait les poignets de ses deux fils pour que le vendeur en estime la taille. Le plus grand des garçons n'avait pas l'air ravi et haussa les épaules quand le vendeur lui demanda quel kara il préférait. Le vendeur rit :

« Tu n'en sais rien ? Tu ne veux pas que tout le monde sache que tu es un vrai homme sikh ? »

Il examina son présentoir et lui tendit un bracelet épais, de ceux que seuls les hommes portaient. Le garçon eut l'air soudain très intéressé.

Shirina sentait à son poignet la froideur de son propre bracelet très fin. Elle le portait depuis l'adolescence. Sa mère l'avait aidée à enlever grâce à du savon le précieux kara qu'elle avait porté toute son enfance, mais qui était devenu trop petit pour son poignet. Elle avait eu très mal, surtout au passage de la jonction entre le poignet et la main. « Serre le poing, n'avait pas arrêté de lui répéter sa mère en tirant sur le bracelet. Voilà, c'est bien, bravo. » Les encouragements avaient marché et lui avaient fait un peu oublier la douleur. Elle avait serré si fort que ses ongles s'étaient enfoncés dans sa paume jusqu'au sang. Juste comme maintenant.

« Cool », dit Jezmeen en abordant la devanture d'un magasin où étaient présentés couteaux et sabres de tailles diverses et variées. Leur mère possédait un *kirpan* de taille moyenne avec une belle poignée gravée et une lame recourbée. Il était purement décoratif, sa symbolique étant bien plus importante que sa fonction. Shirina se souvenait encore du sentiment de protection qu'il lui inspirait.

Jezmeen pointa du doigt le plus grand kirpan.

« Imaginez si on rapportait ça au Royaume-Uni, la tête des douaniers !

— Celui de maman faisait à peu près cette taille, non ? »

Jezmeen secoua la tête.

« Je crois qu'elle avait aussi un collier comme ça », dit-elle en désignant une longue chaîne d'argent à laquelle était accroché un petit pendentif en forme de lame. Remarquant que ses colliers attiraient l'attention de potentielles clientes, le vendeur en sortit d'autres. Shirina fit non de la tête.

« Maman en avait un comme ça, insista-t-elle en montrant le poignard à la pointe étincelante qui ressemblait à un faux.

— Je pense que tu confonds avec Tante Roopi, dit Jezmeen. Elle rapportait beaucoup de souvenirs de ses voyages pour décorer sa maison. »

Shirina se souvenait très nettement d'un kirpan posé à côté d'un vase décoratif sur la tablette d'une cheminée. Jezmeen avait sans doute raison. Leur propre maison n'était pas beaucoup décorée – une plaque commémorative en verre par-ci, deux ou trois photos par-là. Elle se rappelait très bien le bouquet de lys en plastique que leur mère avait rapporté du supermarché un jour, avec des petites perles de colle pour figurer des gouttes de rosée qui apportaient une touche de fraîcheur en plein cœur de l'hiver. Mais dans cette pièce, les rideaux étaient toujours tirés et les lys n'étaient pas d'une grande aide pour égayer l'atmosphère. Depuis que Jezmeen avait mentionné Tante Roopi, les souvenirs de Shirina se mélangeaient. Elles n'avaient pas de chat, et pourtant elle en revoyait un qui se faufilait entre les meubles de leur maison et s'étirait au pied de son lit. La maison de Tante Roopi était bien plus accueillante que la leur – les placards de la cuisine débordaient toujours de paquets de gâteaux, le bar n'était pas encombré de factures aux lettres rouges qui faisaient parfois pleurer leur mère.

Les trois sœurs continuèrent d'avancer, déclinant au passage les offres de chai et de rotis, puis arrivèrent sur une grande place piétonne où rien ne venait obscurcir le ciel. Des pousse-pousse étaient entassés aux abords de la place et leurs conducteurs criaient leur prix aux passants.

« Wow, ça a vraiment changé par ici, dit Rajni. C'est beaucoup plus ordonné. »

Même si elle venait pour la première fois, Shirina était impressionnée. Autour de la place dallée, les bâtiments avaient des façades identiques et leur alignement méticuleux contrastait avec l'anarchie architecturale du reste de la ville. On entendait à peine le vacarme des klaxons et la pétarade des moteurs. Deux statues qui représentaient une danse de mariage attirèrent son attention. D'un côté, les hommes, jambes arquées et bras en l'air ; de l'autre, les femmes qui tournoyaient ensemble, leurs dupattas pris dans le vent donnant une impression de légèreté étonnante pour de la fonte et du béton. Les femmes avaient l'air jeunes – les sœurs ou les cousines de la mariée ?

« Ça me rappelle ton mariage, Shirina, dit Jezmeen en désignant les statues de la tête. Sauf que nos tenues étaient un peu plus modernes. »

Ce jour-là, Rajni et Jezmeen avaient dansé avec elle – exactement comme les statues – et le photographe leur avait tourné autour pour immortaliser l'instant. Elles ne s'étaient jamais autant ressemblé que sur ces clichés, sur lesquels elles affichaient toutes la même joie débordante. On aurait dit trois sœurs idéales, qui auraient passé leur vie à rire ensemble.

« Vous vous souvenez de toutes ces vieilles qui voulaient chanter leurs chansons déprimantes sur les jeunes mariées qui quittent le domicile familial ? demanda Jezmeen. Je n'arrêtais pas de monter le son de la musique !

— Ces chansons sont vraiment atroces, répondit Rajni. On les a chantées à mon mariage, maman ne m'a pas laissée les en empêcher. On aurait dit des chats en train de mourir. »

Ces chansons étaient censées remuer les sentiments de la jeune mariée et lui faire regretter encore davantage de quitter la maison familiale pour le grand inconnu.

Shirina avait été soulagée que l'humeur reste à la fête pour son mariage, malgré les anciennes qui insistaient pour perpétuer les traditions. Mais elles n'avaient pas vraiment eu voix au chapitre ; sa mère ne les avait invitées que pour grossir ses rangs au temple et ne pas faire pâle figure à côté de la famille nombreuse de Sehaj. Shirina avait aussi redouté de devoir feindre la tristesse si jamais des chansons de ce genre étaient reprises, car depuis qu'elle avait rencontré Sehaj et sa famille parfaite, elle n'avait eu qu'une hâte : quitter sa propre famille le plus vite possible.

Tandis qu'elles traversaient la place et passaient devant des boutiques de souvenirs, des *dhabas*[1], des agences de tourisme et un McDonald's, Jezmeen et Rajni essayaient de se remémorer certaines paroles :

« Il y a un couplet qui, en substance, disait : assure-toi bien de faire toute la cuisine et tout le ménage, sinon tu vas subir les foudres de ta belle-mère », dit Rajni.

Jezmeen grimaça.

« Ça mériterait une petite mise à jour, quelque chose qui précise que les tâches domestiques doivent être équitablement réparties entre les deux époux et que la belle-mère peut aller se faire voir si elle trouve quelque chose à redire. »

Facile à dire pour toi. Shirina imagina sa belle-mère en train de rôder, la veille, pour écouter sa conversation téléphonique avec Sehaj. Avant de se marier, toutes les jeunes femmes prétendaient à qui voulait l'entendre qu'elles ne tolèreraient pas ci ou ça. Mais le forum du site de mariages arrangés regorgeait de conversations intitulées « SOS : sa mère veut emménager avec nous ! » ou « Comment dire non à sa mère sans le froisser ? ». Ce genre de messages avait le don de l'énerver : ces femmes lavaient leur linge sale sur la place publique alors qu'elles savaient ce qui les attendait en épousant des hommes issus de familles

1. Petits restaurants de rue.

traditionnelles. *Vous auriez dû vous en douter*. Penser ça était aussi une façon de se rappeler à elle-même qu'elle avait voulu un mariage traditionnel. Même si elle n'avait jamais rêvé d'avoir une belle-mère à domicile, elle avait accueilli la nouvelle sans rouspéter, d'autant que la maison était assez vaste pour qu'ils y vivent tous ensemble sans se marcher sur les pieds. Les compromis avaient été inévitables. « Jamais je ne quitterai mon travail » et « Je ferai passer mes besoins avant les siens » était facile à dire, mais, dans la pratique, les femmes finissaient par faire les ajustements nécessaires. Celles qui alimentaient les forums auraient dû être plus avisées et ne pas se plaindre d'une chose aussi commune qu'une belle-mère un peu trop envahissante.

De l'autre côté de la place, un écran géant accroché sur un bâtiment diffusait des images de l'intérieur du Temple d'or. Des haut-parleurs déversaient des prières. Sur l'écran, un granthi barbu s'absorbait dans la récitation d'hymnes. La caméra était si proche de son visage que Shirina voyait chacune de ses rides. Elle se sentit minuscule, insignifiante – peut-être était-ce exactement ce que leur mère avait voulu qu'elles ressentent ici. Le poids qu'elle portait sur les épaules depuis que Sehaj lui avait demandé de faire cette chose s'allégea. Ce n'était rien qu'un instant, un grain de sable à l'échelle de sa vie. Tant de belles choses l'attendaient ensuite. Ça faisait écho à ce que Sehaj soutenait depuis le début. Elle le lui dirait la prochaine fois qu'elle en aurait la chance : *Ce sont juste quelques jours à passer, je serai de retour à la maison avant même de m'en rendre compte*.

Devant l'escalier qui menait au Temple d'or, un guide s'adressait à un groupe de touristes qui portaient des sacs à dos et se protégeaient les yeux de la réverbération du soleil sur les murs blancs. « Ensuite, nous arrivons sur le site en descendant ces marches, expliquait-il. C'est fait exprès : la descente, contrairement à l'ascension, pousse à l'humilité et efface toute trace d'arrogance de notre esprit. » Des gardes portant un turban et une tenue bleu royal étaient postés de chaque côté de l'escalier. Shirina trempa les pieds dans un creux d'eau et commença à descendre les marches, laissant sur le marbre des traces de pas mouillées. Elle écouta le guide comme si elle faisait partie du groupe. Il évoqua l'histoire du Temple d'or, expliqua son statut d'édifice le plus sacré des sikhs, signala les entrées qu'on pouvait voir de n'importe où autour du temple et qui invitaient les gens de toute confession. « Le quatrième guru, Guru Ram Das, a fait creuser un bassin, et ce bassin, c'est celui qui se trouve sous vos yeux. On l'a appelé Amritsar, qui veut dire "étang de nectar" ou encore "bassin de l'immortalité". La ville sainte s'est construite tout autour et a pris le même nom. On a bâti le sanctuaire au milieu du bassin et il est rapidement devenu le centre du sikhisme pour le monde entier. » Les touristes hochaient la tête et ponctuaient les phrases du guide de « Ah ! » et « Oh ! » enchantés. Ils prirent aussi des photos des gardes impassibles.

Puis le guide se tut. Shirina comprit pourquoi : la vue du sanctuaire doré lui avait coupé le souffle. Elle se demanda si c'était une mise en scène : s'il conduisait la même visite tous les jours, l'émerveillement avait dû se dissiper, non ? Mais le sourire éclatant du guide démentait cette possibilité. Le Temple d'or, qui semblait flotter comme un joyau majestueux sur l'eau calme, était entouré de bâtiments et de sols dallés de marbre blanc. Le grand dôme recouvert de feuilles d'or scintillait au soleil. Ici, le ciel avait l'air encore plus vaste et bleu qu'à n'importe quel autre endroit sur Terre ; par une mystérieuse illusion d'optique, Shirina avait aussi l'impression que l'immense temple lui tendait les bras.

Auparavant, elle n'avait vu le Temple d'or qu'en photos, mais aucune ne lui rendait justice. Leur mère avait encadré une affiche du temple et l'avait accrochée dans leur salon – la seule image qui ornait les murs avec le portrait du guru

Nanak entouré de guirlandes de fleurs et de bougies. Âgée d'environ cinq ans, Shirina avait demandé à sa mère :

« Elle est à qui, cette maison ? »

Sa mère avait ri et dit :

« C'est la maison de Dieu. Il vit ici. »

Sa mère avait contemplé l'affiche avec tant d'ardeur que Shirina avait vu à travers ses yeux : c'était bien mieux de vivre dans « la maison de Dieu » que dans une maison en piteux état au mobilier usé. Elle avait toujours compris cette envie qui habitait sa mère – elles avaient partagé ce sentiment très fort sans jamais en parler. Quand elle avait annoncé avoir rencontré quelqu'un et vouloir l'épouser, elle avait presque pu entendre les questions qui bouillonnaient dans la tête de ses sœurs – *Pourquoi tu n'en as pas parlé avant ? Pourquoi tu pars si loin ?* Sa mère avait été la seule à ne pas avoir l'air surprise.

Pieds nus, Rajni se plaça en tête de file et avança le long du bassin. Un long tapis menait au temple. Devant elle, deux enfants jouaient à se pousser du tapis ; leur imagination avait changé en lave le sol dallé chauffé par le soleil. Ils sautillaient en rigolant et poussaient des petits cris. Rajni eut un pincement au cœur ; comme elle avait désiré qu'Anil ait un frère ou une sœur ! Elle avait toujours eu l'étrange impression que sa famille n'était pas complète, comme si elle comptait en son sein un membre fantôme qui n'avait jamais existé. Était-ce pour cette raison qu'Anil était pressé de fonder sa propre famille ? S'était-il toujours senti seul ? Impossible de lui poser ces questions maintenant. Le matin même, elle avait fait un tour sur les réseaux sociaux et s'était rendu compte qu'elle ne pouvait plus trouver ses profils : il avait tout effacé et l'avait bloquée. Elle n'aurait pas imaginé que ce genre de chose puisse la blesser aussi profondément, mais au moins elle se sentait délivrée de toute culpabilité pour engager un détective privé.

Elles continuèrent leur lente marche vers le temple et dépassèrent la zone de baignade réservée aux hommes. Grâce à un paravent, seuls la tête et les pieds des hommes étaient visibles quand ils sortaient de l'eau pour se rhabiller. La scène rituelle avait vraiment quelque chose de joyeux : ils se tapaient dans le dos et poussaient des cris de joie.

« On ne va pas se baigner ici, hein ? demanda Jezmeen.

— Il y a un endroit réservé aux femmes, répondit Rajni. Je crois que c'est par là-bas. » Elle montra une zone de bain public abritée par un arbre aux longues branches devant laquelle des femmes attendaient avec leurs affaires sous le bras. D'autres femmes en sortaient, mais leur comportement était loin d'être aussi exubérant que celui des hommes. Rajni se demanda si elles se faisaient plus discrètes parce que leur bain était privé, alors que celui des hommes, hormis ce simple paravent, se déroulait au grand jour. Les hommes se purifiaient aux yeux de tous.

Alors qu'elles approchaient du temple, la foule se fit plus dense et il devint plus difficile de se déplacer. D'après ce que Rajni pouvait voir, il y avait deux ou trois files d'attente. L'une d'entre elles semblait beaucoup plus rapide, mais la plupart des gens semblaient vouloir se ranger dans la file la plus lente.

« Je ne comprends pas ce qu'il se passe, marmonna-t-elle.

— J'ai l'impression d'aller en boîte », commenta Jezmeen.

Une femme aux cheveux gris se retourna et leur expliqua :

« Cette file est pour les touristes, ceux qui veulent juste jeter un coup d'œil rapide à l'intérieur puis s'en aller. L'autre file est pour les fidèles qui veulent s'asseoir. Mais il faut attendre plus longtemps.

— Donc… on prend la voie rapide ? demanda Jezmeen. On doit juste présenter nos hommages, on n'a pas besoin de s'asseoir, si ?

— Je suppose », répondit Rajni, même si passer pour une simple touriste lui hérissait le poil. Les touristes prenaient du bon temps et rapportaient des bibelots inutiles. Elles, elles étaient venues pour une purification spirituelle ; ce voyage était tout sauf des vacances. Elle commençait à sentir le poids du passé sur ses épaules. Images et fragments de souvenirs de son dernier voyage en Inde avec sa mère réapparaissaient sporadiquement et elle avait de plus en plus de mal à les ignorer maintenant qu'elles étaient dans le Pendjab, là où tout avait commencé.

Elles se mirent dans la queue la plus rapide. Tout devant, un homme régulait les entrées. La foule ressemblait à une rivière qui s'insinuait absolument partout. Rajni paniqua en sentant tous ces corps pressés contre elle. D'instinct, elle chercha à tâtons les mains de ses sœurs pour s'y cramponner.

« Non mais ils ne pourraient pas se détendre ? » dit Jezmeen, visiblement irritée. Personne ne fit attention à elle. Rajni se sentait écrasée entre la foule et l'entrée. Il faisait de plus en plus chaud et la transpiration s'accumulait au-dessus de sa lèvre. Incapable de bouger les bras, elle leva la tête vers le ciel et prit une grande respiration.

Une fois dans le temple, la procession se fit plus calme. L'agitation qui s'était emparée de la foule au-dehors s'était dissipée. Elle vérifia que Jezmeen et Shirina suivaient toujours. Jezmeen regardait la surface calme et brillante de l'eau et Shirina fronçait les sourcils.

Ça n'était pas censé se passer comme ça. Elle n'avait bien sûr eu aucune attente irréaliste à l'égard de ce pèlerinage, mais elle avait cru qu'Amritsar serait différent. De toute évidence, le site était magnifique et la beauté du temple, à couper le souffle. Mais alors qu'elles étaient poussées vers la salle de prière, une salle décorée avec profusion d'or, avec son haut plafond qui renvoyait l'écho des chants, tout ce qu'elle avait à l'esprit, c'était : *Combien de temps avons-nous ?*

Comme dans un parc d'attractions, l'attente était infinie, mais le tour de manège passait en un clin d'œil et on finissait par se dire « tout ça pour ça ? ». Elles entraient dans des pièces et en ressortaient aussitôt. « On ne pourrait pas s'asseoir ? » demanda Rajni. La foule l'emporta hors du hall en guise de réponse. Shirina et Jezmeen avaient l'air aussi hébétées qu'elle quand elles la rejoignirent.

« C'est fini ? dit Rajni.

— On dirait bien, répondit Jezmeen. Sauf si tu veux refaire la queue. »

Elle l'entendit à peine. C'étaient les mêmes mots qu'elle avait adressés aux médecins quand ils avaient dit qu'ils ne pouvaient plus rien pour sa mère. « Alors c'est fini ? » avait-elle demandé, encore et encore dans l'espoir d'une réponse différente. Elle ne parlait pas seulement du cancer ; il s'agissait de la vie de sa mère : comment pouvait-elle prendre fin aussi brutalement ? Après toutes ces disputes, tous ces conflits, elle allait simplement cesser d'exister.

Perdue dans ses pensées, elle suivit Jezmeen et Shirina jusqu'au bain pour femmes. Elle se remémorait une visite à l'hôpital, alors que l'angoisse déformait les traits de Sita. « Rajni, s'il te plaît, appuie sur *play* sur l'iPad », lui avait demandé sa mère quand elle avait pu reparler, une fois la douleur passée. Elle avait obéi pour que sa mère puisse écouter les prières chantées au Temple d'or, mais le son n'était pas assez fort. Anil avait proposé d'aller chercher son enceinte Bluetooth : « Comme ça, l'atmosphère sera un peu plus… calme, enfin quelque chose comme ça, quoi », lui avait-il expliqué. *Quelle bonne idée !* Elle avait accepté ; ce jour-là, elle avait besoin de parler seule à seule avec sa mère.

L'excitation était palpable dans la file d'attente pour aller au bain. Devant Rajni, une adolescente confia ses affaires à sa voisine le temps de ramasser sa longue natte en un chignon. Elle toucha ses propres cheveux, qui lui arrivaient juste au-dessus des épaules. La queue était beaucoup plus tranquille ici que devant le temple.

« Ce bain tombe à pic ! dit Jezmeen en s'éventant.

— On n'est pas obligées de se déshabiller entièrement, hein ? » demanda Shirina quand elles arrivèrent sur le seuil du bâtiment. Elles voyaient déjà plusieurs femmes nues et Rajni partageait l'inquiétude de sa sœur.

« Je ne pense pas, non », répondit-elle. Une femme organisait la circulation depuis un petit tabouret en bois à côté du bassin. Certaines ne portaient que des sous-vêtements, d'autres de longues tuniques de coton qui tombaient en dessous des genoux.

« Bon, allez, je m'en fiche, j'y vais à poil », déclara Jezmeen. Elle posa toutes ses affaires sur un banc et se déshabilla. Par réflexe, Rajni détourna les yeux, mais elle remarqua les regards sur le corps de sa sœur qui plongeait dans le bassin pour y faire quelques brasses. À son approche, deux grosses carpes orange sautèrent hors de l'eau.

Encore habillée, Shirina s'éloigna un peu pour trouver un endroit tranquille et descendit les marches. Rajni prit une grande inspiration et fit de même. L'eau lui lécha d'abord les pieds et fit flotter sa tunique comme une tente autour d'elle quand elle s'avança davantage. Elle la rabattit pour la coller à ses jambes. Même si plusieurs femmes nageaient, l'eau était calme. *Certains parlent de miracles*, se dit Rajni en repensant à tout ce qu'elle avait lu et entendu à propos des bains de ce genre. Sa mère lui avait raconté toutes sortes d'histoires en lui répétant qu'elle voulait aller au Temple d'or. Un bain dans le sarovar la guérirait de tous ses maux à coup sûr. « Maman, Anil va rapporter son enceinte », avait simplement dit Rajni en sachant très bien que sa réponse était d'une futilité folle. Sa mère aspirait à une expérience spirituelle sans commune mesure et tout ce qu'elle avait à lui offrir, c'était la promesse d'une meilleure qualité de son pour écouter des prières enregistrées. Depuis son enfance, elle avait entendu les récits de guérisons d'hommes et de femmes qui s'étaient baignés dans l'eau sacrée et en étaient ressortis en pleine santé – aveugles qui avaient recouvré la vue, tumeurs envolées, fertilité assurée, etc. *Mais ce n'est que de l'eau*, protestait chaque fois Rajni, incapable de réprimer son instinct cartésien.

« Écoute-moi, Rajni », lui avait dit sa mère ce jour-là, les traits déformés par la douleur. *Et c'est reparti*, avait-elle pensé, s'attendant à un nouveau discours sur les miracles ou toutes ces choses qui arrivaient sans explication logique. Mais elle avait été surprise.

« Tu vas m'aider, hein ? Tu m'aideras à ne pas avoir mal ? avait demandé sa mère.

— Bien sûr », avait-elle répondu. Le regard de sa mère débordait de confiance alors qu'elle lui pressait la main, provoquant une montée de larmes. Elle ne supportait pas de la voir disparaître sous ses yeux, de voir la douleur et la souffrance altérer sa dignité. Elle ne s'était rendu compte du poids de la responsabilité qu'elle avait acceptée que quelques jours plus tard, quand elle s'était mise à explorer les options possibles. *On ne peut pas faire ça*, s'était-elle dit en parcourant le web. *Pas comme ça.* Quel soulagement ç'avait été de découvrir que leur mère conservait cette pochette à bijoux à l'abri des regards… Quand elle leur avait lu la lettre qui décrivait le pèlerinage, elle leur avait aussi montré la pochette et tous les comprimés qu'elle y avait cachés, et Rajni n'avait pas cessé de hocher la tête, prête à tenir sa promesse coûte que coûte.

10

Selon le cinquième guru, Guru Arjan Dev Ji, se baigner dans les eaux sacrées du sarovar lave tous nos péchés. L'eau soigne les maladies, nourrit le corps et rend les idées claires. En vous immergeant dans le nectar d'immortalité, vous apportez force et accomplissement éternels à votre esprit.

Jezmeen prit de l'eau entre ses mains pour la verser sur sa tête. Elle avait la même odeur qu'une pluie d'été – une odeur de terre et de fraîcheur. Elle aurait pu passer toute la journée ici, plus pour rester à l'abri de la chaleur que pour l'aspect spirituel. Le bruit des autres femmes diminua peu à peu quand elle ferma les yeux. Ce bain avait quelque chose de paisible et de divin.

Non loin d'elle marchait une femme qui avait remonté son salwar blanc jusqu'aux genoux. Une petite fille était accrochée dans son dos. La femme lui chantonnait des chansons et lui aspergeait les pieds. Ses cheveux lui tombèrent devant les yeux et elle dit à la petite : « C'est l'eau de Dieu. Sa sainteté te protégera. » Ravie, la petite battit des bras et des jambes.

Jezmeen avait entendu beaucoup d'histoires de lépreux guéris au contact de l'eau miraculeuse. Bien sûr, il y avait une part d'exagération. Par exemple, l'histoire coulait bien mieux si les malades guérissaient immédiatement et pas après plusieurs semaines ou mois de convalescence. Des enfants auraient-ils eu suffisamment de patience pour écouter des histoires sans fin à propos de malades qui cicatrisaient progressivement et retrouvaient leurs forces au fil des mois ? Non. Elle se pencha pour reprendre de l'eau entre ses mains. L'intérêt de ce bain purificateur, c'était qu'il marquait le point de départ d'une lente guérison.

Quand elle ouvrit les yeux et essuya l'eau de son visage, une grosse carpe orange nageait entre ses pieds. Impossible de savoir si c'était la même qu'elle avait vue en entrant dans le bassin, mais la carpe avait l'air de la reconnaître. Elle la regardait et tournait entre ses pieds, tranquille. Jezmeen la fixa en retour et se demanda si ce poisson n'était pas une forme d'apparition divine. Elle revit les yeux vitreux de l'arowana, sa bouche qui s'ouvrait et se refermait comme s'il parlait une langue incompréhensible.

« Va dire à tous tes copains que je fais des efforts pour m'améliorer », dit-elle à la carpe. Une femme la regarda d'un air interloqué, puis salua le poisson d'un signe de tête. Jezmeen balança doucement le pied pour faire partir la carpe. En la regardant s'éloigner et sans savoir pourquoi, elle se sentit profondément désolée, bien plus que quand l'arowana était mort. Elle sentit les larmes lui monter aux yeux. Être dans ce bassin de purification lui rappelait sa mère, assise sur son lit d'hôpital, qui tenait la lettre entre ses mains fragiles en la lisant à voix haute. *Laissez vos tracas derrière vous*. L'atmosphère de la pièce s'était-elle tendue à ce moment-là ? Jezmeen avait songé qu'elle était la seule à avoir de vrais tracas – chaque refus et chaque année écoulée réduisaient un peu plus ses chances de réussite.

Après avoir détaillé l'itinéraire, leur mère avait fait une pause et s'était mise à chuchoter. Les trois sœurs s'étaient rapprochées. Sa voix était tellement pleine d'espoir qu'elle n'avait même pas remarqué l'expression d'horreur sur le visage de Jezmeen quand elle leur avait parlé des cachets.

« Je les garde depuis un bon moment maintenant, leur avait-elle dit, les yeux brillants. Je vais tous les prendre demain matin. Si je vous le dis, c'est parce que je pense que vous devez le savoir, mais aussi parce que j'ai besoin que vous fassiez le guet. Je ne connais pas suffisamment bien le planning des infirmières pour savoir à quel moment l'une ou l'autre se montrera pour un examen ou pour m'apporter à manger. Si quelqu'un vient, vous ferez diversion.

— Ce que tu nous demandes est illégal, avait répondu Jezmeen en jetant un coup d'œil à Rajni et Shirina. Non ? »

Shirina avait hoché la tête.

« Il doit bien y avoir une autre solution », avait-elle dit sans grande conviction.

Sachant probablement que Shirina finirait par céder à la demande de leur mère, Rajni les avait entraînées en dehors de la chambre pour en discuter.

Un mouvement soudain tira Jezmeen de ses pensées : elle entendit un hoquet de surprise et découvrit Shirina assise au bord du bassin, les jambes étendues devant elle. Une femme corpulente d'un certain âge était accroupie à ses côtés.

« Shirina, ça va ? » s'enquit Jezmeen en la rejoignant.

La femme avait l'air inquiète. Elle prit Shirina par le bras et l'aida à se relever. Puis elle lui dit quelque chose que Jezmeen n'entendit pas mais qui sembla la troubler. Shirina secoua la tête et tourna le dos à la femme.

« Je vais bien, j'ai glissé, c'est tout. »

Jezmeen lança un regard à la femme qui avait aidé sa sœur : confuse, celle-ci fixa Jezmeen un instant puis retourna à sa famille – deux petites filles vêtues de maillots de bain assortis et d'un bas de survêtement.

« Qu'est-ce qu'elle t'a dit ?

— Oh, rien d'exceptionnel, juste de faire attention. Mais ça va. Tomber sur les fesses fait bien plus mal maintenant que lorsqu'on était enfants, non ? »

Cette explication et le sourire forcé de Shirina ne cachèrent pas sa gêne. Jezmeen se demanda ce que ça faisait d'être Shirina, si parfaite et guindée qu'une chute au milieu d'un bain public passait pour l'humiliation ultime. *Non mais tu as lu ma page Wikipédia ?*

« Ne t'en fais pas, personne ne t'a vue », la rassura-t-elle.

Elles rassemblèrent leurs affaires et sortirent ensemble du bâtiment. Elles croisèrent la femme avec ses deux filles qui lança un regard appuyé – plus curieux qu'hostile – à Shirina, mais celle-ci l'ignora totalement.

Les carreaux chauffés par le soleil brûlèrent les pieds de Jezmeen. Elle aperçut Rajni assise sur un banc au loin, les yeux plissés à cause du soleil.

« Qu'est-ce qui s'est passé ? Tu es restée à peine cinq minutes.

— Je ne me sentais pas de rester plus longtemps, répondit Rajni avec un haussement d'épaules.

— Pourquoi pas ?

— Je n'arrêtais pas de penser à maman. »

Jezmeen essuya des gouttes d'eau qui tombaient sur son front.

« Tu te sens mieux après ce bain ? » lui demanda Rajni.

Elle acquiesça de la tête.

« J'ai l'impression que quelque chose a changé. Je ne pense pas croire à toutes ces histoires sur les propriétés miraculeuses de l'eau, mais… je ne sais pas. Tu as déjà pris un bon bain pour oublier une longue journée ? C'est l'effet que ça m'a fait.

— Jezmeen, il y a des choses qu'on ne peut pas mettre derrière soi aussi facilement qu'une mauvaise nuit. »

Rajni commençait à l'énerver. Bien sûr que ce n'était pas aussi simple ! Mais grâce à ce bain, elle avait pris conscience d'une chose qu'elle avait refusé d'admettre jusqu'à présent : elle en voulait à sa mère de les avoir mises dans cette situation. Sans elle, elles ne seraient pas en Inde et auraient la conscience tranquille. Jezmeen ne ferait pas tout le temps les mêmes cauchemars. Elle remonta mentalement le temps jusqu'au moment décisif : si leur mère n'avait pas écrit cette lettre, rien de tout ça ne serait arrivé.

Elles restèrent assises sans rien dire pendant un moment, se contentant d'observer les fidèles qui faisaient la queue.

« Où est passée Shirina ? finit par demander Rajni.

— Elle est dans les parages. Elle a dit qu'elle devait prendre une photo pour la famille de Sehaj.

— Elle doit sûrement chercher l'hommage à sa belle-famille. Ils ont fait un don généreux au temple il n'y a pas très longtemps, et leur nom est gravé sur le mur.

— Généreux comment ?

— Très généreux », dit Rajni en haussant les sourcils.

En entrant dans le temple, elles étaient passées devant le grand mur en marbre qui présentait toutes sortes d'hommages rendus aux familles importantes. Shirina ne devrait pas avoir trop de mal à trouver la plaque en question, puisque les dons les plus notables donnaient lieu à de plus grandes plaques qui attiraient plus de foule. Plus tôt, Jezmeen avait vu des fidèles attroupés autour d'un grand ex-voto installé en l'honneur d'un sikh qui vivait à New York et dirigeait un fonds spéculatif.

« Ils sont vraiment pleins aux as ? demanda-t-elle.

— On ne peut pas dire qu'ils aient lésiné sur les moyens pour le mariage », nota Rajni.

Toute la belle-famille de Shirina portait en effet des tenues opulentes ce jour-là. Ils étaient quasiment tous venus d'Australie spécialement pour l'occasion, comme si le prix du billet d'avion avait été dérisoire. Ils affichaient leur succès à coups de chaussures de créateurs et de costumes griffés. La seule qui sortait du lot était la mère de Sehaj : ses habits, bien que de bon goût, restaient simples, en accord avec son veuvage. Son époux était mort pendant l'adolescence de Sehaj. Peut-être ce point commun avec Shirina avait-il été abordé lorsqu'ils avaient fait connaissance. À l'annonce des fiançailles, Jezmeen s'était demandé si sa sœur se mariait pour l'argent. Elle n'avait jamais considéré Shirina comme une personne vénale, mais il fallait reconnaître que le capital de la famille de Sehaj avait de quoi faire tourner la tête, surtout si on avait grandi dans une vieille maison avec des robinets qui fuyaient et un trou dans la clôture par lequel le berger allemand des voisins se faufilait pour venir se soulager dans la cour. Elle aussi avait passé son enfance à rêver de grandeur, mais elle avait convoité la célébrité. *Un jour, le monde entier connaîtra mon nom*, s'était-elle promis. Sa plus grande peur avait toujours été d'être quelconque.

Rajni s'énervait sur son téléphone :

« Il va se décider à marcher, oui ? marmonna-t-elle en le secouant, comme si cela allait le faire fonctionner miraculeusement.

— D'après l'appli de localisation, Shirina est au même endroit que nous. Peut-être que son téléphone est éteint ?

— Je n'ai vraiment pas envie de perdre l'une d'entre vous dans le Pendjab, dit Rajni, l'air contrarié.

— Détends-toi un peu, c'est le Temple d'or. Il n'y a que des bonnes choses qui se passent ici.

— Tu dois avoir raison, soupira Rajni sans quitter son téléphone des yeux, comme s'il allait sonner d'un moment à l'autre.

— Tu te sers aussi de cette appli pour surveiller les faits et gestes d'Anil ? Quand il va boire un coup, tu sais exactement à quelle seconde il quitte le pub ? »

La remarque piqua Rajni au vif.

« Je ne surveille pas ses faits et gestes, non, répondit-elle d'un air hautain.

— Je plaisante. Je t'ai dit que je l'avais vu il n'y a pas longtemps ? Au centre commercial. »

Rajni se figea. *Elle cache quelque chose.*

« Je crois qu'il t'achetait un cadeau d'anniversaire. C'était vraiment sympa de sa part. »

Mais ça ne lui ressemble pas, pensa-t-elle sans le dire.

« C'est sûr ! réagit Rajni avec un petit rire forcé. Quel ange, ce garçon ! Il est vraiment attentionné. »

Elle se concentra à nouveau sur son téléphone et le secoua dans tous les sens.

« Non mais à quoi ça sert d'avoir un téléphone si c'est pour qu'il ne marche pas ? Maintenant il me dit que Shirina est dans une rue adjacente, non mais je rêve ! » s'écria-t-elle en jetant son téléphone dans son sac avec plus de force que nécessaire. Jezmeen reçut le message cinq sur cinq : sa sœur ne voulait plus parler d'Anil.

Entre deux grandes respirations, Shirina se maudissait. Elle rentrait à l'hôtel au pas de course, par une petite rue qui lui permettrait d'éviter les voies les plus passantes – tous les raccourcis étaient bons à prendre. Une douleur sourde palpitait dans son ventre. Elle n'arrivait pas à se souvenir si ça l'avait prise avant ou après sa chute.

De retour dans sa chambre, elle s'assit sur son lit pour reprendre son souffle. Le ménage était déjà fait, ses draps étaient propres et le lit, impeccable – à sa grande honte ; elle avait passé la nuit à transpirer malgré la climatisation. Comme le Temple d'or, le lit était grand et dégageait la fraîcheur d'un nouveau départ.

Elle décrocha le téléphone de la chambre et appela la réception.

« Madame, comment puis-je vous être utile ? demanda le jeune homme qu'elle avait vu à l'accueil. Madame Shirina Arora, c'est bien ça ? Chambre 303 ?

— Euh, oui… Vous pourriez me donner le numéro de l'hôpital le plus proche ?

— Vous ne vous sentez pas bien, madame ?

— Ce n'est pas… non, je crois que je me suis blessée. J'aimerais juste savoir où se trouve l'hôpital le plus proche, au cas où.

— Un instant, madame. »

Pourquoi n'avait-elle pas regardé où elle mettait les pieds ? Ça lui aurait épargné tout ça et la panique dans laquelle elle se trouvait. Elle ferma les yeux, inspira profondément. La douleur revint, une crampe qui s'étira lentement et s'installa dans son ventre. Elle avait déjà eu une douleur du même genre après une conversation avec sa belle-mère. Plus tard, elle s'était rendu compte que ce n'était rien d'autre que le début d'une crise d'angoisse. Était-ce la même chose maintenant ? Dans ce cas, pas besoin de voir un médecin, quelques exercices de respiration suffiraient et elle pourrait retourner au temple comme si de rien n'était. Le réceptionniste lui lut une liste d'hôpitaux, avec leur adresse. Elle répéta les noms mais n'en écrivit aucun. Un médecin qui ignorait tout de sa situation poserait trop de questions et elle n'avait pas besoin de ça. En même temps, mieux valait prévenir que guérir. Si elle retournait au temple et que la douleur s'intensifiait, que dirait-elle à ses sœurs ? Ça avait déjà été moins une avec la femme qui l'avait aidée à se relever, lui avait adressé quelques mots et l'avait regardée avec suspicion – du moins, c'était ce qu'elle avait cru, mais ça aurait tout aussi bien pu être de l'inquiétude. Elle nota le nom du dernier hôpital que mentionna le réceptionniste.

« S'il s'agit d'une urgence, nous pouvons vous y emmener dès à présent, madame. »

Des larmes emplirent ses yeux.

« Pas besoin, ça ira. Merci. »

Elle raccrocha. Elle aurait voulu parler à Sehaj, mais elle ne savait ni quoi lui dire ni ce qu'il aurait bien pu lui répondre pour la rassurer. Elle se leva et attendit la crampe suivante – qui n'arriva pas. *Peut-être que c'est vraiment une crise d'angoisse.* Elle alla ouvrir le coffre-fort, où elle avait rangé son passeport quand Rajni le lui avait rendu le matin même. Il était bien là, dans sa pochette, mais la carte avait disparu. *Non.* C'était bizarre. Elle retira le passeport et inspecta la pochette sous tous les angles au cas où la carte serait coincée quelque part. Rien, hormis un ticket de caisse en turc à moitié effacé – le reçu d'un repas pris dans un fast-food à la fin de sa lune de miel. Nouvelle douleur, mais cette fois dans la poitrine. C'était bel et bien une crise d'angoisse. Quand elle arriva dans le hall de l'hôtel, une famille au grand complet s'enregistrait à la réception.

« Excusez-moi, dit-elle en se frayant un passage parmi leurs énormes tas de bagages et deux grands-parents en fauteuil roulant. Je suis vraiment désolée, mais c'est une urgence, lança-t-elle au réceptionniste.

— Oui ?

— Dans mon passeport, il y avait une carte sur laquelle figurent des informations très importantes. Savez-vous si elle est tombée ? Vous l'avez peut-être jetée par erreur ?

— Ça ne me dit rien du tout, madame, répondit-il avant de se remettre à taper sur son clavier.

— C'est juste un nom et un numéro, mais c'est très important », insista-t-elle.

Son interlocuteur, qui avait dû entendre la panique dans sa voix, s'arrêta de taper et lui dit :

« Je ne me souviens pas d'avoir vu une carte de ce genre. Si elle est tombée par terre, on a dû la balayer bien avant que vous récupériez votre passeport. »

Il désigna le certificat de nettoyage accroché au mur.

« Nous avons coutume de garder nos sols propres.

— D'accord, merci », marmonna-t-elle avant de retourner dans sa chambre. *Bon, ce n'est pas grave.* Elle avait juste à appeler Sehaj pour lui demander les informations nécessaires et le problème serait réglé. En Australie, c'était le début de la soirée. Même si la douleur avait disparu, elle ne voulait prendre aucun risque.

Avant de prendre son portable, elle fit les cent pas en se concentrant sur sa respiration. Au passage, elle remarqua que son alliance la serrait toujours. La chaleur faisait aussi enfler ses pieds et elle sentait qu'une ampoule se formait là où la sangle de la sandale frottait contre sa peau. Elle appuya sur le nom de Sehaj dans ses contacts, ôta sa bague et la posa sur la commode au moment où l'on décrochait.

« Allô ? Sehaj ?

— Qui est à l'appareil ? » répondit une voix de femme enrouée.

Sa belle-mère. Pourquoi est-ce qu'elle répondait à la place de Sehaj ?

« Bonjour, belle-maman », dit Shirina en veillant à rester polie, même à cette distance. Elle se redressa un peu. Son cœur s'emballa. *Bon sang mais qu'est-ce qui m'arrive ?*

« Bonjour, beti. »

Malgré le terme affectueux, sa voix ne laissait transparaître aucune affection.

« Tout se passe bien ?

— Oui, répondit Shirina. J'ai juste besoin de parler à Sehaj.

— Il n'est pas là, il est parti courir. »

Sehaj avait l'habitude de laisser son téléphone sur la table de nuit quand il partait courir sur la crique près de chez eux. C'était l'un des premiers souvenirs qu'elle avait de sa vie conjugale : le regarder courir dehors, ses jambes coupant l'air aussi vite qu'une machine. Elle frissonna en se demandant ce qu'elle avait pu laisser traîner dans le tiroir de la table de nuit que sa belle-mère n'avait visiblement aucun scrupule à explorer – un tube de lubrifiant à moitié vide, un *Kamasutra* de poche illustré offert par un collègue de Sehaj en guise de cadeau de mariage.

« Pourriez-vous lui demander de me rappeler à son retour ?

— Je ne crois pas que ce soit une bonne idée. »

Cette réponse lui retourna l'estomac.

« Que voulez-vous dire ?

— Tu m'as très bien entendue, beti, répondit la belle-mère d'un ton encore plus froid. Ce n'est pas une bonne idée.

— Et pourquoi pas ? C'est mon mari ! »

Elle entendit un long soupir à l'autre bout du fil, le même que ceux auxquels elle avait droit à Melbourne. Et dire que la technologie moderne lui permettait d'en profiter même à plusieurs milliers de kilomètres ! Shirina savait déjà précisément quels mots allaient suivre, comme si sa belle-mère lisait un script, mais cela ne l'empêchait pas d'être toujours blessée :

« Inutile de donner dans le sentiment. »

« Sentiment » était le premier avertissement. Le deuxième, c'était « impolitesse ». Même quand Shirina demandait quelque chose avec toute la courtoisie du monde, en usant et abusant de « s'il vous plaît », de « merci » et de « avec tout le respect que je vous dois », sa belle-mère l'accusait toujours de faire preuve d'impolitesse. L'origine de ce reproche n'était pas claire. Mais Shirina n'en était pas encore à ce point-là.

« Tu l'as déjà appelé hier, non ? reprit sa belle-mère.

— Oui. J'ai jugé bon de lui dire que nous sommes arrivées dans le Pendjab.

— Mais est-ce que tu étais obligée d'en faire autant ? De le mettre dans un état pareil ?

— Comment ça ?

— Je l'ai trouvé en pleurs dans sa chambre, à répéter qu'il était désolé pour toi. »

Sehaj se sentait mal pour elle ? Pourtant, elle n'avait pas eu cette impression au téléphone – peut-être qu'il avait voulu jouer les durs ? Cette information la rassura. Elle pouvait arriver à faire ce que la famille attendait d'elle ; tout ce dont elle avait besoin, c'était que Sehaj sache à quel point il lui était difficile de mentir et de feindre.

« Mon intention n'était pas de le bouleverser. Je doutais et j'avais peur. J'imagine que vous pouvez le comprendre. »

Vous vous souvenez d'avant, quand nous étions sur la même longueur d'onde ? aurait-elle aimé dire. Souvent, pendant sa période d'adaptation à sa vie d'épouse, elle avait marché avec sa belle-mère jusqu'au centre commercial, des châles couvrant leurs épaules pour se protéger du vent qui venait de chasser le soleil dans le ciel de Melbourne.

« Quel bonheur d'avoir une autre femme à la maison ! » n'avait de cesse de répéter sa belle-mère chaque fois qu'elle voyait Shirina occupée à nettoyer la cuisine ou à ranger les chaussures que Sehaj avait laissées traîner.

Et puis Shirina s'était trouvé un travail. Faute de temps pendant la semaine, elle se consacrait aux tâches ménagères le week-end, et sa belle-mère avait commencé à commenter sa façon d'épousseter les rebords de fenêtres, laver, repasser, plier et ranger le linge. « Jamais je n'aurais pensé qu'une fille pouvait être encore plus désordonnée qu'un fils ! » plaisantait-elle. Mais Shirina, elle, ne riait pas.

Sa belle-mère laissa échapper un rire au téléphone.

« Mon Dieu, comme tu peux être *dramatique* ! Depuis que tu es entrée dans nos vies, c'est les montagnes russes ! Sehaj n'a pas arrêté de répéter que tu n'y étais pour rien, personne n'a dit que c'était ta faute. J'ai dit ça, moi ? lança sa belle-mère, en secouant probablement la tête pour souligner combien Shirina était *ridicule.*

— Non, répondit-elle entre ses dents.

— Eh oui, insista l'autre d'un air triomphant. D'ailleurs, je suis plutôt blessée par le commentaire que tu as fait à Sehaj à propos de ma facilité à monter l'escalier.

— Je me demandais juste d'où vous sortiez soudainement toute cette énergie. Il y a une semaine, vous étiez en fauteuil roulant et aviez besoin de moi pour vous déplacer.

— Eh bien, grâce à Dieu, ma hanche guérit très bien, ma chère. C'est sûrement dû aux services que tu rends dans les temples en Inde. C'est très gentil de ta part. Tu fais une bonne action, Shirina, et je t'en suis reconnaissante. »

Cette fois, sa belle-mère ne recourait pas au sarcasme ; son honnêteté la toucha. Sous ses airs austères, la vieille femme l'aimait. Sehaj lui avait répété : « Elle t'aime, Shirina. D'une façon autoritaire, certes, mais elle ne sait pas aimer autrement. » Il semblait impossible pour cette femme d'aimer les membres de sa famille sans les agacer de temps à autre. Shirina se faisait peut-être des idées ; sa propre mère s'était montrée distante avec elle, d'où son impression de toujours passer au second plan. Même au moment où Sita leur avait lu sa lettre à voix haute, elle avait pensé que ses mots s'adressaient à ses deux grandes sœurs et que sa réponse à elle n'importait pas.

Mais dans sa nouvelle famille, c'était différent. Elle avait l'occasion de se rapprocher de sa belle-mère si elle acceptait d'accomplir la tâche qu'on lui avait confiée. Jusqu'à cet instant, elle avait hésité, mais c'était terminé : sa décision était prise et cette certitude la soulagea immédiatement.

« S'il vous plaît, pourriez-vous dire à Sehaj de me rappeler ? J'ai perdu la carte avec le numéro du chauffeur, l'adresse et tous les détails.

— Oh ! Mais pourquoi tu ne me l'as pas dit plus tôt ? Je les ai, ces informations. Une petite minute, beti. »

Cette fois, ce terme était plein d'affection. Shirina sentit toute tension s'envoler quand elle se coucha sur les draps propres et frais du lit tiré à quatre épingles. Elle se reposerait un moment, puis irait rincer ses cheveux – l'eau du sarovar ne l'avait pas purifiée et la chute était de mauvais augure. Il fallait qu'elle recommence tout à zéro.

À cette heure de l'après-midi, les touristes inondaient la grande place au centre de la ville sainte. Un groupe de personnes portant des sacs à dos était rassemblé autour de la sculpture commémorant les martyrs du massacre de Jallianwala Bagh. Rajni ne connaissait pas l'histoire en détail, mais les visages tristes et déformés par la peur et la douleur qui s'élevaient au milieu d'une fumée épaisse étaient captivants. Elle était encore petite quand un autre massacre avait été perpétré au Temple d'or ; elle se souvenait de sa mère regardant les informations en boucle, la main posée sur le cœur. Elle avait compris toute la portée de l'événement des années plus tard : la Première ministre, Indira Gandhi, avait ordonné à son armée d'attaquer un chef sikh réfugié dans le Temple d'or. Cette offensive s'était accompagnée d'autres raids destinés à débusquer ses sympathisants dans la campagne pendjabie, et une vague de manifestations et de violences avait opposé les sikhs et les hindous.

Devant la sculpture, ses sœurs avaient plus l'air de spectatrices ordinaires, comme si leur curiosité était plus superficielle. Il s'était passé tant de choses avant leur naissance. Rajni se souvenait de leur père, inquiet, qui frottait nerveusement sa barbe devant la télévision. Les sikhs étaient persécutés en Inde, on leur coupait la barbe et les tresses pour les humilier. Posté derrière la fenêtre comme si les agresseurs étaient sur le point de surgir, il avait dit : « Ça pourrait arriver ici aussi. » Il lui avait conseillé de faire profil bas avec ses amis hindous. Mais à l'école, personne ne faisait de distinction entre les « basanés », tous étaient harcelés pour leurs origines indiennes ; pourquoi auraient-ils commencé à se retourner les uns contre les autres ?

Un autre groupe de touristes arriva et essaya de se frayer un chemin vers la sculpture qu'ils voulaient prendre en photo. Shirina, se décalant pour les laisser passer, se rapprocha de Rajni et aussitôt celle-ci sentit l'odeur parfumée du gel douche de l'hôtel et vit ses cheveux parfaitement coiffés. Elle avait quitté le Temple d'or pour aller prendre une douche à l'hôtel ? Sans bien savoir pourquoi, ça l'énerva. Elles l'avaient attendue plus d'une heure et, à cause d'elle, elles étaient arrivées en retard pour le déjeuner. Elles avaient dû se contenter des bouts de rotis brûlés restants et de daal froid.

Le souvenir de cet ersatz de déjeuner lui fit gargouiller l'estomac. Gênée, elle mit la main sur son ventre comme pour étouffer le bruit, mais Jezmeen l'avait entendu.

« Je grignoterais bien quelque chose, moi aussi. C'est moi ou le repas du temple était un peu léger ?

— Non, tu as raison », répondit-elle.

Le problème, c'était qu'elle en avait marre de la nourriture indienne. *J'aurais dû manger plus varié à Delhi, au moins là-bas il y avait de la nourriture chinoise et occidentale.*

« Il y a quelques dhabas de ce côté, dit Shirina en montrant plusieurs enseignes à proximité de la route principale. J'ai même vu un sticker Trip Advisor sur l'un d'entre eux.

— Mais ils vont encore nous servir la même chose, non ? répondit Jezmeen. Je ne sais pas vous, mais moi, je commence à en avoir ma claque de la nourriture indienne.

— Pareil, admit Shirina.

— Bon, eh bien je ne vais pas m'opposer à votre volonté », dit Rajni en haussant les épaules. Elle ne voulait pas le montrer, mais elle aurait pu tuer pour un burger. Depuis leur arrivée en ville, le grand McDonald's avec sa pub pour le nouveau McFlurry qui couvrait une vitrine entière lui faisait de l'œil.

Jezmeen et Shirina passèrent devant tandis qu'elle jetait un dernier coup d'œil en arrière. Quelques personnes priaient, les yeux fermés. Une femme embrassa le bout de ses doigts et toucha le socle. Elle devrait peut-être l'imiter – n'était-ce pas un affront de tourner le dos à ce mémorial pour aller acheter un sundae ? –, mais ses sœurs étaient déjà loin et avaient oublié les martyrs. Son ventre gargouilla une nouvelle fois. Elle eut une nouvelle bouffée de colère en voyant les cheveux de Shirina flotter au vent.

Devant le fast-food, des hommes agitaient des pancartes avec des photos de destinations touristiques.

« Himalaya ! Très beau trajet ! » criait l'un d'entre eux en brandissant une photo de monts enneigés sur fond de ciel bleu éclatant.

« Wagah Border, Wagah Border ! répéta un autre à l'approche des trois sœurs.

— Non », répondit immédiatement Rajni.

Mais Jezmeen lui prit un prospectus avant d'entrer.

« Il paraît que c'est un sacré spectacle, dit-elle en parcourant la brochure des yeux dans la file d'attente.

— Hein ? Il y a un spectacle à la frontière indo-pakistanaise ? demanda Shirina.

— La relève de la garde. C'est pour ça qu'ils faisaient leur pub. Il suffit d'y aller à la bonne heure, et crois-moi, ça vaut le détour ; j'ai vu des vidéos sur YouTube. »

Rajni y avait assisté pendant son dernier voyage. Certains membres de la famille avaient suggéré d'y passer une journée, alors ils s'étaient tous entassés dans une petite voiture. Elle se souvenait de la route poussiéreuse et des militaires impassibles à chaque point de contrôle. L'impatience et l'excitation qui s'étaient emparées de la foule présente de leur côté de la frontière, juste avant que la relève commence, l'avaient marquée. « Pourquoi tu n'applaudis pas ? » lui avait demandé un de ses oncles. La musique retentissante et la fièvre qui soulevait la foule l'avaient réduite au silence. Son oncle avait hoché la tête, décoché un sourire entendu et dit avec malice : « Ah, mais c'est parce que tu es anglaise, voilà pourquoi ! » Rajni savait déjà que ses proches la voyaient comme une étrangère ; mi-amusés, mi-agacés, ils n'arrêtaient pas de le faire remarquer à sa mère, qui lui faisait ensuite des reproches. « Si je t'ai amenée ici, c'est pour que tu en apprennes plus sur ta propre culture ! » lui criait-elle pour que tous l'entendent. Ces remarques faisaient bouillir Rajni de rage.

Shirina n'avait pas l'air emballée à l'idée de l'excursion :

« C'est loin ?

— C'est à une heure en voiture », répondit Jezmeen.

Shirina secoua la tête.

« Je préférerais qu'on s'en tienne à l'itinéraire et qu'on évite les trajets superflus.

— Raj ? Allez, s'il te plaît ! » supplia Jezmeen.

Rajni regarda Shirina, qui était déjà en train de commander. *Elle se fiche de nous, elle ne veut pas faire de trajets superflus ?* Pourtant c'était bien elle qui devait rendre visite à la famille richissime de son mari.

« Tu sais quoi ? Je vais peut-être me laisser tenter, répondit-elle. La route n'est pas mauvaise et puis ça nous fera une occupation commune.

— Super ! Je vais réserver avec le chauffeur alors. »

On leur tendit un plateau sur lequel se trouvaient quatre McFlurries.

« On n'en a commandé que trois, dit Rajni à l'employée.

— J'en ai pris deux », expliqua Shirina.

Une nouvelle fois, Rajni fut agacée sans savoir pourquoi. Plus d'une glace ? C'était de la gloutonnerie, mais Shirina ne semblait pas s'en rendre compte. Rajni prit le plateau et elles allèrent s'installer à l'étage, à une table tranquille à côté de la fenêtre. D'ici, elles avaient vue sur la rue animée. Rajni regarda Jezmeen négocier leur excursion avec un homme-sandwich qui agitait les bras dans tous les sens. Quand elle se tourna vers Shirina, cette dernière enfournait une grosse cuillerée de glace. Son alliance avait disparu.

« Tu as enlevé ton alliance ?

— Oui, répondit Shirina. Pour cultiver l'humilité, tout ça. »

Comme elle a l'air suffisante. Rajni avait toujours été gênée par l'énorme diamant, mais maintenant qu'il n'était plus là, c'était encore pire, surtout avec la raison que Shirina avançait – *Je ne veux pas étaler mes richesses devant ces pauvres gens.*

« C'est exactement ce qu'il me fallait », dit Shirina en reprenant une cuillère de glace.

Elle ne répondit rien et, par pure mesquinerie, prit une toute petite cuillerée.

« Dis donc, je ne t'avais jamais vue te laisser tenter par un petit plaisir sucré », dit-elle à Shirina.

Elle s'attendait à ce que cette remarque mette sa sœur mal à l'aise ou provoque une série d'excuses, mais non. À la place, Shirina hocha la tête et mangea une autre cuillère.

« Les vacances, tu sais ce que c'est.

— Mais tu n'es pas en vacances ! » explosa Rajni.

La cuillère de Shirina s'immobilisa à mi-chemin entre la glace et sa bouche. Hormis son expression choquée, on aurait dit une publicité.

« Je sais, Rajni.

— Permets-moi d'en douter. On est venues ici pour une raison bien précise. Pas pour passer des vacances en errant d'un lieu à l'autre.

— Et tu vas me dire que manger McDo faisait partie de l'itinéraire spirituel de maman, c'est ça ? rétorqua Shirina comme aurait pu le faire Jezmeen, à sa grande surprise.

— Tu ne prends pas ce voyage au sérieux. Dès le départ, tu nous as bien fait savoir que tu voulais éviter ce qu'il y avait de plus difficile.

— Je vous l'ai déjà dit, tout a été prévu au dernier moment. J'ai des obligations. Tu sais qu'on peut difficilement dire non à ses beaux-parents. »

Rajni refusa de saisir cette perche – leur expérience commune de la belle-famille indienne. La mère de Kabir lui avait cousu les housses de coussins les plus hideuses au monde – perles turquoise sur tissu jaune soleil – et s'était attendue à les voir bien en évidence à chacune de ses visites. Une fois, Rajni avait enfoncé un coussin dans sa housse avec une telle rage qu'une perle lui avait sauté dans l'œil, la privant momentanément de la vue. « Ces housses font mal aux yeux, au sens propre comme figuré », s'était-elle plainte. Kabir s'était contenté d'un haussement d'épaules et avait dit : « Pourquoi tu en fais toute une affaire ? Quel est le problème à céder une fois de temps en temps ? »

Rajni comprenait très bien ce qu'avoir des obligations signifiait, mais l'absence de remords chez Shirina était inexcusable. Et puis elle se jetait sur cette glace comme un vautour !

« Tu vas peut-être pouvoir m'expliquer ce qui s'est passé aujourd'hui, alors. Pendant que tu faisais je ne sais quoi de ton côté, Jezmeen et moi nous sommes assises près de l'eau et nous sommes rappelé maman.

— Je te l'ai dit, je suis partie chercher la…

— Je sais où tu étais, là n'est pas la question. Depuis quand tu fais passer la famille de ton mari avant la nôtre ? »

Shirina ne répondit rien. Sa glace commençait à fondre et à couler. Rajni voulait l'entendre dire que la famille de Sehaj était meilleure. Plus riche, plus sophistiquée. Grâce à eux, Shirina avait été propulsée dans une vie de confort qu'elle n'avait jamais connue avant et, désormais, elle leur était loyale. Mais Shirina resta sans voix, ce qui énerva encore plus Rajni.

Jezmeen choisit ce moment pour arriver en sautillant, un flyer à la main.

« On part dans une heure ! dit-elle, à bout de souffle. Le chauffeur s'arrêtera devant un bon restaurant sur le chemin du retour. »

Ses yeux se posèrent tour à tour sur ses deux sœurs, qui continuaient de se dévisager.

« J'espère que tu n'as pas payé pour moi, parce que je passe la soirée à l'hôtel », déclara Shirina. Elle se leva, prit ses deux pots de glace et s'en alla.

11

J'aimerais aussi que vous vous familiarisiez avec notre région. Certes, vous êtes britanniques, mais toutes les générations de notre famille ont vécu en Inde. Vous l'avez dans le sang – la langue, la nourriture, l'histoire, tout ça ne s'est pas effacé juste parce que vous avez grandi ailleurs.

« Enfin, faire passer sa famille d'abord, ce n'est pas trop demander, si ? On ne passe jamais de temps ensemble ! » dit Rajni.

Elles étaient parties depuis vingt minutes et c'était déjà son troisième monologue sur le manque d'implication de Shirina. Jezmeen ne savait toujours pas quoi répondre. Elle avait l'habitude que Rajni se plaigne d'elle, mais pas de Shirina. Il était clair que Rajni avait gardé tout ça pour elle depuis un bon moment.

« C'est sa belle-famille, continua Rajni. Elle est devenue leur chose.

— Mais ça ne se passe pas toujours comme ça ? Surtout les premières années du mariage ? Il faut qu'elle aille saluer tout un tas de gens. Tu n'as pas eu à faire la même chose, toi ?

— Je l'ai fait avec Kabir à mes côtés. Tu vois Sehaj quelque part ? Pourquoi est-ce qu'elle doit prendre du temps sur notre voyage pour aller voir sa famille ? Déjà qu'elle est partie tout de suite après les funérailles de maman pour se réfugier dans les bras de Sehaj, comme si passer une seconde de plus avec nous lui était insoutenable. »

Peut-être que ça l'est vraiment, pensa Jezmeen en se rappelant la colère de Shirina à bord du train, la veille.

Rajni n'avait pas terminé :

« Tu aurais dû la voir quand elle m'a sorti qu'elle avait enlevé son alliance par souci d'humilité. Elle se vantait de manière à peine dissimulée. »

Jezmeen regarda par la fenêtre. Être enfin du côté de Rajni n'était pas aussi amusant qu'elle l'avait imaginé. La bouche de sa sœur était tordue par l'amertume, comme si elle venait de mordre dans un citron. Les fragments d'un rêve dans lequel apparaissait Shirina lui revinrent en mémoire : elles parlaient ensemble, mais la distance entre elles grandissait progressivement, jusqu'à ce que l'une finisse par se taire.

La voiture longeait de grands champs où se trouvaient parfois des fermes et des élevages. La route était couverte d'une poussière dorée. Sur le bas-côté, il y avait parfois une cantine ou un restaurant avec tables et chaises en plastique. À mesure qu'elles s'éloignaient d'Amritsar, le ciel semblait de plus en plus bleu, comme si un brouillard se levait. La chaleur de l'après-midi tapait contre la fenêtre, rendant d'autant plus agréable l'air conditionné. Un peu plus tôt, le chauffeur leur avait tendu sa carte : Tom Hanks.

« C'est votre vrai nom ? » avait demandé Jezmeen.

Il avait secoué la tête et expliqué qu'il voulait qu'on le connaisse sous ce nom.

« Euh, excusez-moi, l'interpella Jezmeen en pendjabi. On pourrait s'arrêter sur une aire de repos d'ici dix minutes ? »

Ils passaient maintenant devant une station-service avec une carcasse de voiture rouillée posée sur des parpaings. Une nuée de mouches voletait autour d'un de ses essieux.

« À proximité d'un restaurant, par exemple ? » ajouta-t-elle.

Le chauffeur opina :

« Tom Hanks va vous déposer sur l'aire la plus propre possible.

— Merci, dit Jezmeen. Vous savez, vous pouvez nous dire votre prénom pendjabi. Nous ne sommes pas complètement étrangères à cette culture, nous saurons le prononcer.

— Tom Hanks.

— Tom ? Thomas ? C'est le prénom que vous ont donné vos parents à la naissance ?

— Tom *Hanks*.

— D'accord », répondit-elle.

C'était peine perdue. Elle se laissa retomber contre le dossier et jeta un coup d'œil à Rajni, qui ne décolérait pas.

« Écoute, Raj, si ça se trouve, c'est juste qu'elle ne se sent pas bien. Voyager, ça peut remuer. Peut-être qu'elle a besoin d'un peu de temps pour elle.

— Mais elle n'a eu que ça depuis que nous sommes arrivées. Elle n'a pas fini de se reposer ? »

La voiture changea de voie et ralentit à l'approche d'un restaurant nommé Ravi's Punjabi Dhaba.

« C'est l'un des meilleurs, assura Tom Hanks en immobilisant la voiture.

— On y mange bien ? » demanda Jezmeen.

Le restaurant se trouvait derrière une fontaine et deux tentes pour les clients qui souhaitaient manger dehors. Dans la petite cour, des enfants jouaient à se pourchasser entre les grandes plantes en pot.

« La nourriture n'est pas mauvaise. C'est un 7/10 si vous voulez mon avis. Mais les toilettes, alors là ! Elles sont exceptionnelles, répondit Tom Hanks.

— Ça fera très bien l'affaire », dit-elle.

Tom Hanks n'avait pas exagéré à propos des sanitaires. Ils étaient impeccables, avec des distributeurs de savon et des lavabos brillants de propreté. La porte fermait très bien à clé – un luxe qu'elle avait commencé à oublier après les toilettes aux loquets défectueux ou absents, au temple et à bord du train.

« Eh bien, notre chauffeur sait chouchouter ses clients ! dit-elle à Rajni alors qu'elles se lavaient les mains.

— Il doit sûrement avoir l'habitude de conduire des gens comme nous.

— Je me demande ce qu'il pense de nous. Il sait que nous venons d'un autre monde et, au fond, je suis sûre qu'il nous prend pour deux idiotes.

— Tu y vas un peu fort ! On s'est bien tenues, quand même, protesta Rajni. Je n'ai poussé un petit cri qu'une fois, et c'était quand il a doublé un bœuf, j'ai cru qu'il allait écraser ce pauvre animal.

— Ce n'est pas ce que je voulais dire. Tu n'y penses jamais, toi ? Aux vies qu'on aurait aujourd'hui si on avait grandi ici ? On ne serait pas de simples touristes. On serait… Je ne sais pas. À mon âge, je serais probablement mariée à un bon parti du village. Un homme qui a beaucoup de terres, c'est une occasion à ne pas louper, non ? J'aime bien m'imaginer que j'aurais épousé un homme issu d'une famille de propriétaires terriens », dit-elle en se recoiffant.

Rajni n'entra pas dans son jeu. Au contraire, son expression se durcit, comme plus tôt au Temple d'or. Ce voyage touchait une corde sensible, et pas seulement à cause de la mort de leur mère ou du comportement de Shirina.

« Raj, tout va bien ?

— Quoi ? Oh, oui. » Et Rajni se mit à sécher ses mains avec application, le ronronnement du sèche-mains étouffant les pensées de Jezmeen.

Alors qu'elles quittaient le restaurant, un commis vêtu d'un kurta blanc et or leur courut après.

« Madame, s'il vous plaît, il faut régler.

— Régler ? demanda Jezmeen. Vous allez nous faire payer parce qu'on a utilisé vos toilettes ? »

Le commis lui tendit un ticket. Un *aloo paratha* et une tasse de chai. Tom Hanks était assis à une table près de la fontaine et sirotait son chai. Jezmeen régla l'addition et alla attendre dans la voiture qu'il finisse son repas. Il n'avait coupé ni la climatisation ni la musique – un *bhangra* rythmé par des percussions faisait vibrer les vitres. Quand il revint, il les remercia pour le repas.

« Mais de rien, dit Jezmeen.

— Enfin, il aurait pu nous demander avant, chuchota Rajni.

— Quelle importance ? »

La suspicion de sa sœur à l'égard de tous les Indiens qu'elle croisait commençait sérieusement à lui taper sur les nerfs. Comment faisait-elle pour vivre en étant constamment sur ses gardes ?

« Tu crois qu'il va nous faire le coup à chaque arrêt ?

— Qu'est-ce que ça peut bien faire ? En plus, il était peut-être obligé, sinon je ne sais pas si le restaurant nous aurait laissées utiliser les toilettes. »

Cette réponse ne sembla pas satisfaire Rajni, mais elle ne renchérit pas et Jezmeen put se concentrer sur le paysage. De part et d'autre de la route à deux voies s'étendaient des parcelles de terrain cultivées et de grandes propriétés clôturées. Le genre de maisons qu'elle n'avait vues que sur les photos que ses oncles et tantes ressortaient à chaque réunion de famille. « Cette maison ne nous a coûté qu'une fraction de ce qu'on paie pour un appartement à Londres », disaient-ils tous avec un mélange de fierté et de mépris, comme si le marché de l'immobilier indien aurait pu se porter bien mieux. Ces maisons étaient équipées de canapés d'angle en cuir italien et de cuisines tout droit sorties d'un catalogue, jusqu'aux services de table en porcelaine et aux serviettes brodées « Home Sweet Home ». Comme en écho à la mode des intérieurs indiens importés au Royaume-Uni, c'étaient des intérieurs anglais transposés en Inde. Où que les gens aillent, ils devaient constamment se rappeler qu'ils appartenaient à un ailleurs. Les maisons restaient inoccupées pendant la plus grande partie de l'année, mais quand l'été approchait, les domestiques venaient graisser les gonds et dépoussiérer les meubles avant l'arrivée des familles qui s'étaient expatriées pour profiter de ce luxe.

« On a encore de la famille dans le Pendjab, non ? demanda Jezmeen. Sur les terres de papa ? » Elle ne se souvenait plus exactement où se trouvait le village de leur père. Quand elle avait choisi ce village comme sujet d'exposé à l'école, leur mère avait éludé toutes ses questions : « Choisis autre chose. Avec tout ce qui se passe dans le monde, toi, tu veux parler d'une petite ferme en Inde ? » Jezmeen avait été déçue. Ce dédain indiquait clairement que son père n'avait jamais été un grand propriétaire terrien comme le patriarche de la série hindoue dont elle était fan à l'époque.

« Tu es déjà allée dans le village de papa ? » demanda-t-elle à Rajni.

Et rebelote : sa sœur serra les dents. Rien de ce que disait Jezmeen ne semblait lui convenir.

« Je ne sais pas où il se situe exactement », lui répondit-elle.

Trouver les informations nécessaires ne doit pas être bien difficile. Il suffisait de contacter ces oncles et tantes qui habitaient au Royaume-Uni – en réalité, ils n'étaient pas du même sang, mais au moins ils pourraient leur donner le nom du village ou un numéro de téléphone utile.

« On n'aura peut-être plus jamais aucune chance de s'y rendre, dit Jezmeen.

— Je ne pense pas que maman aurait aimé qu'on y aille.

— Et pourquoi pas ?

— Elle n'a mentionné aucun membre de la famille de papa dans sa lettre. Pourquoi est-ce qu'on irait leur rendre visite ?

— Mais je ne comprends pas. Il y a eu une dispute ? »

Elle se souvenait du comportement désagréable du frère de leur père pendant sa visite chez eux, des années plus tôt. Une atmosphère pesante régnait dans la maison et elle avait demandé à Rajni quand il partirait, mais elle n'avait jamais su ce qu'il s'était passé. C'était une histoire d'adultes. Rajni, adolescente à l'époque, avait compris plus de choses.

« Je suppose.

— Qu'est-ce qui a pu arriver d'assez grave pour que maman ne veuille pas qu'on parle à la famille de papa ?

— Maman est la seule qui pourrait répondre à cette question », répondit Rajni.

Jezmeen ne la crut pas. *Elle sait quelque chose, même si elle fait comme si ce n'était pas le cas.* Rajni avait eu l'occasion de rencontrer la famille de leur père au cours de son voyage avec leur mère, alors que Jezmeen et Shirina étaient restées avec Tante Roopi.

« Mais ils sont la seule famille qu'il nous reste, insista Jezmeen. Ils nous feraient bon accueil, non ? Après tout, le passé, c'est le passé.

— Je ne pense pas que les choses soient aussi simples. »

Elle s'imagina en train d'arpenter des villages avec une carte griffonnée sur un bout de papier et une adresse. Elle frapperait à toutes les portes et finirait par trouver la maison de son père. Sa famille l'accueillerait à bras ouverts ; comment pourrait-il en être autrement ? Elle aurait accompli un long voyage, dans l'espace mais aussi dans le temps, pour les trouver ! Elle s'assiérait avec eux et ils se raconteraient des histoires autour de tasses de thé, jusqu'à ce qu'une vieille femme qui lui ressemblerait malgré ses rides fasse son entrée. « Comme vous vous ressemblez ! » diraient les autres. Et elle saurait alors d'où elle tenait sa beauté.

« Oui, je tiens de ma grand-tante du côté de mon père, pourrait-elle alors dire à qui voudrait l'entendre. J'ai ses yeux. D'ailleurs, je crois qu'elle aussi avait un certain goût pour la scène, mais la démence l'a emportée depuis longtemps. » Ce fantasme lui donnait quelque chose à quoi se raccrocher ; elle ne se laisserait plus critiquer si elle savait que tous ses attributs lui venaient de ses ancêtres.

La voiture fit une embardée pour en éviter une autre et la tira de sa rêverie. Elle s'agrippa au siège de devant. L'autre voiture – un minivan noir – était déjà loin devant.

« Putain de connard », marmonna Tom Hanks. Il jeta un coup d'œil à Jezmeen et Rajni dans le rétroviseur et leur fit un petit sourire d'excuse, avant d'appuyer si fort sur l'accélérateur qu'elles restèrent collées à leur siège.

« Qu'est-ce que vous faites ? demanda Rajni, paniquée.

— Je vais donner une petite leçon à ce chauffard.

— Pas besoin ! dit Jezmeen d'un ton sec. Évitons d'avoir un accident. Ignorez-le, s'il vous plaît.

— Mais vous ne comprenez pas, répondit Tom Hanks, les yeux rivés sur le minivan. Il l'a fait exprès.

— Bon, je comprends qu'on puisse avoir la sécurité routière à cœur mais… »

Avant qu'elle ait pu finir sa phrase, Tom Hanks fit une queue-de-poisson au minivan. Rajni poussa un cri aigu.

« ARRÊTEZ ! ARRÊTEZ ÇA TOUT DE SUITE ! cria Rajni, alors que Jezmeen ne pouvait plus prononcer un mot. VOUS ALLEZ TOUS NOUS TUER, TOM HANKS ! »

La voiture ralentit. Jezmeen se retourna et vit le minivan rouler à présent tranquillement derrière eux. Il avait compris le message.

« Pourquoi vous avez fait ça ? demanda-t-elle. C'était vraiment dangereux ! »

Tom Hanks continua de fixer la route.

« Ces gens-là croient que la route leur appartient.

— Qui ça ? » demanda Jezmeen.

Il ne répondit pas. *Les gens comme nous ?* Ceux qui rentraient en Inde une fois par an, avec leurs voitures de luxe et leurs demeures cossues, et traitaient tout le monde comme des serviteurs ? Ceux qui pouvaient se permettre d'engager un chauffeur privé pour les emmener voir une démonstration de force donnée par deux pays autrefois opposés dans un conflit qui avait coûté la vie à des milliers de gens et fait couler beaucoup de sang ? Elle regarda Rajni, qui semblait penser exactement la même chose.

Rien n'a changé. C'est ce que conclut Rajni en descendant de voiture et en posant les pieds sur la terre sèche. Des graviers se coincèrent dans ses sandales quand elle s'éloigna du parking en terre battue avec Jezmeen.

« Prenez ma carte, leur dit Tom Hanks. Au cas où vous n'arriviez pas à me retrouver.

— Mais vous serez au même endroit ? » demanda Rajni.

Son ton était froid, mais vu la frayeur qu'il leur avait causée plus tôt, ça lui était égal.

« Oui, je serai là, madame. Ne vous en faites pas. Mais il y aura beaucoup de voitures et, avec ce monde, me retrouver sera peut-être un peu plus difficile. Il ne faudrait pas que vous montiez dans la mauvaise voiture. »

Ça, c'était sûr. Tout autour, des chauffeurs appuyés contre leur voiture suivaient les touristes des yeux. Rajni prit la carte, qui devint tout à coup la chose la plus précieuse qu'elle possédait, et la glissa dans son sac.

Elle sentit quelque chose de froid sur sa main ; en baissant les yeux, elle vit un jeune garçon, une palette de maquillage au poing. D'un coup de pinceau, il venait de réaliser un tiers du drapeau indien sur sa peau.

« Non merci, lui dit-elle.

— Oh allez, Rajni, ça va te coûter moins de cinquante *pence* et en plus, c'est sympa ! lui dit Jezmeen, qui était accroupie et retenait ses cheveux en arrière pour qu'un autre garçon lui maquille la joue.

— On dirait que tu vas au carnaval, lui dit Rajni une fois que le garçon eut fini.

— Mais on se croirait au carnaval ! » fit remarquer Jezmeen. Des chariots de pop-corn et de boissons étaient postés un peu partout entre le parking et la route principale. Le petit garçon ne lâcha pas Rajni et la suivit en répétant ses prix. Quand il se mit à fredonner l'hymne national indien, Rajni finit par céder.

« Alors un tout petit ! dit-elle en lui tendant la main. Ça s'efface facilement, hein ?

— Bien sûr », répondit le garçon.

D'un geste fluide, il peignit les trois bandes orange, blanc et vert du drapeau qui avait l'air de flotter au vent.

Elle le paya et se fondit dans la foule avec Jezmeen, jusqu'à un point de contrôle. « Les hommes de ce côté, les femmes de l'autre », criait un garde en montrant les deux files d'attente. On fouillait tout le monde, mais les femmes étaient dissimulées derrière un rideau où officiait une garde. Quand vint le tour de Rajni, la vigile inspecta son sac à l'aide d'une lampe torche et lui fit lever les bras pour s'assurer qu'elle ne portait pas d'arme. Elle se souvint de l'histoire que leur avait racontée une vieille connaissance pendjabie en visite à Londres : à l'aéroport, elle avait cru qu'on lui faisait un câlin d'au revoir quand on l'avait fouillée.

Les applaudissements et les chants se firent entendre dès qu'elles eurent passé la sécurité. On se serait cru à un match de football, tout était identique à son souvenir. Elle sentit monter l'enthousiasme de Jezmeen :

« Regarde tous ces gens ! Je sais que tu as déjà vu tout ça, mais tu ne trouves pas ça excitant ?

— C'est pas mal, si tu aimes l'animation », répondit Rajni qui ne trouvait aucun plaisir à ce genre d'événements : même les spectacles de fin d'année de l'école ne lui plaisaient pas

– les élèves de dernière année se sentaient toujours obligés de monter des sketchs bourrés de références censées faire sourire ou d'allusions méchantes envers les professeurs qu'ils aimaient le moins. Elle détestait les tonnerres d'applaudissements, qui lui donnaient l'impression que tout était hors de contrôle, et quand elle s'apercevait que certains professeurs – surtout les plus jeunes – se joignaient aux élèves, elle pensait : *Vous n'êtes pas responsables, voilà pourquoi vous vous comportez ainsi.* Alors qu'elles se rapprochaient du poste-frontière, elle se rendit compte que cette simple phrase avait toujours été la devise qui avait commandé sa vie. En tant qu'aînée, il lui revenait de se montrer responsable. Elle était celle qui portait le plus de responsabilités, du moins à en croire leur mère, et aussi celle qui les avait le plus trahies. Jezmeen et Shirina n'avaient aucune idée de ce qu'elle leur avait fait perdre.

Jezmeen monta les marches devant elle. Une sorte d'ouvreur désignait des directions et pressait les gens. Elles s'avancèrent dans une rangée et se retrouvèrent assises à l'extrémité des gradins. Elles avaient une vue imprenable sur la frontière côté Pakistan. La délimitation entre les deux pays avait surpris Rajni la première fois : elle s'était attendue à voir une rivière ou un ravin profond, mais non, il s'agissait d'un simple bout de terre de quelques mètres de large. Le long de la frontière, de grandes grilles métalliques surmontées de fil barbelé envoyaient un message clair.

Du côté indien, une musique assourdissante pulsait ; elle était si forte que le larsen des enceintes noyait les paroles de la chanson. Les effusions de patriotisme commencèrent : des écoliers coururent des gradins jusqu'à la scène en brandissant des drapeaux indiens. Une fois sur scène, ils dansèrent pour former un cercle. Ils applaudirent et firent signe au public qui les encourageait. Certains spectateurs se levèrent et les rejoignirent ; bientôt, une nuée de spectateurs criant leur amour pour leur pays envahit la scène. Devant

Rajni et Jezmeen, une femme se tourna vers son mari et lui dit : « Allez, viens ! C'est la première et dernière fois que nous sommes ici ! » Malgré son accent britannique, elle leva le poing en l'air et chanta avec la foule.

Du côté pakistanais, personne ne dansait. Il semblait y avoir un peu de musique, mais beaucoup moins forte que celle qui se déversait des enceintes indiennes. Leurs gradins n'étaient qu'à moitié remplis. Rajni se souvenait que son oncle s'était fait un plaisir de commenter le manque de public pakistanais : « Regarde-les, ils n'ont aucune fierté ! En plus, ils ne laissent pas respirer leurs femmes. Elles ne peuvent pas danser devant les hommes comme les femmes le font ici. » Il avait ponctué cette remarque de hochements de tête approbateurs en regardant des femmes moitié moins âgées que lui se déhancher pour montrer leur amour pour l'Inde.

Rajni se tourna pour parler à Jezmeen, mais son siège était vide. Sa sœur avait déjà dévalé les gradins pour rejoindre les danseurs. « Raj ! appela-t-elle. Prends une photo ! »

Elle attendit que Jezmeen soit sur scène puis prit des photos avec son téléphone. Aucune n'était vraiment nette, parce que Jezmeen bougeait en permanence. Elle essaya de filmer : Jezmeen était un point minuscule qui traversait la scène les mains en l'air. Deux petites filles lui prirent les mains et elles se mirent à danser ensemble en riant et en chantant le refrain que Jezmeen ne connaissait pas encore quelques instants plus tôt.

Une vidéo du même genre avait déjà été montrée dans leur famille. Bien sûr, elle n'existait plus depuis longtemps, elle avait dû périr avec toutes les VHS qui s'étaient plus ou moins détériorées avec le temps. Personne n'avait pensé à sauver les cassettes en les faisant graver sur des DVD quand les magasins d'électronique s'étaient mis à proposer ce service ; les cassettes étaient donc restées dans un coin, avaient pris la poussière et étaient devenues obsolètes. Rajni ne les avait visionnées qu'une seule fois après le voyage. Sur la vidéo, sa mère était une vraie star : comme Jezmeen, elle dansait. Elle se déhanchait avec abandon, les mains ouvertes vers le ciel, comme si elle espérait l'attraper. Des années plus tard, lors de son mariage, Rajni s'était attendue à voir sa mère danser de la même manière, mais celle-ci était restée en retrait, toujours blessée par le fait que son beau-frère avait refusé l'invitation. Rajni ne tenait pas vraiment à l'inviter, mais sa mère pensait qu'il devait être là, pour remplacer son père. Sa venue aurait aussi montré aux autres que tout était pardonné.

Rajni arrêta de filmer et rangea son téléphone dans son sac. Quand la relève de la garde commencerait, elle le ressortirait pour enregistrer toute la scène – le défilé au pas, l'ouverture des portes qui protégeaient le pays, la théâtralité des gardes.

Jezmeen la rejoignit, dégoulinante de sueur.

« Tu étais super, lui dit Rajni. Comme maman. Elle aussi a dansé.

— Ah bon ? »

Rajni hocha la tête.

« Elle était assise à côté de moi quand la musique a commencé et elle s'est mise à bouger les épaules comme ça », dit-elle en imitant sa mère qui se laissait emporter par la musique, les yeux fermés.

Jezmeen éclata de rire.

« Maman ne savait pas résister à l'appel d'une bonne chanson. Tu te souviens comme elle a dansé au mariage de Shirina ? Les femmes de la famille de Sehaj n'arrivaient pas à la suivre. »

Rajni avait été ravie de voir sa mère faire la fête, mais elle n'avait pas pu s'empêcher d'éprouver de la jalousie envers Shirina : sa sœur avait la chance d'assister à ce spectacle parce qu'une éternité s'était écoulée depuis le schisme avec la famille de leur père, leur mère n'y pensait plus.

« On aurait dit un de ces lapins increvables dans les pubs pour les piles, dit-elle. Elle était comme ça aussi ici, mais avec vingt-cinq ans de moins et toute sa santé. Papa venait juste de mourir et elle n'avait pas dansé ou fêté quoi que ce soit depuis des siècles. » Sa gorge se noua. Elle sentit le regard de Jezmeen sur elle et déglutit péniblement pour repousser son émotion dans son estomac, là où dormaient toutes ses vieilles peurs. « Elle a dansé comme si elle était au sommet de sa forme. C'était l'un de ces moments où tout s'arrête autour de toi – le mouvement de la foule, les cris des vendeurs ambulants, la musique assourdissante, les bavardages incessants – parce que cette femme danse avec tout ce qu'elle a et vit pleinement le moment présent.

— Je vois la scène comme si j'y étais », dit Jezmeen, le sourire aux lèvres.

Rajni sourit à son tour. C'était un beau souvenir à partager avec sa sœur, l'un de ceux qu'elle n'avait pas besoin d'embellir, contrairement à beaucoup d'autres. Elle savait que l'intérêt de Jezmeen pour ses origines grandissait – elle avait été surprise d'entendre mentionner Tante Roopi la veille, car elle ne se serait jamais doutée que ses sœurs se rappelaient avoir vécu avec elle pendant le temps de leur absence. Pourquoi aurait-elle dû raconter à Jezmeen la dispute et tout ce qui l'avait précédée ? Nul besoin de parler à qui que ce soit de la culpabilité qu'elle ressentait encore, même si ce voyage datait de plusieurs décennies. « Je ne pourrai plus jamais y remettre les pieds, lui avait dit sa mère. Tu t'en rends compte ? Tu comprends ce que tu as fait ? À cause de toi, je ne pourrai plus jamais retourner en Inde. »

12

VOTRE CRÉDIT EST PRESQUE ÉPUISÉ – APPELEZ LE 8801 POUR LE RECHARGER.

Jezmeen n'y comprenait rien : hormis l'appel passé à Cameron et le message envoyé à Rajni quand elle était au commissariat, elle avait à peine utilisé son téléphone ici. Le wifi de l'hôtel laissait un peu à désirer ; elle était en train d'actualiser ses mails quand la connexion avait été coupée. Elle en avait reçu un nouveau de Cameron avec pour objet « UN AUTRE RÔLE POUR TOI ? » mais impossible de l'ouvrir ; chaque fois qu'elle cliquait dessus, une fenêtre indiquant qu'elle n'était pas connectée s'affichait.

Elle composa le 8801 et sortit sa carte de crédit de son sac pendant qu'une voix enregistrée listait les différentes options possibles. Son cœur battait à cent à l'heure. Le mail de Cameron était peut-être sa porte de sortie – ou une désillusion de plus. Elle carburait à l'espoir et c'était seulement pour cela qu'elle n'avait pas encore abandonné : et si elle retenait l'attention d'un producteur ? Et si elle trouvait un rôle qui lui collait à la peau ?

« Pour recharger votre crédit, merci de bien vouloir patienter. Nous allons vous mettre en relation avec l'un de nos opérateurs. » Jezmeen soupira. Elle alluma la télévision et zappa jusqu'à tomber sur BBC Lifestyle : une femme vêtue d'un cafetan jaune et vert marchait sur un chemin de graviers dans un grand jardin illuminé par des torches tiki, puis la caméra zooma sur une table qui semblait taillée dans un arbre déraciné. La présentatrice prit un verre de vin blanc et soudain, Jezmeen eut la gorge sèche – le vin avait l'air délicieux et rafraîchissant. La présentatrice fit un petit signe de tête à la caméra, puis savoura une petite gorgée les yeux fermés.

« Je te déteste.

— Pardon ?

— Oh désolée ! fit-elle à l'opérateur. Je parlais à une femme à la télé.

— Vous appelez pour une recharge, madame ?

— Oui, mais j'aimerais aussi savoir comment mon crédit a pu disparaître aussi rapidement. »

Elle entendit le bruit de touches sur un clavier.

« Vous avez consommé toutes vos données mobiles en quatre jours, madame.

— Oui, je sais, mais comment ? Est-ce que vous avez le détail ?

— Pour le savoir, je vais devoir vous mettre en ligne avec l'un de nos spécialistes en consommation. Ne raccrochez…

— Ah ! Bon, laissez tomber. Je pourrais juste avoir une recharge ? »

Trop tard. Un message d'attente en hindou lui hurla dans l'oreille, suivi d'un jingle entraînant.

« Bonjour, Krishna à l'appareil, comment puis-je vous être utile ?

— Bonjour, je me demandais comment mes données mobiles ont pu s'envoler aussi vite. Seulement quatre jours.

— Je vais regarder. Votre nom, s'il vous plaît.

— Jezmeen Shergill. Mon père s'appelait Devinder Singh Shergill.

— Votre numéro d'identification ?

— C'est quoi ? Le numéro de mon passeport ?

— Oui, madame. »

Jezmeen ouvrit le document, d'où tomba une petite carte. Elle récita les numéros.

« Je vais vérifier tout ça. Une petite minute, s'il vous plaît. »

La publicité précédente reprit – *Donnez plus de temps à votre famille*, chantaient-ils tous en chœur. Elle ramassa la carte précautionneusement pliée en deux. En l'ouvrant, elle eut le sentiment d'empiéter sur l'intimité de quelqu'un – pourtant, il n'y avait que deux noms et une adresse dessus.

Tejpal « Lucky » Singh,
location de voitures avec assurance accident
Dr Wadhwa, Restoration Road Clinic
S. CO. 01-36, Secteur 9-C, Madhya Marg, Chandigarh

L'écriture était appliquée, chaque lettre était arrondie et réfléchie. Il n'y avait rien d'inscrit au dos. Ces informations comptaient pour quelqu'un, cela ne faisait aucun doute.

« Madame Jezmeen Shergill ?

— Oui ?

— Je vois sur mon registre que vous utilisez beaucoup Internet.

— Je ne crois pas, non. Je m'en sers juste pour lire mes mails et pour surfer un peu… »

Elle se tut. Elle avait téléchargé trois épisodes de *The Boathouse* pendant sa nuit d'ivresse à Delhi et elle s'était endormie juste après l'horrible découverte : Polly Mishra était bien une excellente actrice.

« OK, c'est bon, je sais comment mon crédit est parti en fumée.

— Vous avez besoin d'autre chose ?

— Oui, vous pourriez recharger mon crédit, s'il vous plaît ?

— Veuillez patienter, je vous passe le département concerné. »

Elle poussa un long soupir. Encore la même musique. Elle reporta son attention sur la carte – à quoi bon essayer de chercher son propriétaire ? Elle ne savait même pas comment elle s'était retrouvée avec son passeport. Décidément, beaucoup de choses disparaissaient et apparaissaient pendant ce voyage : de retour de la frontière, après une bonne douche, elle s'était aperçue que son sèche-cheveux avait disparu de sa valise. Heureusement, ce n'était qu'un petit sèche-cheveux de voyage et pas le modèle professionnel à sept programmes qu'elle avait à Londres, qui était probablement aussi puissant qu'une petite voiture.

Quand la bande sonore de musique d'attente parvint à sa fin, la connexion coupa. « Merci pour votre service », commenta Jezmeen avec ironie. Elle passa ses nerfs sur la carte et la réduisit en miettes. Elle était en train de jeter les bouts de papier à la poubelle quand son portable sonna. Cameron. Elle n'était pas certaine de pouvoir l'entendre lui présenter un autre rôle d'Asiatique cliché idéal pour elle, et laissa donc sonner, le temps de respirer un bon coup. *Sois aussi cool et assurée que la présentatrice de BBC Lifestyle.* À l'écran, celle-ci portait désormais un panier en osier et se promenait le long d'un chemin pavé quelque part en France.

« Salut, Cameron !

— Salut, Jezmeen, comment tu vas ? »

Il avait l'air de bonne humeur, c'était bon signe.

« Tout va bien, répondit-elle.

— Tant mieux ! J'espère que tu ne passes pas ton temps à taper ton nom sur Google, hein ? »

Il accompagna son commentaire d'un rire un peu trop tonitruant au goût de Jezmeen et elle resta silencieuse. Il se racla la gorge et reprit :

« En fait, tu seras plutôt ravie d'apprendre que le scandale est en train de s'étouffer.

— Vraiment ? »

Pour Cameron, ne plus voir qu'une poignée de commentaires méchants et menaçants postés chaque jour sur Internet était sans doute une bonne nouvelle.

« Eh oui, tout le monde ne parle plus que de ce finaliste d'un télé-crochet américain qui aurait recherché des films porno avec les Simpson. Tu en as entendu parler ? C'est partout sur le Net !

— Non.

— Il devait sûrement être bourré, parce qu'il ne s'est pas rendu compte qu'il postait des tweets publics au lieu de taper dans la barre de recherche. Il en a posté dix-sept, précisément, avant de comprendre son erreur. La plupart étaient des fantasmes tordus impliquant Marge Simpson. »

Elle aurait bien compati avec cet homme, mais elle était trop soulagée qu'Internet ait trouvé un nouveau bouc émissaire. Et même presque offensée qu'on l'oublie aussi facilement. *Si Polly Mishra avait frappé un poisson à mort, les gens la détesteraient pendant des semaines !*

« Alors, tu aurais quelque chose pour moi ?

— Oui ! Je pense que ça va te plaire. Mais le rôle n'est pas encore bien défini. Il faudrait que tu rencontres un directeur de casting pour une série tournée en Inde.

— Ce n'est pas une audition ? »

Cela laissait présager que le réalisateur était déjà sûr de son choix et qu'il était prêt à lui faire sauter les auditions. Une rencontre pouvait être une simple formalité, pour vérifier qu'elle n'était pas folle. Ou ça pouvait être une petite conversation autour d'un café qui ne déboucherait sur rien de concret.

« Non, ce serait juste pour le rencontrer, confirma Cameron. Il a très envie de t'associer au projet. Le réalisateur s'appelle HC Kumar, je ne sais pas si tu as déjà entendu parler de lui, et son nouveau projet est une série en hindou et en anglais qui se déroule à Bombay, à cheval entre le film noir et le thriller, avec un personnage féminin très fort. C'est vraiment dans tes cordes, je pense, et en plus tu l'intéresses. »

Elle entendit à peine tout ce que Cameron avait dit après « HC Kumar ». Elle aurait voulu jeter le téléphone en l'air et crier de joie. Est-ce qu'elle avait entendu parler de lui ? Oh, trois fois rien, elle avait juste vu et revu tous ses films en grandissant.

« Quand est-ce qu'il veut me voir ?

— Je lui ai dit que tu étais en Inde en ce moment et que tu étais d'accord pour le rencontrer. Tu peux être à Delhi mardi ?

— Mardi », répéta Jezmeen.

Ses pensées fusèrent. Mardi, elle était censée se trouver au beau milieu des montagnes avec Rajni.

« Et mercredi, c'est possible ? demanda-t-elle en fermant les yeux, bien consciente qu'elle demandait au réalisateur de ses rêves d'attendre un jour pour la voir.

— Je n'en suis pas sûr, Jezmeen. Il a un emploi du temps de ministre. Tout ce que j'ai, c'est mardi à seize heures. »

Jezmeen Shergill dans la nouvelle série de HC Kumar. Elle laissa libre cours à son imagination l'espace d'un instant et vit défiler un avenir en or sous ses yeux. Son nom écrit en gros sur de grandes affiches, le public qui se demanderait d'où elle sortait et, surtout, comment il avait pu passer à côté d'elle aussi longtemps. Et les journaux qui titreraient « Bye bye, Polly Mishra ! ».

« Tu es toujours là ? Il me faut une réponse rapide, si tu ne peux pas, je…

— J'y serai », le coupa Jezmeen.

Quelqu'un frappa à la porte. « Entrez ! » dit Shirina. *Qu'est-ce qu'il est rapide, ce room service !* Elle n'avait commandé que cinq minutes plus tôt. Elle chercha quelque chose à se mettre sur le dos. Depuis son retour à l'hôtel après la dispute avec Rajni au McDonald's, elle était allée et venue dans sa chambre en se déshabillant progressivement. Par cette chaleur, le moindre tissu contre sa peau, même sa chemise de nuit en coton, l'oppressait.

« C'est moi. »

Shirina enfila un t-shirt et alla ouvrir à Jezmeen.

« Je peux entrer ?

— Bien sûr », répondit Shirina en se décalant.

Jezmeen entra et resta debout à côté de la salle de bains.

« Assieds-toi ici », proposa Shirina.

Elle poussa la pile de vêtements qu'elle avait enlevés plus tôt. Plus rien ne lui allait comme avant et ça l'avait encore plus énervée après le regard que Rajni lui avait lancé quand elle avait commandé deux glaces.

« Tu ne devineras jamais qui veut bien de moi, dit Jezmeen.

— Qui ça ?

— Un réalisateur. Devine, je te laisse trois chances. »

Elle était trop fatiguée pour jouer à ce petit jeu. Elle fit semblant de réfléchir pendant que Jezmeen sautillait d'impatience.

« HC Kumar ! cria Jezmeen.

— Wow ! Vraiment ? C'est génial.

— Eh oui, je sais. Mon agent vient juste de m'appeler, il veut que je le rencontre. Rien n'est encore joué, évidemment, mais ça s'annonce bien.

— Dis-moi que ce n'est pas lui qui est mouillé dans ce scandale. Tu sais, le type qu'on a filmé en train de dire à un assistant de production qu'il promettait des rôles à de jeunes actrices si elles acceptaient de coucher avec lui ?

— Où est-ce que tu as entendu parler de ça ? demanda Jezmeen, soudain inquiète.

— Il y a eu tout un tas d'articles à ce sujet. Son blockbuster vient juste de sortir.

— Ah, non ! Lui, c'est HR Sharma. Ce n'est pas le même, dit Jezmeen en rigolant. Pfiou, tu m'as fait peur ! Bref. Il pense que je pourrais convenir pour sa série et il veut me rencontrer. C'est pas génial, ça ?

— Si, vraiment génial », répondit Shirina. Elle pensait encore à ce réalisateur et à ce qu'elle avait lu sur lui. Quelqu'un avait posté un article d'un site people bollywoodien à propos du scandale. Les commentaires étaient nombreux, mais le plus populaire était celui-ci : *« A) Vous croyez vraiment tout ce qui est écrit sur ce site de merde ? B) Rien d'inhabituel dans l'industrie du cinéma. C) Est-ce qu'elle a fini par décrocher le rôle ? Je n'ai jamais entendu parler d'elle, si ça se trouve, elle a fait ça par dépit. D) Et puis d'abord, qu'est-ce que ça veut dire "attouchements" ? »*

La dernière question avait déclenché un débat sur ce qu'on pouvait considérer comme des gestes inappropriés et les modérateurs avaient fini par désactiver les commentaires et poster un message sur les règles à respecter. Elle n'avait pas participé, mais les réponses qui critiquaient le monde moderne, « trop sensible », l'avaient intriguée. Une femme avait écrit : *« De nos jours, on ne peut plus rien dire ou rien faire sans être accusé de harcèlement ou d'agression. Non mais où va le monde ? »*

L'exaspération qui sous-tendait ce commentaire, étrangement, l'avait soulagée. La veille, sa belle-mère lui avait donné un grand coup dans les côtes parce qu'elle avait laissé déborder la casserole de pâtes. Les larmes aux yeux – plus à cause du choc que de la douleur –, elle avait alors essuyé l'eau collante sur la cuisinière. À la fin de la journée, elle avait réussi à se convaincre d'une chose : sa belle-mère n'avait pas voulu la blesser, elle avait fait ça juste pour tirer la sonnette d'alarme. Quelle chance d'avoir une belle-mère qui réagissait aussi rapidement.

Jezmeen venait d'entrer dans la salle de bains et examinait sa peau dans le petit miroir grossissant. Elle passa la main dans ses cheveux mouillés.

« Je peux t'emprunter ton sèche-cheveux ? »

Avant que Shirina ait eu le temps de répondre, le sèche-cheveux était déjà en marche.

« Alors, comment c'était, la frontière ? demanda-t-elle quand Jezmeen eut fini.

— Sympa, répondit Jezmeen en se servant une généreuse dose de son soin pour les cheveux. Ils se donnent vraiment en spectacle, tout le monde tapait sa poitrine et sautait dans tous les sens. J'ai moi-même un peu dansé pour la mère patrie.

— Dis donc, tu es devenue patriote !

— Tant qu'à faire, autant s'imprégner le plus possible de l'atmosphère. Ç'aurait été encore mieux si tu avais été là.

— Je ne me sentais pas d'attaque pour me retrouver au milieu d'une grande foule, c'est tout.

— Je sais.

— Rajni m'en veut encore ?

— Ça lui passera.

— Je prends ce voyage autant au sérieux qu'elle. J'espère qu'elle va s'en rendre compte.

— Elle le sait, mais elle ne peut pas s'empêcher de monter sur ses grands chevaux. Je ne m'en ferais pas trop si j'étais toi.

— D'accord », répondit Shirina. Elle ne s'en faisait pas vraiment, mais elle partait pour Chandigarh le lendemain et elle préférait être en bons termes avec sa sœur. Elle ne savait pas quand elles auraient l'occasion de se revoir ; elle n'avait pas prévu de se rendre à Londres dans un futur proche et il était hors de question que ses sœurs viennent à Melbourne, puisqu'elles devineraient immédiatement qu'elle ne travaillait plus et que sa vie était désormais centrée sur son foyer. Et elles la jugeraient pour cela.

Toc, toc, toc. « Room service », annonça un groom derrière la porte. Shirina lui ouvrit et il posa un plateau sur la table placée dans un coin de la chambre. Il souleva ensuite les couvercles de chaque plat – riz basmati, légumes *korma*, raïta et deux *gulab jamuns* offerts par la maison.

« J'espère que le dessert vous redonnera des forces, madame, dit le jeune homme. Le réceptionniste m'a dit que vous ne vous sentiez pas bien – êtes-vous allée à l'hôpital ?

— Non, répondit-elle précipitamment. Oui. Enfin, je veux dire, je n'en ai pas eu besoin finalement. Je vais bien. »

Jezmeen ne faisait plus de bruit dans la salle de bains et entendait parfaitement la conversation.

« Bon, eh bien, merci », dit-elle en poussant le groom vers la porte. Elle prit quelques billets dans son sac – bien plus que nécessaire pour un pourboire, mais elle ne voulait pas qu'il prononce un mot de plus – et les lui tendit.

Jezmeen était sortie de la salle de bains et regardait le plateau de nourriture.

« Tu en veux ? lui demanda-t-elle. Il y a de quoi faire ! »

Il était un peu tôt pour dîner, mais si elles sortaient ce soir, elle aurait probablement encore faim.

« Non merci. »

Shirina évita de croiser les yeux de sa sœur et s'assit dans un fauteuil. Alors qu'elle mélangeait un peu de légumes avec le riz, elle se demanda comment elle allait expliquer à Jezmeen cette allusion à l'hôpital.

« Je me suis un peu emballée, dit-elle en feignant d'être gênée. Tu m'as vue tomber au bain ; c'était une sacrée chute, j'ai cru que je m'étais cassé le coccyx.

— Oh.

— J'ai peur de tomber. Et ça ne s'améliore pas avec le temps. Quand on était petites, nos os étaient comme du caoutchouc. Mais maintenant… je pense à papa qui a glissé dans la douche et continué sa vie pendant plusieurs jours sans savoir que cette chute le tuait à petit feu. »

Jezmeen la comprendrait. Après les funérailles de leur mère, elle lui avait confié qu'elle n'arrivait plus à dormir, toutes les petites choses qui pouvaient entraîner une mort précoce l'obsédaient.

Jezmeen hocha la tête, mais avait toujours l'air inquiète. Elle baladait les yeux avec l'air de chercher quoi répondre. C'était sûrement son imagination, mais Shirina eut l'impression que son regard s'attardait sur son ventre, dont on devinait la bosse sous son t-shirt. Elle se redressa, rentra le ventre et sentit le rouge lui monter aux joues.

« Ça n'a pas été facile, ces derniers mois », reprit-elle. Il fallait qu'elle continue de parler sinon Jezmeen ne la laisserait pas tranquille. Sa sœur ne devinerait rien si elle prétendait avoir seulement quelques difficultés à s'habituer à sa vie conjugale. Un peu d'honnêteté ne lui ferait pas de mal. Elle pouvait convaincre ses sœurs que son mal-être ne durerait que le temps qu'elle s'adapte à sa nouvelle vie. Parfois, elle arrivait à le croire elle-même.

« J'ai eu mon lot de stress au boulot ces derniers temps et je vais avoir plein de choses à faire en rentrant. »

Ce que Jezmeen ignorait, c'est qu'elle comptait les jours qui la séparaient de son retour à Melbourne. Une fois là-bas, tout rentrerait dans l'ordre, comme prévu.

« Et à la maison, ça va ? demanda Jezmeen. Avec Sehaj, avec ta belle-mère, tout va bien ?

— Oui, bien sûr ! »

Elle avait répondu trop vite et Jezmeen la regardait bizarrement.

« Enfin, il y a bien une petite période d'ajustement. C'est normal, nous ne sommes mariés que depuis quelques années », expliqua-t-elle d'un ton léger. Elle pensa aux sitcoms américaines, à ces scènes où une femme tend la cocotte à sa belle-mère qui fait la grimace et lui répond d'un « Merci, ma chère » hypocrite qui déclenche une salve de rires enregistrés. *Mais si, c'est drôle, voyons !* s'était-elle dit en vivant une scène similaire, lorsque sa belle-mère avait vidé son assiette dans la poubelle parce que son poulet était « trop cuit ». Elle avait proposé d'enlever les morceaux brûlés, mais sa belle-mère avait préféré une solution plus radicale et Sehaj – sa loyauté mise à l'épreuve – avait mangé mais sans finir son assiette.

« C'est dur parfois, tu sais ? » dit-elle.

Elle pouvait bien l'avouer à Jezmeen. Depuis Lauren, elle n'avait parlé à personne de son quotidien avec Sehaj et sa belle-mère dans cette maison immense et silencieuse.

« Ma belle-mère n'est pas facile. »

Ce seul aveu l'emplit de culpabilité. *Tu devrais être reconnaissante.*

« Elle a l'air d'être assez réservée, commenta Jezmeen. Mais bon, je ne l'ai vue qu'une seule fois, au mariage. »

Shirina hocha la tête.

« Elle n'a pas de mauvaises intentions, mais elle est très traditionnelle. Ce n'est pas sa faute. »

C'était à ce moment-là que Lauren haussait les sourcils ou disait quelque chose comme « on est tous responsables de nos actions ». Shirina fut surprise que Jezmeen n'ait pas une réaction à peu près similaire, mais se contente d'écouter. Elle chassa la petite voix qui lui disait qu'elle manquait de respect à sa belle-famille.

« Ce sont de petits riens, par exemple, elle exige que ma cuisine soit parfaite et veut que je repasse le linge d'une façon bien précise. »

Et ça me blesse. Mais le dire à voix haute, ç'aurait été aller trop loin. Se plaindre de petites choses n'était pas très grave. Sur le forum, des conversations entières étaient dédiées aux maltraitances. Mais elle s'interdisait de les ouvrir. Parler de maltraitance aurait été mentir. Elle n'avait pas de bleus et ne vivait pas dans un petit village avec une belle-mère qui la battait.

« Et Sehaj, qu'est-ce qu'il dit de tout ça ?

— Il ne prend pas vraiment parti.

— Parce qu'il choisit de ne pas le faire ou parce qu'il ne sait pas ce qu'il se passe ?

— Parce qu'il ne sait pas », mentit Shirina. Une fois, alors qu'ils étaient à table tous les trois, sa belle-mère avait commencé à parler d'une autre jeune femme qu'elle avait bien aimée sur le site de mariages arrangés. « Mais bon, la décision finale revient au fils, non ? Et c'est toi qu'il a choisie », avait-elle dit en tapotant la main de Shirina. Tout ce qu'il avait fait, c'était lancer un regard noir à sa mère. Celle-ci avait adopté une voix si douce, un ton si gentil, qu'il lui avait fallu un peu de temps pour comprendre que c'était une injure. Mais pendant la nuit, incapable de dormir, elle avait ruminé ces mots. « Pourquoi tu n'as rien dit ? » avait-elle demandé à Sehaj en lui secouant les épaules. Encore tout endormi, il s'était redressé et avait marmonné quelque chose comme « Ça ne valait pas la peine de se disputer ».

« Tu ne peux pas en parler avec lui ? demanda Jezmeen.

— Pas vraiment. Ce n'est pas facile de s'interposer entre une mère et son fils, surtout quand il est son seul soutien depuis tant d'années.

— Mais ce n'est pas juste pour toi. Et pour lui non plus.

— Je sais », répondit Shirina en fermant les yeux.

Si Jezmeen savait tout ce qu'elle sacrifiait pour ne pas faire de vagues, elle serait outrée. L'inquiétude qu'elle avait vue sur son visage avait été remplacée par de la colère.

« C'est un sujet délicat. En plus, elle ne va pas bien.

— Ah bon ? Qu'est-ce qu'elle a ?

— Elle a subi une opération de la hanche. Sa convalescence est longue et douloureuse. Je l'ai beaucoup aidée. Elle a besoin de moi pour monter l'escalier et, comme elle ne peut pas rester debout très longtemps, j'ai encore plus de tâches ménagères. »

Tu veux dire qu'en plus de ton boulot à plein temps, tu es l'infirmière de ta belle-mère ? Shirina s'attendait à ce que sa sœur, incrédule et outrée, la juge stupide d'avoir accepté d'endosser ce rôle. Lauren, elle, l'avait regardée avec pitié et tout ce qu'elle avait dit ensuite avait été teinté de condescendance, comme si Shirina ne savait pas que d'autres solutions s'offraient à elle et qu'il ne s'agissait pas d'un sacrifice contraint.

Mais Jezmeen hocha la tête et attendit. La chambre était si silencieuse qu'on entendait la valise d'un autre client de l'hôtel rouler sur le sol à l'autre bout du couloir.

« Mais rien d'insurmontable, dit-elle pour rassurer sa sœur. C'est plutôt stressant, mais je m'en sors, et cette pause me fait du bien.

— On ne peut pas dire que ce soit une vraie pause, fit remarquer Jezmeen. On a cet itinéraire à suivre à la lettre et puis on est plus ou moins séquestrées à l'hôtel tous les soirs, parce que se balader seule dans ces rues la nuit quand on est une femme n'est pas ce qu'il y a de plus sûr. C'est pour ça que je voulais vraiment aller à Goa – pour m'allonger sur la plage et me sentir libre. Mais bon, ça ne va pas se faire. »

Shirina haussa les épaules, mais elle aussi aurait bien tout abandonné pour aller s'allonger sur la plage.

« On aura d'autres vacances pour en profiter. Cette fois, on est là pour notre famille.

— Tu as hâte de rencontrer les parents de Sehaj alors ? Ils vont donner une grande fête en ton honneur ? Tu ne seras pas cantonnée aux tâches ménagères avec les autres filles du village, j'espère ?

— Tout ira bien. Ils sont très gentils », répondit Shirina. Quand ils apprenaient encore à se connaître en ligne, dans sa tête, elle avait inventé toute une famille éloignée à Sehaj et, de la même façon, elle s'en était imaginé une aussi. Tous étaient gentils, chaleureux et impatients de l'accueillir parmi eux. Chaque fois qu'elle appréhendait ce qui allait lui arriver dans le cabinet du médecin à Chandigarh, elle chassait l'image de la clinique pour la remplacer par celle d'une grande famille qui l'attendait devant une grande ferme où vivaient plusieurs générations. Tous lui faisaient coucou de la main et n'avaient qu'une hâte : l'accueillir chez eux.

13

Sixième jour : Amritsar, Pendjab. Réveiller le guru

Aujourd'hui, rendez-vous au temple avant le lever du soleil pour assister à une cérémonie importante. Notre livre saint, le Guru Granth Sahib, *est considéré comme le onzième et dernier guru. Tous les matins, on le réveille et on le transporte au temple, où des volontaires ont déjà nettoyé chaque recoin de son autel et lavé le sol avec du lait. Assistez à cette cérémonie et récitez le nom de Dieu avec tous les sikhs présents sur place et ceux du monde entier. Après ça, allez faire le seva en cuisine et aidez à la préparation du repas pour tous ceux qui se sont levés tôt pour participer au réveil du guru.*

Il était si tôt que Rajni avait l'impression d'être coincée entre le sommeil et l'éveil, la conscience encore voilée. Debout au milieu de la foule à l'entrée du temple avec Jezmeen et Shirina, elle attendait la procession. L'atmosphère était à la fois solennelle et festive – tout le monde avait hâte que le guru soit là. « Ils arrivent ? Tu le vois ? » demanda Jezmeen à plusieurs reprises quand retentit le son des trompettes et que la foule commença à s'agiter. Shirina se mit sur la pointe des pieds et essaya de voir au-delà de cette foule qui semblait s'étendre dans toute la ville.

Paré de toutes ses lumières dorées et irradiant contre l'obscurité de la nuit, le temple était encore plus beau maintenant, juste avant le lever du soleil. Rajni avança cahin-caha au milieu des fidèles vers le sarovar et finit par voir le reflet mouvant du temple dans l'eau. Ce reflet capturait quelque chose de fugace : l'essence même du lieu. Elle préférait cette forme floue et mouvante. Le temple lui-même était trop saisissant, comme un souvenir qu'on essayait d'oublier mais qui devenait plus net et plus précis. Dans l'eau, il n'était plus qu'une illusion de lumières.

Des téléphones portables vissés sur des perches à selfie jaillirent. Les chants se rapprochaient. Jezmeen était la plus grande ; elle aurait pu tendre ses longs bras pour prendre une photo, mais elle n'en fit rien. Shirina non plus. La seule personne pour laquelle Rajni aurait voulu photographier cette cérémonie était sa mère. Mais comme elle n'était plus là, inutile de prendre des photos. Elle tâta son sac pour vérifier que son téléphone s'y trouvait toujours et se concentra sur les chants. Tout autour d'elle, les gens s'étaient mis à scander ensemble le nom divin, *waheguru*. Même si elle pensait n'être là qu'en simple spectatrice, elle sentit ses lèvres bouger pour former ce mot qui avait occupé tant de place dans la maison de son enfance. Sa mère avait soupiré *waheguru* chaque fois que son dos craquait. Elle l'avait prononcé après chaque éternuement, chaque prière, chaque malheur et chaque « intervention divine ». *En cas de problème, vous n'avez qu'à dire* waheguru *et Dieu répondra*.

Sa mère lui avait expliqué ce qu'était le onzième guru quand elle était petite, bien avant la naissance de Jezmeen et Shirina. C'était le dixième guru, Guru Gobind Singh, qui avait décidé de faire du livre des saintes écritures le dernier guru. Le gros livre était placé sur un autel particulier dans chaque temple, drapé d'une étoffe ornée de motifs religieux.

Rajni ne s'était interrogée à propos du onzième guru que des années plus tard :

« Mais pourquoi le dixième guru n'a pas voulu qu'une autre personne lui succède ?

— Il devait sûrement connaître les hommes », avait répondu sa mère. Même à cet âge, Rajni avait compris que sa mère n'avait pas foi en l'humanité. La famille de son père gardait les terres qui revenaient de droit à sa mère. Si elle voulait sa part, il y avait des conditions. Mais comme ils ne disaient jamais franchement quelles étaient ces conditions, sa mère avait décidé de se rendre en Inde – les négociations seraient plus faciles à mener en personne plutôt qu'en passant des appels longue distance interminables et chers. Les difficultés financières commençaient à se faire sentir depuis la mort du chef de famille.

Les chants devinrent plus forts et plus fiévreux. Les trompettes annoncèrent la venue du livre saint. « Le voilà », dit Jezmeen en tirant sur la manche de Rajni. Un homme qui portait un turban vint se placer devant elles, son petit garçon sur les épaules. Dans la foule qui poussait de tous les côtés pour mieux voir ou prendre des photos, Rajni réussit momentanément à apercevoir le livre : il était drapé d'une pièce de tissu doré et juché sur un palanquin porté par des hommes devant lesquels la foule s'écartait pour leur faire un passage. Les chants gagnèrent encore en intensité et en joie.

Plus le livre se rapprochait, plus les gens poussaient. La ferveur des chants mit Rajni mal à l'aise. Le dos dégoulinant de sueur, elle se sentait vaciller. Elle voulut s'accrocher aux bras de ses sœurs, mais elle n'avait même plus la place de bouger. « Excusez-moi », dit-elle, en vain. La foule avança encore et elle eut peur de perdre pied et de se faire écraser. Elle essaya de garder l'équilibre et de résister au flot qui la poussait en avant. Soudain, une douleur fulgurante explosa dans sa cheville. Elle cria mais personne ne l'entendit. Autour d'elle, on continuait de scander le mot censé guérir tous les maux : *waheguru, waheguru.*

Les corps ne s'éloignèrent les uns des autres que lorsque le livre eut disparu. Rajni pouvait à nouveau bouger et attira ses sœurs à l'écart.

« On ne devrait pas rester plus longtemps pour écouter le granthi ? demanda Jezmeen.

— C'est bon, il va être rediffusé partout, dit-elle en grimaçant à cause de la douleur.

— Pourquoi maman ne nous a pas demandé de participer à la cérémonie ? demanda Jezmeen.

— Tu as envie de participer ? s'étonna Rajni. C'était vraiment intense.

— Même si on le voulait, on ne pourrait pas, commenta Shirina. Seuls certains sikhs ont le droit de préparer l'autel. Tous ceux qui le nettoient et qui lavent le sol avec du lait à deux heures du matin sont baptisés.

— Et ce sont pratiquement tous des hommes, ajouta Rajni en jetant un coup d'œil alentour. Soit il y a une règle qui le précise, soit ils se sont attribué cette fonction. »

Quand leur père était mort, leur mère n'avait pas eu le droit de répandre ses cendres. Des oncles et cousins éloignés s'en étaient chargés à sa place.

« Maintenant que j'y pense, on a eu de la chance que personne n'essaie de nous interdire de disperser les cendres de maman, sous prétexte que nous sommes des femmes.

— Quelle règle débile, répondit Jezmeen. Je ne vois pas quelles raisons ils peuvent avancer pour la justifier.

— Mais ce sont les règles », dit Shirina.

Jusqu'à présent, celle-ci avait eu l'air encore plus fatiguée que la veille, mais elle semblait s'être réveillée spécialement pour cette intervention.

« Ça ne veut pas dire qu'elles ont une raison d'être, objecta Jezmeen.

— Peut-être qu'on doit juste les appliquer sans se poser de question, persista Shirina.

— Donc, si quelqu'un venait nous dire qu'on ne peut pas disperser les cendres de maman parce que nous sommes des femmes, tu ne broncherais pas ? lui demanda Rajni.

— Je ne serais pas contente, mais il faudrait obéir. Il faut savoir accepter certaines choses. »

Jezmeen eut l'air choquée.

« Mais…, commença Rajni.

— Si on décide d'obéir aux traditions, on le fait jusqu'au bout, on ne choisit pas celles qui nous plaisent et celles qui ne nous plaisent pas », la coupa Shirina.

Rajni ne l'avait jamais vue s'emporter ainsi.

« Et toi, dit Shirina en se tournant vers Jezmeen, tu veux commencer à faire la chasse aux inégalités dans tout et n'importe quoi, c'est ça ? Eh bien, la liste est longue, et laisse-moi te dire que tu n'en verras jamais le bout. »

Rajni et Jezmeen se regardèrent, perplexes. Qu'est-ce qui lui prenait ? Elles se remirent en marche en silence. Une annonce diffusée par les haut-parleurs vint interrompre les pensées de Rajni : le granthi commençait sa lecture. L'écho de chacune de ses syllabes se réverbérait partout mais on comprenait difficilement ce qu'il disait. Quand elles étaient plus jeunes, leur mère allumait la radio tous les matins pour écouter le granthi. Comme beaucoup de sikhs, elle attendait ses conseils quotidiens pour commencer sa journée. Le Temple d'or était le cœur battant du monde sikh : il insufflait son message vital dans des milliers de foyers. La douleur dans la cheville de Rajni se fit plus pressante. *Si seulement je pouvais la faire disparaître en prononçant le nom de Dieu.* Elle réussit tout de même à descendre les marches sans trop de mal.

La préparation du petit déjeuner battait son plein à l'arrivée des trois sœurs. Des volontaires s'affairaient dans tous les coins de la cuisine. Des vieilles femmes assises sur des tapis séparaient les gousses d'ail à la main et posaient les épluchures sur des journaux étalés devant elles. Un groupe d'hommes s'occupaient de la grande machine qui avalait des boules de pâte posées sur un tapis roulant et les aplatissait en rotis. Jezmeen, Shirina et Rajni se tenaient dans un coin de la cuisine comme des étudiantes qui débarqueraient dans la cafétéria sans savoir où s'asseoir. Ce n'est que lorsqu'un groupe de touristes européens les dépassa – créant sur leur passage une bourrasque avec leurs dreadlocks qui sentaient le bois de santal – et se dispersa dans la salle que Jezmeen réalisa que personne n'attendait rien de particulier d'elles. Suivie par Rajni, elle rejoignit les femmes près des éviers où la vaisselle des premiers services s'entassait déjà. Shirina se trouva un autre coin dans la cuisine, comme si elle cherchait à s'éloigner le plus possible de ses sœurs.

Jezmeen et Rajni prirent vite le rythme ; quand ses gestes furent devenus mécaniques, Jezmeen se tourna vers Rajni :

« Qu'est-ce qui se passe avec notre petite sœur ? Pourquoi elle a pété un câble comme ça ? »

Plus loin, Shirina s'installait avec un petit groupe de femmes pour éplucher des pommes de terre. Elles hochèrent la tête et sourirent avant de lui faire une place et de lui passer un épluche-légumes et un seau de pommes de terre.

« Je ne sais pas, c'est vraiment bizarre.

— Elle n'a pas l'air heureuse. Hier, elle a commencé à se confier, mais j'ai bien vu qu'elle ne me disait pas tout. Je pense que ce voyage dans le village de sa belle-famille ne l'enchante pas du tout. En plus, elle a l'air super fatiguée, non ? On dirait que quelque chose la tracasse en permanence. »

Rajni plongea une assiette métallique dans l'eau savonneuse et la tendit à Jezmeen pour qu'elle la rince.

« Aller voir la famille au village n'est jamais drôle, dit-elle. L'excitation retombe au bout de quelques heures et on arrête de te traiter comme une invitée de marque. Au moins, elle n'est pas célibataire. Moi, j'avais quinze ans, et il y avait toujours quelqu'un pour faire remarquer que j'étais bonne à marier.

— Qu'est-ce que maman a répondu à ça ? » demanda Jezmeen.

Rajni hésita.

« Eh bien, disons qu'elle n'a pas vraiment protesté.

— Mais tu avais quinze ans !

— Oui, mais maman aurait fait n'importe quoi pour faire plaisir à la famille.

— Pourquoi ?

— Toujours pour les impressionner, j'imagine. Pour leur montrer que nous n'avions pas oublié nos racines. »

Rajni astiqua vigoureusement une tasse pour faire disparaître une saleté incrustée. On aurait dit qu'elle avait d'autres choses à dire sur le sujet mais qu'elle n'osait pas.

« Est-ce qu'on devrait parler à Shirina ? s'interrogea Jezmeen. Lui demander ce qui ne va pas ? Peut-être qu'elle aura plus de facilité à parler avec toi ?

— Et pourquoi ça ? Vous avez moins d'années d'écart.

— Mais tu es mariée, toi aussi. Tu as aussi dû avoir ton lot de problèmes avec ta belle-famille quand tu as épousé Kabir, non ? Il a bien fallu que tu fasses certaines choses et que tu rendes visite à certaines personnes ? »

Jezmeen venait de se rappeler le premier jour de Rajni dans sa nouvelle maison : sa sœur avait dû toucher les pieds de toute la famille de Kabir. Debout derrière elle, Jezmeen avait senti monter une vague de dégoût : jamais elle ne s'abaisserait à toucher les pieds de qui que ce soit. « Je ne me marierai jamais ! » avait-elle claironné ce jour-là, au grand dam de sa mère.

« Mais je n'ai jamais été forcée à faire quelque chose que je refusais, dit Rajni. J'aurais pu dire non.

— Je crois que Shirina n'a pas ce luxe », répondit Jezmeen en regardant leur sœur, qui s'appliquait à sa tâche, penchée en avant. Elle épluchait les pommes de terre méthodiquement et en faisait une belle pile au lieu de les jeter dans la bassine comme les autres femmes. Chacun de ses gestes était précis et calculé, elle jouait son rôle à la perfection.

« Qu'est-ce que tu penses de Sehaj ? voulut savoir Jezmeen.

— Pourquoi tu me demandes ça ? répondit Rajni avec étonnement.

— Je n'ai jamais réussi à le cerner. Les fiançailles et le mariage sont arrivés si vite !

— C'est ce que Shirina voulait. Elle a sûrement dû faire quelques efforts, mais on doit accepter les concessions quand on se marie. »

Songeuse, Rajni plongea les mains dans l'eau savonneuse.

« Mais maintenant que tu en parles, c'est vrai qu'il s'est passé un truc étrange au café l'autre jour.

— Quoi ?

— Ce n'est sûrement rien, mais je lui ai parlé des traitements pour la fertilité que maman voulait absolument me faire prendre et elle a eu l'air très intéressée. Mais ensuite, j'ai reçu ton message et je n'ai pas eu le temps de m'appesantir sur la question. Je n'ai pas vraiment d'autre raison de le penser, mais peut-être qu'elle essaie de tomber enceinte et que ça ne marche pas ? Après mes fausses couches, moi aussi, j'avais pris du poids et j'étais vraiment déprimée.

— On lui en parle, alors ?

— Personnellement, je n'ai aucune envie d'ouvrir la discussion. C'est vraiment un sujet délicat. Attendons de voir si elle le fait d'elle-même. »

Elle changea de position et grimaça.

« Tu as toujours mal ? » demanda Jezmeen.

En chemin, elle s'était arrêtée deux fois pour palper sa cheville.

« Je ne sais pas pourquoi ça me fait aussi mal, j'ai déjà vécu quelques atterrissages difficiles sans problème.

— On est à l'étranger, répondit Jezmeen en haussant les épaules.

— Quel rapport ?

— Le corps change avec l'environnement. Tes cheveux peuvent devenir plus secs ou plus doux, tes yeux changent de couleur et même les rêves deviennent bizarres et colorés. Je me trompe ?

— Tu as peut-être raison, dit Rajni. Ma cheville guérira toute seule en rentrant à Londres, alors.

— Ou tu peux aussi aller te baigner dans le sarovar. Je vais y retourner après, je commence vraiment à croire en son pouvoir de guérison.

— Pitié, Jezmeen.

— Quoi ?

— Tu sais très bien que ça ne va rien faire. Ce n'est que de l'eau.

— Rentre dedans en mettant tes doutes de côté et, qui sait, peut-être que tu ressentiras une amélioration. Ce n'est pas pour rien qu'on appelle cette eau "nectar d'immortalité" !

— C'est une métaphore, rien d'autre. »

Jezmeen leva les yeux au ciel.

« Sans déconner ! Et moi qui croyais devenir immortelle en allant prendre un petit bain, répondit-elle avec tout de même une légère pointe de déception.

— À force de vanter les mérites de cette eau, tu commences vraiment à me faire penser à maman. Elle était convaincue que cela pourrait guérir son cancer. En toute honnêteté, je ne pensais pas que tu croyais à ce genre de choses. C'est ce pèlerinage qui t'a fait changer ?

— Croire en quelque chose ne fait pas de mal, rétorqua Jezmeen. Et puis qu'est-ce qu'on ferait ici sinon ?

— Nous sommes là parce que c'est ce que maman voulait.

— Je voulais parler de notre existence. Qu'est-ce que nous ferions sur Terre ? Quel est le sens de la vie ? »

Jezmeen fut surprise par sa propre question. Elle ne l'avait jamais formulée auparavant, mais ça la tracassait depuis l'incident avec l'arowana. Elle avait toujours voulu qu'on se souvienne d'elle pour son travail, mais maintenant les gens risquaient de ne se souvenir que de sa plus grosse erreur.

« Oh, je ne sais pas, répondit Rajni. Je crois que j'ai juste envie de vivre au jour le jour. »

Avec tous ses soupirs et ses regrets sur sa vie, si éloignée de celle qu'elle s'était imaginée, Rajni ressemblait de plus en plus à leur mère.

« Tu n'es pas curieuse de savoir ce qui nous attend après ? Il ne t'arrive jamais de faire des choses et de te demander pourquoi tu les fais ? » insista Jezmeen.

Elle lui lança un regard mauvais.

« Si je pensais à la raison de chacun de mes gestes avant de les accomplir, je ne ferais jamais rien. Je passerais mes journées comme maman, à exécuter en permanence des petits rituels qui de toute façon ne changeaient rien, et à prier en étant convaincue que l'au-delà serait meilleur et moins décevant que ce monde-ci.

— À t'écouter, maman était vraiment aigrie. Mais ce n'est pas parce qu'elle voulait échapper à ce monde qu'elle avait hâte d'en finir !

— Alors pourquoi est-ce qu'elle nous a demandé de l'aider à mourir ?

— Parce qu'elle souffrait ! répondit Jezmeen, les larmes aux yeux. Et si je me souviens bien, tu n'as pas rechigné à l'aider !

— Je voulais l'aider du mieux que je pouvais. Jamais je n'aurais imaginé que je ferais des cauchemars sur sa mort pendant aussi longtemps. »

Jezmeen la dévisagea. Elle aussi rêvait de leur mère ? Rajni s'était remise à frotter les assiettes. Son visage était marqué par la colère et elle mobilisait beaucoup plus de force que nécessaire pour faire la vaisselle. Elle avait eu la même expression ce jour-là, lorsque leur mère les avait chassées de sa chambre d'hôpital et que Jezmeen avait insisté pour qu'elles aillent prévenir les infirmières. Rajni l'avait retenue par l'épaule et lui avait dit d'arrêter. « Lâche-moi ! » avait crié Jezmeen en se débattant. Elle avait fait signe à une infirmière qui passait dans le couloir et l'avait appelée. Et puis le poing de Rajni était venu s'écraser sur son visage au ralenti. La douleur avait explosé dans sa joue et tout s'était enchaîné très vite. Shirina s'était collée au mur, les mains plaquées sur la bouche et les yeux grands ouverts de surprise. L'infirmière avait couru pour les séparer et on leur avait demandé de quitter l'hôpital.

Le lendemain, Jezmeen n'avait répondu à aucun des appels de Rajni. Elle avait laissé sonner son téléphone jusqu'à ce que la batterie se décharge complètement et s'était appliqué du fond de teint pour cacher l'hématome violet qui lui colorait la joue. *Tu ne comprends pas que je ne veux pas te parler ?* Aucune excuse ne pourrait réparer ça. Quand elle avait branché son téléphone pour le charger, un message de Rajni était apparu à l'écran : « *Décroche. C'est maman.* »

Quand elles étaient allées chercher les affaires de leur mère à l'hôpital, Jezmeen avait espéré qu'elle soit morte dans son sommeil, comme elle l'avait souhaité. Depuis, les rêves où elle voyait sa mère ouvrir la pochette à bijoux et avaler les cachets un par un comme des bonbons n'avaient pas cessé.

14

Novembre précédent

Sita est assise, le dos droit, sur son lit d'hôpital. Elle vient juste de terminer de lire la lettre à ses filles. Satisfaite, elle la plie et la pose sur ses genoux. Elle n'a rien à ajouter mais s'éclaircit tout de même la gorge pour rompre le silence tendu qui pèse sur la pièce.

Sans surprise, Jezmeen la dévisage avec horreur. *Si ça ne tenait qu'à elle, tout le monde vivrait éternellement et personne ne grandirait !* Jezmeen avait sa place dans un film : conservée sur une pellicule qu'on montrerait encore et encore. Ainsi, au bout de dix ou vingt ans, elle n'aurait toujours pas pris une ride. Rajni, elle, hoche la tête. *C'est bon signe.* Elles en ont déjà discuté toutes les deux, mais Rajni aurait pu changer d'avis, maintenant que tout ça devenait bien réel. Shirina, enfin, promène un regard inquiet sur ses sœurs.

« Tu es sûre que tu en as assez ? » chuchote Rajni.

Elle est pratiquement sûre que sa voisine de chambre est à moitié sourde. Elle est parvenue à cette conclusion à force de la voir monter le volume au maximum pour écouter les infos à la radio tous les soirs.

Jezmeen se tourne vers son aînée :

« Attends, tu ne vas pas sérieusement la laisser faire ? »

Rajni et elle échangent un regard, que Jezmeen surprend.

« Tu vois bien qu'elle souffre, dit Rajni. Elle veut juste que tout ça s'arrête. Et nous… elle… y a réfléchi depuis un bon moment. »

C'est une petite erreur de rien du tout, mais qui n'échappe pas à Jezmeen. Elle grimace, non pas à cause de la douleur, mais parce qu'elle sait que Rajni va devoir expliquer ce « nous ». Expliquer que, dès l'annonce du cancer, elle a su exactement quelles souffrances l'attendaient et qu'elle n'avait aucune envie de s'accrocher à la vie quand son corps la lâcherait. Elle a demandé de l'aide à Rajni et celle-ci lui a montré quelques sites Internet et trouvé certains endroits en Europe où elle pourrait mourir avec dignité. Elles ont téléchargé quelques brochures et pensé à une euthanasie là-bas. Et puis la réalité les a rattrapées : tout ça avait un coût astronomique. Cette option signifiait dire adieu à la petite réserve qu'elle avait tirée de la vente de la maison et qu'elle voulait laisser à ses filles et à son petit-fils. Il n'en était pas question. Elle avait vivoté pendant la majorité de sa vie, pourquoi dépenser une folie pour sa mort ? Comment mettre fin à ses jours paisiblement et sans avoir besoin de réserver une chambre dans une clinique suisse ? Même avant son diagnostic, elle a toujours envisagé la mort comme une grande vague qui vient nous engloutir et nous apporter un sommeil éternel. L'idée de s'enfoncer dans ce sommeil profond est encore plus alléchante maintenant que les douleurs la tiennent éveillée la plus grande partie de ses nuits.

Et puis elle s'est souvenue des somnifères. Les infirmières lui en donnaient un chaque soir. Alors elle les a mis de côté et a dû supporter quelques nuits d'agonie en échange de la promesse d'un sommeil éternel paisible. Si elle en parle à ses filles, c'est seulement pour ne pas les prendre au dépourvu. Elle a aussi besoin que quelqu'un monte la garde et empêche quiconque d'entrer dans la chambre. Il est capital qu'on ne l'interrompe pas.

« Essaie de comprendre, beti, dit-elle en prenant la main de Jezmeen dans l'espoir de la toucher. Mon état ne s'améliore pas.

— Mais les médecins n'ont pas dit que c'était sans espoir. Personne n'a dit que tu allais mourir. »

Rajni soupire exactement en même temps qu'elle et cela les surprend toutes les deux.

« Maman ne va pas s'en remettre, tous les indices sont là. Le cancer s'étend et la chimio ne fait plus d'effet. Ça signifie que…

— Ça signifie qu'un miracle peut toujours se produire ! On entend tout le temps ce genre d'histoires, des malades qui guérissent comme par magie, des paralysés qui recommencent à marcher. C'est toujours possible.

— Mais ça n'arrivera pas », dit Shirina doucement.

À cet instant précis, elle éprouve de la reconnaissance envers sa benjamine. Celle-ci vient tout juste d'arriver, elle a pris le premier avion quand Rajni l'a prévenue qu'il n'y en avait plus pour longtemps. La réaction de Jezmeen n'est ni réaliste ni motivée par aucune foi, et ça, Shirina le comprend. Jezmeen ne pense pas que Dieu va l'aider. Elle espère simplement un miracle médical, une bizarrerie inexplicable qui la sauvera *in extremis*. C'est complètement irrationnel, mais après tout Jezmeen a réagi de la même façon après la mort de son père. Elle avait beau lui répéter que son père était aux côtés de Dieu, Jezmeen était restée convaincue pendant des années qu'il n'était pas vraiment mort. À douze ans, elle avait passé un temps fou à faire des recherches sur les personnes qui simulaient leur propre mort pour des raisons diverses. Un jour, Jezmeen avait raconté l'histoire d'un Américain qui avait orchestré une chute « fatale » lors d'un week-end de camping en famille. Mais il n'était pas mort et profitait de la vie avec sa nouvelle famille. « Arrête d'être stupide ! » avait-elle crié. S'occuper de tout ce que son mari avait laissé derrière lui était déjà bien assez éprouvant sans devoir en plus imaginer qu'il menait une vie paisible dans une autre ville.

« Pourquoi tu nous le dis, si tu as pris ta décision ? demande Jezmeen.

— Je ne veux pas que vous ayez de mauvaise surprise et j'aimerais vous avoir à mes côtés quand je le ferai. Il faudra que vous accomplissiez ce pèlerinage pour moi. Vous prendrez ce bain dans le sarovar et vous irez faire le seva. »

Sa honte est infinie. Dieu ne sera pas content si elle parvient à ses fins. Sa religion ne cautionne pas le suicide. Quel genre de personne peut bien jeter sa vie aux orties ? Chaque fois qu'elle dissimulait un nouveau cachet, elle y pensait et faisait des efforts draconiens pour ne pas se laisser submerger par la culpabilité. La vie est faite pour être chérie, pas pour être gâchée ou jetée, elle le sait bien, mais est-ce que sa vie n'est pas déjà gâchée ? À quoi bon vivre si c'est seulement pour attendre la mort ? Tout ce qu'elle fait, c'est prendre inutilement de la place sur Terre. Elle a déjà mille fois développé ce genre d'arguments en prévision du moment de sa rencontre avec Dieu, mais sans jamais être pleinement satisfaite. Une seule chose est sûre : ses filles auront le temps de s'absoudre. Si elles font le guet pour elle, elles auront toute leur vie pour se faire pardonner de Dieu, et elles commenceront par ce pèlerinage. En Inde, elles viendront en aide à leur prochain, se purifieront et entreprendront l'ascension d'une montagne pour atteindre un haut niveau de spiritualité. Tout est détaillé dans la lettre.

« Allez, les filles, arrêtez, dit Jezmeen. Tout ça est ridicule ! Elle débloque ou quelque chose comme ça.

— Non, insiste Rajni. Maman souffre mais elle a toute sa tête. Et je ne pense pas que ce soit une mauvaise idée.

— Mais ce sera comme si on…

— Non.

— … l'encourageait à se suicider. »

Ce mot se matérialise devant elles et prend toute la place dans la pièce. Rajni croise les bras.

« Et c'est mieux de rester là à ne rien faire et laisser maman souffrir ? Je ne pense pas que tout soit noir ou blanc à ce stade, Jezmeen. Dans certaines circonstances, il…

— Tu ne veux pas qu'elle arrête de souffrir ? demande Shirina à Jezmeen. Si c'est ce qu'elle veut, l'aider est la bonne chose à faire et la solution la plus humaine. »

Acculée, Jezmeen regarde tour à tour ses sœurs et sa mère.

« Bien sûr que je veux qu'elle arrête de souffrir. Mais ça, c'est vraiment mal. Ce n'est pas la bonne chose à faire.

— Alors c'est quoi, la bonne chose à faire selon toi ? demande Rajni.

— Les médecins ont bien dit qu'ils feraient tout pour que tu te sentes le mieux possible ?

— Tu trouves qu'elle a l'air d'aller bien, toi ? rétorque Rajni. Elle souffre. Ils ne peuvent pas faire grand-chose pour soulager un patient en stade terminal. Il n'y a rien de pire : ils lui donnent de la morphine pour faire taire la douleur, mais elle ne peut rien espérer de mieux. Tu aimerais, toi, dépendre d'une drogue qu'on t'administre en quantité suffisante pour calmer la douleur, mais attention, sans excès pour ne pas te tuer ?

— Jezmeen, s'il te plaît, essaie de comprendre », murmure Sita sans trop de conviction.

Elle sent que la douleur revient doucement et qu'elle électrifiera bientôt tout son corps. Pour se préparer au choc, elle s'agrippe aux couvertures, ce qui ne passe pas inaperçu.

« Maman ? » demande Rajni, avant de tendre la main pour prendre la sienne. *Non.* Elle tressaille ; la pire chose quand elle se prépare à la prochaine vague de douleur, c'est qu'on la touche.

« Laissez-moi un moment, chuchote-t-elle. Allez faire un tour toutes les trois. »

Elle ferme les yeux et les bruits de pas s'éloignent sur le linoléum. Un souvenir lui apparaît : Jezmeen et Shirina, petites, qui s'aventurent à pas de loup dans la maison le dimanche matin pour ne réveiller personne. Elle les entend et se demande si elle doit rester au lit ou aller les voir. Chaque fois, la tentation de rester au lit était forte, surtout juste après la mort de son mari et encore plus tard, quand les rumeurs ont commencé à circuler. Mais quelque chose finissait toujours par la tirer du lit et la guider au rez-de-chaussée, où elle les trouvait en train de rire sur le canapé ou de s'amuser dans la cuisine.

Un cri court mais perçant vient interrompre sa rêverie. Elle sait immédiatement que c'est Jezmeen, mais elle n'ouvre pas les yeux car la bataille qui fait désormais rage dans son corps va bientôt mettre tous ses sens en veille. Elle s'agite, gémit et appuie sur le bouton pour appeler une infirmière. Il y a plusieurs bruits de pas dans le couloir, mais personne n'entre. *Vite, à l'aide !* À qui s'adresse-t-elle, au juste ? Ses filles, les infirmières ou Dieu en personne ? La pochette à bijoux est dans la commode. Jezmeen a refermé le tiroir dès qu'elle a compris ce qu'elle lui demandait. Alors elle annule l'appel passé aux infirmières et se penche pour ouvrir le tiroir en luttant contre la douleur cinglante que ce geste lui cause. Une fois la pochette en main, elle récite une prière pour ses filles.

15

La lumière matinale qui se reflétait sur l'eau calme du sarovar attira le regard de Rajni. L'eau miraculeuse. Elle boitilla jusqu'au bain réservé aux femmes. Jezmeen et Shirina étaient encore en train de servir, mais elle avait besoin d'une pause. La chaleur et la clameur de la cuisine, comme celles du gurdwara à Delhi, avaient fini par l'étouffer. Rester debout devant l'évier n'avait pas aidé sa cheville à se remettre. *Après tout, la fraîcheur de l'eau ne pourra pas me faire de mal*, s'était-elle dit en sachant pertinemment que le sarovar ne ferait pas désenfler sa cheville ou guérir sa blessure par magie.

Il n'était que sept heures, mais les femmes faisaient déjà la queue devant le bain. Comme la veille, les bavardages allaient bon train, mais il y avait beaucoup plus d'adolescentes. Plusieurs portaient le même t-shirt blanc avec une inscription bleue, que leurs longues nattes masquaient en partie. Une d'entre elles tourna la tête et Rajni put lire : *Responsable : camps d'été des jeunesses sikhes internationales*. Ce n'est qu'alors qu'elle remarqua qu'elles avaient presque toutes un accent différent – certaines étaient américaines, d'autres australiennes et d'autres encore devaient venir d'Asie du Sud-Est et d'Afrique.

La queue avança. La jeune fille qui attendait devant elle remonta le bas de son jogging, découvrant ses chevilles. Rajni sentit palpiter la sienne : la douleur commençait à remonter dans sa jambe jusqu'au genou et à la hanche ; le problème était plus profond. *Bien sûr, mais bien sûr !* L'image des somnifères de sa mère lui revint en tête, mais plus dans leur pochette à bijoux. Dans son esprit, ils s'entrechoqueraient à jamais contre les parois d'une petite boîte métallique imaginaire. Elle se retourna vers la salle du langar, où elle avait laissé Jezmeen à la vaisselle. *Elle croit vraiment être la seule à être rongée par la culpabilité ? Elle croit que c'était facile de regarder avec maman toutes ces brochures sur ces cliniques suisses où les patients en phase terminale viennent mourir ?* Chacune des conversations qu'elle avait eues avec sa mère à ce sujet l'avait vidée de son énergie. Ensuite, elle rentrait à la maison pour trouver Kabir et Anil déjà couchés. Pour eux, même sans elle, la vie suivait son cours. Certains soirs, la lumière sous la porte d'Anil lui avait donné envie de toquer pour lui faire coucou. Mais elle avait eu peur qu'il la repousse. Il avait toujours hâte de retourner à son téléphone et de sortir.

Dans le bâtiment du bain, le bruit et l'excitation redoublèrent d'intensité et les éclats de voix rebondirent sur les murs. Le silence et la solitude de Rajni faisaient tache ici. Elle jeta un rapide coup d'œil autour d'elle pour voir si d'autres femmes étaient venues seules. Elle n'en vit qu'une : une femme plus âgée qui enlevait ses habits et les pliait méthodiquement en grimaçant à cause du vacarme. Son visage se décrispa quand elle entra dans l'eau.

Elle remonta son salwar en se répétant que l'eau ne pourrait pas la guérir, ce qui ne l'empêcha pas de souffler un grand coup quand elle y plongea le pied. Ça lui avait échappé, voilà tout ; après une journée passée à marcher sur le carrelage brûlant, l'eau la soulagea. Les jeunes filles entrèrent à leur tour et elle alla s'appuyer contre un mur pour ne pas perdre l'équilibre. Certaines d'entre elles étaient entièrement nues, d'autres n'avaient gardé que leur tunique. En fermant les yeux, elle parvint à faire taire leurs voix. Elle voulait bloquer le monde extérieur et se retrouver dans les limbes du rien, mais elle entendait et voyait encore sa mère, Kabir et Anil. Les trois personnes dont elle s'était efforcée de satisfaire les attentes durant toute sa vie d'adulte.

Des bribes de sa terrible dispute avec Jezmeen lui revinrent. Qu'est-ce qui lui avait pris ? Elles se disputaient en chuchotant et, l'instant d'après, son poing s'était enfoncé si fort dans la joue de sa sœur qu'il l'avait presque envoyée taper contre le mur.

Pourquoi avait-elle fait ça ? Jezmeen venait de lui dire :

« Tu es folle si tu penses que ça va marcher.

— Attends, réfléchis-y un instant. Tu verras que ce n'est pas si absurde. »

D'autres femmes qui ne faisaient pas partie du camp d'été entrèrent dans l'eau, dans leur plus simple appareil. L'une d'entre elles, plus âgée, plongea et ne refit surface qu'après quelques secondes qui lui parurent une éternité. Leurs regards se croisèrent. Ce contact fut bref, mais suffit à Rajni pour se sentir gênée de la posture raide qu'elle avait adoptée.

« Raj. »

Elle tourna la tête ; Jezmeen se tenait derrière elle.

« Qu'est-ce que tu fais ?

— J'ai voulu me rafraîchir un peu. »

La vérité, c'est que sa cheville lui faisait maintenant moins mal. Les mouvements de l'eau avaient apaisé le gonflement et l'avaient distraite de la douleur. Mais elle ne voulait pas l'avouer.

Jezmeen remonta aussi son salwar. Quand elle s'avança, la femme plus âgée qui venait de regarder Rajni leva la tête et l'interpella :

« Vous étiez là hier aussi !

— Oui, répondit Jezmeen.

— C'était votre sœur avec vous ? Celle qui a glissé ? »

Jezmeen hocha la tête.

« Elle n'a rien de cassé ?

— Pas que je sache. »

La femme se passa de l'eau sur le visage et dit :

« Tant mieux. Il faut vraiment qu'elle prenne plus soin d'elle.

— Qui est-ce ? demanda Rajni tandis que la femme s'éloignait.

— C'est elle qui a aidé Shirina à se relever après sa chute hier. Elle lui a dit un truc qui a semblé lui faire peur. »

Rajni haussa les épaules.

« Elle m'a l'air plutôt sympa. C'est gentil de s'inquiéter pour elle. »

Jezmeen se mordit la lèvre et regarda la femme encore un moment.

« Oui, je suppose.

— Shirina est encore en cuisine ?

— Oui, je lui ai dit que je venais ici mais elle n'était pas intéressée. »

Jezmeen battit des pieds dans l'eau.

« Eh, ta cheville est enflée.

— Oui, mais je ne m'attendais pas non plus à un miracle en trempant mon pied dans l'eau. »

Rajni regretta immédiatement ses mots – ou plutôt, elle regretta de les avoir prononcés aussi fort, puisqu'ils lui valurent plusieurs regards noirs. À croire que toutes les autres attendaient vraiment un miracle.

« J'essaie seulement de te dire que tu ne devrais plus t'appuyer dessus.

— Je vais essayer.

— Tu ne penses pas que tu devrais voir un médecin ? demanda Jezmeen, avec une pointe d'inquiétude un peu trop prononcée.

— Mais non, ça ira.

— Parce que si c'est le cas... Tu pourrais, je ne sais pas... te reposer un peu les prochains jours ?

— OK, dis-moi ce qu'il y a, ordonna Rajni qui commençait à perdre patience.

— De quoi tu parles ? »

Jezmeen faisait l'innocente, mais il était évident qu'elle cherchait un moyen de se débiner pour la suite du voyage.

« Je finirai ce pèlerinage quoi qu'il arrive », dit Rajni.

Jezmeen déglutit fort.

« Tu connais HC Kumar ?

— C'est un acteur ?

— Non, un réalisateur. Mon agent a réussi à me décrocher un rendez-vous avec lui demain. À Delhi.

— Mais demain, tu ne seras pas à Delhi. Nous allons faire un trek jusqu'à Hemkund Sahib pour nous rappeler maman et disperser ses cendres dans le lac, dit-elle très calmement.

— Oui, mais tu vois, je me disais... On a déjà fait le plus gros de ce pèlerinage, on s'est parlé, on a passé du temps ensemble et, personnellement, j'ai pensé à maman à chaque seconde. Le trek est vraiment nécessaire ? Et puis, euh... Toutes les rivières viennent de la même source, alors par exemple, on pourrait répandre ses cendres dans un fleuve et ça reviendrait au même, non ? »

La seule pensée de la marche intense qui l'attendait intensifiait la douleur dans sa cheville. Mais elles pourraient toujours trouver des moyens de transport et aménager un peu le pèlerinage. Il était hors de question d'annuler deux jours entiers. Il fallait qu'elles terminent ce qu'elles avaient commencé, sinon ce voyage serait juste une autre tentative avortée d'offrir une belle fin à leur mère. Où allaient-elles trouver un fleuve ? Devrait-elle rentrer à Londres avec les cendres pour les enterrer au fond de son jardin ?

« C'est nécessaire, oui, parce que nous sommes venues en Inde pour ça. Pas pour que tu passes des auditions.

— Mais, et Shirina ? Elle, elle ne vient pas.

— Qu'est-ce que tu veux que je te dise ? Tu attends mon feu vert ? Comme Shirina a prévu autre chose, tu peux faire pareil, c'est ça ?

— J'espère que tu te rends compte que je ne te demande pas la permission. Je peux aller où je veux et quand je veux.

— Alors qu'est-ce que tu fais là ? Pourquoi tu veux me faire croire que changer tous nos plans serait mieux pour moi ?

— Je ne veux pas que ce voyage se termine par une autre dispute. J'en ai marre de me battre avec toi. Ce n'est pas ce que maman aurait voulu.

— Je pense qu'on a dépassé le stade où on essayait de respecter ce qu'elle aurait voulu. Fais ce que tu veux. »

Elle lui tourna le dos et elle sortait de l'eau quand, à sa grande surprise, Jezmeen la retint par le bras.

« Rajni, ça pourrait tout changer pour moi, lui dit-elle, les yeux brillants d'espoir. C'est vraiment important.

— Eh bien, vas-y, Jezmeen ! Tu n'as pas besoin que je te dise quoi faire. »

De toute façon, qui l'écoutait encore ? Anil n'en avait rien à faire et Kabir ne semblait pas intéressé. Parfois, elle avait l'impression de vivre sous l'eau, pendant que le monde vaquait à son existence au-dessus d'elle, sans savoir qu'elle se noyait dans les attentes et les responsabilités.

Jezmeen semblait folle de colère.

« Tu sais, des fois, tu peux vraiment être… »

Elle n'arrivait pas à trouver ses mots. Elle la lâcha et leva les mains pour dessiner un cadre imaginaire autour de la tête de sa sœur.

« *Rajni* ! dit-elle d'un air triomphant. Oui, tu peux te montrer encore plus Rajni que Rajni.

— Je ne sais même pas ce que ça veut dire.

— Tu es tout le temps dans le passif-agressif. Tu affirmes que tout va bien, mais ton visage raconte le contraire. Il est complètement transparent, tout le monde voit que ce que tu dis n'est pas ce que tu penses.

— C'est parce que quand je dis ce que je pense, on m'envoie balader ! Je deviens la coincée qui ne sait pas faire preuve de flexibilité ou qui ne sait pas plaisanter. »

Combien de fois avait-elle vu ses collègues la regarder en coin avant de raconter une blague ? « Oh vas-y, ne fais pas attention à moi », leur disait-elle avec désinvolture, alors que les rires provoqués par la blague en question – à propos des femmes ayant des postes à responsabilité ou des immigrants qui poussaient le pays à sa perte – lui donnaient mal au cœur.

« C'est quoi, ton problème ? demanda Jezmeen. Tu es à cran depuis qu'on est arrivées au Pendjab.

— Je vais bien, répondit-elle machinalement. Ce n'est pas facile d'être ici pour honorer maman sans vouloir vraiment penser aux raisons de notre présence. »

Des femmes sortaient de l'eau et se séchaient. Un autre groupe – des touristes venus d'Asie de l'Est, du Japon ou de Corée – arriva dans le bâtiment. Elles chuchotaient et se déplaçaient discrètement, avec respect, et Rajni se sentit d'autant plus mal à l'aise d'oser parler à voix haute – pire encore, de parler du suicide de sa mère dans ce lieu saint.

« Tu penses qu'on a bien agi ? demanda doucement Jezmeen. En la laissant seule dans sa chambre comme ça ?

— On n'a pas vraiment eu le choix, puisqu'on nous a mises dehors. Après notre dispute, je n'ai même pas pensé à retourner voir maman. Tout ce que je voulais, c'était prendre le volant et rentrer chez moi.

— Je pensais qu'on recommencerait tout à zéro le lendemain. Qu'on viendrait à l'hôpital à la même heure et qu'elle ressortirait la lettre et la pochette à bijoux. Que tout ce qui s'était passé la veille ne serait plus qu'une histoire sordide. »

Rajni acquiesça. Jamais elle n'aurait imaginé que sa mère attendrait que les lumières soient éteintes et que les infirmières aient fait leur dernière ronde pour passer à l'acte ce soir-là. Jamais elle n'aurait pensé qu'une infirmière lui apporterait les grands verres d'eau que sa mère réclamait alors qu'elle était sous intraveineuse. Elle pouvait parfaitement imaginer la scène : sa mère qui attend en silence que la voie soit libre pour sortir la pochette à bijoux. Elle l'ouvre, regarde tous les cachets, hésite peut-être un instant à dire une prière. Elle commence doucement : un cachet, une gorgée. Et puis elle devient plus audacieuse et les avale trois par trois, voire plus. Le plus possible pour enfin en finir.

« Je ne pensais pas non plus qu'elle prendrait les cachets ce soir-là, dit-elle. Quand je l'ai appris, j'ai cru qu'elle l'avait fait parce qu'elle avait eu peur que tu la dénonces aux infirmières.

— Tu penses que c'était ma faute ? demanda Jezmeen en écarquillant les yeux.

— Ce n'est pas ce que j'ai dit. J'ai dit…

— Elle ne serait sûrement pas allée jusqu'au bout si tu ne lui avais pas dit que tu étais d'accord, la coupa Jezmeen. Elle ne voulait pas juste qu'on monte la garde, elle attendait notre permission. Au fond, ce n'était même pas important que nous soyons là. »

Elle leva la main.

« Je ne veux pas me disputer pour ça. Je me fiche de savoir à qui revient la faute. Et puis, à en croire Shirina, maman pourrait aussi bien avoir pris les cachets parce qu'elle ne voulait plus nous regarder nous battre.

— Et d'abord, pourquoi est-ce qu'il faudrait que ce soit la faute de quelqu'un ? Maman est morte. À cause de nous ou malgré nous, quelle importance ? »

Elle comprenait ce que voulait dire Jezmeen, mais elle ne pouvait pas s'empêcher de se sentir coupable. Dans ses rêves, c'était elle qui faisait avaler les comprimés à sa mère, pendant que Jezmeen s'époumonait et tapait de toutes ses forces contre la porte fermée à clé.

J'aurais dû être une meilleure fille. Si elle avait déployé tant d'efforts pour aider sa mère à mettre fin à sa souffrance, c'était pour rattraper ce qu'elle lui avait fait perdre des années plus tôt. Jezmeen ne pouvait pas le comprendre car elle n'était pas venue en Inde avec elles. Elle n'avait aucune idée de l'existence qu'elle aurait pu mener si Rajni ne s'était pas mise en mauvaise posture.

16

À l'approche de votre départ d'Amritsar, j'espère que vous vous sentez en pleine possession de vos moyens et que vous êtes prêtes à vous soutenir les unes les autres pour la prochaine étape. L'ascension jusqu'à Hemkund Sahib nécessite une forme de résilience individuelle, mais aussi de la coopération. Serrez-vous les coudes et aidez-vous encore plus pendant cette ultime étape.

Shirina finit de plier ses vêtements et les rangea avec précaution dans sa valise. Il ne manquait plus que ses produits de toilette et ses chaussures, et la chambre serait telle qu'elle l'avait trouvée. Par habitude, elle avait même fait le lit. Elle ne comprenait pas comment on pouvait dire que le plaisir d'être à l'hôtel, c'était de laisser quelqu'un d'autre faire son lit à sa place. Rien que rabattre les draps et replacer les oreillers donnait l'impression que la pièce était mieux rangée, et elle en avait besoin. Les informations s'entrechoquaient dans sa tête – le nom du chauffeur, celui de la clinique, qu'elle se répétait en boucle de peur d'oublier. Elle avait même mémorisé l'adresse et sa combinaison complexe de lettres et de chiffres qui ressemblaient à des coordonnées géographiques ou à un code secret.

Étrangement, pourtant, la tentation de tout annuler planait encore dans sa tête. C'était comme se tenir à côté du feu ou se pencher par la fenêtre du haut d'un gratte-ciel. Au fond d'elle, elle savait qu'elle avait le choix. Toute son éducation au Royaume-Uni n'avait pas servi à rien. Elle n'était pas une épouse silencieuse dans un village indien reculé, qu'on trimbale d'un rendez-vous à l'autre et dont les moindres faits et gestes sont surveillés par sa belle-famille.

Si tu ne le fais pas, ne reviens pas.

Tout se jouait maintenant. L'autre choix signifiait tirer une croix sur son mariage. On ne lui avait jamais donné d'ultimatum avant. Parfois, elle se demandait comment elle en était arrivée là.

Elle avait passé toute sa vie à écouter plutôt qu'à parler, à accepter plutôt qu'à objecter. Même si elle n'était pas d'accord avec Sehaj, pourquoi commencer à protester maintenant ?

Elle alla d'abord frapper chez Rajni.

« Je vais descendre, lui dit-elle.

— Tu veux qu'on vienne avec toi ? J'ai fini ma valise.

— Non, c'est bon. »

La dernière chose qu'elle voulait, c'était échanger des banalités avec Rajni en surveillant sa montre, avec la crainte de se trahir en laissant échapper les mots qu'elle se répétait en boucle.

Rajni eut l'air blessée.

« Bon, très bien. Profite. Et passe le bonjour à la famille de Sehaj », dit-elle d'un ton sarcastique.

Rajni ne pouvait absolument pas savoir où elle se rendait, mais elle se sentit inquiète.

Du bruit s'échappait de la chambre de Jezmeen. Elle s'approcha et toqua.

« Jezmeen, j'y vais ! » appela-t-elle.

Rouge tomate, sa sœur ouvrit la porte.

« Mon téléphone. Je crois que j'ai perdu mon téléphone.

— Je peux regarder si tu veux », proposa Shirina.

Elle n'avait pas encore désinstallé FindMe, l'application de localisation. Un point vert indiquait que le téléphone de Jezmeen était au temple.

« Tu as dû le laisser au sarovar !

— Bon, je t'accompagne en bas, déclara Jezmeen en ronchonnant. Je te jure, si je continue à perdre toutes mes affaires, je vais rentrer à Londres avec une valise légère comme l'air. »

Dans le hall d'entrée, un groupe de touristes rendait les clés de leurs chambres. Les porteurs prenaient les bagages et se les faisaient passer à la chaîne à une vitesse folle. Elle regarda sa montre. Bientôt neuf heures. Presque l'heure de partir. Aurait-elle dû faire des adieux plus longs à ses sœurs ? Pour leur dire quoi de plus ? Elles avaient fait leur devoir en effectuant ce pèlerinage, mais tout ça pour quoi ? Des disputes, des souvenirs douloureux. Et le moins qu'on puisse dire, c'est qu'elles n'avaient pas trouvé la guérison que leur mère avait souhaitée pour elles. Pourquoi prolonger le voyage ? Il était temps de passer à l'étape suivante, puis de rentrer à la maison. Elle ne savait pas quand elle reverrait ses sœurs, elle avait tout ce qu'il lui fallait à Melbourne. Lui rendraient-elles visite ? Peu probable. Seul un grand événement les réunirait à nouveau. Un mariage peut-être, si Jezmeen trouvait quelqu'un. Ou des funérailles. Elle balaya rapidement cette pensée morbide, surprise qu'elle lui ait même effleuré l'esprit. Sa belle-mère serait sans doute la prochaine personne de son entourage à mourir, mais elle ne voulait pas y penser, de peur de se mettre à le souhaiter.

Des voitures de location s'alignaient devant l'hôtel et un bus garé de travers bloquait la route.

« Ton chauffeur va t'appeler ? demanda Jezmeen.

— Il va bien être obligé avec tout ce bazar.

— Je t'ai dit qu'on s'est fait conduire par Tom Hanks hier ? Il a refusé de nous dévoiler son vrai nom.

— Je pense qu'ils font ça pour nous mettre à l'aise, dit Shirina en souriant. Tu sais que ton trajet va bien se passer avec quelqu'un qui s'appelle Tom Hanks.

— Va dire ça à Rajni ! Elle était convaincue qu'il allait nous tuer avant d'arriver à la frontière. Alors, comment s'appelle ton chauffeur ? M. Speed Limit ?

— Lucky Singh », répondit Shirina.

Jezmeen la dévisagea avec une expression confuse. Ce n'était pourtant pas un surnom hors du commun… Pourquoi avait-elle l'air perturbée ?

Un porteur leur tint la porte ouverte. Jezmeen enlaça Shirina, lui souhaita un bon voyage et partit vers le temple au pas de course en jetant quelques regards en arrière, puis disparut dans la foule.

Le téléphone de Shirina sonna dans son sac. Une nouvelle notification : « *Mise à jour disponible pour FindMe* ». Elle l'ignora et préféra désinstaller l'application. Personne n'aurait besoin de la trouver ; Sehaj et sa belle-mère savaient très bien où elle se rendait.

Rajni était en train de boucler ses valises quand elle entendit la sonnerie étouffée de son téléphone. Elle tendit la main pour l'attraper, mais il n'était pas sur la table basse à côté d'elle. « J'arrive », dit-elle alors que la sonnerie continuait. Elle avait dû le ranger par erreur dans la valise. Le temps qu'elle fouille, il avait arrêté de sonner. Neuf heures vingt-sept : un appel en absence de Nikhil, le détective privé. Son cœur accéléra quand elle appuya sur la touche « rappeler ».

« Bonjour, Nikhil ?

— Lui-même. C'est Rajni à l'appareil ?

— Oui. Désolée, j'ai loupé votre appel.

— Aucun problème. Est-ce que vous avez un moment ? »

Ses vêtements étaient empilés par terre. Elle devait rendre la clé dans à peine trente minutes, mais l'hôtel attendrait si Nikhil avait des informations.

« Oui.

— L'un de nos contacts à Londres a fait une recherche sur cette Davina. Il n'a rien trouvé de particulier – pas de précédent mariage, pas d'enfant caché. Elle a bien contracté un gros crédit et fait un deuxième emprunt immobilier l'année dernière, mais… »

Ah ah ! Enfin la vérité est révélée ! C'est l'argent qui l'intéresse ! pensa Rajni.

« … mais d'après nos informations, elle n'a loupé aucun paiement et ne risque pas de s'endetter davantage. Donc elle n'en a pas après l'argent de votre fils, vous devez être soulagée.

— Oui, marmonna Rajni, plombée par la déception. Quel soulagement. Vous n'avez rien trouvé de concluant ?

— Non, répondit Nikhil. Mais il est encore trop tôt pour l'affirmer avec certitude. Nous allons peut-être découvrir d'autres choses plus incriminantes, mais nous suivons un protocole très strict et nous nous devons d'informer le client à chaque étape. »

Et le voilà reparti avec son excès de zèle. Il tapa quelque chose sur un clavier, puis le bip indiquant l'arrivée d'un message résonna dans son oreille.

« Madame, je viens juste de vous envoyer un dossier de photos que nous avons trouvées sur ses réseaux sociaux. Rien de condamnable, mais c'est intéressant pour suivre ses agissements, savoir qui elle voit et où. »

Rajni dut réprimer son malaise. *Après tout, une mère a le droit de savoir.*

« Merci », répondit-elle, pressée de voir les photos. Peut-être qu'elle remarquerait un détail qui avait échappé au détective. Elle devait faire confiance à son intuition.

La pièce jointe mit du temps à se télécharger. Impatiente, elle tambourina des doigts sur la commode et remplit à nouveau sa valise, cette fois sans tenir compte de son système de rangement. De toute façon, tout finirait froissé. Son cœur cognait dans sa poitrine.

La première photo apparut. Voilà donc à quoi ressemblait Davina – plus petite qu'elle l'avait imaginé, avec un nez fin, noble. Un verre de vin à la main, elle souriait de toutes ses dents, penchée vers la personne avec qui elle dînait. Cette personne, Rajni la reconnaissait parfaitement, malgré la qualité médiocre de la photo. Ces épaules larges et ce sourire espiègle. Anil.

Il y avait d'autres photos et captures d'écran dans le dossier. Elle passa rapidement sur les images de Davina seule et s'attarda sur celles où figuraient des amis ou Anil. Elle ignorait ce qu'elle cherchait, mais maintenant qu'elle avait vu Davina, les selfies pris en plein concert ou les photos de vacances vieilles de plusieurs années ne l'intéressaient pas. Sur les captures d'écran des réseaux sociaux figuraient quelques commentaires – « *Jolie !* » « *Merci, t'es trop gentil !* ». Elle répondait toujours. Il fallait bien l'admettre, c'était une belle femme.

Enfin, elle afficha une photo de Davina et Anil. Ils étaient assis sur un banc dans un parc. D'après la qualité de la photo, elle avait été prise par un photographe professionnel. Elle passa à la suivante et réalisa qu'ils avaient fait une séance photo pour célébrer leurs fiançailles. Sur l'une d'entre elles, Davina avait la tête posée sur la poitrine d'Anil. Sur une autre, Anil embrassait sa joue. Force était de constater qu'ils avaient l'air d'un couple heureux.

Elle regarda les commentaires pour voir ce qu'en pensaient les autres :

Félicitations à vous deux !

Il en a, de la chance ! Dav, tu es RAYONNANTE !!

Et la photo de la bague alors ??!! LOOOL !

Davina avait répondu à tous les commentaires avec ses habituels « *Merci* » et « *Tu le rencontreras bien assez tôt* » suivis d'un emoji clin d'œil. Sous le commentaire sur la bague, elle avait répondu : « *J'ai déjà dû la faire ajuster, tu y crois ? Mes doigts ont déjà enflé.* » Suivi de deux emojis clin d'œil. Son amie avait répondu : « *Eh ben, ça traîne pas ! Je connais ça ! Au bout de 4 mois de grossesse, je portais les pantoufles de Steve. Depuis, mes pieds n'ont jamais désenflé !!* »

Donc ça se savait. Depuis combien de temps Davina avait-elle annoncé sa grossesse ? Ses amis étaient manifestement au courant, mais les commentaires publics montraient que sa grossesse n'avait rien de secret. Rajni avait sans doute été la dernière à l'apprendre ; elle n'aurait certainement pas pu le découvrir sur Internet puisque Anil l'avait bloquée partout.

Elle refit défiler les photos. La grossesse de Davina était encore à peine visible et cela lui rappela cette période de sa propre vie – pas seulement quand elle était enceinte d'Anil, mais aussi sa grossesse suivante, qui s'était terminée si tôt qu'elle s'était juré de ne plus jamais rien annoncer à Kabir et à sa mère avant d'être sûre à 100 %. Ils avaient tous été dévastés. La suivante avait pris fin avant même qu'elle ait eu le temps d'en parler. Quand elle était retombée enceinte, elle avait cette fois choisi de l'ignorer : ne rien s'imaginer, ne rien espérer. Mais ce pacte secret n'avait rien changé : une autre fausse couche lui avait de nouveau brisé le cœur. Elle s'était dit qu'elle devait forcément se sentir moins triste, puisque personne, même pas elle, n'avait eu conscience de cette grossesse. Comment pourrait-on perdre ce qu'on n'a jamais eu ? Quand le médecin leur avait conseillé d'arrêter d'essayer, la grossesse avait totalement cessé d'exister pour elle, y compris dans ses pensées. Elle était toujours la dernière à s'apercevoir d'un changement chez ses collègues, elle ne remarquait jamais les prises de poids ni les congés maladie à répétition. Chaque fois qu'on lui apprenait une grossesse, elle ressentait un pincement au cœur. Elle avait accepté de ne plus jamais avoir d'enfant, mais chaque annonce lui faisait l'effet d'un douloureux rappel.

Il était plus facile de ne pas y penser.

Elle revint aux photos et afficha de nouveau celle où son fils embrassait la joue de Davina qui souriait à l'objectif, la main posée sur l'épaule d'Anil. À son doigt déjà gonflé, pas de bague.

Comme Shirina.

Elle plissa les yeux et ferma le dossier pour chercher autre chose sur son téléphone, d'abord sans bien savoir quoi. Shirina pouvait-elle vraiment être enceinte et le leur avoir caché ? Pourquoi ferait-elle ça ? Elle se rappela sa conversation du matin avec Jezmeen, à propos de Sehaj.

Elle appela Shirina. Pas de réponse. Elle consulta FindMe, mais sa sœur n'apparaissait plus sur la carte, elle avait complètement disparu. Elle paniqua. Bien sûr que Shirina était enceinte. Ses nausées au poste de police. Trop préoccupée par Jezmeen, elle avait négligé son autre sœur. Et ce qu'elle avait dit dans le café à propos d'avoir des filles…

Le nom de Sehaj figurait juste au-dessus de celui de Shirina dans ses contacts. Elle appuya dessus. En ce moment, on était sûrement en plein après-midi à Melbourne.

« Allô ?

— Bonjour, c'est Rajni. »

Sehaj ne répondit pas tout de suite.

« Rajni, bonjour. Comment vas-tu ?

— Bien, et toi ?

— Pareil. Alors, vous avez quel temps là-bas ? »

Il ne lui demandait pas pourquoi elle l'appelait. Étrange. Mais elle entra dans son jeu.

« Oh, tu sais comment c'est ici ! Il fait chaud, chaud, chaud.

— Il fait vraiment très froid chez nous, par contre. Profitez bien du soleil.

— Oui, répondit-elle avec un petit rire. Écoute, Sehaj, je voulais…

— Kabir et Anil vont bien ?

— Oui. Dis-moi, Sehaj, quand as-tu parlé à Shirina pour la dernière fois ?

— Je crois que c'était… hier. Elle est avec toi ?

— Non. Elle nous a dit au revoir un peu plus tôt, elle est partie rencontrer ta famille.

— Ah ! Je vois. Donc tout va bien ?

— Oui, je crois. C'est juste que… »

On tambourina à sa porte.

« Raj, Raj ! C'est moi, Jezmeen. Ouvre, vite ! »

Rajni laissa tomber son téléphone et courut à la porte. Jezmeen était blême.

« C'est Shirina. On doit aller la chercher. »

17

Tom Hanks fut le premier chauffeur que Jezmeen vit en sortant de l'hôtel. Il polissait ses rétroviseurs en roulant les épaules au son de la musique qu'il avait mise à fond dans la voiture. Elle courut s'installer sur la banquette arrière et attacha sa ceinture.

« On doit aller à Chandigarh le plus vite possible, lui dit-elle.

— Pour combien ? demanda Tom Hanks en passant la tête à l'intérieur. Des frais de réservation de dernière minute…

— Votre prix sera le nôtre, le coupa-t-elle. Mais faites vite. Je vous donne l'adresse dans une petite minute. »

Pendant qu'il chargeait ses affaires dans le coffre, elle sortit de sa poche les bouts de papier de la carte déchirée et les remit en place pour la lire.

« Jezmeen, attends ! » cria Rajni.

Sur le bas-côté, elle se battait avec l'une de ses valises, coincée dans une bouche d'égout. Deux hommes assis devant un stand de jus de fruits vinrent lui prêter main-forte.

« Allez, on se dépêche », marmonna Jezmeen entre ses dents en les regardant faire.

Tom Hanks s'installa derrière le volant et démarra en trombe. Elle cria :

« Non, Tom Hanks ! Attendez ma sœur !

— Ah oui, désolé, dit-il en jetant un coup d'œil dans le rétroviseur. Je pensais que vous vouliez la fuir. »

Il fit marche arrière et manqua écraser les deux hommes qui aidaient Rajni. Ils se mirent à crier et Tom Hanks s'excusa d'un geste de la main.

« Monte, Raj ! »

Rajni s'installa à côté de sa sœur pendant que leur chauffeur jetait ses valises dans le coffre, puis reprenait le volant.

« Ce n'est pas une façon correcte de quitter l'hôtel, commenta Rajni. Tu t'es servie du minibar ? »

Elle ne répondit pas. Elle lisait l'adresse sur la carte :

« Sur Restoration Road. C'est une clinique, indiqua-t-elle à Tom Hanks. Vous savez où c'est ?

— Je trouverai sans problème, madame. Je vous ai dit que l'utilisation du GPS entraînait des frais supplémentaires ? »

La voiture fit une embardée pour bifurquer sur un plus gros axe. Jezmeen s'agrippa à son siège.

« Et on remet encore nos vies entre les mains de ce type ? murmura Rajni, avant de s'éclaircir la gorge : Tom Hanks, je sais qu'on vous a dit qu'on devait arriver au plus vite, mais on doit aussi arriver en vie, d'accord ?

— Oui, madame. »

La voiture ralentit, Tom Hanks résistant à l'envie de doubler le camion qui les précédait, d'où une vache les regardait.

« Merci, dit Rajni avant de se tourner vers sa sœur. Tu peux m'expliquer ce qu'il se passe ?

— Shirina se rend dans cette clinique et je pense savoir pourquoi.

— Elle est enceinte, c'est ça ?

— Elle te l'a dit ?

— Non, j'ai fait le rapprochement toute seule. Les doigts gonflés, la nausée, les kilos en trop. Comment on a fait pour passer à côté ? Sehaj n'a même pas essayé de nier.

— Tu lui as parlé ?

— J'étais au téléphone avec lui à l'instant. Mais il n'a pas l'air de penser que la grossesse de Shirina me regarde.

— C'est parce que c'est une fille. Ils la forcent à avorter. »

Rajni déglutit péniblement et la dévisagea.

« Comment tu le sais ?

— Tu te souviens de cette femme, au bain ? Celle qui était là quand Shirina a glissé hier ?

— Oui, celle qui lui a dit quelque chose qui l'a effrayée. »

Jezmeen hocha la tête et expliqua :

« J'ai oublié mon téléphone là-bas, alors j'y suis retournée pour le récupérer. Cette femme était encore là, elle m'a vue et elle m'a dit : "Recommandez à votre sœur de faire attention. Quand j'étais enceinte de mon troisième, j'ai glissé dans la cuisine et ils ont fait venir une sage-femme sur-le-champ parce que tout le monde a cru que j'allais accoucher." Je lui ai répondu que ma sœur n'était pas enceinte et elle m'a regardée comme si j'étais débile. Alors j'ai répliqué : "Elle n'est pas enceinte, elle nous l'aurait dit." Et c'est là qu'elle m'a dit : "C'est que ce doit être une fille." Je n'ai pas compris tout de suite et elle n'a pas voulu m'expliquer. Puis ça a fait tilt. Mais comment j'ai fait pour ne rien voir !

— Je n'ai rien vu non plus, dit Rajni. Et pourtant, j'ai passé des années à guetter le moindre signe de grossesse sur mon propre corps. Je ne sais pas… Peut-être qu'inconsciemment je pensais que, comme moi, elle aurait envie de le crier sur tous les toits si elle était enceinte. »

Ça expliquait le comportement étrange de Shirina et tous ces moments bizarres : quand elle avait ignoré la petite fille dans le train, alors qu'elle adorait les enfants d'habitude. Son effroi quand elle avait appris le taux de fœticides dans les villages. Et sa colère après le réveil du guru.

« Tu penses qu'elle a eu envie de nous en parler à un moment ?

— Elle m'a demandé si maman regrettait d'avoir eu des filles, raconta Rajni. Franchement, je n'ai pas su quoi répondre. Pendant toutes ces années où j'essayais de tomber enceinte, je me confiais parfois à maman et elle me répondait des choses comme "Tu devrais être contente ; tu aurais pu avoir une fille", avec une grande désinvolture. Si je lui disais qu'on voulait continuer d'essayer, c'était : "Attention à ne pas avoir de fille." Comme si je pouvais choisir ! Ces remarques m'ont beaucoup affectée, mais j'imagine que Shirina a grandi en l'entendant répéter ce genre de choses ; elle doit croire qu'elle a été un fardeau pour maman. »

Jezmeen soupira.

« Si seulement on avait fait plus attention. On a passé tout le voyage à se demander ce qui clochait avec Shirina, mais on ne lui en a pas parlé une seule fois.

— Honnêtement, je ne pensais pas qu'elle avait de problème, je me suis dit qu'elle faisait comme toujours – qu'elle ne s'impliquait pas trop avec nous et se montrait très dévouée envers sa belle-famille. »

La voiture approchait d'une zone boisée et, au loin, on distinguait un ensemble de nouvelles maisons. *Sûrement l'empire d'une seule et même grande famille*, pensa Jezmeen.

« Je ne comprends pas pourquoi maman ne voulait pas qu'on ait des filles. D'accord, elle n'a pas pu hériter des terres de son père, mais en quoi ça nous concerne ? Ce n'est pas comme si on avait des terres à nous refuser. Papa n'avait pas grand-chose et, de toute façon, les règles d'héritage ont changé depuis sa jeunesse. »

La question mit Rajni mal à l'aise. Elle regarda par la fenêtre, comme pour échapper à la conversation. Jezmeen suivit son regard : entre les arbres qui bordaient la route, on distinguait des parcelles de terrain brûlées par le soleil et quelques charrues et troupeaux au loin. On approchait des heures les plus chaudes de l'après-midi. La voiture filait à travers la campagne pendjabie, pourtant elle avait l'impression que le temps ralentissait.

« Vous n'avez pas trop chaud ? » demanda Tom Hanks.

Mais il n'attendit pas leur réponse et poussa la climatisation au maximum. Le souffle froid envoya voler les morceaux de carte que Jezmeen gardait sur les genoux, mais sa sœur était bien trop absorbée par ses pensées pour s'en rendre compte. Pourquoi Rajni faisait-elle tant de cachotteries ? Elle ramassa les bouts de papier et en fit un petit tas. Le but du voyage était de les rapprocher, mais elle connaissait toujours aussi mal ses sœurs. Elle ne se souvenait même pas de la dernière fois où elle s'était sentie proche de Shirina. Même pendant leur balade ensemble sur le marché, elles avaient plus l'air de deux amies d'enfance qui se retrouvaient à contrecœur.

« Je vais te dire quelque chose que je n'ai jamais confié à personne », dit-elle à Rajni.

Ces souvenirs la torturaient encore, même s'ils remontaient à une éternité. Mais si elle voulait que ses sœurs soient honnêtes avec elle, elle allait devoir faire le premier pas.

« Un samedi, quand j'avais environ huit ans et Shirina cinq, on a eu envie d'aller au parc. Toi, tu étais à un événement organisé par l'université. C'était la première belle journée de l'année et on voulait faire un pique-nique. J'avais dû voir à la télé une famille qui mangeait des tartines sur une couverture posée sur l'herbe et trouver ça très chic. Alors on n'a pas arrêté de harceler maman pour qu'elle nous emmène. Mais elle était fatiguée : elle venait juste de commencer à faire le ménage dans cet hôtel du centre de Londres, le trajet était long et elle était crevée quand elle rentrait. Donc j'ai décidé qu'on irait seules au parc. On a pris quelques tranches de pain et deux bananes et puis on est sorties par la porte de derrière. Mais l'expédition a été de courte durée : une femme qui travaillait au kiosque à journaux nous a vues marcher le long de la route et nous a raccompagnées à la maison. Et la réaction de maman a été extrême.

— Qu'est-ce qu'elle a fait ? demanda Rajni.

— Elle ne nous a pas parlé pendant le reste de la journée. En fait, non, elle nous a carrément ignorées, elle ne nous a pas donné à manger, rien. On est parties vingt minutes à tout casser, mais ça l'a vraiment blessée. Elle n'avait même pas l'air en colère. On aurait plus dit qu'elle… jetait l'éponge.

— Comment vous avez fait pour manger ? »

Les mains croisées, Rajni l'écoutait avec beaucoup d'attention.

« On n'a pas mangé. On a attendu longtemps et on a même regardé dans le frigo, mais à nos âges, tu comprends bien qu'on ne savait pas cuisiner. Quand Tante Roopi est arrivée avec du courrier à nous qu'elle avait reçu par erreur, on lui a dit que maman était malade et qu'on avait faim. Sans poser de questions, elle est allée demander à maman si on pouvait manger chez elle, parce qu'il lui restait des fish'n'chips qu'elle avait commandés pour sa fille et ses amis. Maman est repartie se coucher sans rien dire. Des jours comme ça, où elle a pété les plombs et refusé de s'occuper de nous, il y en a eu à la pelle ensuite. Chaque fois qu'on s'attirait des ennuis avec Shirina, c'était à cause d'une de mes brillantes idées. Parfois, maman te racontait ce qu'on avait fait et toi, tu en rajoutais une couche. Au bout d'un moment, Shirina a pris ses distances et s'est efforcée d'être une fille parfaite pour que maman arrête de la négliger. »

Jezmeen ferma les yeux. Elle avait gardé tout ça pour elle trop longtemps, la vérité sortait enfin.

« C'est à cause de moi si Shirina a voulu fuir la maison et s'éloigner le plus possible de toute cette tension.

En s'inscrivant sur ce site de rencontres, elle cherchait une nouvelle famille. Elle est partie en Australie à cause de moi et… tout ça, je devrais être en train de le dire à Shirina, confessa Jezmeen en essayant de retenir ses larmes.

— Mais tu n'y es pour rien, répondit Rajni. Écoute…

— Je sais, je sais, tu vas me dire qu'elle a pris ses décisions elle-même. Mais j'aurais pu faire plus attention. Regarde-moi, j'ai passé les dix dernières années à me concentrer sur ma carrière d'actrice, j'en ai complètement oublié ma petite sœur. Tu m'étonnes après que maman pense qu'avoir des filles, c'est un fardeau !

— Bon, alors déjà, avoir des enfants, c'est toujours difficile.

— Mais je ne lui ai pas facilité la tâche ! C'est ma faute si Shirina a grandi en écoutant maman dire des horreurs pareilles.

— Ce n'est pas ta faute.

— Si. »

Rajni secoua la tête.

« Non, Jezmeen. Tu veux savoir pourquoi maman pensait qu'il valait mieux ne pas avoir de filles ? Eh bien, c'est à cause de moi. »

18

Vingt-huit ans plus tôt…

La sécheresse avait frappé le Pendjab l'été de la mort du père de Rajni. La nouvelle avait traversé le continent pour arriver jusqu'à la communauté pendjabie de Londres et tout le monde y allait de son petit commentaire sur la météo. Même s'ils attendaient avec impatience que la pluie tombe sur les champs, les parents de Rajni pensaient que les mauvaises conditions agricoles étaient une raison supplémentaire de se réjouir d'habiter en Angleterre. Rajni n'avait pas toujours la sensation d'être en Angleterre. Parfois, elle avait l'impression qu'une énorme tornade avait emporté la maison indienne de ses parents et l'avait simplement déplacée telle quelle à Londres – l'odeur des épices et les prières matinales d'Amritsar lui rappelaient sans cesse où était sa vraie maison. Le jour où la pluie était revenue sur leur pays d'origine, à des milliers de kilomètres, tout le monde avait été de meilleure humeur chez elle.

C'est à ce moment-là que son père avait décidé de vendre ses terres ; toutes ces histoires de fermiers qui s'étaient suicidés parce qu'ils n'arrivaient pas à joindre les deux bouts l'avaient beaucoup inquiété ces derniers temps. Il en avait parlé à son épouse et cela avait causé de nombreuses disputes entre eux.

Même si ces terres ne lui appartenaient pas, elle n'avait pas envie de perdre leurs possessions dans le Pendjab. « Si nous les vendons, nous n'aurons nulle part où aller » était l'un de ses arguments, spécialement agaçant pour Rajni qui ne comprenait pas ce qui pourrait bien les pousser à retourner en Inde. Elle se souvenait du harcèlement qu'elle avait subi à l'école primaire : un jour, alors qu'elle rentrait chez elle, des filles l'avaient acculée et lui avaient plongé le nez dans une flaque d'eau boueuse qu'elles avaient nommée Pakiland. « C'est chez toi, ça. » Elle détestait savoir qu'elles avaient peut-être raison. Son chez-elle, c'était l'Angleterre. Mais elle avait parfois des difficultés à le faire comprendre à sa mère, qui instaurait toutes sortes de règles sur la longueur de ses jupes et sur la musique qu'elle écoutait. Rajni préférait la nourriture occidentale et détestait ces réunions de famille où ses oncles et tantes passaient leur temps à comparer leurs enfants et à se rappeler l'Inde. *Tout ça n'a plus aucune importance maintenant*, avait-elle envie de leur dire chaque fois que la nostalgie les emportait. Ils étaient en Angleterre et il était temps de tourner la page.

En octobre de cette année-là, le frère aîné de son père, Thaya-ji, leur rendit visite. D'après les conversations de ses parents à propos des terres familiales au Pendjab, elle avait compris que Thaya-ji, à la suite de mauvaises décisions, avait été contraint de vendre sa partie du terrain pour une bouchée de pain pendant la sécheresse. Sa femme et lui avaient même dû emménager à Delhi, chez leur fils aîné qui venait juste de se marier. L'oncle Thaya-ji avait honte de cette situation et d'avoir dû laisser son frère payer le billet d'avion pour Londres. Mais ce voyage n'avait que trop tardé : les deux frères ne s'étaient plus vus depuis plusieurs années. Son père s'était montré de plus en plus excité à mesure que cette visite approchait ; les appels longue distance ne lui avaient pas vraiment permis de partager son quotidien avec son frère et il avait hâte de lui faire découvrir l'Angleterre. « On va lui faire visiter tous les sites touristiques, et on l'emmènera aussi au temple, comme ça, il verra à quel point notre communauté est soudée ici. »

Mais à peine Thaya-ji était-il sorti de l'avion qu'il affichait son mépris : « On a fait tout ce chemin pour nettoyer des toilettes ? » demanda-t-il en voyant un homme sikh laver le sol des toilettes de Heathrow. Rajni vit que ce commentaire blessait son père, qui enchaînait les heures dans une usine parce que ses diplômes universitaires indiens n'avaient aucune valeur ici.

Thaya-ji passa le reste de son séjour à répéter à quel point la vie de son frère en Angleterre n'avait rien d'impressionnant. « On a la même chose à Delhi », notait-il dans les centres commerciaux. « Comme il fait humide et gris ! Ça vous plaît d'avoir froid tout le temps ? » Parce que Thaya-ji était l'aîné, son père ne répondait rien, même lorsque l'oncle faisait des remarques sur la cuisine de Sita, « trop fade », et le pendjabi rouillé de Rajni qui avait l'air d'une *gori*[1]. Jezmeen et Shirina, elles, étaient encore trop jeunes pour faire l'objet des mêmes attentes.

Un soir, alors que Sita débarrassait la table, Thaya-ji fit remarquer qu'elle avait discuté un peu trop longtemps avec l'Anglais tout rouge qui était venu frapper chez eux. « Qui ça ? Celui qui est venu vérifier notre compteur d'eau ? demanda-t-elle. Il vient juste de rentrer de ses vacances en famille à Norfolk, je lui ai demandé comment ça s'est passé pour être polie, c'est tout.

— Mais tu as des filles, dit-il comme un avertissement. Tu ne voudrais quand même pas qu'elles apprennent à parler avec autant de familiarité à des étrangers ? »

Sita s'en alla faire la vaisselle, manifestement contrariée, et si le père de Rajni s'en aperçut aussi, il ne dit rien. Elle avait compris qu'il valait mieux ne pas faire de vagues avec

1. Femme blanche.

Thaya-ji, mais, au fond, elle aurait aimé le voir défendre sa mère. Le lendemain matin, quand le facteur arriva, Rajni s'apprêtait à sortir et sa mère lui dit doucement en pendjabi : « Inutile de lui sourire ou de le saluer. » Rajni fit mine d'être distraite par quelque chose au loin quand elle passa près de lui. Plus qu'une semaine… ensuite, Thaya-ji partirait et elle espérait ne plus jamais le revoir.

Mais le lendemain, Thaya-ji trouva autre chose à critiquer. Après des années à prendre le bus matin et soir et à aller au marché à pied, sa mère s'était enfin inscrite à des leçons de conduite. Elle avait pour moniteur un homme de leur communauté récemment divorcé. Quand elle se gara dans l'allée et sortit de la voiture aux côtés de cet homme, Thaya-ji vit rouge.

« C'est un comportement inapproprié. La nuit est tombée, qu'est-ce que les gens vont dire ? lança-t-il lors du dîner.

— Ils diront que j'apprends à conduire », répondit sa mère, d'une voix calme, malgré son trouble évident. Si elle avait eu des fils plutôt que des filles, Thaya-ji aurait-il donné son avis sur chaque aspect de sa vie ? Il eut un rire bref et désagréable.

« Tu sais, tu n'es pas obligée d'en faire toute une histoire chaque fois. Tout ce que j'en dis…

— Tu en as dit assez », le coupa Sita. Cette réponse lapidaire le prit au dépourvu et il resta muet.

Rajni se sentit fière de sa mère qui se défendait. Il était temps. Son père sembla un peu mal à l'aise et se dandina sur sa chaise, mais ne dit rien. Cette nuit-là, elle entendit ses parents se disputer à voix basse. Elle ne comprenait pas ce qu'ils disaient, mais son père éleva la voix et la conversation s'arrêta sur-le-champ. Le lendemain matin, sa mère était distraite et susceptible. Elle menaça Jezmeen de lui retirer son assiette si elle ne se dépêchait pas et quand Rajni, sac à l'épaule, s'apprêta à sortir, elle lui ordonna :

« Ce soir, tu rentres tout de suite après l'école, tu ne vas pas traîner au centre commercial avec Nadia.

— Mais…

— Ne me réponds pas. Rentre directement à la maison. »

Le reste du séjour de Thaya-ji fut rempli de sourires et de silences tendus. Sa mère n'avait pas l'air triomphante après lui avoir tenu tête ; elle savait qu'elle était allée trop loin et prenait garde à ne pas déclencher une nouvelle dispute avec lui ou avec son époux. Et ses filles devaient supporter un excès de sévérité, en particulier Rajni – qui levait les yeux au ciel, écoutait sa musique trop fort et faisait des choses « trop anglaises » au goût de Thaya-ji. Même la petite Jezmeen, âgée de quatre ans, remarqua cette atmosphère pesante. « Qu'est-ce qu'il se passe ? » chuchota-t-elle un soir, alors que Rajni était en train de lui mettre du fard à paupières pailleté. Jezmeen l'avait suppliée de la maquiller comme Madonna sur la pochette de son album.

La veille du départ de Thaya-ji, leur père tenta de détendre l'atmosphère en faisant une blague pendant le dîner : juste avant de venir à table, il avait glissé dans la douche – rien de bien grave, mais il n'arrêtait pas de se toucher la tête à l'endroit où il s'était cogné pour vérifier qu'il n'avait pas de bosse.

« Tu n'aurais vraiment pas dû me pousser », dit-il à sa femme en rigolant.

Sita, qui était en train de servir Shirina, leva les yeux, surprise, puis répondit :

« Tu crois que je n'y ai jamais pensé ? »

Thaya-ji, lui, ne rit pas et décocha un regard noir à Sita. *Allez, c'est bon, détends-toi*, pensa Rajni. Ses parents faisaient toujours ce genre de plaisanteries et, heureusement, tout rentrerait dans l'ordre après le départ de son oncle.

Personne n'était responsable de la mort du père de Rajni. Il n'aurait pas pu deviner les séquelles qu'entraînerait sa chute, d'autant plus qu'il n'avait eu ni nausée ni vertige avant-coureurs. L'hémorragie cérébrale avait fini par le rattraper quatre jours plus tard, à la sortie de l'usine. L'un de ses superviseurs le trouva affaissé contre sa voiture, mais il était déjà trop tard. Le médecin expliqua en détail à Sita ce qu'était un hématome sous-dural aigu :

« C'est ma faute, répétait-elle en sanglotant.

— Voyons, madame Shergill, ce n'est rien d'autre qu'un tragique accident. »

Sita pensait en réalité avoir attiré la malchance sur eux. Rajni connaissait bien les rouages de l'esprit superstitieux de sa mère, pour qui il ne faisait pas de doute que ses récentes transgressions avaient provoqué le mauvais œil. Elle n'aurait pas dû se réjouir autant du retour de la pluie au Pendjab, ni tenter le diable en disant à quel point elle avait de la chance de vivre au Royaume-Uni. Elle n'aurait pas dû tenir tête à son beau-frère. Et surtout, elle n'aurait jamais dû faire ce commentaire irrespectueux à son mari.

Quand les cendres de leur père furent envoyées en Inde pour être dispersées par ses frères, les superstitions de Sita se multiplièrent. Elle s'était mis en tête de protéger ses filles de toute souffrance à venir et autres tragédies éventuelles et, pour cela, elle appliquait les règles existantes avec plus de fermeté. Une nouvelle logique – qui, à vrai dire, n'était logique que dans la tête de celle-ci – gouvernait leur quotidien : par exemple, laisser les rideaux ouverts attirait les mauvais esprits, ils devaient donc rester tirés et la maison était plongée dans l'obscurité. « J'essaie juste de vous protéger », disait leur mère en leur frottant la tête avec des piments séchés et des graines à oiseaux afin d'éloigner la malchance. Les prières du Temple d'or retentissaient en boucle dans la maison, souvent au point de couvrir même la musique de Rajni.

Sa mère institua aussi d'autres règles, comme si elle devait assumer deux rôles de parent après la mort de son mari et se montrer deux fois plus stricte. Elle instaura un couvre-feu et ne cessait de rappeler à Rajni que les gens allaient se mettre à critiquer leur famille si elle était vue à discuter avec des garçons dans le bus ou à marcher dans la rue avec un jean slim. Parce que leur père était mort, elles devaient faire plus attention à leur apparence ; une famille sans homme était plus susceptible d'attirer les rumeurs. « Dieu sait comment je vais réussir à toutes vous marier maintenant, soupirait-elle. Tout le monde va se dire "Ces filles ont grandi sans père ? Pas question que mon fils rejoigne leur famille". »

Rajni répondit par la rébellion. Dès que sa mère ne pouvait plus la voir, elle remontait sa jupe, séchait les cours et fumait des cigarettes. Les samedis après-midi, elle allait danser frénétiquement dans les « boîtes de jour » avec sa copine Nadia pour oublier sa frustration. Elle rentrait avec la tête remplie de chansons pop et prenait garde à donner suffisamment de détails sur son après-midi d'étude à la bibliothèque pour ne pas éveiller les soupçons.

Un jour, Shirina tomba sur un paquet de cigarettes en fouillant dans ses affaires. Ignorant ce que c'était, sa petite sœur se balada avec dans toute la maison, jusqu'à ce que leur mère la voie. Ce soir-là, Rajni trouva toutes ses possessions « clandestines » étalées sur son lit – les minijupes, les bustiers empruntés à la cousine plus âgée de Nadia, les cigarettes, un dessous de verre subtilisé à la discothèque et des photos de scènes indécentes aux yeux de sa mère : le bras d'un garçon autour de ses épaules, ses crop tops et son rouge à lèvres. Ces photos étaient la preuve de sa vie cachée ; Rajni en était fière car elles montraient que ses méchantes camarades avaient tort de la traiter de pouilleuse.

Peu après, elle avait accompagné sa mère en Inde. Ce voyage avait été planifié avant que sa double vie soit découverte, parce que Sita n'arrivait pas à s'entendre avec sa belle-famille à propos de la vente des terres de son mari. Ces terres lui revenaient, pourtant, ses beaux-parents avaient tendance à lui faire sentir que ses appels les gênaient, ou bien la personne à laquelle elle voulait parler n'était pas là. L'argent que son mari lui avait laissé à sa mort ne suffirait bientôt plus pour faire tourner la maison ; alors cette vente lui serait d'une grande aide. Puisque la famille l'ignorait, elle se rendrait en personne en Inde pour régler le problème. Un autre objectif s'était greffé sur le premier : ce voyage serait l'occasion pour Rajni de retrouver ses racines. Sita dut débourser une certaine somme pour acheter un deuxième billet d'avion à la dernière minute, mais le jeu en valait la chandelle. À ses yeux, l'été de débauche qui s'annonçait pour sa fille en Angleterre aurait eu un coût bien plus élevé.

Elles séjournèrent d'abord chez le frère de Sita : leur temps là-bas fut majoritairement occupé par de petites réunions de famille autour de samosas et de tasses de thé. Rajni passait ses après-midi assise dans le salon, entourée de cousins ou d'oncles dont elle n'avait jamais entendu parler, à répondre poliment à leurs questions, gênée par leurs regards inquisiteurs. En voyant ses cousines qui ne s'épilaient pas les sourcils et nattaient toutes leurs cheveux, elle éprouva une certaine fierté et trouva son apparence plus soignée que la leur. Quand on l'autorisait à se servir du téléphone, elle appelait son amie Nadia, qui faisait un voyage du même genre, mais à Delhi, et imaginait avec elle des plans d'évasion. « On pourrait dire que tu t'es fait kidnapper ! SOS citoyenne anglaise en danger ! » riait Nadia.

Pendant ce temps, sa mère peinait dans la jungle bureaucratique pour hériter des terres de son mari. La famille de ce dernier ne répondait presque jamais au téléphone. Ils ne s'étaient jamais montrés gentils avec Sita et, comme celle-ci n'avait donné naissance à aucun garçon, ils avaient encore moins de raisons de la tenir au courant des affaires familiales. Quand elle arrivait à les joindre, ils se montraient évasifs et insultants. Rajni la vit jeter le téléphone à plusieurs reprises sous le coup de la colère après une énième conversation qui n'avait mené nulle part.

En réalité, la présence de Sita sur place n'aidait pas à faire avancer l'affaire. Elle voulut faire appel à un avocat, mais en Inde, tout devait passer par la famille et son frère n'avait pas envie que les gens découvrent l'existence d'un conflit. Un jour, Rajni l'entendit dire : « Tu commences à nous mettre dans l'embarras, Sita. Tout le monde va penser que tu es désespérée et fauchée. » Ce qui ne collait pas avec l'image qu'ils avaient donnée à leurs voisins, décrivant la sœur modèle qui s'en tirait très bien en Angleterre.

L'obsession de sa mère pour l'image qu'elle renvoyait ne fit que s'accentuer. Ainsi, elle se remit à craindre le qu'en-dira-t-on et s'inquiéta pour l'avenir de ses filles : qui voudrait les demander en mariage si on savait que leur mère avait fait le voyage jusqu'au Pendjab pour se battre bec et ongles afin d'obtenir un peu d'argent de sa propre famille ? (En réalité, il s'agissait de plus qu'« un peu », les terres ayant une certaine valeur, mais les rumeurs déformeraient tout et transformeraient Sita en une veuve avare et calculatrice.)

Stressée, Sita passait souvent ses nerfs sur sa fille, qui faisait tout pour montrer qu'elle était étrangère : elle arrêtait d'écouter quand ses cousins parlaient rapidement en pendjabi, grimaçait quand ses tantes lui disaient qu'elle serait bientôt bonne à marier et leur répondait : « En Angleterre, on finit d'abord son éducation », en sachant très bien qu'elle faisait preuve de condescendance. Puis vinrent les excursions à Amritsar et à la Wagah Border pour assister à la relève de la garde, mais elle fit la tête tout le long et refusa de s'impliquer.

« Tu penses que tu es au-dessus de tout ça ? lui demanda sa mère ce soir-là, alors qu'elles se préparaient pour la nuit. Je ne t'ai pas élevée en Angleterre pour que tu viennes mépriser tout le monde ici. » Le clair de lune lui donnait un teint pâle et fantomatique. À la frontière, sa mère s'était jointe aux autres pour danser et avait eu l'air plus heureuse que jamais. Elle ravala ses larmes, décidée à ne pas lui montrer à quel point ce commentaire l'affectait. Bien sûr qu'elle s'en voulait de son attitude, mais tout ce qu'elle voulait, c'était rentrer à Londres. Elle détestait ce voyage sur lequel elle n'avait pas eu son mot à dire – la punition n'avait-elle pas duré assez longtemps ? Elle mourait d'envie de retourner danser en discothèque pour oublier. Mais non, il leur restait encore une visite à rendre et c'était celle qu'elle redoutait le plus.

Si elles allaient à Delhi, c'était surtout pour préserver l'honneur de la famille de Thaya-ji. Le séjour londonien de son oncle avait certes été très déplaisant, mais il se devait de rendre la pareille en les hébergeant quelques jours. Sita vit là sa dernière chance de réclamer les terres de son mari. Il lui semblait évident que Thaya-ji comprendrait quel crève-cœur ce serait d'être privée de ces terres, puisque lui-même avait dû vendre les siennes pour une bouchée de pain. « Peut-être qu'il faudra lui offrir une partie de l'argent qu'on gagnera en vendant ces terres pour qu'il accepte de nous aider. Mais ça vaut le coup d'essayer », lui dit sa mère en s'installant dans le train.

Dans un premier temps, Thaya-ji et sa femme se montrèrent polis, mais les tensions créées lors de sa visite ne s'étaient pas dissipées ; ils échangeaient des regards en coin et distillaient des remarques désobligeantes à propos du retour de sa mère en Inde. Un soir, son oncle ouvrit frontalement les hostilités en parlant de son voyage à Londres :

« C'est drôle, non ? La première chose que j'ai vue en arrivant à Londres, c'est l'un des nôtres avec un seau et un balai à la main. Ça m'a fait réfléchir : à distance, les gens se vantent de leurs succès, alors que la réalité est bien différente.

— Rajni, tu te tais », lui demanda Sita.

L'atmosphère était explosive. Elle n'avait aucune envie de se montrer gentille avec un oncle qui les traitait comme ça, mais sa mère l'avait avertie. Il voulait juste les voir pleines de remords et, ensuite, il accepterait de les aider.

Sita se rappelait un temps où Thaya-ji s'était montré plus généreux : il avait financé l'éducation de son frère et l'avait même aidé à acheter la maison en Angleterre. « Il a le devoir de nous aider. S'il a été si arrogant quand il est venu chez nous, c'est à cause de ça : son honneur – prendre l'argent de son petit frère l'a mis mal à l'aise. »

Elle jugeait sa mère naïve, mais rien ne pouvait entamer sa certitude : jamais Thaya-ji ne laisserait la famille de son petit frère dépérir, parce que ce ne serait pas honorable, et l'honneur était tout ce qui comptait à ses yeux.

Elles avaient trois jours à passer à Delhi. Au téléphone, son amie Nadia lui raconta que la vie nocturne y était très animée, mais comment en faire l'expérience si elle passait tout son temps avec sa famille ? Elle allait rentrer à Londres après tout un été enfermée, à jouer la fille parfaite. « Toute la sainte journée, je reste assise à me taire et à m'ennuyer comme un rat mort. Estime-toi heureuse d'avoir une cousine avec qui passer du temps. »

La cousine en question, qui était en première année de stylisme à l'université, avait emmené Nadia faire du shopping à Khan Market et à Karol Bagh, où elle lui avait montré une boutique qui vendait d'excellents sacs de contrefaçon.

« Plus que quelques jours et tu seras de retour à Londres. En plus on va fêter tes seize ans fin août, ne crois pas que j'ai oublié !

— Je ne pense même pas tenir une minute de plus ici », dit Rajni.

Une ombre passa dans le couloir ; elle se tut. Un instant plus tard, sa mère l'appela depuis la cuisine :

« Viens nous aider à faire les rotis, Rajni. Rajni ? Où es-tu ? Tu es au téléphone ? Les appels ne sont pas gratuits, tu sais ?

— Tu as entendu, le devoir m'appelle, marmonna Rajni dans le combiné. Bon, je dois y aller, mais sors-moi de là, par pitié !

— Ce soir, sors et rejoins-moi. On fêtera ton anniversaire un peu plus tôt. » Nadia lui donna quelques indications et lui promit de la raccompagner avant que quiconque se rende compte de son absence. Après avoir raccroché, elle garda les informations dans un coin de sa tête, mais sortir était trop risqué. *Plus que quelques jours*, se dit-elle en gagnant la cuisine. Sa mère lui tendit un saladier de farine.

« Occupe-toi de la pâte. Et ne mets pas trop d'eau ! Tu l'as faite trop collante la dernière fois. *Hai*, mais qu'est-ce que tu fais ? Qu'est-ce que je viens de te dire ? Pas trop d'eau ! Quel genre de belle-fille tu feras si tu ne sais même pas préparer des rotis corrects ? »

Le genre qui dira à son mari de faire la cuisine lui-même s'il n'est pas content. La proposition de Nadia devint encore plus alléchante. Elle commença à échafauder mentalement un plan. Son oncle et les siens se couchaient tôt, et sa mère avait le sommeil profond. Le bruit de la circulation ne la réveillait pas et, à moins d'une catastrophe, elle ne s'apercevrait pas de la disparition de sa fille en pleine nuit.

Le dîner sembla interminable et elle eut l'impression d'attendre des heures que tout le monde soit couché. Puis il n'y eut pas une minute à perdre. Elle récupéra les habits qu'elle avait cachés sous son oreiller – un débardeur et un jean slim que sa mère lui avait interdit de porter à moins d'enfiler un kurti long et lâche par-dessus – et se faufila dans la salle de bains pour se changer. Avant de sortir, elle passa en revue les indications de Nadia. Elle n'aurait pas à marcher longtemps avant d'atteindre la route principale, ensuite elle trouverait facilement son chemin.

Le seul fait de sortir et de sentir la fraîcheur de la nuit lui donna un sentiment de liberté. La rue était jonchée d'emballages en polystyrène, qui venaient d'un entrepôt proche, et peuplée d'ombres, mais l'excitation portait ses pas. Elle faisait enfin quelque chose dont elle avait envie et comme il lui plaisait ! Elle évita de justesse une mobylette qui traversa la rue à toute allure et sans klaxonner. Le conducteur se retourna, lui lança un drôle de regard et cria quelque chose qu'elle ne comprit pas. Elle pressa le pas en direction des lumières de la route principale qu'elle voyait au loin. L'adrénaline la poussait en avant, elle avait hâte de retrouver Nadia. *J'étais comme une prisonnière.*

En arrivant au bout de la rue, elle se rendit compte que la route principale était bien plus loin qu'elle ne l'avait cru. Un mur de brique surmonté de débris de verre lui barrait la route et, derrière lui, il y avait un autre pâté de maisons tordues collées les unes aux autres. Elle distinguait toujours des lumières entre les bâtiments, mais sans bien savoir d'où elles venaient. *Vite – Nadia doit se demander ce que je fais.*

Elle prit une rue adjacente, puis une autre encore ; elle allait dans la bonne direction, du moins c'est ce qu'il lui semblait jusqu'à ce qu'elle arrive face à un autre cul-de-sac. L'obscurité avait avalé le quartier tout entier et certains endroits ne lui disaient rien qui vaille. À cette heure-ci, il n'y avait que des hommes dehors et elle ne passait pas inaperçue – les conversations s'arrêtaient sur son passage. Elle baissa la tête et accéléra le pas. Des chiens errants à moitié éveillés la regardaient avec indifférence.

Quand elle finit par atteindre la route principale, elle avait une heure de retard et elles avaient convenu que si elle était en retard, ça voulait dire qu'on l'avait surprise, et son amie était donc partie sans elle. À cet instant, l'idée que sa famille aurait pu l'attraper en train de sortir en douce ne lui semblait plus aussi terrible. Au moins, elle ne se trouverait pas dehors.

Quelque chose lui disait qu'il ne valait mieux pas demander de l'aide dans les supérettes encore ouvertes à cette heure. Elle se força à ignorer les sourires mauvais des hommes qu'elle croisait. Elle aurait aimé réussir à ne pas les entendre non plus : « C'est combien ? » « Alors, de quoi tu as envie ? » Ses genoux tremblaient de panique mais elle continua de marcher et se mit presque à courir quand elle aperçut un commissariat.

Le jour ne s'était pas encore levé quand deux policiers la raccompagnèrent à l'appartement de son oncle. Elle avait dû attendre plus d'une heure au commissariat et subir un interrogatoire alors qu'elle n'avait rien fait de mal. L'officier avait pris un malin plaisir à lui en faire baver. Ses yeux s'étaient attardés plus d'une fois sur ses bras et son décolleté. Sur le chemin du retour, elle avait gardé les bras croisés sur sa poitrine. Son maquillage avait coulé et elle était bien consciente qu'on la regardait et qu'on la jugeait. Les membres de sa famille se tenaient droits comme des I devant la porte d'entrée. Elle n'oublierait jamais le visage blême de sa mère et son expression de pur choc. Elle la prit par le bras, la tira dans sa chambre et se mit à crier : « Mais qu'est-ce qui t'est passé par la tête ? Sortir comme ça, mais quelle idée ! Tu n'aurais même pas dû prendre la peine de revenir ! »

Ces paroles la blessèrent plus que tout. Sa mère n'imaginait pas quel enfer elle venait de vivre. Elle avait cru ne jamais réussir à rentrer. Les larmes inondèrent ses yeux, mais sa mère continua de crier. Tout ce qu'elle faisait était mal, décevant, déshonorant. Quel exemple donnait-elle à ses petites sœurs ? Qu'aurait dit son père s'il avait vu ce qu'elle était devenue ? La mention de son père la mit dans une rage folle et, avant d'avoir eu le temps de réfléchir, elle lança à sa mère : « Oh, alors toi, tu es vraiment quelqu'un d'exemplaire ? Ça ne m'étonnerait même pas d'apprendre que tu as poussé papa, que tu l'as tué parce que tu couchais vraiment avec ton moniteur d'auto-école. »

Le temps s'arrêta. Elle ne s'aperçut de la présence de son oncle et de sa tante qu'à ce moment-là, alors qu'ils s'étaient tenus en retrait depuis le début. Maintenant qu'elle avait proféré ces accusations, elle pouvait pratiquement entendre les questions qui traversaient leur esprit. Tout était faux.

Elle le savait, sa mère savait qu'elle savait. Mais une fois sortis de sa bouche, ces mots prirent vie d'une façon qui allait la hanter pendant des années.

Pour Thaya-ji, ce fut la preuve ultime que Sita ne méritait pas les terres. « Je voulais t'aider, mais si c'est vrai, je ne peux plus », dit-il en poussant un soupir dramatique exagéré. Ses yeux brillaient d'excitation : Rajni venait de lui offrir l'excuse parfaite pour se débarrasser de sa belle-sœur et avait gâché leur dernière chance – quand elles rentreraient à Londres, Thaya-ji contacterait son avocat et lancerait les démarches nécessaires pour acquérir le terrain de son frère. Avec la nouvelle réputation de Sita, personne ne s'y opposerait.

L'histoire s'était propagée des deux côtés de la famille en prenant des proportions énormes : Rajni avait fait le mur avec un garçon, plusieurs garçons même, son haleine empestait l'alcool, elle était rentrée en titubant et avait fait quelques gâteries aux officiers de police pour qu'ils la ramènent. Sa mère avait perdu toute chance d'hériter des terres familiales.

19

Rajni termina son récit, Jezmeen était pendue à ses lèvres.

« Je m'en suis toujours voulu pour ce que vous avez dû endurer après ça, dit-elle. Je sais que maman a fini par s'en remettre, mais ça a été dur pour vous. Maman était toujours stressée et j'ai toujours eu le sentiment que c'était à cause de moi. Cet incident a suffi à me remettre sur le droit chemin.

— C'est à ce moment-là que tu as changé ! J'étais trop jeune pour me poser les bonnes questions, mais je me souviens que tu étais beaucoup plus sérieuse à ton retour. Tu as jeté tout le maquillage que j'allais chiper dans ta chambre.

— Le maquillage, les habits, tout. Ça m'a donné l'impression de faire quelque chose de concret pour aider. Ma rébellion avait vraiment fait du mal à notre famille. Et puis… commença Rajni avant de pousser un soupir. Et puis je suis entrée à l'université, j'ai rencontré Kabir et je l'ai épousé dès que j'ai eu mon diplôme. Mes disputes avec maman ne m'ont pas manqué.

— Mais Raj, ce n'est pas toi qui as fait du mal à notre famille. C'est tous les autres, ceux qui ont fait courir ces rumeurs et qui ont refusé à maman ce dont elle avait vraiment besoin. Ils ont manqué à la morale, pas toi.

— Je sais tout ça maintenant, dit-elle en cherchant un paquet de mouchoirs dans son sac. Enfin, je le sais sans vraiment le savoir. Je sais que c'est injuste de penser que je suis responsable de tout ce qu'on a perdu, mais tout aurait pu être différent pour maman et pour vous.

— Ou pas, répondit Jezmeen. Je pense que le frère de papa n'a jamais eu l'intention de nous laisser ce terrain. Et puis nous avons survécu ! Notre enfance aurait pu être pire. On avait un toit sur la tête et Tante Roopi s'est occupée de nous. Tu t'es occupée de nous.

— Non, j'ai passé mon temps à vous casser les pieds pour vous empêcher de décevoir maman comme je l'avais fait.

— Mais ça n'a pas marché, commenta Jezmeen avec un sourire en coin, puisque je t'envoyais toujours sur les roses.

— Et Shirina, alors ? Elle a été si malheureuse qu'elle a couru se réfugier dans une autre famille, sur un autre continent.

— Ce n'est pas non plus ta faute. Tu l'as dit toi-même : maman s'est blâmée à tort pour la mort de papa. Tu es en train de faire la même chose : tu fais le lien entre quelque chose qui s'est passé il y a des années et ce qu'il se passe maintenant pour montrer que tout est ta faute, mais ta logique ne tient pas. Nous avons toutes fait nos choix. C'est toi qui me l'as rappelé, d'ailleurs. Et puis tu dis la même chose à tes élèves et à Anil. »

Anil. Elle ferma les yeux et posa la tête contre la banquette.

« Anil a fait ses choix tout seul, ça, c'est sûr, marmonna-t-elle.

— Comment ça ? »

À quoi bon le cacher à Jezmeen ? Il n'allait sans doute pas tarder à poster ses photos de fiançailles sur les réseaux sociaux.

« Il va se marier.

— Quoi ? Je ne savais pas qu'il fréquentait quelqu'un.

— Moi non plus. Elle a trente-six ans. »

Jezmeen écarquilla les yeux.

« Et ils vont avoir un bébé.

— Putain de merde ! »

Rajni tressaillit en voyant le regard que leur jeta Tom Hanks.

« Pardon ! » lui dit Jezmeen.

Il lui fit signe que ce n'était pas grave.

« C'est quoi ce bordel, Rajni ? »

Elle essuya ses larmes.

« Il repousse son entrée à l'université et balaye tous nos efforts pour fonder une famille avec cette femme.

— Mais pourquoi tu ne nous as rien dit ? Tu le sais depuis le début du voyage ?

— Oui, mais je pense que je n'osais même pas me l'avouer à moi-même.

— En même temps, ça fait beaucoup à digérer.

— Je ne pense pas avoir été vraiment à l'écoute des besoins d'Anil. Il m'a complètement exclue de sa vie.

— Et voilà, tu recommences ! S'il a coupé les ponts, c'est son choix, tu ne lui as pas forcé la main. Mais le plus important, je suppose, c'est… Est-ce qu'il a l'air heureux ? Et toi, tu es prête à l'accepter ?

— Non, comment pourrais-je l'être ? Je n'ai pas envie qu'il gâche sa vie.

— Je ne pense pas qu'il voie les choses sous cet angle. OK, ce n'est pas la vie que tu avais imaginée pour lui, mais ça ne veut pas dire qu'il la gâche.

— Mais…

— Raj, tu viens juste de t'excuser d'avoir toujours été sur mon dos et d'être une enquiquineuse trop à cheval sur ses principes. Tu regrettes de ne pas avoir été la grande sœur cool que tu aurais pu être si tu n'avais pas eu ce putain de balai dans le cul ? »

Sa sœur traduisait très librement ses propos, mais elle la laissa continuer :

« Et maman t'a fait du mal en essayant de te faire entrer toutes ses règles dans ta tête, non ? Ça ne t'a pas rendue folle de toujours devoir satisfaire ses attentes irréalistes ? Pendant la nuit que tu viens de me raconter, ce qui comptait le plus pour maman, c'était de sauver les apparences. Ne viens pas me dire que tu n'es pas en train de faire la même chose à Anil.

— Pas du tout, répondit-elle. Je me fiche de ce que pensent les gens. »

Jezmeen eut un petit rire.

« Putain de bordel de merde, putain de bordel de merde ! » se mit-elle à chantonner.

Tom Hanks la regarda avec amusement.

« Arrête ça ! siffla Rajni. Que va penser… »

Le sourire de sa sœur l'arrêta net.

« Ce n'est pas la même chose, Jezmeen. C'est mon fils unique.

— En fait, le problème, c'est qu'il est ta seule chance d'être une bonne mère !

— … Peut-être.

— Est-ce que ça changerait quelque chose si tu avais d'autres enfants ? Si tu avais une fille ? »

Si j'avais une fille. Ce n'était pas la première fois qu'elle se demandait ce qu'un deuxième enfant aurait changé. Elle ne savait pas quoi répondre à Jezmeen. Tout cela était tellement injuste. La mort de leur père, le vol de ses terres, le cancer de leur mère, puis sa mort. C'était injuste que Shirina soit à Chandigarh à ce moment même et s'apprête à faire ce qu'elle pensait nécessaire pour sauver son mariage. Elle regarda par la fenêtre et s'aperçut qu'elles étaient désormais en pleine campagne – impossible de ne pas penser à ce qu'elles avaient perdu.

Mais peut-être qu'elle pouvait éviter de perdre davantage.

« Excusez-moi, Tom Hanks ?

— Désolé, madame, répondit-il par réflexe, puisque jusqu'ici, Rajni n'avait fait que lui demander de ralentir.

— Pourriez-vous aller plus vite, s'il vous plaît ? Nous devons arriver à Chandigarh de toute urgence.

— Vous voulez que…

— Accélérez, s'il vous plaît. Allez le plus vite possible. »

À ces mots, Tom Hanks appuya sur l'accélérateur et le paysage autour d'eux se changea tout à coup en une tache verte et floue.

20

La photo d'une orchidée rose décorait un mur de la salle d'attente. La même fleur qu'à la clinique de Melbourne, où Shirina s'était rendue cinq mois plus tôt. *Quelle étrange coïncidence*... Elle doutait qu'une même personne détienne le monopole des photos de fleurs exposées dans les cliniques obstétriques du monde entier, mais se sentit réconfortée par le fait que Sehaj ait pris la peine de chercher un établissement dont le standing soit conforme à ses habitudes – des canapés en cuir jusqu'au parfum de lilas qui flottait dans l'air, tout lui rappelait la clinique de Melbourne. On était loin des images misérables qu'elle s'était forgées – une ampoule nue qui pendait du plafond, des tables en acier sur lesquelles des femmes sans expression attendaient qu'on les ramène en arrière. Sehaj avait-il eu du mal à trouver cet endroit – peut-être que sa famille connaissait le médecin ? Il lui avait passé la carte si rapidement à l'aéroport qu'elle n'avait pas eu le temps de lui poser de questions. Ils avaient toujours utilisé des euphémismes pour discuter de cette procédure – « faire ce qu'il y a à faire », « faire le nécessaire », « résoudre cette situation ». Il n'y avait pas de place pour les détails quand toutes les conversations s'envenimaient, se terminaient par des mots amers et étaient suivies d'un silence qui amplifiait tous les bruits de la maison – l'eau dans les tuyaux, les fenêtres qui tremblent sous les assauts du vent. La réceptionniste appela son nom. Nerveuse, Shirina se leva. Elle n'avait pas besoin de cacher son ventre ici mais elle le fit par habitude en marchant d'un pas précautionneux. Sa grossesse n'était pas encore trop visible – Dieu merci, elle faisait partie de ces femmes qui atteignent le second trimestre sans trop grossir.

Elle se présenta à la réception et on lui demanda quel moyen de paiement elle souhaitait utiliser. Elle tendit sa carte Visa. En échange, la réceptionniste lui donna un porte-bloc et un tas de formulaires à remplir. *Antécédents médicaux*. Elle cocha « non » presque partout. Un couple arriva dans la salle d'attente ; le ventre bien rond de la femme indiquait qu'elle était enceinte depuis plus longtemps qu'elle. – « Mais enfin, regarde-les, dit-elle à son mari en montrant ses pieds gonflés. En plus, ça ne va pas partir tout de suite. Drima m'a dit que ses pieds avaient doublé de volume et qu'ils étaient restés comme ça. C'est pour ça qu'elle n'a pas voulu d'autre enfant. » Le mari répondit quelque chose d'inaudible et elle lui donna une petite tape sur l'épaule en riant.

Shirina rendit les formulaires à la réceptionniste qui les parcourut rapidement du regard puis hocha la tête. La clinique n'avait pas seulement une activité illégale. Shirina était là comme n'importe quelle femme enceinte attendant un examen de contrôle, comme cette femme joyeuse. Ce serait à l'abri des regards que le médecin lui expliquerait ses options à voix basse – peut-être même qu'il lui demanderait d'éteindre son téléphone pour s'assurer qu'elle n'enregistrait pas la conversation. Elle avait entendu parler d'un reportage de CNN pour lequel une journaliste s'était fait passer pour une patiente dans une clinique du même genre de la banlieue de Bombay. Pour gagner la confiance du médecin, elle avait posé son iPhone sur la table. Mais celui-ci ignorait qu'elle en avait un autre dans la doublure de son sac.

Il était paradoxal qu'elle suive cette procédure en Inde, où la loi interdisait l'avortement sélectif. Lors de l'échographie, les médecins n'avaient même pas le droit de divulguer le sexe du bébé. Mais l'argent pouvait tout acheter et elle ne se serait pas retrouvée ici si elle avait dit la vérité à Sehaj et à sa belle-mère quand elle avait découvert qu'elle attendait une fille. Elle pensa à sa mère, qui avait fixé la date de leur pèlerinage en été pour arranger Rajni. Comment aurait-elle pu savoir qu'à la même période Shirina atteindrait la date limite pour interrompre sa grossesse ? Inconsciemment, elle avait peut-être repoussé le moment de dire la vérité à Sehaj parce qu'elle pensait que ce voyage la sauverait. Elle irait en Inde, puis reviendrait à Melbourne en disant : « Oups, c'est trop tard. » Comment avait-elle pu être aussi naïve ?

La notice du test de grossesse indiquait qu'il fallait attendre cinq minutes avant de regarder le résultat, mais Shirina était bien trop excitée pour attendre. Ils essayaient depuis des mois, mais cette fois, elle sentait un changement : ses règles étaient en retard d'une semaine et elle se sentait vraiment très fatiguée. Moins d'une minute après avoir uriné sur le test et l'avoir posé sur l'évier, elle le retourna. Une barre. Elle le fixa avec impatience. Seconde barre. « Sehaj ! » cria-t-elle en se précipitant hors de la salle de bains. C'était un dimanche matin, il était encore au lit. « Tu vas être papa. »

Elle aurait aimé avoir un appareil photo à ce moment-là pour capturer l'expression de Sehaj. Ses yeux s'étaient écarquillés et il souriait de toutes ses dents. Elle se glissa dans le lit et l'embrassa. Chaque test négatif l'avait rendue encore un peu plus triste. Après la mort de sa mère et le comportement horrible qu'avaient eu ses sœurs, elle s'était raccrochée à l'espoir de fonder sa propre famille.

« Si c'est un garçon, on pourra l'appeler comme ton père et si c'est une fille, comme ma mère », dit-elle. Les hormones la rendaient sentimentale. Elle imaginait Sehaj en papa gaga qui lutterait pour ne pas pleurer lors du premier jour d'école de son enfant. Petite, elle avait parfois imaginé que son père était encore en vie, présent pour combler les manques de sa mère. Dans son imagination, il se montrait protecteur et à l'écoute. Avec lui, elle ne se sentait pas délaissée.

La réponse de Sehaj la surprit :

« Il faut d'abord qu'on ait un garçon. » Sa détermination la fit sourire mais la désarçonna un peu aussi. Il *faut* ? Il devait tenir cette idée de sa mère. Depuis son arrivée chez eux, elle avait souvent entendu sa belle-mère prendre le même ton pour lui expliquer comment tenir une maison. Il *fallait* que le dîner soit prêt à dix-neuf heures quoi qu'il arrive, peu importait les contraintes professionnelles ou les retards de tram. Il *fallait* qu'elle prenne un congé pour l'aider à se remettre de son opération et il avait aussi *fallu* qu'elle prolonge ce congé, jusqu'à ce qu'il semble encore mieux qu'elle démissionne. Elle s'était toujours efforcée de penser à tout ça comme aux devoirs d'une fille envers sa mère ou d'une épouse envers son mari – mais le sexe du bébé ? C'était autre chose.

« Comment ça, il faut d'abord qu'on ait un garçon ? demanda-t-elle avec un petit rire. Je ne contrôle pas ce genre de choses. »

Après quelques secondes de silence, Sehaj rit aussi et lui dit qu'il plaisantait, qu'il avait essayé d'imiter un homme conservateur.

« On verra bien le moment venu », dit-il. La réponse ne la satisfit pas complètement, mais elle préféra faire taire ses peurs. Personne ne pensait encore qu'une femme était responsable du sexe de son enfant, si ? Ni qu'elle devait avorter si elle attendait une fille ? Peut-être dans des villages reculés, mais pas à Melbourne ni à Londres. Par curiosité, elle fit quelques recherches sur le forum où elle était inscrite. Le nombre de conversations dédiées à ce sujet la choqua. « Mes beaux-parents veulent un garçon ! » « Je suis enceinte pour la première fois, mais c'est une fille. Que faire ? »

C'était ridicule, mais peut-être pouvait-elle éviter le conflit ? *Par pitié, faites que ce soit un garçon, faites que ce soit un garçon*, se surprit-elle à penser sur la table d'échographie trois mois plus tard. Elle était tellement concentrée sur sa prière que quand la radiologue lui demanda où était son mari, elle répondit : « Non. » La technicienne sourit et répéta sa question.

« Oh, désolée. Il a une réunion importante au boulot, il ne pouvait pas venir.

— Ah, le *baby brain* ! Je connais bien, je l'ai eu pendant mes trois grossesses. Un jour, j'ai même mis le linge dans le frigo au lieu de le ranger dans le placard ! »

Impatiente, Shirina hocha la tête. La radiologue continua ses bavardages et pressa la sonde contre son ventre. « Vous êtes comme ma meilleure amie, je parie que vous faites partie de ces chanceuses qui ne grossissent pas avant le sixième mois ! » Elle gardait les yeux fixés sur l'écran noir. Enfin, quelque chose bougea et elle entendit un battement de cœur. Elle se mordit la lèvre pour ne pas pleurer. La radiologue continua son exploration et lui montra les bras et les jambes du bébé, l'ébauche de sa colonne vertébrale, son nez et son menton. Puis elle se tut avant de lui demander avec un sourire : « Vous voulez connaître le sexe ? » Shirina se mit à pleurer à l'instant où elle apprit qu'elle attendait une fille. Pensant que c'étaient des larmes de joie, la radiologue lui tendit un mouchoir.

De retour derrière le volant, Shirina regretta que le sexe ait déjà été visible à l'échographie. Au début, la radiologue l'avait prévenue : quelquefois, il fallait attendre un peu pour savoir. Dans ce cas-là, il aurait été trop tard pour faire quoi que ce soit. De retour chez elle, elle lut l'impatience sur le visage de sa belle-mère et ressentit un instinct de protection très puissant.

« Il est encore trop tôt pour savoir », annonça-t-elle. D'ordinaire, elle ne savait pas mentir, mais cette fois, elle avait su modifier la scène : les jambes du bébé étaient croisées, impossible de rien distinguer.

Cette explication satisfit sa belle-mère :

« Tu le sauras la prochaine fois. Mais n'attends pas trop longtemps, d'accord, *hanh* ? Quand aura lieu la prochaine échographie ?

— Dans quelques semaines. » Sa belle-mère ignorait qu'un test sanguin pouvait indiquer le sexe du bébé, sinon elle l'aurait renvoyée à l'hôpital immédiatement.

Ce soir-là, elle feuilleta l'album photo de son mariage. Elle avait pris cette habitude depuis la mort de sa mère, car c'était là que se trouvaient les plus belles photos de celle-ci – son visage rayonnait de bonheur et de santé. À dix-neuf heures, Sehaj rentra et monta se passer un peu d'eau sur le visage avant le dîner. Il la trouva assise avec l'album. « Tu t'en souviens ? » demanda-t-elle en lui montrant une photo qui immortalisait un regard furtif entre eux pendant la fête de mariage. Leurs sourires se répondaient en miroir. Quand il s'accroupit pour déposer un tendre baiser derrière son oreille, elle pensa qu'elle aurait préféré ne pas avoir à lui mentir.

« Alors, comment ça s'est passé ? Il a bien tous ses doigts et orteils, rassure-moi ? Et est-ce que mon fils ressemble à son père ? demanda-t-il en bombant le torse.

— Tout s'est très bien passé, répondit-elle, mal à l'aise. En revanche, on ne connaît pas encore le sexe, mais on s'en fiche, non ? Pourquoi a-t-on même besoin de savoir ? »

Sehaj se tendit.

« Avoir un enfant avec moi ne te suffit pas ? » insista-t-elle.

Sehaj soupira et lui embrassa le front.

« Ce n'est pas forcément ce que je veux qui compte. C'est ma mère…

— Mais elle s'adaptera, non ? Tu m'as déjà dit que certaines choses étaient non négociables et que c'était à elle de s'adapter. »

Comme notre mariage. La mère de Sehaj avait déploré qu'il choisisse une fille anglaise issue de la classe ouvrière, mais Sehaj avait tapé du poing sur la table. Il pouvait bien recommencer. Sa mère n'aurait pas le dernier mot sur tout.

« Imagine à quel point nous serions heureux si tu prenais la peine de l'écouter au moins une fois de temps en temps, dit-il.

— Mais je l'écoute ! » répondit Shirina, qui devenait fébrile.

Sita lui avait recommandé d'écouter ses beaux-parents, de leur obéir. Et elle avait fait de son mieux jusqu'ici. Qu'est-ce qu'ils voulaient de plus ?

En entendant le tremblement dans sa voix, Sehaj lui prit la main. Elle pensa qu'il allait la réconforter, mais à la place il lui dit :

« Je suis sous pression au boulot en ce moment, tu n'as aucune idée de ce que c'est.

— Non, bien sûr que non, puisque j'ai quitté mon travail ! » rétorqua-t-elle. Elle dégagea sa main comme s'il l'avait ébouillantée.

Il se leva et quitta la pièce. Shirina, elle, se cloîtra dans la chambre et ne descendit pas dîner. Elle avait encore des nausées, pourtant censées se calmer après le premier trimestre, et n'avait de toute façon aucune envie de se retrouver face à Sehaj et à sa belle-mère.

Elle était furieuse contre elle-même, sans vraiment savoir pourquoi. Elle avait la sensation de porter en elle une responsabilité honteuse et terrible.

Le silence qui suivit cette soirée fut pire que tous ceux qu'elle avait connus depuis le début de son mariage avec

Sehaj. Chaque craquement du parquet, chaque sifflement du vent était comme un coup de tonnerre dans la demeure du silence. Ce silence la suivait partout – au petit déjeuner, dans la voiture, dans la salle d'attente – et même quand Sehaj lui adressa de nouveau la parole le lendemain, elle sentit qu'il était là, pesant, entre chacun de ses mots. Chaque phrase semblait contenir le même message : *Si tu commences à vouloir faire ta loi ici, tu vas te retrouver toute seule*. Comme après le soir où sa belle-mère l'avait trouvée appuyée contre le chauffeur de taxi. Sauf que cette fois-ci, sa belle-mère ne se contenta pas de l'ignorer ; elle se comporta comme si Shirina n'avait jamais existé. Elle avait la terrible impression d'être un fantôme et cela ravivait des souvenirs d'enfance déplaisants. Il était hors de question de revivre la même chose.

Les choses finirent par s'améliorer avec Sehaj et elle fit son possible pour maintenir la paix. Ainsi, elle ravala toutes ses interrogations sur le sort qui serait réservé à son bébé s'il s'agissait d'une fille. *Ils ne vont quand même pas me demander d'avorter !* Parfois, elle regardait Sehaj et se demandait quand il aurait le cran de lui dire. Comme elle ne voulait pas y penser, elle décida d'attendre, ce qui ne posait pas encore problème puisque, aux yeux des autres, elle pouvait encore très bien porter un garçon. Son médecin lui avait donné une estimation de la date du terme ; après un rapide calcul, Shirina se rendit compte que le voyage en Inde avec ses sœurs se terminerait après la date limite pour un éventuel avortement.

Pourquoi avait-elle appelé Lauren ? Elle ne risquait pourtant rien. Était-ce parce qu'elle avait besoin de se confier à quelqu'un qui ferait preuve de compassion ? Ou parce que Lauren était sa seule amie ? Peut-être que c'était parce que les pensées qui lui traversaient l'esprit en pleine nuit, pendant que Sehaj ronflait paisiblement à côté d'elle, la terrifiaient. Elle songeait à ce qui se passerait si elle disait la vérité et faisait le nécessaire pour que tout rentre dans l'ordre.

Tu es jeune. Tu auras d'autres chances. Tout le monde fait des sacrifices pour sa famille. À un moment, elle pensa même appeler Rajni ou Jezmeen, mais la honte l'en empêcha. Après avoir fui Londres et sa famille, elle ne pouvait pas les rappeler pour se plaindre que sa vie de femme mariée était loin d'être parfaite. Elle arrivait à peine à l'admettre elle-même.

Quand Lauren décrocha, Shirina lui dit :

« Le travail me manque. » Ni « bonjour » ni « à l'aide », mais Lauren comprit tout de suite.

« Qu'est-ce qui ne va pas, ma chérie ? Où es-tu ? Ne bouge pas, je viens te chercher. »

Elle savait qu'elle aurait dû raccrocher, mais elle pressa le téléphone contre son oreille sans pouvoir parler ou bouger.

« Tu es encore là ?

— Oui », réussit-elle à articuler. Puis elle donna rendez-vous à Lauren. En général, elle avait une heure de libre après avoir déposé sa belle-mère à l'hôpital St. Vincent's pour sa séance hebdomadaire de physiothérapie. Elles se retrouvèrent au café Kitchen Hand sur Gertrude Street ; il n'y avait pas beaucoup de monde et l'endroit n'était pas vraiment du genre de ceux que fréquentait la famille de Sehaj, mais elle jetait quand même un coup d'œil à la ronde chaque fois qu'elle prononçait son nom.

« C'est de la maltraitance pure et simple, dit Lauren sans tourner autour du pot. Si tu leur caches le sexe du bébé parce que tu as peur qu'ils te forcent à avorter, c'est qu'ils te maltraitent. »

Elle se retint de défendre son mari et sa belle-mère. *C'est culturel, juste une préférence. D'ailleurs, ici aussi les femmes disent qu'elles veulent un garçon, non ?* Toutes ces excuses lui venaient naturellement. Par réflexe, elle voulait défendre sa belle-famille, s'indigner et accuser Lauren de ne pas comprendre. Mais pour la première fois, elle n'en fit rien.

« Il faut que tu quittes cette maison. »

La détermination de Lauren la rendit nerveuse.

« Je ne pense pas que quitter Sehaj soit la bonne solution, dit-elle doucement. J'ai juste besoin de quelqu'un à qui parler. Je n'arrive pas à dormir parce que je cogite tout le temps. Parfois, je me dis que tout serait plus facile si… »

Elle ne parvint pas à finir sa phrase, mais Lauren comprit ce qu'elle voulait dire.

Elles discutèrent jusqu'à ce qu'il soit l'heure pour Shirina de retourner à l'hôpital et convinrent de se retrouver au même endroit le mercredi suivant.

« Je suis vraiment contente que tu aies appelé, dit Lauren en l'embrassant avant de partir. Reste forte, d'accord ? Souviens-toi que tu as le choix. »

Au cours des jours suivants, Shirina reçut plusieurs SMS de Lauren :

Je viens aux nouvelles. Comment tu te sens aujourd'hui ? Souviens-toi : ils ne peuvent te forcer à rien !

Elle répondit « OK » chaque fois et supprima tous les messages. Elle effaça aussi Lauren de ses contacts après avoir mémorisé son numéro. Elle ne voulait pas que le nom de Lauren apparaisse sans cesse sur son écran, surtout si sa belle-mère fouinait un peu. Celle-ci pourrait avoir des soupçons ; après tout, Lauren avait une mauvaise influence sur Shirina, c'était elle qui l'avait entraînée au pub après le travail. Puis elle se sentit agacée par son amie. « *Il n'y aurait rien de mal à t'éloigner un peu de Sehaj. Il existe des solutions pour les femmes dans ta situation.* » Elle appréciait la sollicitude de Lauren, mais lui suggérer de quitter sa famille était vraiment excessif.

Mais ce n'est pas sa faute. Elle lui met la pression aussi, répondit Shirina.

C'est ce qu'on appelle un lavage de cerveau.

Puis, quelques secondes plus tard :

Excuse-moi, c'était maladroit de ma part. Mais je pense que son emprise sur toi est bien plus forte que tu ne le réalises.

Shirina ne répondit pas. Le mercredi arriva et, après avoir déposé sa belle-mère, elle marcha dans la direction opposée à Gertrude Street et finit dans les jardins derrière le Parlement. Les jeunes mariés adoraient prendre des photos ici, avec la traîne qui reposait sur les marches de l'imposant bâtiment. Un couple prenait justement la pose. L'air était frais et de gros nuages obstruaient le ciel. Elle vivait en Australie depuis près d'un an maintenant, mais elle ne s'était toujours pas faite à l'idée que l'hiver arrivait en juillet. Le marié tenait un parapluie noir pour empêcher le vent de défaire la coiffure élaborée de sa compagne. C'était vraiment le monde à l'envers ici.

Quand elle retourna à l'hôpital, elle avait plusieurs appels en absence. Lauren finirait sans doute par comprendre le message, mais, en attendant, son téléphone continuait de vibrer dans son sac.

« Qui c'est qui n'arrête pas de t'appeler ? Pourquoi tu ne réponds pas ? » demanda sa belle-mère une fois dans la voiture.

Super. Elle avait vraiment besoin que sa belle-mère la suspecte de cacher quelque chose.

« Oh, c'est juste une ancienne collègue de travail. »

Éteindre son téléphone n'aurait fait qu'attiser les doutes, alors elle se contenta de bloquer le numéro et posa le téléphone dans le compartiment entre les deux sièges.

Son portable sonna alors qu'elle s'engageait sur l'autoroute. Cela ne pouvait pas être Lauren ; elle laissa sa belle-mère décrocher. De toute façon, les seuls appels qu'elle recevait en semaine l'après-midi étaient du démarchage téléphonique.

« Allô ? Non, Shirina est au volant. Je peux faire passer un message ? »

Shirina entendit une voix répondre.

« Raccrochez, c'est encore un de ces sondages. Ils ne comprennent pas quand on leur dit non. »

Mais sa belle-mère avait l'air très concentrée.

« D'accord, je lui dirai. Au revoir. »

Elle raccrocha et reposa le portable où elle l'avait pris. La pluie commença à tomber à grosses gouttes sur le pare-brise et la circulation ralentit.

« C'était l'hôpital. Ils voulaient confirmer ton prochain rendez-vous.

— D'accord, je les rappellerai en rentrant.

— Cette femme a dit “la petite” pour parler de ton bébé. »

Ses mains se serrèrent sur le volant. Elle mit les essuie-glaces en route et réfléchit à toute vitesse au mensonge qu'elle pourrait inventer, mais son visage la trahissait.

« Qu'est-ce qu'elle a dit ? demanda-t-elle pour gagner du temps.

— “J'espère que la petite va bien et qu'elle ne rend pas maman trop malade.” Tu n'as pas quelque chose à nous dire, Shirina ? »

Le regard de sa belle-mère la brûlait, elle avait les joues rouges de honte. L'espace d'un instant, elle envisagea de mentir, mais à quoi bon ? Sa belle-mère la fixait comme si elle pouvait lire dans ses pensées.

« Si », chuchota-t-elle.

Son instinct lui commandait de s'excuser, mais les mots ne sortirent pas.

« J'aurais dû vous le dire », souffla-t-elle, la voix lourde de regrets.

Ce soir-là, Sehaj et sa belle-mère discutèrent à voix basse dans la cuisine. Il éleva la voix à un moment mais se remit vite à chuchoter. Elle ne parvint pas à entendre ce qu'ils disaient, mais Sehaj ne lui adressa même pas un regard quand il vint la rejoindre au lit. Le silence qui régna dans la maison les jours suivants fut plus intense que jamais, au point qu'elle avait l'impression d'entendre le sang couler dans ses veines. Les choses ne retrouvèrent un semblant de normalité qu'à l'aéroport, quand elle partagea un moment d'intimité avec Sehaj. *C'est fini maintenant*, avait-elle pensé, la tête posée contre la poitrine de son mari. Comme elle aurait aimé que le souvenir s'arrête là, avant qu'il lui donne la carte et l'ultimatum.

La réceptionniste la rappela pour l'orienter vers la salle d'examen 4C. Shirina frappa à la porte, une infirmière lui ouvrit et lui fit signe de s'asseoir.

« Madame Arora, lui dit le Dr Wadhwa, les yeux brillants derrière ses lunettes. Vous nous venez d'Australie, c'est bien ça ?

— Oui. »

Il lui posa les questions habituelles : depuis combien de temps elle était enceinte, comment elle se sentait.

« Bien », répondit-elle.

Grâce à ce voyage, elle avait fini par se persuader que tous les changements physiques qu'elle ressentait n'étaient rien d'autre qu'une réaction d'aversion à l'Inde.

« Bien. »

Puis il aborda l'intervention. Elle hocha mollement la tête quand il parla de l'anesthésie et expliqua qu'elle sentirait une gêne après.

« Comme nous allons retirer… dit-il avant de se racler la gorge, un fœtus très développé, il est possible qu'il vous faille plus de temps pour vous remettre. Maintenant dites-moi, vous avez déjà eu des caillots ? Des kystes ?

— Non.

— Des allergies médicamenteuses ? »

Shirina fit non de la tête.

Il ne prenait pas de notes – sûrement pour ne pas laisser de traces. Son bureau paraissait minuscule et encombré par rapport à la grande salle d'attente. Une plante posée sur le rebord de la fenêtre avait l'air d'avoir connu des jours meilleurs. L'infirmière, qui semblait aussi préposée à la climatisation, tapota l'appareil vieillissant et déclara : « Il faut changer le filtre. » Son ton laissait entendre qu'elle s'était déjà disputée avec le médecin à ce propos.

Allait-il demander à Shirina pourquoi elle voulait se débarrasser du bébé ? Elle rêvait que quelqu'un lui donne l'occasion de tout expliquer. Mais le médecin, qui évitait soigneusement son regard, appela l'infirmière pour qu'elle vienne prendre sa tension. Elle fit rouler une petite machine jusqu'à elle, lui posa le bras sur un support et lui enfila un brassard.

« Je ne suis pas sûre à 100 % de vouloir faire ça », laissa échapper Shirina.

L'expression du médecin resta inchangée. *Peut-être qu'il ne m'a pas entendue ?* Mais l'infirmière, elle, la regarda. Le brassard se resserra autour de son bras, d'abord doucement, puis lui fit mal. Un bruit de Velcro retentit quand l'infirmière le retira.

« J'ai besoin d'en savoir un peu plus, dit-elle. Qu'est-ce… qu'est-ce qui va se passer exactement ? »

Ne cherchez pas à connaître les détails, ils ne feront que vous déstabiliser, avait-elle lu sur un site d'informations pour les femmes qui voulaient avorter. *En revanche, si connaître les détails vous donne une impression de contrôle, en parler avec votre médecin peut être d'une grande aide.*

« Vous avez déjà pratiqué cette intervention ? »

Le médecin et l'infirmière échangèrent un regard.

Les doutes de dernière minute sont normaux, disait le site.

Le médecin ne répondit pas. Il n'avait pas l'air offensé, plutôt las. Peut-être qu'elle n'était pas la seule à poser ces questions. Peut-être que d'autres femmes – ou quelqu'un de la famille du mari – prenaient rendez-vous, venaient à la clinique, remplissaient les formulaires et commençaient à douter.

« Je ne voudrais surtout pas vous manquer de respect, mais c'est tout de même une intervention risquée, non ?

— Toutes les interventions sont risquées », répondit le Dr Wadhwa.

Il consulta les formulaires qu'elle avait remplis en arrivant.

« Nous allons faire tout notre possible pour minimiser les risques. Vous savez, ma famille et celle de votre mari se connaissent depuis longtemps. Nous prendrons bien soin de vous, ne vous en faites pas. »

Il pensait sans doute la rassurer, mais ses paroles sonnèrent plus comme une menace. Il retourna à ses papiers avant qu'elle ait pu déchiffrer son expression.

« Vous voulez avoir d'autres enfants ? »

Elle hocha la tête.

« Et si le prochain est aussi une fille ? demanda-t-elle. Et le suivant aussi ?

— Certaines femmes essaient jusqu'à cinq ou six fois avant de réussir à avoir un garçon. »

Cinq ou six autres grossesses. Cinq ou six autres disputes à rallonge avec son mari et sa belle-mère. Peut-être que ça deviendrait plus facile, qu'il y aurait moins d'hésitations la prochaine fois. Ou qu'elle aurait un fils, et alors cette première grossesse ne serait plus qu'un mauvais souvenir – une ombre minuscule sur leur mariage parfait. Que se passerait-il si elle faisait marche arrière maintenant ? Un mariage, on le bâtit en faisant des compromis, comme c'était expliqué dans les articles que Rajni lui avait envoyés.

Avant de poursuivre, elle devait signer des autorisations.

« Vous comprendrez bien sûr que ces formulaires ne font pas mention de la vraie raison de l'interruption de la grossesse », lui expliqua le médecin.

L'infirmière lui tendit le porte-bloc. L'intervention allait bientôt commencer. On allait l'anesthésier et elle ne sentirait rien du tout, la rassura le médecin. Ensuite, elle aurait des saignements, et elle devrait se reposer plusieurs jours. Sehaj lui avait réservé une suite cinq étoiles à l'hôtel Hilton, où elle resterait trois jours pour récupérer à l'aide du room service, d'une bouillotte et de toutes les séries dramatiques hindoues qu'elle souhaitait. Dans le calme et la normalité. Ensuite, elle rentrerait. *Si tu ne le fais pas, ne reviens pas.* Elle signa les formulaires d'autorisation en pensant : *Je suis désolée.* Elle ne savait même plus auprès de qui elle s'excusait.

21

Aucune ville n'avait besoin d'autant de ronds-points, se dit Jezmeen alors que Tom Hanks en prenait encore un autre. Si elle n'avait pas prêté attention au paysage et aux panneaux, elle aurait pu croire que le chauffeur tournait littéralement en rond. Elle ne savait pas trop si prononcer le nom des rues comme elle le faisait chaque fois qu'elle apercevait un panneau était utile – elle n'avait aucun sens de l'orientation –, mais les rues parallèles et les jardins bien entretenus de Chandigarh la rassuraient. Shirina serait bientôt à portée de main.

Rajni aussi regardait attentivement les rues. Elles ne s'étaient pas beaucoup parlé pendant le reste du voyage, et Jezmeen mourait d'envie de descendre. Elle avait besoin de prendre de la distance avec l'histoire déballée par Rajni dans l'intimité de la voiture. Elle avait aussi du mal à digérer la nouvelle à propos d'Anil. Si Rajni allait devenir grand-mère, qu'est-ce que ça faisait d'elle ? Une grand-tante ? Ce titre lui donnait la nausée.

« Madame, je pense que la clinique se trouve dans ce centre commercial », dit Tom Hanks.

Un bus déboula devant la voiture, Tom Hanks braqua à droite et le centre commercial disparut au loin.

« Je vais prendre la prochaine sortie. »

Mais la circulation était dense.

« On doit y être rapidement, dit Jezmeen. Vous ne pouvez pas nous déposer ici ?

— Où ça ? Il ne va quand même pas nous laisser au milieu de la route ! intervint Rajni.

— Mais ça va lui prendre des plombes de faire demi-tour. Les voitures nous laisseront passer. Tout le monde fait comme ça.

— Non, je refuse.

— Rajni, on doit trouver Shirina avant qu'elle fasse quoi que ce soit.

— Donc ta solution, c'est de foncer tête baissée sur une route indienne ultra-fréquentée ?

— Tout est question de confiance. Tom Hanks ? On va descendre ici, merci.

— C'est vraiment une idée stupide, vous y laisserez la vie toutes les deux. Attendez une petite minute. »

Dix minutes plus tard, la voiture avait à peine parcouru quelques mètres. Jezmeen poussa un soupir et s'agita sur son siège.

« Essaie de la rappeler, lui suggéra Rajni.

— Je tombe direct sur le répondeur.

— Essaie encore, on ne sait jamais. »

Elle tenta une nouvelle fois, en vain. Elle n'était pas surprise, mais un énorme sentiment de déception s'empara d'elle. Allaient-elles vraiment retrouver Shirina ?

« Et qu'est-ce qu'on fait si on réussit à la trouver mais qu'elle refuse de venir avec nous ? demanda-t-elle tout doucement.

— Comment ça ?

— Réfléchis : elle a passé tout le voyage à nous cacher sa grossesse et puis elle a loué une voiture pour venir ici toute seule. Peut-être qu'elle ne veut pas de notre aide.

— Et pourquoi pas ? dit Rajni en fronçant les sourcils.

— J'ai un peu peur qu'elle voie ça comme la seule solution pour sauver son mariage. Tu la connais, elle a toujours préféré éviter tout conflit avec sa famille et ses amis.

— Mais ce n'est pas le dernier sacrifice qu'ils exigeront d'elle ! Ça ne devrait pas marcher comme ça. Si elle cède cette fois-ci, ils ne la laisseront jamais tranquille. »

La voiture se rapprochait du centre commercial et Tom Hanks se prépara à tourner. Il coupa à travers une file de mobylettes et s'arrêta à un endroit où il n'était pas supposé le faire pour les laisser descendre.

« Je vous attends ici. Et madame, tout va bien se passer. Votre sœur sera soulagée de vous voir. Souvenez-vous de la fin de *Captain Phillips.* »

Une seule image vint à l'esprit de Jezmeen, c'était celle du personnage joué par Tom Hanks couvert du sang des pirates somaliens qui avaient attaqué son bateau.

« Merci », dit-elle tout de même en sortant de la voiture en trombe – quand on s'apprêtait à faire irruption dans une clinique obstétrique, tous les encouragements étaient bons à prendre.

Il faisait vraiment très chaud. Une fois à l'intérieur, elle étudia le centre commercial – un Domino's Pizza, une entreprise de cartes de vœux qui occupait deux étages entiers, des magasins d'électroménager.

« Là ! » dit Rajni, le bras tendu.

Elle fut d'abord soulagée : la clinique avait l'apparence d'un bon établissement, au moins Shirina n'avait pas pris rendez-vous dans un cabinet de fortune au toit en tôle.

Elles poussèrent les portes vitrées et entrèrent dans la salle d'attente climatisée.

« Il y a quelqu'un ? » appela-t-elle.

Elle chercha une sonnette à la réception, mais il n'y en avait pas. Une énorme photo d'un œil en noir et blanc couvrait la moitié du mur.

« Shirina ? appela Rajni. Tu es là ? »

Sa voix était calme mais son visage, empreint de panique.

« Et s'ils l'ont emmenée ?

— Où veux-tu qu'ils l'aient emmenée ? demanda Jezmeen.

— Je ne sais pas, répondit Rajni en regardant partout. SHIRINA ! cria-t-elle. S'ILS TE GARDENT PRISONNIÈRE QUELQUE PART, FAIS DU BRUIT ! »

Une porte s'ouvrit et une jeune femme visiblement très stressée arriva.

« Oh ! Vous avez rendez-vous ?

— Notre sœur, Shirina Arora, est ici contre son gré et nous sommes venues la chercher », expliqua Rajni.

La jeune femme fit précautionneusement le tour du bureau d'accueil et tapa quelques mots sur l'ordinateur, puis leur dit :

« Je n'ai pas de Shirina Arora. Vous êtes sûres que son rendez-vous est aujourd'hui ?

— Oui, répondit Rajni.

— Essayez "Shirina Shergill" », suggéra Jezmeen.

La jeune femme obtempéra, puis secoua la tête.

« Non, nous n'avions que deux rendez-vous aujourd'hui et on en a fini avec ces patientes avant le déjeuner. »

On en a fini avec ces patientes. La réceptionniste ne mâchait pas ses mots.

« Elle était censée se trouver ici en ce moment même. Si quelque chose s'est passé, vous devez nous en informer.

— Nous n'avons pas de Shirina », insista la femme.

Il était clair qu'elle avait reçu l'ordre de ne rien dire.

« Je sais bien que vous ne tenez pas de registre pour certaines interventions, mais c'est vraiment important. Elle ne voulait pas le faire. C'est la famille de son mari qui l'y oblige, expliqua Jezmeen.

— Ils l'y obligent ? Pourquoi ? demanda la réceptionniste avec un mélange d'agacement et d'intérêt.

— Ils sont arriérés. C'est une préférence débile. Écoutez, nous savons qu'elle est ici et pourquoi, alors ça suffit, les conneries.

— Sinon nous vérifierons nous-mêmes, ajouta Rajni.

— Si vous faites ça, j'appelle la police.

— C'est nous qui devrions appeler la police. Vous osez pratiquer des interventions illégales et c'est vous qui menacez de nous faire arrêter ?

— Je ne vois pas ce qu'il y a d'illégal dans ce que nous faisons. Si une femme trouve plus pratique de continuer sa vie sans…

— Plus pratique ? répéta Jezmeen. C'est comme ça que vous voyez les choses ?

— Parfaitement, plus pratique. Les femmes ont plus confiance en elles après, leur mari est plus heureux. Tout va mieux. C'est probablement pour ça que les beaux-parents de votre sœur l'y ont forcée. »

Plus confiance ? Il pouvait y avoir plusieurs raisons de vouloir se débarrasser d'une fille, mais la confiance n'en était pas une. L'œil sur le mur la fixait intensément. Quel choix étrange pour la décoration d'une clinique obstétrique…

« Ça suffit, je vais voir », déclara Rajni.

Ignorant les protestations de la réceptionniste, elle passa derrière le bureau et se dirigea vers les portes du fond. L'autre s'élança derrière elle en criant. Jezmeen prit une carte sur la pile posée sur le bureau.

Dr Chopra. Clinique ophtalmologique
Soins ophtalmologiques et chirurgie LASIK

Elle allait appeler Rajni, mais la réceptionniste la ramenait déjà de force. Rajni se dégagea en protestant :

« Pas besoin de m'attraper comme ça ! »

Elles détalèrent en vitesse après avoir présenté leurs excuses.

« J'avais de toute façon décidé de partir, quand j'ai vu les tableaux de test… »

Tom Hanks, occupé à nettoyer ses rétroviseurs, ne les vit pas sortir. Les voitures étaient si nombreuses autour du rond-point qu'on aurait dit un autre parking.

« Et maintenant, qu'est-ce qu'on fait ? demanda Jezmeen, paniquée.

— Réessayons FindMe. Peut-être qu'elle l'a réinstallée.

— On ne se serait pas trompées d'adresse ? dit Jezmeen en assemblant les morceaux de la carte. Je crois que les numéros vont dans ce sens : là, c'est le 32, puis le 34…

— Le 36 ! cria Rajni en montrant du doigt la clinique au bout de la rue.

— Allons-y ! »

Malgré la douleur lancinante dans sa cheville, Rajni pressa le pas. *Oh maman, excuse-moi d'être devenue un désastre ambulant*, pensa-t-elle alors qu'elles arrivaient devant l'entrée. Elle aurait aimé qu'au moins un de ses voyages en Inde se déroule sans accrocs. Sita ne l'avait pas directement écrit dans sa lettre, mais c'était aussi ce qu'elle aurait voulu : que l'Inde ne soit plus uniquement associée à ces horribles souvenirs.

Elles marquèrent un temps d'hésitation devant les portes vitrées : aucune ne voulait recommencer la même scène, la dernière les avait épuisées.

« Allez, vas-y, dit Jezmeen en la poussant en avant.

— C'est vraiment le bon endroit cette fois ? »

Au-dessus de leur tête, une pancarte indiquait : *Restoration Road Clinic*. Derrière la vitre, la réceptionniste était assise sous la photo d'une orchidée rose. La salle d'attente était pleine ; Rajni ne voulait pas déranger les patientes. Pour une raison étrange, elle décida de frapper. La réceptionniste leva la tête et leur fit signe d'entrer.

« Euh, bonjour, fit-elle à la ronde en hochant la tête.

— Nous cherchons notre sœur, dit Jezmeen, qui s'avança vers le bureau d'accueil d'un pas décidé. ET ON NE PARTIRA PAS TANT QU'ELLE NE SERA PAS LIBRE ! SHIRINA, VIENS ! SHIRIIIINAAAA ! »

Tu en fais trop, pensa Rajni. Mais elle ne devait pas s'arrêter. Elle fit donc tomber un stylo du bureau et jeta un regard noir à la réceptionniste.

« Inutile de crier, madame, dit celle-ci en se levant. Vous faites peur aux autres patientes. Asseyez-vous et calmez-vous, ou j'appelle la sécurité. Et ramassez mon stylo, s'il vous plaît.

— Oui, désolée », grommela Rajni.

Elle s'exécuta et posa le stylo sur le bureau, à côté d'une petite plaque sur laquelle était gravé le nom « Manjinder Bhatti ». Un couple effrayé regardait la scène depuis un canapé. La femme enveloppait son ventre rond dans ses bras, le mari se leva, se rassit, puis se releva.

« Nous nous faisons beaucoup de souci pour notre sœur. Il faut qu'on lui parle tout de suite. Je crois qu'elle est avec le Dr Wadhwa. Pouvez-vous l'appeler et lui dire que nous sommes là ? »

Manjinder avait l'air de penser que c'était une caméra cachée. Le mari inquiet s'assit à nouveau et prit la main de sa femme pour la rassurer.

« Quel est le nom de votre sœur ?

— Shirina Arora, répondit Rajni.

— Oh, cette patiente est déjà partie.

— Partie ? Elle est sortie d'ici ?

— Il y a environ dix minutes, oui. »

Elles étaient arrivées trop tard. Rajni agrippa le bureau pour ne pas perdre l'équilibre, Jezmeen enfouit son visage dans ses mains. Elle l'entendit sangloter ; elle aurait voulu la consoler, mais elle était bien trop bouleversée pour trouver les mots. Elle pensa à la dernière fois qu'elle avait vu Shirina à Amritsar. Maintenant qu'elle connaissait son secret, elle voyait son ventre rond dans tous ses souvenirs.

Manjinder s'éclaircit la gorge :

« Quand vous la verrez, pourriez-vous lui donner ce formulaire ? Elle était censée le signer, mais elle a oublié. Elle est partie si vite...

— Comment ça ? Ça veut dire que... ? demanda Jezmeen. Attendez, elle a refusé l'intervention ? »

Manjinder hocha la tête et pointa l'ordinateur du doigt.

« Le rendez-vous n'a pas duré longtemps, elle est à peine restée quinze minutes. »

Rajni serra la main de sa sœur qui laissait échapper un petit cri de joie.

« Vous savez où est parti son taxi ? demanda-t-elle.

— Aucune idée. Vous pouvez peut-être l'appeler ? »

Elle fit non de la tête. En quittant la clinique avec Jezmeen, elle ne put chasser l'image de Shirina qui lui disait au revoir à l'hôtel. Que lui dirait-elle, la prochaine fois qu'elles se verraient ? Cela arriverait-il même un jour ou bien Shirina avait-elle décidé de couper définitivement les ponts avec leur famille ? Ces questions firent naître une douleur très familière – la même qu'elle avait ressentie quand Anil lui avait dit que rien ne pourrait le séparer de Davina. Quoi qu'il arrive, elle devait arranger la situation avec son fils. Elle aurait aimé sauter dans un avion pour retrouver sa famille.

Tom Hanks n'était plus à côté de sa voiture. Elle sortit son téléphone pour lui écrire.

« Pourquoi elle est partie ? Tu penses qu'elle savait qu'on arrivait ? demanda Jezmeen alors qu'elles attendaient sur le trottoir.

— C'est-à-dire ?

— Est-ce qu'elle savait qu'on était en route et qu'elle a décidé de s'enfuir avant qu'on arrive pour l'empêcher de subir l'intervention ?

— Je ne sais pas.

— Peut-être qu'elle a juste décidé de s'en aller et de ne pas le faire ? dit Jezmeen, pleine d'espoir.

— Peut-être, répondit-elle avec un soupir, mais dans tous les cas, elle ne reviendra pas ici. On n'a qu'à chercher un hôtel, rester une journée de plus à Chandigarh et voir si Shirina nous appelle. Ou je peux essayer de rappeler Sehaj. »

Elle s'apprêtait à ranger son téléphone dans son sac quand il vibra. Une nouvelle notification. « *FindMe : Shirina est en ligne.* »

« Oh mon Dieu ! » s'exclama-t-elle.

Sur l'écran, le point de Shirina était tout proche. *Elle est là ?* Rajni regarda partout autour. Au loin, derrière son bureau, Manjinder les surveillait, immobile.

« Elle est là ! Elle est là-dedans, vite, Jezmeen ! »

Quand elles firent à nouveau irruption dans la clinique, Manjinder se leva pour s'approcher à reculons de la porte qui menait vers les salles d'examen.

« Écoutez, la famille Arora nous a donné des instructions très strictes…

— Je vous préviens, j'appelle la police, tonna Jezmeen. Je vais leur dire que vous retenez ma sœur contre son gré. Ouvrez tout de suite cette porte. »

Manjinder se plaqua contre la porte et appela à l'aide. Le couple inquiet quitta la clinique au pas de course. Elles essayèrent toutes les deux de pousser la réceptionniste mais celle-ci était costaude malgré sa petite taille.

« SHIRINA ! cria Jezmeen qui cherchait la poignée à tâtons. SHIRINA, SORS DE LÀ !

— Je ne fais qu'obéir aux ordres, madame, implora Manjinder.

— Et qu'est-ce qu'on vous a dit exactement ? demanda-t-elle.

— M. Arora a appelé le médecin pour le prévenir de votre arrivée. Il m'a demandé de ne vous laisser entrer sous aucun prétexte, parce que vous étiez dangereuses et que votre sœur refusait de vous voir. »

Sehaj avait dû comprendre en entendant Jezmeen qui entrait soudainement dans la chambre pendant qu'elle parlait au téléphone avec lui.

« Si vous nous laissez passer, on dira que tout est notre faute, que nous avons chargé et que vous n'avez rien pu faire. »

C'est ce qu'elles auraient expliqué de toute façon, leur but n'était pas de faire du mal à cette femme.

« Je ne peux pas. Par pitié, je vais perdre mon poste. »

Il y eut du mouvement dans le couloir. Une porte s'ouvrit, une tête curieuse apparut dans l'embrasure puis disparut. *Ça suffit*, pensa Rajni. Quand elle avait frappé Jezmeen à l'hôpital, son geste l'avait horrifiée et dégoûtée, mais cette fois, c'était différent. Elle décocha un grand coup d'épaule à Manjinder qui la surprit suffisamment pour lui faire lâcher sa prise sur la poignée. Jezmeen ouvrit la porte en grand et elles s'engouffrèrent dans le couloir. Manjinder les poursuivit et arriva à la ralentir, mais Jezmeen atteignait la porte : elle tourna la poignée frénétiquement sans succès puis tambourina en hurlant :

« SHIRINA ! SHIRINA, TU M'ENTENDS ? »

C'est alors que la réceptionniste parvint à plaquer Rajni au sol. L'impact, rude, la sonna. Elle aurait voulu crier avec Jezmeen, mais la chute lui avait coupé le souffle, impossible de parler.

Impuissante, elle regarda Jezmeen batailler avec la porte tandis que Manjinder se relevait. Trop tard. La porte s'ouvrit sur Shirina, les yeux écarquillés de surprise. Ses deux sœurs tombèrent dans les bras l'une de l'autre et Rajni fondit en larmes.

22

Septième jour : trek jusqu'à Hemkund Sahib

Voilà l'étape la plus difficile et la plus gratifiante de votre voyage. Je n'ai jamais eu la chance de me rendre à Hemkund Sahib quand j'étais en bonne santé et c'est à ce lieu que j'ai d'abord pensé quand les médecins m'ont annoncé que j'étais en phase terminale.

Au sommet de la montagne, ce temple sikh est le plus élevé au monde. Ceux qui y sont déjà allés parlent d'un trek vers le paradis. Marchez d'un pas sûr et méditez sur ceci : vos capacités à bouger, à grimper et à vous connecter à la nature sont temporaires. En revanche, votre esprit ne l'est pas. Ce défi physique et spirituel vous fera apprécier votre propre corps à sa juste valeur, ainsi que le soutien des autres.

Hemkund Sahib se situe non loin des eaux calmes et sacrées du lac Lokpal. Entouré de sept sommets enneigés, ce lac est le lieu qu'a choisi le dixième guru pour méditer et achever son unification spirituelle. C'est aussi là que s'arrête mon voyage sur Terre. J'aimerais que vous dispersiez mes cendres dans le lac pour que je repose à l'endroit où notre guru n'a fait qu'un avec Dieu.

Depuis la chambre d'hôtel, on ne voyait que des immeubles. Des antennes satellites semblaient pousser aux fenêtres. En contrebas, le vrombissement de la circulation ne faiblissait jamais.

Si Shirina était partie faire le trek, si tout avait été différent, elle serait en train d'avancer sur un sentier, attentive à chaque pas à cause du brouillard. L'air de la montagne et les pics escarpés lui semblaient bien loin : à la place, elle se trouvait à Chandigarh, dans une suite que Rajni avait réservée pour elles trois la veille tandis que Tom Hanks les conduisait loin de la clinique, à grand renfort de citations tirées de *Forrest Gump* et *Big*. Il avait dû penser que tout était bon à dire, même que la vie était comme une boîte de chocolats, si ça pouvait empêcher Shirina de pleurer. Elle n'avait pas cessé de verser des larmes tout le long du trajet, comme si toute la colère et la peur accumulées pendant les semaines précédentes sortaient d'un coup.

Leur hôtel était situé dans le centre-ville, au milieu des centres commerciaux et des panneaux publicitaires. Chacune avait sa propre chambre dans la suite, mais Rajni laissa entrebâillée la porte qui les séparait et Jezmeen, venue lui emprunter son sèche-cheveux, l'encouragea à appeler en cas de besoin. Elle s'attarda un peu pour ajouter :

« Tu vas bien, hein ? »

Shirina hocha la tête et lui fit signe de la laisser, en essayant de ne pas trop montrer son agacement. Elle comprenait l'inquiétude de ses sœurs, mais elles n'avaient pas besoin de faire tant de manières. Maintenant qu'elles étaient au courant pour la grossesse et l'état de son mariage, elles agissaient comme s'il restait encore plein de secrets à découvrir.

« Est-ce que Sehaj t'a déjà… ? avait demandé Rajni sur la route de l'hôtel, avant de cligner les yeux et de détourner le regard.

— Non, il ne m'a jamais frappée. Mais sa mère m'a déjà donné plusieurs coups de coude. Et elle m'a aussi arraché mon téléphone des mains. »

Furieuse, Jezmeen avait voulu appeler Sehaj pour lui dire le fond de sa pensée.

« Comment ose-t-il ? Et en plus, il a eu le culot d'appeler le médecin pour le prévenir. Il ne me fait pas peur, tu sais. Je pourrais l'appeler maintenant et lui dire ses quatre vérités. »

Mais Sehaj, lui, avait peur. Si Jezmeen l'appelait, il bafouillerait quelques excuses puis raccrocherait. Envoyer sa femme en Inde pour qu'elle se fasse avorter était cohérent avec son attitude générale – rester au bureau le plus tard possible pour éviter d'entendre parler du dernier conflit entre elle et sa mère, se concentrer sur son téléphone à table alors que sa mère se répandait en critiques sur la nourriture. Il était trop peureux pour affronter ce genre de conflits, alors il la repoussait elle, comme si elle était le problème. Après lui avoir donné la carte à l'aéroport et l'avoir sommée de ne pas revenir si elle ne faisait pas le nécessaire, il était parti rapidement, comme pour éviter une autre dispute.

Elle avait aussi sous-estimé le pouvoir de Sehaj. Elle l'avait mieux mesuré lorsque la réceptionniste était venue chercher le médecin dans la salle d'examen, afin qu'il réponde à un appel urgent d'Australie. Sachant que c'était probablement sa belle-mère, Shirina s'était levée et avait serré son sac contre sa poitrine. Elle avait posé toutes les questions possibles et imaginables dans l'espoir que le Dr Wadhwa comprendrait ses doutes, serait pris de compassion et refuserait de pratiquer l'intervention. Mais en revenant auprès d'elle, le médecin avait mentionné sa longue amitié avec M. Kamal Arora, le père de Sehaj. Le message était clair : il ne pouvait pas leur refuser quoi que ce soit et ses obligations envers cette famille dépassaient celles du code moral de sa profession.

Elle avait encore attendu avant de s'en aller, comme si elle avait besoin d'une permission. Une nouvelle notification sur son téléphone lui avait alors demandé : « *Êtes-vous sûr(e) de vouloir désinstaller FindMe ?* » Elle avait appuyé sur « Non » et réactivé la géolocalisation, même si ça ne servirait sans doute pas à grand-chose. Le Dr Wadhwa s'était mis à parler à voix basse à l'infirmière et ils lui jetaient des coups d'œil fréquents. Partir ne serait pas si simple, avait-elle réalisé avec horreur, les doigts serrés sur son téléphone. La peur la paralysait. Ce n'est que lorsqu'elle avait entendu du bruit dans le couloir qu'elle s'était levée d'un bond pour se précipiter vers la porte. Elle n'avait d'abord pas reconnu les voix de ses sœurs, mais la diversion était vraiment bienvenue.

Des coups frappés à la porte de sa chambre l'arrachèrent à ses pensées.

« Entrez ! »

Rajni passa la tête dans l'embrasure.

« Tout va bien ? lui demanda-t-elle pour la centième fois de la journée. Tu as besoin de quelque chose ?

— Ça va », répondit Shirina.

Peut-être ne devait-elle pas se tenir aussi près de la fenêtre – ça devait rendre Rajni nerveuse.

« Encore merci pour cette chambre. À la dernière minute en plus ! Ça a dû te coûter une fortune.

— Ce n'est rien. Le plus important, c'est que tu te sentes bien. Et les nausées ?

— Ça va, ça vient. »

Sa sœur entra et s'assit sur le coin du lit. Elle passa la main sur la couverture pour lisser des plis imaginaires. La chambre sentait bon l'eau de rose qui parfumait les autres suites de l'étage, celles réservées aux jeunes mariés.

« Tu as envie de faire quoi aujourd'hui ? demanda Rajni d'un ton enjoué. On pourrait prendre un brunch – tu dois être affamée. J'ai vu qu'il y avait des restaurants sympas dans le coin.

— Rajni…

— Ou bien on pourrait appeler le room service ? Tu dois être fatiguée. Oui, c'est sûrement mieux.

— Tu n'es pas obligée de me traiter comme ça.

— Comme quoi ? demanda sa sœur avec un air de surprise exagéré.

— Comme si j'étais une pauvre petite chose. J'aimerais bien que vous arrêtiez de faire comme si je risquais de m'écrouler à chaque seconde.

— Shirina, ce que tu viens de traverser n'est pas rien. Tu as pris une décision importante et tu réalises tout juste ce que ça signifie pour ton mariage. »

Elle secoua la tête.

« Je vais bien. Tout se passera bien avec Sehaj. »

Les larmes lui montèrent aux yeux. Elle refusait d'envisager le cas contraire. Son vol était prévu pour le lendemain et elle ne savait pas quoi faire.

Elle l'avait appelé depuis la voiture et lui avait laissé un message expliquant qu'elle avait quitté la clinique avec ses sœurs. « Je ne le ferai pas. Je garde notre enfant », avait-elle dit, laissant ensuite la messagerie enregistrer son silence puis raccrocher. Que penserait Sejah de cette minute pendant laquelle on n'entendait que des bruits de fond indistincts – le ronflement du moteur et la chanson que fredonnait le chauffeur ?

« Mais si tu juges que tout ne va pas bien, tu en as aussi le droit. Tu peux revenir à Londres. Ou à Melbourne si tu veux, mais pas dans cette maison. C'est toi qui décides. »

Elle se sentait tellement désolée d'avoir causé tant de souci à Rajni et perturbé le programme du pèlerinage. Qu'aurait dit leur mère ?

« Je sais que je vous en ai fait baver, commença-t-elle. Je vous ai caché tout ça et j'ai failli aller au bout… »

Elle baissa les yeux sur son ventre et y posa une main protectrice.

« L'important, c'est que tu ailles bien, assura Rajni. Personne ne te juge parce que ta belle-mère est une harpie conservatrice. J'aurais aimé que tu nous parles de ta situation, mais on ne peut pas vraiment dire que nous ayons été à l'écoute. »

On frappa encore à la porte.

« Salut, mamie ! lança Jezmeen à Rajni en entrant, le sèche-cheveux à la main. Je viens te rendre ça, Shirina. Et je me demandais : quel est le programme pour aujourd'hui ? Visites ou farniente au bord de la piscine ?

— On n'a qu'à rester ici et regarder des films », répondit Shirina.

Maintenant qu'elle n'avait plus besoin de cacher sa grossesse, elle avait envie de rester couchée avec les jambes surélevées.

« J'ai vu sur le programme qu'ils diffusaient un vieux film de HC Kumar, dit-elle avant de se redresser d'un coup. Et d'ailleurs, tu n'étais pas censée le rencontrer ?

— Oui, mais les choses ont changé. J'aurai d'autres occasions. »

Comme le ton enjoué de Rajni, le sourire de Jezmeen ne semblait pas authentique. Elle attendit que sa sœur développe, mais celle-ci se contenta de hausser les épaules et d'enrouler le fil autour du sèche-cheveux.

Jezmeen avait laissé passer sa chance pour être à ses côtés.

« Tu aurais dû y aller. Tu ne peux pas fixer un autre rendez-vous ?

— J'ai demandé à mon agent, mais HC Kumar a un emploi du temps de ministre. Il ne lui a pas répondu. Pas grave. »

Jezmeen essayait de minimiser la chose, mais Shirina n'était pas dupe.

« Et tu ne pourrais pas le voir demain avant qu'on reparte ? Ou rester un peu plus longtemps en Inde dans l'espoir de trouver une autre solution ?

— J'y ai pensé, mais je ne peux pas me permettre d'allonger mon séjour sous prétexte que j'aurais peut-être une petite chance de percer dans le cinéma indien. Il y a beaucoup de concurrence. Mais ce n'est pas grave, comme me l'a si bien dit maman, il faut que je devienne plus responsable. Au mieux, j'aurais décroché un petit rôle de rien du tout. Et puis le temps passe, ça pourrait me prendre des années pour me faire un nom et, à ce moment-là, je serais moins sollicitée parce que les rôles pour les femmes de quarante ans et plus ne courent pas les rues. »

Jezmeen avait l'air sincère, mais Shirina doutait encore.

« Et pourquoi on n'irait pas demain ? Juste avant l'aéroport.

— Aller où ?

— À son bureau, son studio ou je ne sais quoi. S'il y est, je ne vois pas pourquoi il refuserait de t'accorder quelques minutes de son temps. »

Jezmeen se balança d'une jambe sur l'autre.

« Et s'il ne m'aime pas ? demanda-t-elle d'une petite voix. On raconte un tas de trucs horribles sur moi en ligne, pourquoi est-ce que HC Kumar penserait différemment ?

— Tu lui as déjà tapé dans l'œil, Jezmeen. Il n'aurait pas demandé à te rencontrer s'il ne pensait pas à te donner un rôle, répondit Rajni.

— Alors on ira ? demanda Shirina.

— Oui, mais il faudra partir tôt pour ne pas louper notre avion, dit Rajni.

— D'accord, mamie, répondit Jezmeen, le sourire aux lèvres.

— Pourquoi est-ce qu'elle t'appelle comme ça ? C'est à cause de ta cheville ? »

Elle avait remarqué que Rajni boitait et qu'elle avait réclamé un seau de glaçons à leur arrivée à l'hôtel.

« Tu ne lui as pas dit ? demanda Jezmeen.

— Anil et sa petite amie attendent un enfant, annonça Rajni. Je vais être grand-mère. »

Anil, papa ? Elle fixa son aînée tandis que Jezmeen ricanait.

« Excuse-moi, je crois que j'ai mal entendu. Il a bien dix-huit ans seulement ?

— En effet. Ne te sens pas obligée de cacher ta surprise, je ne l'ai pas vu venir non plus, répondit Rajni, avant de fusiller Jezmeen du regard. Bon, commandons à manger et on pourra se raconter tout ce qu'on a manqué.

— Et on va boire du champagne, mamie ! Célébrons ces grossesses comme il se doit !

— Jezmeen, je te jure que si tu m'appelles comme ça encore une fois… »

Jezmeen rit et pointa le sèche-cheveux sur Rajni comme un pistolet. Rajni lui jeta un oreiller au visage, mais Jezmeen se baissa pour l'éviter.

« Bien tenté, mamie ! » cria Jezmeen en s'enfuyant de la chambre. Rajni la poursuivit et Shirina entendit leurs cris de l'autre côté du mur.

Elle posa les mains sur son ventre. Le bébé avait bougé la nuit dernière et l'avait empêchée de trouver le sommeil. Ce matin au réveil, elle avait senti un grand coup de pied. *Ma fille*. Elle regarda par la fenêtre. Avec ses arbres, ses parterres fleuris et ses arbustes bien taillés, la ville était plus verte que Delhi. L'ordre de cette ville l'apaisait, même si ce n'était pas exactement le lieu spirituel dans lequel leur mère avait espéré qu'elles achèvent leur pèlerinage. Peut-être le feraient-elles un jour. Et sa fille serait à ses côtés.

23

Huitième jour : retour à la maison

Jezmeen vérifia sur son miroir de poche qu'elle n'avait pas de trace de rouge à lèvres sur les dents. Elle tira ses cheveux en arrière – *trop intello* –, puis les ébouriffa – *trop négligé* – et vérifia ses dents encore une fois. Bingo, une petite tache rouge sur l'incisive.

« Je ne vais pas y arriver, déclara-t-elle en laissant tomber son miroir sur ses genoux.

— Bien sûr que si, lui dit Rajni depuis le siège avant. Est-ce que tu as visualisé la meilleure issue possible ? »

C'était l'une des techniques de développement personnel que Rajni venait de trouver sur Internet en faisant une recherche rapide sur son téléphone.

Le GPS de Tom Hanks indiquait qu'elles arriveraient dans moins de cinq minutes. Durant tout le trajet de Chandigarh à Delhi, Jezmeen s'était demandé si elle ne faisait pas une erreur. HC Kumar n'avait pas pris la peine de répondre à Cameron ; il avait sans doute choisi une autre actrice plus fiable.

« Et s'il avait vu la vidéo avec l'arowana et décidé que j'étais une connasse finie ?

— Tout le monde l'a vue, lui rappela Shirina, et il a malgré tout voulu te rencontrer. Ça montre bien qu'il s'intéresse quand même à toi.

— S'intéressait, oui. Au passé. Et comme je ne me suis même pas pointée au rendez-vous, il a dû se dire "Voilà ce qu'on récolte à vouloir donner sa chance à une tueuse de poisson".

— Il ne s'est pas du tout dit ça, reprit Shirina très calmement. Oh ! »

Elle attrapa la main de Jezmeen et la plaqua sur son ventre. D'abord, rien, puis elle sentit un petit coup contre sa paume.

« Elle te souhaite bonne chance.

— Merci, ma puce, roucoula Jezmeen.

— On n'est pas plutôt censé dire "Merde" dans le showbiz ? demanda Rajni.

— Non, juste au théâtre, dit Shirina. À moins qu'on le dise aussi dans le cinéma ?

— Je n'en sais rien, répondit Rajni. Mais c'est quand même curieux, non ? »

Même si Jezmeen appréciait le soutien de ses sœurs, elle nageait en plein doute. Elle n'avait pas fermé l'œil de la nuit, et ça se voyait probablement. Elle avait parcouru sa page IMDb et cliqué sur tous les rôles qu'elle avait joués – certains étaient si mineurs qu'aucune description ne les accompagnait. Elle était un corps mouvant dans l'ombre des étoiles qui attiraient les caméras. Bien sûr, contre tous les conseils qu'elle avait reçus, elle avait aussi lu les derniers commentaires sous la vidéo de l'arowana. La vindicte publique avait l'air de s'être calmée au cours des derniers jours, mais les commentaires les plus populaires étaient particulièrement agressifs. *Vous vous rendez compte que, dans d'autres pays, des gens fuient la guerre ? Chez nous, on a des gens comme elle.* Un autre commentaire – auquel Jezmeen avait été tentée de répondre par une flopée de jurons – disait : *Coup de pub à 100 %. Elle veut attirer l'attention, c'est tout. On parie combien que c'est les producteurs de son émission de merde qui ont monté ce truc de toutes pièces ?* Lire les opinions des autres était aussi addictif qu'autodestructeur. Elle n'avait pas arrêté de penser à sa mère et à l'opinion que celle-ci aurait eue.

« J'aurais aimé que maman ait un peu plus foi en moi, dit-elle. Je n'arrive pas à m'ôter de l'esprit qu'elle est morte en pensant que je devais grandir.

— Elle pensait ça pour nous toutes, répondit Rajni. Une mère ne cesse jamais de voir ses enfants comme des enfants. »

Le reste du trajet se passa dans le silence, jusqu'à ce que Tom Hanks annonce qu'elles étaient arrivées à Connaught Place. Son ventre se serra lorsqu'elle vit les colonnes géorgiennes, les fenêtres en ogive et les grands bâtiments blancs. *Tu es prête. Ça fait des années que tu attends ce moment.*

« J'ai besoin d'une minute », dit-elle quand la voiture s'arrêta. Rajni et Shirina hochèrent la tête et descendirent. Le bureau de HC Kumar se trouvait en haut d'une tour aux vitres teintées qui surplombait les vieux commerces. Elle ferma les yeux et essaya d'imaginer la meilleure issue possible. Elle se vit face à HC Kumar, en train de lui serrer la main. Il disait avoir été impressionné et vouloir lui donner le rôle-titre de son prochain film. Et puis il se transformait en arowana géant. Jezmeen ouvrit les yeux d'un coup. Par la fenêtre, elle vit Rajni et Shirina s'approcher du bâtiment. Quoi qu'il arrive, elle leur serait reconnaissante de l'avoir poussée à s'inviter dans le bureau de HC Kumar.

Leur plan était simple : passer la sécurité en faisant croire qu'elles avaient rendez-vous. Si ça ne marchait pas, Shirina demanderait à utiliser les toilettes. Personne n'oserait refuser ça à une femme enceinte. Jezmeen l'accompagnerait et elles essaieraient de trouver le bureau de HC Kumar. Ce plan était loin d'être parfait et beaucoup de choses pouvaient mal tourner, mais ses sœurs avaient insisté pour essayer. C'était l'ultime effort qu'elle ferait pour sa carrière d'actrice. Son avion décollait le soir même et, si le plan ne marchait pas, elle devrait prendre une décision : continuer de chercher des rôles ou envisager une autre carrière.

Elle sortit de la voiture.

« Je serai garé juste ici, lui dit Tom Hanks, avant de décamper sans préciser ce qu'il entendait par "ici".

— La porte est fermée, mais il y a un interphone, l'informa Shirina quand elle les rejoignit. Peut-être que tu devrais leur parler. »

Elle regarda le boîtier fixé au mur. Une petite caméra grossirait son visage sur un écran. Elle appuya sur le bouton et attendit.

L'interphone crépita puis une voix dit :

« Bonjour, ici HC Productions.

— Bonjour ! J'ai rendez-vous avec M. HC Kumar, annonça-t-elle, avec un haussement d'épaules auquel ses sœurs répondirent par des signes d'encouragement.

— Vous êtes ?

— Jezmeen Shergill. »

Puis elle ferma les yeux en espérant que son astuce marcherait.

« Je ne vois pas de rendez-vous prévu, madame Shergill.

— Ah bon ? C'est vraiment bizarre… Parce que… Bon, écoutez, j'avais rendez-vous hier, mais je n'ai pas pu venir à cause d'une urgence familiale. Je me demandais si… Allô ? »

Le signal lumineux de l'interphone s'était éteint et le crépitement avait disparu.

« Je crois qu'elle a raccroché, dit-elle.

— Essaie encore. Explique que c'est lui qui voulait te voir », l'encouragea Rajni.

Elle appuya une nouvelle fois sur le bouton.

« C'est encore moi, dit-elle à l'instant ou le voyant lumineux se ralluma. N'y a-t-il aucune chance pour que je voie M. Kumar maintenant ?

— Il est en réunion. Son emploi du temps est très chargé et…

— J'ai besoin d'aller aux toilettes ! s'exclama Shirina en regardant la caméra.

— Vous en trouverez dans le centre commercial en face, répondit poliment la voix.

— C'est vraiment important, insista Jezmeen.

— Je comprends, mais il est occupé et ensuite il prend l'avion pour Bombay.

— Vous ne pouvez pas frapper à sa porte ?

— Je suis enceinte », annonça Shirina.

Rajni la prit par le bras et l'éloigna, tandis que Jezmeen songeait qu'elle ne se servirait plus jamais de Shirina pour essayer d'entrer quelque part.

« Madame Shergill, des acteurs qui exigent de voir M. Kumar, nous en avons tous les jours. C'est pour cette raison que nous ne laissons monter personne sans rendez-vous. Je suis vraiment désolée. »

Une boule se forma dans sa gorge. Elle se tourna vers ses sœurs :

« OK. Bon, on y va.

— Mais vous pouvez bien faire quelque chose ! cria Rajni dans l'interphone. On vient de loin.

— Inutile de crier, Raj. Elle t'entend très bien. »

La voix s'excusa une nouvelle fois, puis dit sans grande conviction :

« Si vous me laissez vos coordonnées, M. Kumar pourra vous rappeler.

— Ma sœur n'aura plus jamais ce genre d'occasion, cria Rajni. Vous travaillez dans ce milieu, vous pourriez le comprendre !

— Rajni, je t'ai déjà dit qu'elle…

— Je vais devoir appeler la sécurité.

— Comme si ça nous faisait peur ! On a déjà eu affaire à eux deux fois à Chandigarh.

— Arrête, Rajni, tu n'aides pas. C'est bon, c'est fini.

— Non mais tu l'as entendue ? Elle nous prend carrément de haut, marmonna Rajni.

— Je vous entends encore », dit la voix.

Puisque Jezmeen n'avait pas réussi à voir HC Kumar et que Tom Hanks avait disparu, elles avaient un peu de temps à tuer avant d'aller à l'aéroport. La déception avait été inévitable : elle n'avait même pas craint de ne pas pouvoir rencontrer HC Kumar, plutôt qu'il lui donne sa chance et qu'elle la bousille. Que se serait-il passé si le rendez-vous avait eu lieu et qu'elle ne lui avait pas convenu ? Le cercle infernal des castings, des auditions et de l'attente d'un coup de fil avait pris bien trop de place dans sa vie adulte.

« Allons-y », déclara-t-elle avec résolution.

C'était donc là que se terminait sa carrière.

« Rajni ? » appela une voix masculine derrière elles.

Elles se retournèrent toutes les trois.

« Hari ! Qu'est-ce que vous faites ici ?

— Je travaille ici. On a appelé la sécurité parce que quelques personnes essayaient d'entrer dans le bâtiment, alors je suis descendu et vous voilà ! »

Il ressemble comme deux gouttes d'eau à HC Kumar, se dit d'abord Jezmeen. Mêmes cheveux poivre et sel, même sourire éclatant que dans les making of qu'elle adorait regarder. *C'est fou, quelles sont les chances pour que son sosie travaille dans le même bâtiment ?*

Et elle comprit. *C'est lui*. Et Rajni le connaissait. *Rajni le connaît ?* Tant de questions fusèrent en même temps qu'elle en eut le vertige.

« Shirina, tu te souviens de cet homme charmant que nous avons rencontré au… Euh, le jour où Jezmeen est allée manifester ? » dit Rajni.

Shirina sourit et hocha la tête. Puis Rajni la dévisagea :

« On peut savoir pourquoi tu fais cette tête ?

— Je me présente : Jezmeen Shergill. Je crois que nous avions rendez-vous hier.

— Vous êtes… ? dit Rajni.

— HC Kumar. Mais vous pouvez m'appeler Hari. »

24

« Je n'ai entendu parler de vous que très récemment, admit Hari. Ma fille Parvana a aussi été arrêtée lors de la manifestation pour les droits des femmes à la Porte de l'Inde. Elle m'a dit qu'une actrice qui ressemblait beaucoup à Polly Mishra avait donné un discours très puissant sur le fait de voyager en Inde quand on est une femme. »

Jezmeen n'en revenait pas.

« Et c'est pour ça que vous avez contacté mon agent ?

— Oui, je n'avais aucun autre moyen de vous joindre et j'espérais que vous seriez encore en Inde. Quand vous avez annulé pour une urgence familiale, j'ai supposé que vous étiez repartie à Londres.

— J'en suis vraiment désolée, mais j'apprécierais beaucoup que vous preniez le temps de me recevoir maintenant.

— Oui, bien sûr, montez avec moi. Mais il faudra faire vite car j'ai un avion à prendre.

— J'ai vraiment très envie de faire pipi maintenant, murmura Shirina à Rajni, tu crois qu'il nous laisserait monter ?

— On va vous laisser discuter, annonça Rajni. Shirina et moi irons faire un peu de lèche-vitrines à Connaught Place.

— Pas de problème », répondit Jezmeen, qui se dirigeait déjà vers le bâtiment.

Hari sourit à Rajni.

« Quelle coïncidence ! Je suis content de vous avoir revue.

— Nous n'avions même pas eu l'occasion de nous dire au revoir : vous étiez parti fumer quand ils ont relâché Jezmeen.

— Et toutes les autres après elle », répondit Hari en lui faisant un clin d'œil. Il suivit Jezmeen et entra dans le bâtiment.

Rajni ne comprit ce clin d'œil que quelques secondes après.

« Je crois que c'est lui qui a fait libérer Jezmeen et toutes les autres ce jour-là, dit-elle à Shirina alors qu'elles fonçaient vers le centre commercial. Il a sûrement usé de son influence pour qu'ils les relâchent, c'est pour ça qu'il n'avait pas l'air particulièrement inquiet que sa fille soit derrière les barreaux.

— Peut-être qu'elle continue à participer à ces manifestations parce qu'elle sait que son père pourra toujours la tirer d'un mauvais pas. Ça avantage aussi les filles qui manifestent avec elle et qui n'ont pas sa chance. »

Sita avait donc raison quand elle disait que, dans ce pays, tout était question de relations. À l'époque, leur mère n'avait pas pu trouver un avocat qui acceptait de la représenter parce qu'elle n'avait pas de garant. Dans ce pays qui n'était plus le sien, elle était bloquée en permanence.

Rajni ne put s'empêcher de se remémorer l'air inquiet de leur mère, chaque fois qu'elle composait un nouveau numéro, et l'espoir qu'elle avait de récupérer ce terrain des mains de Thaya-ji. Leur mère avait foi en son prochain. Elle avait aussi foi en elles trois, sinon jamais elle ne leur aurait demandé de faire ce voyage.

L'urne était toujours dans sa valise. Quand Shirina sortit des toilettes, elle lui dit :

« Il faut que nous nous occupions des cendres de maman.

— Alors, on ne revient pas l'an prochain pour ça ? »

Elle secoua la tête.

« Non. Enfin si, on reviendra pour faire le trek, mais je ne veux pas rentrer à Londres sans avoir accompli ce devoir. »

Ça lui aurait trop rappelé la dernière fois : elle était rentrée la tête basse, honteuse, avec l'impression d'avoir trahi sa mère. Peu après, elle avait eu seize ans. Sita n'avait pas ignoré son anniversaire – elle l'avait tout simplement oublié. Elle avait trouvé plusieurs contrats pour des ménages et enchaînait les services ; elle quittait la maison au petit matin et rentrait tard dans la nuit, bien après que Shirina et Jezmeen s'étaient endormies chez Tante Roopi. C'était à cette époque que Rajni avait décidé de changer.

Jezmeen n'avait pas tort : toutes les rivières se rejoignaient.

« La rivière Yamuna traverse bien Delhi ? » se demanda-t-elle. C'était un affluent du Gange, dans lequel beaucoup de personnes dispersaient les cendres de leurs proches. Jezmeen l'avait noté dans un mail à l'époque où elle contestait chaque point du voyage.

« On n'a qu'à demander à Tom Hanks », répondit Shirina. Rajni sortit son téléphone pour l'appeler et découvrit justement le message disant qu'il était garé derrière la tour. Elles le trouvèrent assis au volant, en train de consulter son téléphone, les yeux brillants de larmes.

« C'est mon passage préféré ! » expliqua-t-il. Il regardait une scène du film *Seul au monde* : Tom Hanks – l'acteur – pleurait la perte du ballon de volley dont il avait fait un ami imaginaire.

« Oui, j'ai vu le film, dit Rajni. On se demandait si… »

Il la fit taire d'un geste et hocha la tête devant son écran.

« WILSON ! criait l'acteur. WIIILLLSONNN ! » Rajni et sa sœur échangèrent un regard. Shirina haussa les épaules. La vidéo se termina mais une autre s'apprêtait à démarrer – leur chauffeur avait lancé la playlist des « plus grandes scènes de Tom Hanks ».

« Tom Hanks, nous avons besoin de votre aide. »

Cette phrase retint son attention : il posa son téléphone et mit le moteur en marche.

« On ne peut pas partir tout de suite, il faut attendre notre sœur, expliqua Rajni. Mais avant de nous conduire à l'aéroport, pouvez-vous nous arrêter près d'un cours d'eau ? La Yamuna traverse bien Delhi ?

— Oui, mais cela risque de prendre un peu de temps.

— C'est loin ? demanda Shirina.

— Non, mais il y a vraiment beaucoup de circulation et ça va considérablement rallonger le trajet. »

Rajni ne voulait pas risquer d'arriver en retard à l'aéroport.

« Il y a une station de métro à proximité de la rivière ?

— Oui. Indraparshtha Station est à environ cinq minutes de marche.

— Tu es sûre que c'est ce que tu veux ? » demanda Shirina.

Rajni hocha la tête.

Quand Jezmeen sortit du bâtiment, le cœur battant la chamade, elle vit Rajni avec l'urne entre ses mains.

« Comment ça s'est passé ? demanda celle-ci.

— Je vous raconterai plus tard. Pourquoi tu as sorti ça ?

— On pensait aller disperser les cendres de maman dans la Yamuna, qui se jette dans le Gange. Ce n'est pas très loin d'ici en métro, et on reviendra à temps pour que Tom Hanks nous emmène à l'aéroport. »

Pour qu'il vous *emmène à l'aéroport*, pensa-t-elle sans encore oser le dire. On venait de lui offrir la possibilité d'être la star d'une nouvelle série et elle devait rester en Inde. D'abord, elle avait trouvé le choix facile : bien sûr qu'elle allait rester ! Mais Hari lui avait demandé d'y réfléchir et le doute avait commencé à s'installer. Elle devrait quitter Londres, ce qu'elle avait été heureuse de faire la semaine précédente. Mais maintenant, beaucoup de choses avaient changé. Elle se sentait mieux dans ce pays, mais c'était parce que son retour en Angleterre était certain ; pourrait-elle vivre seule en Inde ?

Heureusement, elle n'était pas obligée d'en parler tout de suite. Rajni et Shirina étaient concentrées sur les indications données par Tom Hanks pour trouver le métro. En entrant dans la station, Rajni serra l'urne tout contre elle pour affronter le flot de voyageurs. Elles achetèrent des tickets et se dirigèrent vers le quai. Le sol carrelé et le bruit de la climatisation étouffaient le vacarme de la ville au-dessus.

« Je me demande ce que dirait maman si elle savait ce qu'on s'apprête à faire », dit Shirina en protégeant son ventre de ses mains alors qu'elles montaient à bord de la rame réservée aux femmes. Une passagère lui laissa sa place et Shirina s'assit en la remerciant.

« Dans sa lettre, elle a beaucoup insisté pour qu'on passe du temps ensemble et qu'on se parle. Je pense qu'elle serait contente », répondit Rajni. Soudain, le train freina d'un coup sec et celle-ci tomba sur Jezmeen qui, par réflexe, tendit les bras pour rattraper l'urne. Rajni retrouva l'équilibre et se tint à la barre.

« Ou alors elle dirait : "J'aurais dû me faire enterrer !" lança Jezmeen, faisant rire ses sœurs.

— Alors, raconte-nous comment ça s'est passé avec Hari ! demanda Shirina. Il va t'offrir un rôle ou il voulait seulement discuter ? »

Elle éluda :

« Une chose à la fois, dit-elle en désignant l'urne. Je vous en parlerai quand on se sera occupées de ça. » Une annonce retentit dans le haut-parleur puis le train s'arrêta. Elle repensa à la dernière fois qu'elle avait pris le métro, quand toutes ces femmes étaient descendues pour se retrouver sous la lumière du soleil, pleines d'énergie et de colère. Elle avait eu l'impression de faire partie d'un mouvement excitant, surtout après avoir été interpellée et insultée sur le chemin de la station. « D'après ta sœur, tu attires les ennuis », lui avait dit Hari avec un petit sourire. Il plaisantait, mais elle avait eu un pincement au cœur.

Elles sortirent enfin de la station, la clameur de la rue les accueillit. La rivière apparaissait au loin mais, pour s'y rendre, elles devaient longer la route en file indienne, sur des pavés défoncés. Un bus plein à craquer les dépassa à toute allure et laissa une fumée noire derrière lui. Peut-être parce que l'impression de nouveauté créée par l'Inde avait fini par s'estomper, ou peut-être parce qu'elle avait un choix à faire, une chose était sûre : Jezmeen regrettait Londres. Sa ville lui manquait encore plus maintenant qu'elle savait qu'elle n'y retournerait sans doute pas de sitôt.

Des détritus bordaient la rivière : bouteilles en plastique et morceaux de bois flottaient à la surface. Entre les déchets poussaient des hautes herbes collées entre elles et noircies par du pétrole. Rien de très surprenant. Pourtant, en voyant l'incertitude sur le visage de Rajni, Jezmeen se demanda si elles n'étaient pas venues pour rien.

« On n'est pas obligées de faire ça maintenant, rappela Shirina. On peut toujours revenir plus tard.

— Tu auras accouché, répondit Rajni. Anil et Davina seront parents, et je serai occupée à les aider. En plus, je n'ai aucune disponibilité en dehors des vacances scolaires. La vie reprendra son cours, on repoussera toujours à plus tard.

— Si on marche un peu, je pense qu'on peut trouver un endroit plus propre », proposa Jezmeen en regardant aux alentours. En réalité, elle n'en avait aucune idée, mais ses sœurs l'écoutèrent. Elles longèrent la rivière en silence et, après un coude, tombèrent sur une rangée de stands. Les gens qui les tenaient les regardèrent bizarrement.

« Ici », dit Rajni en montrant un endroit où l'eau était propre. Tous les détritus étaient concentrés sur l'autre rive, formant là comme un petit sanctuaire. Le soleil picotait leur peau et le ciel, étendue jaune pâle, ressemblait à de l'herbe séchée. Ce n'était pas le lac Lokpal, mais une forme de beauté émanait aussi de cet endroit. Shirina joignit les mains.

Rajni commença à dévisser l'urne et hésita : « On fait chacune son tour ? » Jezmeen et Shirina hochèrent la tête ; Rajni s'agenouilla et commença à verser un peu de cendres dans l'eau. « Tu es chez toi maintenant, maman. Repose en paix. »

« À ton tour », dit-elle à Shirina en essuyant ses larmes d'un revers de main.

Shirina resta debout. Elle serra la main de Jezmeen, prit l'urne et murmura :

« Merci, maman. Merci de nous avoir rapprochées. Et merci pour nos vies. » Elle versa des cendres à son tour et les regarda s'éloigner.

Les larmes brouillèrent la vision de Jezmeen. Une partie d'elle voulait s'enfuir en courant. C'était trop difficile de dire au revoir à sa mère comme ça. Soudain, elle étouffa et eut envie de remonter dans le temps. « À toi, Jezmeen, lui dit doucement Rajni. Tu peux le faire. » Elle secoua la tête et refusa de prendre l'urne que lui tendait Shirina. Ses sœurs attendirent en silence, le regard perdu à l'horizon. Elle finit par rassembler le courage nécessaire pour dire adieu à sa mère. Contrairement aux autres, elle n'avait pas besoin de parler à voix haute. Il y aurait eu trop à dire, des choses qu'elle aurait voulu partager avec sa mère autrefois, au lieu de se disputer avec elle ou d'échanger des banalités. *Tu dois prendre tes responsabilités*. Voilà pourquoi elle avait peur de rester en Inde. Et si elle s'attirait encore des ennuis sans que, cette fois, personne soit là pour la faire sortir de prison ?

Un rayon de soleil perça les nuages, éblouissant ses sœurs qui se détournèrent. Elle ferma les yeux. Des points lumineux dansèrent sur ses paupières et s'animèrent pour prendre une forme familière : sa mère, assise dans son lit d'hôpital, la saluait. Exactement comme le jour où elle était passée la voir, après une audition. Sauf que les nouvelles n'étaient plus les mêmes à présent. *J'ai enfin une chance. Ça peut vraiment être un tremplin pour moi.* Dans son songe, sa mère l'écoutait, impassible. Elle lui expliqua qu'elle avait travaillé vraiment dur pour en arriver là et qu'il était temps que son travail paie. *J'ai besoin que tu croies un peu en moi.*

Quand elle rouvrit les yeux, la lumière inondait chacune des ridules qui striaient la surface de l'eau. Elle mit une main en visière et tendit l'autre pour prendre l'urne. Elle l'enlaça en se souvenant du sentiment bizarre qui l'avait envahie quand elle avait pris le poignet osseux et frêle de sa mère entre ses doigts. Contrairement à ses sœurs, Jezmeen n'avait pas de derniers mots à dire à sa mère. Ce qu'elle était décidée à faire était bien plus parlant que tout ce qu'elle aurait pu dire. Elle retourna l'urne et vida son contenu dans l'eau de la rivière. Les cendres formèrent d'abord une ombre à la surface, puis le courant les dispersa.

25

Mes filles, après avoir effectué ce voyage, vous serez en paix. Je suis sûre que voyager ensemble n'a pas dû être facile, mais peut-être que vous aurez appris une chose en Inde que vous n'auriez jamais pu apprendre en Angleterre. Je ne peux pas vous forcer à passer davantage de temps ensemble ou à apprécier la présence de vos sœurs dans votre vie, mais je peux vous laisser avec l'espoir que vous emporterez chez vous les leçons de ce voyage.

Les au revoir ne devaient pas s'éterniser aux portes de l'aéroport de Delhi. Des passagers munis de chariots chargés de bagages arrivaient de partout pour s'engouffrer entre les portes automatiques. Un bus occupait la zone dépose-minute, bloqué par les voitures à l'arrêt, donnant lieu à un concert assourdissant de klaxons. Shirina enlaça Jezmeen en pleurant, laissant une tache humide sur son haut en coton bleu.

« Prends bien soin de toi », lui dit Rajni d'un ton brusque quand vint son tour. Elle fut presque tentée de lui donner une simple tape sur l'épaule avant de disparaître dans le flot des passagers pour éviter toute effusion supplémentaire. Mais Jezmeen la prit dans ses bras. Sentant ses yeux se mouiller de larmes, Rajni se dégagea et reporta son attention sur ses bagages : « Allez, on y va. » Jezmeen s'éloigna tandis que Shirina continuait d'agiter le bras vers elle, puis se détournait pour rejoindre Rajni.

Après l'enregistrement et le contrôle des bagages, elles durent indiquer le nom de leur père une dernière fois aux agents des douanes. L'officier de l'immigration scruta la photo du passeport de Rajni et lui lança un regard long et froid. La photo n'était pas si vieille, mais elle avait sûrement beaucoup changé depuis. Chaque année, ses joues tombaient un peu plus et ses fossettes se creusaient.

« Regardez-moi, s'il vous plaît », lui demanda l'officier. Elle ne s'était même pas rendu compte que ses yeux papillonnaient. Au guichet d'à côté, Shirina avait une longue conversation avec plusieurs officiers. Sans doute à cause de son changement de billet en dernière minute.

Mais Rajni s'inquiéta. Même si elle faisait tout pour avoir l'air enjouée, elle ne cessait d'angoisser depuis qu'elles avaient trouvé Shirina dans cette clinique. En chemin vers l'aéroport, elle lui avait demandé :

« Quelle est la première chose que tu vas faire en arrivant à Londres ? »

Shirina avait haussé les épaules.

« Allez, dis-moi. On fera ce que tu veux ! On pourrait tester le nouveau restaurant Ottolenghi ? Je n'y suis pas encore allée, mais je n'ai lu que de bonnes critiques. Ou on peut aller voir une comédie musicale à West End. Tu n'as pas eu vent d'un spectacle qui valait le coup quand tu étais à Melbourne ? »

Elle essayait de vendre une version touristique de Londres à une personne qui y avait vécu toute sa vie, mais Shirina considérait-elle encore cette ville comme son chez-soi ?

La nuit dernière, pendant que ses sœurs regardaient un film dans la suite de l'hôtel, elle avait appelé Kabir. Ils ne s'étaient pas appelés depuis la conversation qui avait mal tourné et ils avaient pris des pincettes, faisant de longues pauses qui ne pourraient être comblées que lorsqu'ils se reverraient en personne. Elle avait informé Kabir de la situation de Shirina et lui avait annoncé que sa sœur resterait chez eux un temps, puis elle avait demandé des nouvelles d'Anil.

« Il va bien. Lui et Davina ont commencé à chercher un appartement. »

Elle avait ressenti un pincement au cœur, qui ne la surprit pas car, après tout, c'était son fils, et il commençait sa vie d'adulte bien plus tôt qu'elle ne l'aurait pensé. Elle voulait faire son deuil tout en lui apportant son soutien. Après une grande inspiration, elle dit :

« J'aimerais la rencontrer. On pourrait les inviter à dîner à mon retour ?

— C'est une excellente idée. »

Le soulagement de Kabir avait été palpable. Ensuite, elle avait appelé Nikhil, le détective privé, l'avait remercié pour ses services et lui avait demandé d'arrêter l'enquête. Après avoir confirmé qu'elle ne souhaitait pas de remboursement, elle raccrocha et effaça son numéro.

À présent, Shirina hochait la tête face à un officier et lui jetait des regards en coin. Sur le mur, une pancarte demandait aux passagers de ne pas attendre dans cette zone, mais personne n'avait encore chassé Rajni. Toutes sortes de voyageurs la dépassèrent : quelques routards et des touristes qui voyageaient moins léger, avec des valises pleines à craquer de souvenirs. Elle n'en avait pas rapporté un seul. Le contenu de ses bagages était le même qu'à l'aller. Pourtant, tant de choses avaient changé. Pour commencer, elle avait une nouvelle relation avec ses sœurs – et une douleur lancinante dans la cheville.

Quand Jezmeen leur avait annoncé qu'elle restait en Inde, elle s'était inquiétée, même si elle savait que c'était la bonne décision pour sa carrière. Elle avait hâte de voir sa sœur s'épanouir et réussir, mais elle aurait aussi aimé qu'elle rentre avec elles à Londres. Plus jeune, elle avait parfois emmené ses petites sœurs faire les magasins. Elles marchaient bras dessus, bras dessous et, quand elle accélérait le pas, Jezmeen trébuchait et lui demandait de ralentir, à quoi Rajni répondait en souriant : « J'ai oublié que tu avais des petits pieds. » Piquée au vif, Jezmeen se mettait à faire de grandes enjambées, comme le géant du conte de fées. La première fois que leur mère leur avait parlé de ce pèlerinage, Rajni s'était imaginé une sorte de course avec ses sœurs à travers l'Inde : aucune n'avancerait au même rythme et toutes seraient hors d'haleine. Mais maintenant, elle aurait aimé que leur mère voie le chemin qu'elles avaient parcouru. Elle imagina Sita les attendre à Heathrow, prête à trouver trois femmes plongées dans une énième dispute et impatientes de se séparer. Au lieu de ça, elle les aurait vues se parler gentiment et fixer leur prochaine rencontre.

Son téléphone vibra dans son sac. Elle le sortit, mais un officier s'avança vers elle en agitant le doigt. Elle rangea donc l'appareil et regarda du côté de Shirina, qui tenait dans sa main ce qui semblait être son billet aller. L'officier lui fit signe de partir. Elle alla aussi loin que possible sans perdre Shirina des yeux. Devant une boutique duty free, elle consulta son téléphone et découvrit le message de Jezmeen :

Dire au revoir n'est pas facile, mais j'espère que tu sais que j'ai tout l'amour et le respect du monde pour toi. Je t'ai vraiment mis des bâtons dans les roues quand tu organisais le voyage, mais c'est parce que je savais où tu allais alors que je n'en avais encore aucune idée. Passe le bonjour à Kabir et Anil – ils ont de la chance de t'avoir.

Rajni se mordit la lèvre. Elle entra dans la boutique et se concentra sur les échantillons de parfum pour retenir ses larmes – en vain. Elle relut le message et s'apprêta à y répondre, quand un autre arriva. C'était une photo montrant trois grands-mères coiffées de bigoudis qui trinquaient. *On a tant de choses à célébrer !* Elle rit et laissa couler ses larmes.

Shirina passa enfin la douane et la rejoignit, souriante. Elle avait l'air plus reposée que jamais.

« Tout va bien ? demanda Rajni.

— Oui, ils voulaient seulement savoir pourquoi j'avais changé de destination. »

Shirina rangea son passeport dans sa pochette et la glissa dans son sac.

« Tu leur as dit quoi ?

— La même chose qu'à Sehaj ce matin. Que je voulais juste rentrer chez moi. »

Épilogue

Shirina finissait juste de donner à manger à Anaya dans la petite pièce réservée aux cadeaux quand la sonnerie de Skype retentit. Jezmeen avait quelques minutes d'avance. Elle ajusta le décolleté de sa robe, prit Anaya sur ses genoux et appuya sur le bouton vert.

Une Jezmeen à la mine horrible et au crâne sanguinolent apparut à l'écran. Dans la seconde, Anaya se mit à crier et il fallut plusieurs minutes à Shirina pour réussir à la calmer : « Chut, ma chérie, regarde, c'est tatie Jezmeen qui appelle d'Inde. C'est juste du maquillage, elle tourne une scène. »

Rajni fit irruption dans la pièce.

« Tout va bien ? »

Elle plissa les yeux en voyant l'écran.

« Jezmeen, pour l'amour du ciel, pourquoi tu effraies la petite comme ça ?

— Je ne savais pas qu'elle allait me voir ! » dit Jezmeen.

Il y avait du mouvement derrière elle, les techniciens s'affairaient et parlaient dans des micros, on poussait une grosse caméra sur un chariot. Les cheveux de Jezmeen étaient relevés et accentuaient encore plus sa blessure.

« Je vais l'emmener voir les canards, dit Rajni à Shirina. Profitez-en pour discuter. »

Anaya tendit les bras vers sa tante et lança un dernier regard mécontent à l'écran.

« Tu aurais pu me prévenir, on dirait qu'on vient de t'assassiner.

— Nuance : j'ai survécu à une tentative d'assassinat. Si tu te rappelles bien la fin de la dernière saison, le chef de la mafia m'a battue et laissée pour morte dans une maison en flammes. J'ai été sauvée *in extremis* par un type sous couverture.

— Je me souviens très bien. »

Quelques mois plus tôt, le dernier épisode les avait tenues en haleine, elle et Rajni. Après, elle avait eu du mal à s'endormir et avait dû envoyer un message à Jezmeen pour s'assurer que son personnage s'en sortirait. Elle s'était dit que sa sœur se moquerait d'elle parce qu'elle ne savait pas faire la différence entre la fiction et la vraie vie, mais quand elles s'étaient parlé le lendemain, Jezmeen avait été ravie que la série donne des cauchemars aux spectateurs. « C'est son réalisme qui rend *Lawless* si addictive. Hari est un vrai génie. » C'était aussi pour ça que les droits de la série avaient été achetés par des chaînes anglaises et américaines.

« Alors, comment se passe le mariage ? Je suis vraiment désolée de ne pas avoir pu venir », dit Jezmeen.

Avec le succès monstre de la série, le tournage de la saison deux avait dû commencer plus tôt que prévu.

« Très bien. Kabir et Rajni ont loué ce restaurant superbe avec un petit étang juste à côté, les photos seront super belles.

— Comment vont-ils ? Il faudra que je parle à Anil pour le féliciter.

— Ils rayonnent de bonheur. Davina est magnifique. »

Davina avait choisi une robe d'été blanche accompagnée d'un voile en dentelle, rien d'extravagant, pourtant elle éclipsait tout le monde. Mais la vraie star de ce mariage, c'était Arjun, le petit garçon de trois mois qui portait une barboteuse imitant un costume et un nœud papillon rouge.

« Et comment se porte la mère du jeune marié ? »

Shirina vérifia que la porte était bien fermée puis chuchota :

« Tu as loupé quelque chose. On a frôlé l'*incident*.

— Oooh, dis-moi tout ! »

Un coiffeur vaporisa de la laque sur les cheveux de Jezmeen.

« Eh bien, ils étaient en train de poser pour les photos de famille sous un énorme saule pleureur. Tu imagines la scène, c'était très pittoresque, avec le temps au beau fixe, tout était parfait. Et puis le photographe a dit qu'il voulait une photo de Rajni et Davina ensemble. Tu sais, le genre pour lequel il faut faire semblant de discuter et avoir l'air naturel, ce que personne n'arrive à faire, bien sûr.

— Surtout que, de façon générale, Rajni ne doit pas se montrer super chaleureuse avec Davina, ironisa Jezmeen.

— Exactement. Donc elles sont debout à côté de l'étang et le photographe les incite à parler "de tous ces souvenirs que vous avez partagés au fil des ans, des sentiments que vous inspire ce mariage". Et soudain, on comprend : il pense qu'elles sont sœurs.

— HA HA HA ! Et qu'est-ce qu'il s'est passé ensuite ?

— Rajni a dit qu'elle était la mère du marié et l'autre a commencé à se chercher des excuses. D'après lui, elle devait prendre ça pour un compliment parce qu'elle faisait très jeune.

— Alors que c'est juste parce qu'elle a quasiment le même âge que Davina.

— Oui, mais tiens-toi bien, ce n'est pas fini. Ensuite, il décide de prendre une photo de Rajni avec ses petits-enfants.

— Ses petits-enfants, au pluriel ? Il a cru qu'Anaya était sa petite-fille ? »

Shirina hocha la tête.

« Et aussi un autre enfant qui donnait du pain aux canards avec ses parents. Bref, il a d'abord cru que Rajni était la sœur de la mariée, avant de la prendre pour la grand-mère de tous les gamins à la ronde. »

Jezmeen explosa de rire et une mèche de ses cheveux tomba. Un coiffeur vint immédiatement la remettre en place.

« J'y crois pas ! Elle est bonne, celle-là !

— Tu aurais dû voir la scène ! Elle s'est mise à engueuler le photographe parce qu'il n'avait pas bien lu le mail où elle détaillait les dynamiques de notre famille. "C'est justement pour éviter ce genre de confusions que je vous ai dessiné un arbre généalogique ! Pour que vous connaissiez le prénom et les liens de tout le monde !" dit-elle en imitant Rajni.

— Pourquoi je ne suis pas là ? » demanda Jezmeen avec une mine sérieuse.

Elle avait été déçue d'apprendre que Jezmeen passerait l'été en Inde.

« Mais tu es là, répondit-elle. Tu as été très présente. »

Elle ne le disait pas simplement pour rassurer sa sœur ; Jezmeen les avait appelées sur Skype aussi souvent que possible, malgré le décalage horaire et les contraintes du tournage. Sa sœur en avait même parlé à un journaliste qui écrivait un article sur elle – article que Shirina avait découpé et accroché sur le frigo :

Malgré son succès, la star en devenir fait toujours passer sa famille en premier, même quand elle enchaîne les tournages et les contrats publicitaires. Avant cette interview, elle nous a prévenus qu'elle attendait un appel de sa sœur, qui habite à Londres et à qui elle parle chaque jour. Pourtant, Jezmeen Shergill admet que cela n'a pas toujours été ainsi : « Moi et mes sœurs ne nous sommes pas toujours bien entendues. Mais en vieillissant, on se rend compte de l'importance de ces personnes qu'on a toujours prises pour acquises. » En général, les actrices ne parlent pas de leur âge avec candeur, mais Jezmeen Shergill casse les codes. Avec un premier rôle majeur qui arrive sur le tard par rapport aux autres femmes de Bollywood, elle affirme pourtant que ce sont les revers qu'elle a connus avant d'en arriver là qui lui ont donné la force nécessaire pour incarner

Manika Kapoor, la détective qui combat la corruption dans les hautes sphères policières dans Lawless, *la série à succès de HC Kumar.*

Chaque jour, Shirina prenait plaisir à lire une ligne différente. Elle était tellement fière de sa sœur et heureuse de la voir enfin accéder au succès qu'elle méritait. Chaque fois qu'Anaya regardait la photo de Jezmeen qui fixait l'objectif d'un air déterminé, elle lui disait : « C'est ta tatie. Elle n'a peur de rien. »

Après un petit coup à la porte, Rajni se précipita à l'intérieur.

« Il y a des couches par là ? Je crois que quelqu'un a besoin d'être changé.

— Je m'en occupe, tiens, parle à Jezmeen. »

Shirina prit Anaya dans ses bras et respira son odeur. Elle ne perdait jamais une chance de plonger le nez dans les boucles noires de sa fille.

« Salut, Jezmeen, comment ça va ?

— Bien ! On va tourner une nouvelle scène mais je pense que j'ai encore un peu de temps. On était censés commencer il y a une heure, on est encore large.

— Ah, les joies de l'Inde », dit Rajni en souriant.

Pendant que ses sœurs discutaient, Shirina emmena Anaya sur la table à langer, et là, un sentiment familier la frappa. Elle s'était cru la seule à connaître cette impression, jusqu'à ce qu'elle lise ceci dans l'article sur Jezmeen :

« Parfois, j'ai la sensation très forte d'exister, je ne sais pas si vous voyez ce que je veux dire. Au risque de paraître prétentieuse, j'ai l'impression de faire ce pour quoi je suis faite – c'est probablement encore plus simple que ça. C'est juste que j'ai l'impression d'être exactement où je suis supposée être. » L'actrice nous dit aussi qu'elle n'a aucune croyance spirituelle ou religieuse, mais que le voyage en Inde effectué avec ses sœurs l'an passé, au cours duquel elle a d'ailleurs rencontré HC Kumar, lui a appris à accepter les aléas de la vie.

Les discours et les toasts restèrent très sobres, comme Anil et Davina l'avaient souhaité. Joshua, le meilleur ami d'Anil, parla du temps où ils jouaient les casse-cou sur leurs skateboards et avaient filmé leurs figures pour poster les vidéos sur le Net. « Étant donné que sa tante animait "Disaster Tube", on aurait dû y réfléchir à deux fois », dit-il en faisant un clin d'œil à Shirina. Elle secoua la tête pour lui signaler qu'il se trompait, mais il était bien trop fier de sa plaisanterie pour se corriger.

Elle jeta quelques regards en coin à Rajni pendant que la demoiselle d'honneur faisait son discours et expliquait que Davina trouvait toujours le moyen de surprendre ses amis : « Nous ne nous attendions pas à Anil, dit-elle malicieusement. Et encore moins à Arjun ! » La foule gloussa, mais Rajni se raidit. Elle avait encore du mal à plaisanter à ce sujet.

Anaya était blottie sur ses genoux. Ses petites jambes potelées dépassaient sous la robe de demoiselle d'honneur à frous-frous que Davina lui avait gentiment achetée. Plus tôt, quand on avait photographié les deux tout-petits assis ensemble dans l'herbe, une vague de tristesse l'avait submergée. Faire le deuil de son mariage n'était pas chose facile. Parfois, elle ignorait ce qui était le pire, que Sehaj ne se soit pas battu pour elle ou qu'il soit complètement absent de leur vie. À la naissance d'Anaya en novembre, elle avait déjà demandé le divorce. Même si elle avait été soulagée de voir qu'il ne se battrait pas pour la garde, elle avait eu le cœur brisé pour sa fille.

Il lui restait encore un message à envoyer à Sehaj. Elle l'avait réécrit plusieurs fois, ajustant le ton et modifiant les questions du long paragraphe tant de fois que c'était devenu comme une conversation avec elle-même. Elle avait effacé les phrases qui avaient perdu tout leur sens avec le temps, les passages où elle lui demandait pourquoi il l'avait épousée en sachant comment sa famille réagirait, ceux où elle parlait de sa belle-mère et du mal qu'elle avait voulu faire, tout ça de peur qu'une femme lui vole son fils chéri. Elle avait presque tout effacé ; tout était devenu plus facile, maintenant que sa tristesse était plus lointaine. Comme avec le deuil de sa mère, le temps avait apaisé sa peine. Maintenant, le message n'était plus composé que de deux phrases. « *Je l'ai appelée Anaya. Ça veut dire liberté.* »

« Elle dort ? »

Davina se tenait à côté d'elle, avec Arjun dans les bras. Le petit avait les yeux d'Anil et le sourire de sa mère. Shirina baissa la tête et vit que sa fille s'était endormie.

« Oh, j'ai dû la bercer sans m'en rendre compte. Ça m'arrive souvent.

— À moi aussi. Je me balance même parfois sans avoir Arjun dans les bras. L'autre jour au supermarché, la caissière m'a vue faire et elle a cru que j'avais besoin d'aller aux toilettes. »

Shirina rit. Parler avec Davina était facile et elle était contente qu'il y ait une jeune mère dans la famille. Elles se parlaient même en dehors des dîners que Rajni avait commencé à organiser toutes les deux semaines après leur retour d'Inde. Shirina avait vécu dans l'ancienne chambre d'Anil pendant quelques mois, puis elle s'était trouvé un appartement dans le quartier. Anaya était arrivée emmaillotée dans une couverture dans son modeste chez-soi, à quelques rues à peine de chez Rajni, avec Jezmeen qui souriait sur la photo du frigo.

Anil, Kabir et Rajni s'approchèrent.

« C'était une très belle cérémonie, dit Shirina. Tu t'es vraiment fait beau. »

Anil sourit et redressa le col de sa veste.

« Il tient de son père, dit Kabir.

— Quand il ne fait pas d'efforts, tu veux dire ? » plaisanta Rajni.

Kabir fit mine d'être blessé.

« On a choisi une belle journée pour se marier, non ? » dit Davina.

Le ciel estival était d'un bleu éclatant, une légère brise agitait son voile.

« À toutes fins inutiles, on a aussi choisi le lieu idéal, approuva Anil.

— Quoi ? demanda Davina.

— À toutes fins… Quoi, ce n'est pas ça, l'expression ?

— "À toutes fins utiles", Anil, le corrigea Rajni.

— Je m'emmêle les pinceaux.

— Il fait ça tout le temps, dit Davina à Rajni.

— Encore ? Anil, parfois, j'ai vraiment l'impression que tu n'es jamais allé à l'école. »

Anil appela Joshua à sa rescousse et celui-ci se lança dans une explication alambiquée de l'expression qui ne voulait rien dire du tout, mais qui eut le mérite de faire écarquiller les yeux de Rajni et Davina.

« Tu veux leur dire que c'est n'importe quoi, ou je le fais ? » demanda Rajni, et Davina se contenta de secouer la tête, dépitée.

Shirina se mit à rire. Anaya s'agita un peu en sentant sa mère bouger puis sombra à nouveau dans un sommeil profond. Elle raconterait la scène à Jezmeen le lendemain, lors de leur appel quotidien. Elle lui apprendrait comment Rajni et Davina avaient uni leurs forces pour donner une leçon de vocabulaire à Anil. Elle lui dirait qu'elle lui manquait, qu'elle avait hâte d'assister à l'avant-première de la deuxième saison, hâte de la revoir en chair et en os. Mais ça, c'était une surprise qu'elle et Rajni concoctaient depuis quelque temps. Dans un mois, quand les grandes vacances commenceraient, Shirina, Rajni et Anaya s'envoleraient pour l'Inde.

Remerciements

Ce livre est loin de s'être écrit tout seul. J'adresse mes remerciements les plus sincères aux personnes suivantes :

À mon agent, Anna Power, qui a cru en ce roman, même quand je ne savais pas encore ce qu'il allait arriver aux sœurs Shergill. Merci pour tes encouragements qui m'ont poussée en avant quand j'en avais le plus besoin.

À l'équipe merveilleuse de HarperCollins : mes éditrices, Martha Ashby et Rachel Kahan, qui m'ont donné de bons conseils et que j'ai eues au bout du fil chaque fois que mon esprit me jouait des tours. À Fliss Denham et Camille Collins, qui se sont démenées pour faire la promotion de mon livre précédent et qui, je n'en doute pas, feront pareil avec celui-ci.

Mes parents m'ont emmenée en Inde en 2016. Merci de m'avoir donné l'occasion de faire des « recherches » en buvant du chai et en mangeant des pakoras. Merci à tous ceux que j'ai rencontrés à Delhi, à Amritsar et à Chandigarh pour l'hospitalité et la patience dont vous avez fait preuve avec l'étrangère ignorante que je suis.

Barrie Sherwood était censé me dire ce qu'il pensait du premier chapitre, pas plus, mais a fini par en faire beaucoup plus. Merci pour ta positivité, ton enthousiasme et ta patience. J'espère un jour devenir le mentor et le professeur que tu es.

À tous mes camarades doctorants du NTU. Vous êtes nombreux, et même si je n'ai pas proposé de chapitres de ce roman lors de nos séances de travail, je vous suis reconnaissante pour votre présence à mes côtés tout au long du processus d'écriture.

Jim et Lucy Lee m'ont ouvert les portes de leur magnifique maison remplie d'art et de livres en Virginie pour m'aider à me mettre au travail. Merci de m'avoir aidée à écrire tous les jours, sans me poser trop de questions quand je restais deux heures dans la cuisine pour éviter mon ordinateur.

Aux membres de Hollins Village, le meilleur d'entre tous : votre soutien moral et vos câlins virtuels ont été cruciaux pour moi. J'ai écrit ce livre à l'un des moments les plus éprouvants de ma vie et vos conseils bienveillants m'ont aidée à me remettre à écrire.

À tous mes amis qui ont des sœurs. Vous êtes bien trop nombreux pour que je vous cite tous et vous ignoriez sans doute que toutes vos histoires finiraient d'une manière ou d'une autre dans mon livre. J'ai l'impression d'avoir appris beaucoup sur les relations d'amour-haine entre sœurs en vous écoutant. J'envie vos sœurs qui ont la chance de vous avoir dans leur vie, mais je suis heureuse d'avoir votre amitié.

Au personnel de Trehaus, un espace de *coworking* exceptionnel qui propose aussi un service de garde d'enfants. Vous m'avez aidée à trouver le temps de finir ce livre. Merci pour l'accueil que vous nous avez fait.

À Paul, un mari et un père extraordinaire. Chaque fois que je t'ai dit « Je ne peux pas le faire », tu as haussé les épaules et assuré « Bien sûr que si, tu peux ». Sans toi, rien n'aurait été possible.

Asher, un jour, quand j'arriverai à me défaire de tous les clichés, je pourrai te dire à quel point tu as changé ma vie, te dire que je n'ai appris qui j'étais vraiment qu'en devenant mère et te dire à quel point j'ai de la chance de t'avoir. Pour l'instant, tout ce que je peux t'assurer, c'est que je t'aime. Maintenant, dansons !

BOOK CLUB

Poursuivez votre plongée dans l'univers du roman avec ces pistes de discussion. Une occasion d'échanger entre amis !

1. Quel genre de mère était Sita ? Que vous inspire ce personnage et comment qualifieriez-vous les rapports qu'elle entretenait avec ses trois filles ?

2. Quels points communs, quelles différences voyez-vous entre Rajni, Jezmeen et Shirina ? À laquelle vous êtes-vous le plus identifié(e) ?

3. Voyage culturel ou mise à l'épreuve : comment qualifieriez-vous ce séjour concocté par Sita ? Dans quel but oblige-t-elle ses filles à accomplir ce pèlerinage ? Comment auriez-vous réagi face à cette dernière volonté maternelle ?

4. L'Inde que découvrent les filles correspond-elle à l'image que vous avez de ce pays ? Si vous y êtes allé(e) vous-même, estimez-vous, comme Sita, que cette destination est le lieu propice à l'abandon de ses soucis, à une renaissance ?

5. Comment Rajni se positionne-t-elle au sein de cette famille ? Que pensez-vous de son besoin de contrôle ? A-t-elle toujours été ce genre de personne ?

6. Quel genre de sœur, quel genre de femme est Jezmeen ? Est-elle si égocentrique que sa réputation le laisse croire ? En quoi ressemble-t-elle à son neveu Anil ?

7. En quoi Shirina est-elle si différente de ses sœurs ? Quelle sécurité trouve-t-elle dans le respect de la tradition ? Comprenez-vous ses choix de vie personnelle ?

8. Que vous inspire le personnage de Sehaj ? Quelle ambition a-t-il pour sa femme, pour sa famille ? Comment qualifieriez-vous la relation qu'il entretient avec Shirina ?

9. Que pensez-vous du tableau de l'Inde que peint Balli Kaur Jaswal ? Que donne-t-il à voir des questions sociales et féministes, des aspirations d'égalité et de justice qui traversent le pays actuellement ?

10. Le respect de la religion, de la tradition : pourquoi est-ce un sujet qui fait autant débat chez les Shergill ? Quels liens les trois sœurs entretiennent-elles avec leurs racines familiales ?

11. Pourquoi les trois sœurs ne peuvent-elles se révéler leurs secrets ? Comprenez-vous cette culture du non-dit ? En quoi cela affecte-t-il leurs relations ?

12. Si les voyages forment la jeunesse, peut-on également dire qu'ils forment la sororité ? Qu'est-ce que les trois sœurs Shergill auront appris à l'issue de leur périple, sur l'Inde et sur elles-mêmes ?

Collection « Le Cercle Belfond »

ABBOTT Rachel
Une famille trop parfaite
La Disparue de Noël

DAVE Laura
Dernières vendanges
Hello, Sunshine

EHSANI Alì
Ce soir, on regardera les étoiles

ELGAR Emily
Une présence dans la nuit

FALVEY Patricia
Les Filles d'Ennismore

FLEMING Leah
La Carte postale

JASWAL Balli Kaur
Le Club des veuves qui aimaient la littérature érotique

KOOMSON Dorothy
Signé A

LAFAYE Vanessa
Dans la chaleur de l'été
Les Brumes de Key West

MESSINEO Teresa
Deux femmes dans la tourmente

MIZUSHIMA Margaret
Les Sentiers de l'oubli
Ne te perds pas en chemin

MOSCARDELLI Chiara
Ma vie, en plus sexy

PLAIN Belva
La Tentation de l'oubli
À l'aube l'espoir se lève aussi
Promesse
Les Saisons du bonheur

PEARCE AJ
Chère Mrs Bird

QUINDLEN Anna
Nature morte aux miettes de pain
La Ferme des Miller

RICHELL Hannah
Les Secrets de Cloudesley

SCHOLES Katherine
Leopard Hall

VERNA Harmony
Les Orphelins du bout du monde

WAXMAN Abbi
Les cœurs brisés ont la main verte

WILLIAMS Beatriz
La Vie secrète de Violet Grant
Les Lumières de Cape Cod
Une maison sur l'océan

YOUNG Heather
Un été près du lac

Composition et mise en pages
Nord Compo à Villeneuve-d'Ascq

FSC
www.fsc.org
MIXTE
Papier issu de sources responsables
FSC® C003309

Imprimé en France par CPI

N° d'impression : 157349
B08253/01